WITHDRAWN

JULIA DESAPARECE

CATHERINE EGAN

Traducción de Sara Cano

ALFAGUARA

Título original: *Julia Vanishes*
Primera edición: noviembre de 2016

© 2016, Catherine Egan
Todos los derechos reservados, incluido el derecho de reproducción en cualquier forma
© 2016, de la presente edición en castellano para todo el mundo:
Penguin Random House Grupo Editorial, S.A.U.
Travessera de Gràcia, 47-49. 08021 Barcelona
© 2016, Sara Cano, por la traducción

Printed in Spain – Impreso en España

ISBN: 978-84-204-8446-4
Depósito legal: B-19.634-2016

Compuesto por Javier Barbado
Impreso en Cayfosa (Barcelona)

AL 84464

Penguin
Random House
Grupo Editorial

Para Mick, que mantiene este barco a flote
mientras yo invoco monstruos marinos.

CAPÍTULO 1

El carruaje cruza el puente a la altura del templo de Cyrambel y Jani se escucha decir a sí misma:

—Me bajo aquí.

—¿Aquí? —le pregunta su compañera de viaje, que todavía acuna al bebé dormido en su regazo—. De ninguna manera. No conozco a lord Snow, pero te aseguro que no vive aquí. Aquí no vive nadie.

—Es aquí cerca —dice Jani, riendo, aunque por un segundo es incapaz de recordar dónde residen lord Snow y su familia. Tiene la dirección en el bolso: lo único que tiene que hacer es sacarla, ordenar sus pensamientos. No sabe, ni tampoco tiene tiempo de preguntarse, qué es lo que la impulsa a actuar así. Siente pena por tener que separarse de su compañera y de su precioso bebé. Han compartido el trayecto desde el sur; se pusieron de acuerdo para compartir el carruaje porque ambas iban a la misma zona de la ciudad.

—¿Está segura? —pregunta el cochero, también escéptico. Allí no hay nada aparte del templo, del río, del puente vacío.

—Me apetece pasear un poco —dice.

—Esto no es seguro, señorita —dice el cochero.

—Estaré bien. —Se gira hacia su compañera—. Gracias por hacerme compañía. Por favor, dame tu dirección. Las dos somos nuevas en la ciudad: quizá podríamos conocerla juntas.

—Por supuesto. —Su compañera saca una pluma y una pequeña libreta del bolso, escribe algo al vuelo, dobla el papel y lo aprieta contra la mano de Jani—. Cuídate.

—*Tú también* —dice Jani. Impulsivamente, se inclina y besa a la mujer en la mejilla. También le da un beso al bebé.

—Di adiós, Theo —dice su compañera, y el pequeño Theo agita una de sus rechonchas manitas.

—*Bah, bah.*

El cabriolé acelera, perdiéndose en la noche, y Jani se queda sola a la sombra del templo. Alguien la espera. Eso es todo lo que sabe. También sabe que tiene miedo y que no entiende por qué está pasando nada de esto, pero lo cierto es que está pasando. Desdobla el papelito que su compañera de viaje acaba de darle. Lo único que ha escrito es: «Olvídame».

Mira hacia el carruaje, confusa, intentando recordar quién le ha dado el papel. La casa de lord Snow en Forrestal queda aún muy lejos y la noche es muy fría.

—*¿Qué estoy haciendo?* —dice en voz alta.

La suave mano en su garganta aparece como una respuesta a su pregunta, ahogando su grito. Con un rápido movimiento, el filo de un cuchillo la arranca de la oscuridad de la noche y de todo lo que está por venir.

El suelo bajo mis pies desnudos está helado. Florence y Chloe respiran profunda, apaciblemente. Diría que ha pasado una hora más o menos desde la media noche. Los muelles oxidados de mi camastro chirrían cuando me levanto, pero las dos durmientes siluetas ni se inmutan. Están acostumbradas al sonido, sin duda, porque estas camas chillan como las víctimas de un asesinato cada vez que nos damos la vuelta. Paso junto a sus camas con ligereza y dejo que mi mano se deslice en torno al pomo de la puerta, que ya no chirría: la semana pasada engrasé las bisagras y desmonté, limpié y volví a montar el pomo. Con los muelles de la cama, desgraciadamente, no pude hacer nada.

La luz de la luna se cuela entre las cortinas, iluminando levemente la pequeña estancia del ático en la que dormimos las sirvientas, pero la escalera está a oscuras. Tanteo con cuidado en busca del primer escalón con el pie. En una mano tengo una vela, apagada en su candelero de hierro. Con la otra, cierro la puerta a mis espaldas.

Los dormitorios principales están en la tercera planta, así como el excusado. El reloj de la planta baja me recuerda que son casi las dos de la madrugada, pero aún veo luz colándose por debajo de la puerta de Frederick. Eso no me detiene. Lo más probable es que se haya quedado dormido encima de un libro. Las escaleras que llevan a la segunda planta son más anchas. Las bajo veloz, apoyando una mano en la pared para guiarme en la oscuridad. Sé de memoria cuáles son los peldaños que crujen, así que mi descenso es completamente silencioso. Aquí está la biblioteca; allí, la sala de música; más allá, la sala de lectura de la señora Och, y, por fin, mi destino de esta noche: el despacho del profesor Baranyi. Esta habitación no la limpiamos, así que nunca he estado dentro. Por la noche, se cierra con llave.

Pero una cerradura no es impedimento para mí.

Por debajo de la puerta no se ve luz, pero de todos modos apoyo la oreja contra la madera, por si acaso hay alguien, y escucho. Con la mano libre, me quito una horquilla del pelo y la estiro. No soy demasiado experta abriendo cerraduras con horquillas, pero tengo los conocimientos básicos y consigo abrirla en menos de un minuto.

He cosido un librillo de cerillas al dobladillo de mi camisón. Cuando enciendo una, la habitación se dibuja ante mí, las amenazadoras estanterías y los muebles proyectando sombras monstruosas que me acechan. Cuando enciendo la vela, la luz titilante hace que las sombras bailen y brinquen. Nunca he sido de las que se asustan de las sombras, así que me dirijo directamente al escritorio del profesor Baranyi.

El profesor no es un hombre ordenado, por decirlo suavemente. Pilas de libros y hojas de papel en precario equilibrio ocupan hasta el último centímetro del espacio. Tres ceniceros rebosantes de colillas de cigarrillos, dos vasos medio llenos, peligrosamente apoyados sobre un montón de grandes carpetas de cuero, y el tintero abierto, con la pluma goteando sobre el papel secante.

Sería más fácil si supiera qué estoy buscando.

A mi espalda escucho un sonido amortiguado —mi imaginación lo convierte en un pañuelo saliendo de un bolsillo— que me paraliza.

—*Uhhh, uhhh* —dice una vocecilla aflautada. Casi se me escapa la risa de puro alivio. Posado en una percha hay un buhito marrón que parpadea en dirección a mí.

—Lo siento —susurro—. Vuelve a dormir.

—*Uhhh* —ulula el búho, encogiendo las alas y acomodándose en su percha.

Me giro de nuevo hacia el escritorio del profesor Baranyi, levanto la vela e inspecciono los libros y papeles que hay alrededor del tintero, lo que fuera que estuviera mirando antes de irse a la cama. Esme me enseñó a leer, y soy capaz de hacerlo bastante rápido y bien, incluso garabatos inteligibles y con faltas de ortografía. Rebusco un poco entre sus papeles: un viejo recorte de periódico acerca de un lago, en algún lugar que desconozco, que se ha secado misteriosamente; listas de nombres en las que algunos aparecen tachados; números sin contexto; listas de ciudades y países. Un círculo rodea un nombre en una larga lista: «Jahara Sandor – Hostorak 15c». El nombre me provoca un sobresalto. Hostorak es la inexpugnable prisión donde las brujas, los practicantes del folclore y otros adeptos a la magia esperan su ejecución. Es un enorme monolito gris tras el Parlamento, el edificio más horroroso de toda la ciudad de Spira, y también el más aterrador. Memorizo el nombre, Jahara Sandor, y el número, 15c, sin saber lo que pueden significar.

En la parte de atrás del despacho hay un largo banco de trabajo con instrumentos científicos, pero no sé cómo funcionan. En su lugar, me vuelvo hacia las estanterías, que tapizan todas las paredes de la habitación. A los pies de una de ellas encuentro una vitrina de cristal llena de libros y cerrada con llave. Ahí está: cualquier cosa que tenga un candado no puede menos que ser interesante. Forcejeo con la horquilla hasta que el candado cede y la vitrina se abre. Comprendo inmediatamente por qué estos libros están guardados con llave, con títulos como *Análisis científico de las fuerzas elementales del trabajo* y desde *Leyendas de los xianren I* hasta *Leyendas de los xianren VII*. He oído hablar de los xianren: unos míticos magos alados de la antigüedad, capaces de recitar conjuros. Cosas folclóricas. No debería sorprenderme: el profesor Baranyi pasó unos cuantos años en la cárcel por escribir textos heréticos, y uno puede terminar en prisión simplemente por tener cualquiera de estos libros. Así que ya lo veis: no estoy registrando las estancias privadas de los ciudadanos honestos y ejemplares de Frayne, precisamente; aquí hay criminales por doquier.

Tengo la mano apoyada en *Leyendas de los xianren I* para sacarlo de la estantería cuando escucho un chasquido en las escaleras. Empujo el libro de nuevo a su sitio, cierro la puerta de la vitrina muy despacio y soplo la vela para apagarla. Vuelvo a cerrar el candado de la vitrina, ya a oscuras, pero no me da tiempo a llegar hasta la puerta. Escucho una llave introducirse en la cerradura mientras yo avanzo lentamente a través de la oscuridad. Choco contra un palanquín lleno de libros y me detengo en seco por miedo a tirar algo. La persona que está intentando abrir la puerta hurga una y otra vez, porque yo me la he dejado abierta, y quienquiera que sea ha vuelto a cerrarla por error. Sin embargo, cuando vuelve a introducir la llave, consigue abrirla.

Aspiro una bocanada de aire y la vuelvo a soltar. La puerta se abre y una luz ilumina la estancia. Es el profesor Baranyi, con una lámpara de gas. Lleva una gruesa bata y pantuflas. Su moreno rostro, con la barba y los anteojos, adquiere un aspecto monstruoso a la luz de la lámpara. Deja caer la llave en el bolsillo de su bata, mira en derredor de la estancia y, entonces, se dirige hacia el buhito en su percha y le rasca ligeramente bajo el pico. El búho le picotea los dedos y ladea la cabeza en dirección a mí. Criatura traicionera. Pero el profesor Baranyi no mira hacia donde estoy yo, sino que se dirige a su escritorio. Coloca la lámpara sobre una pila de libros que hay en el suelo, que tiene la misma altura que el escritorio, y rebusca un cigarrillo en el cajón. Luego lo enciende con la lámpara.

No me queda más remedio que tragarme todas mis maldiciones. Se va a pasar aquí un buen rato.

En mis dieciséis años de vida he visto tanto o más que alguien que me quintuplique la edad, y he adquirido unas cuantas habilidades fuera de lo común. Algunas de ellas requirieron de una dura práctica mientras que otras surgieron de manera más natural. Hay una en particular que tengo desde siempre. No sé cómo llamarla exactamente, es algo así como que poseo la capacidad de no ser vista. No se trata de invisibilidad, ni nada tan radical, esto lo aprendí por las malas cuando era niña. Pero existe una especie de espacio en el que puedo introducirme, un espacio entre mi propia corporalidad y un no sé muy bien qué, en el que los ojos de la gente, sencillamente, pasan sobre mí como si fuera un mueble tan ordinario que ni siquiera mereciera la pena reparar en él. Desde que aprendí a hacerlo adrede, solo ha habido una persona capaz de verme sin que yo quisiera que lo hiciera.

Ahora veo al profesor como a través de una ventana empañada, como si todo estuviera ligeramente desenfocado. Estira la mano en busca de una de sus carpetas de cuero, moviendo esos vasos que quién sabe qué contendrán. Tenso la mandíbula para evitar que me castañeen los dientes. Por las noches, la casa está helada, y deseo con todas mis fuerzas que se le ocurra encender el fuego.

Pasa una página, chupa la punta de su pluma. Yo intento entrar en calor pensando en Wyn. Wyn dando de comer a las palomas en el tejado. Wyn quitándose las botas y tirándolas de cualquier manera. Wyn iluminado a la luz de la hoguera, intentando alcanzarme. La boca de Wyn. Siento que algo me recorre entera cada vez que me dedica una de sus amplias sonrisas, o cuando echa la cabeza hacia atrás para reírse y deja ver los dientes y hasta la oscura prolongación de su garganta. ¡Esa risa! Cada vez que la escucho, me revuelve por dentro. Los dedos de Wyn rozándome los brazos arriba y abajo, su mano recorriendo la parte baja de mi espalda, su aliento, que huele a vino, a tabaco y a otra cosa, algo dulce. Empiezo a calentarme y, durante un rato, los minutos parecen volar.

Pero ni siquiera Wyn, con sus hábiles dedos y sus dulces labios, es capaz de hacer que resista durante casi toda la noche en mi forma fantasmagórica. Tiritando con violencia, los dedos de los pies encogidos para evitar rozar el suelo helado y los de las manos doloridos de tanto sujetar la vela, repaso mentalmente todos los insultos que conozco. El profesor Baranyi está inmerso en su libro forrado en cuero y no parece tener intención de irse a dormir otra vez. Dentro de poco, Florence y Chloe se levantarán para comenzar con las tareas del día. Me las imagino despertándose y descubriendo que no estoy ni en la cama ni en ninguna otra parte de la casa. ¿Qué le dirán a la señora Och? ¿Cómo explicarán mi ausencia? No puedo salir de la estancia sin ser descubierta, y tampoco puedo hacerlo sin meterme en un buen montón de problemas.

Me encuentro sopesando los desastrosos resultados de la noche, cuando bajo nosotros escucho un gran estruendo, seguido de un largo y grave alarido. El profesor levanta la cabeza. Otro estruendo, como de acero al chocar contra piedra, y un aullido capaz de levantar a los muertos. No es la primera vez. He escuchado sonidos parecidos procedentes del sótano, pero nunca tan terroríficos como estos. El profesor se levanta de la silla dando un brinco y va derecho hacia la vitrina de libros cerrada con llave. El corazón me da un vuelco cuando, manipulándola torpemente, consigue abrirla. En las escaleras del piso de arriba se oyen pasos y, un segundo después, Frederick irrumpe en la habitación, con paso tambaleante y somnoliento. En la mano lleva un extraño revólver.

—¿Es una reacción? —pregunta.

El profesor está sacando todos los libros de la vitrina. Tantea, buscando algo tras ellos, y parece abrir algún tipo de panel. Me cuesta mucho contener mi alegría: la noche no va a ser una completa pérdida de tiempo, al fin y al cabo. Saca de la vitrina un maletín negro. El sonido de la madera al astillarse nos pilla a todos desprevenidos. El profesor maldice. Saca algo del maletín y se lo tiende a Frederick, pero los dos están de espaldas a mí y no puedo ver de qué se trata. Estoy distraída, de todas formas, por un sonido que oigo en las escaleras del piso inferior, y luego por un gruñido en el vestíbulo, escalofriantemente cerca.

Frederick y el profesor corren juntos hacia la puerta, justo cuando una gran sombra oscura pasa frente a ella. Frederick apunta con el revólver. Se escucha un siseo, un grito ahogado y el impacto de algo al golpear con fuerza contra el suelo. Los dos hombres respiran a la vez, aliviados: Frederick se apoya contra la jamba de la puerta y el profesor Baranyi saca un pañuelo del bolsillo de su bata para limpiarse el entrecejo.

—Y hasta aquí hemos llegado con las propiedades curativas de la amatista, ¿eh? —dice el profesor, y Frederick deja escapar una breve risa. Creo que está temblando, pero, desde mi desenfocado punto de vista, es difícil distinguirlo.

—Necesitamos una puerta nueva —dice—. De acero.

—Sí. Lo arreglaremos por la mañana.

—Y, entonces, ¿qué? Creo que ya lo hemos intentado todo.

—Todo no —dice el profesor—. Pero casi.

Se quedan callados durante un segundo, mirando lo que sea que hay en el vestíbulo. Entonces, Frederick dice:

—Volveré a llevarlo abajo.

El profesor asiente y Frederick cierra tras él con un portazo. El profesor Baranyi parece bastante tranquilo y murmura algo para sí mientras devuelve el maletín negro al compartimento secreto y lo oculta detrás de la pila de libros prohibidos. Ya de vuelta en su escritorio, se concentra más si cabe en el libro que tiene frente a él. No sé qué pensar de lo que acabo de ver, pero el corazón me late con fuerza y soy incapaz de seguir quieta. Empiezo a avanzar lentamente por la estancia.

Cuando me encuentro en medio de una multitud es como si el movimiento ajeno abriera burbujas dentro de las cuales puedo desaparecer y moverme fácilmente. Desplazarme dentro de una habitación en la que todo está quieto mientras trato de ocultarme tras la membrana de lo visible es mucho más difícil: se parece a intentar escribir a la vez cosas distintas con cada mano. El profesor, sin embargo, no levanta la vista del libro en el tiempo que tardo en dirigirme hacia la puerta. Espero hasta que parece completamente absorto en la lectura. Y, entonces, alcanzo el pomo y abro la puerta demasiado deprisa y pierdo el equilibrio. Todo a mi alrededor vuelve a enfocarse con nitidez.

Se sobresalta, mira hacia mí, y me descubre.

—¡Señor! —grito mientras giro sobre mis talones, como si estuviera entrando en lugar de saliendo—. ¡He oído unos sonidos horribles procedentes del sótano, señor!

El profesor Baranyi se sube los anteojos por el puente de la nariz para observarme a la luz de la lámpara moribunda.

—¿Señorita...? —dice, sin recordar mi nombre.

—Ella —digo yo—. Me dirigía al excusado, señor, disculpe, señor, y he oído un golpeteo y un vocerío tremendos. Lo siento, señor, me asusté, y vi su luz encendida...

—*Uhhh-uhhh-uhhh* —dice el buhito marrón, apoyándose primero en una pata y luego en la otra, encantado con el ajetreo.

—Yo no he oído nada —dice el profesor, levantándose de su silla. Me percato de que el desconcierto que le embargaba por haberme sorprendido en su despacho empieza a disiparse a medida que va aceptando la explicación más lógica: que yo estaba entrando, no saliendo.

—Ya no se oye —digo—. ¿Cree que habrá entrado algo en el sótano? ¿Estará bien el señor Darius allí abajo?

El señor Darius es un anciano y aristocrático huésped que tiene una habitación en el sótano y que, por lo que sé, tiene una mascota nocturna bastante infeliz. Espero que no sea el culpable de que lo que sea que haya ahí abajo esté sufriendo. Preguntarme eso me da escalofríos cada vez que bajo a servirle el café.

—No pasa nada, señorita Ella —dice el profesor Baranyi, en tono tranquilizador—. Se lo prometo. Ahí abajo hay una puerta rota. A veces el viento se cuela por ella y produce unos horribles sonidos en el pasadizo. Tenemos que arreglarlo, pero, por favor, no se alarme.

No se le da mal mentir, casi tanto como a mí.

—Lo siento —digo de nuevo, con la vista clavada en mis pies descalzos—. No debería haberle importunado. Estaba tan asustada... Pero no tenía que haberle molestado. Me siento muy avergonzada, señor.

—No tiene por qué enterarse nadie —me consuela, y espero que lo diga en serio. No sé por qué, pero sospecho que la señora Och es menos dada a la crédula simpatía—. Ahora quizá lo mejor sería que volviera a la cama.

—Sí, señor. Disculpe, señor. —Le esquivo y cruzo la puerta.

El alivio de poder moverme después de tantas extenuantes horas de inmovilidad es inmenso. Subo las escaleras casi corriendo y entro en la habitación de las sirvientas lo más silenciosamente posible. Me acomodo entre las frías sábanas. La cama protesta con su habitual quejido y Florence abre los ojos.

—¿Dónde estabas? —pregunta con una vocecilla fría y preocupante-mente despierta.

—En el baño —gruño a modo de respuesta, echándome las mantas para cubrirme.

Un segundo después, suelto un ronquido, pero todavía puedo sentir sus vidriosos ojillos clavados en mí.

CAPÍTULO 2

El día siguiente lo tengo libre. Se supone que voy a ir a visitar a mi familia en Jepta, un anodino pueblecito situado aproximadamente a una hora de la ciudad de Spira. Gregor llegó incluso a llevarme allí una vez, por si acaso me topaba con alguien que conociera el pueblo, y me hizo caminar memorizando sus calles y charlando con los vendedores de fruta y verdura para aprenderme sus nombres. Esme, por su parte, confeccionó para mí un pasado familiar increíblemente soso: tengo infinitos y soporíferos detalles sobre mi familia y su sosería que podría compartir si alguien mostrara interés, pero no es el caso. Al fin y al cabo, solo soy la nueva sirvienta.

Excepto porque, por supuesto, no es eso lo que soy.

La señora Och me ofrece generosamente el importe del billete a Jepta, así que me concedo un desayuno caliente en la avenida Lirabon, sentada en la barra junto a los estudiantes, artistas y aristócratas pobres que viven en la zona. La casa de la señora Och está en la calle Mikall, en un barrio adinerado cerca del animado centro de la Scola, el barrio universitario. La Maraña se encuentra justo al otro lado del río, a un paseo de menos de media hora a pie, pero está cayendo un aguanieve grisácea y la impaciencia está empezando a enervarme, así que llamo a un carruaje a motor. Es el Día del Templo, pero aún es temprano y las calles están relativamente tranquilas. Unos cuantos caballos de aspecto triste tiran de carruajes antiguos sobre el empedrado, y veo un carruaje eléctrico que se desliza hacia nosotros por una lluviosa callejuela lateral. Todos sus ocupantes van vestidos de blanco. Cuando nos aproximamos al templo Cyrambel, que se erige en toda su sombría enormidad entre la Scola y la Maraña, en la misma orilla del río Syne, la calle se vuelve intransitable. Los carruajes y cabriolés están parados, los transeúntes se pasean y empiezan a hablar entre sí, incluso aunque no se conozcan, con ese tono ávido que solo puede significar una cosa: una muerte.

—Me bajaré aquí —le digo al cochero, y le pago con las monedas de la señora Och. Creo que tardaré menos a pie.

Me abro camino entre la multitud hasta el río Anopine, donde veo los abrigos azules y los sombreros emplumados de los soldados, junto a los cuales los uniformes de los agentes de policía parecen apagados y tristes. En el centro hay una manta extendida, sobre lo que asumo que es un cuerpo. El pavimento que lo rodea está completamente oscurecido por la sangre.

—Apártate, muchacha —me gruñe un soldado, apuntándome con una pala, pero esquivo su brazo con facilidad y le guiño un ojo. El soldado tuerce la boca y se gira, dándome su ancha espalda.

—¿Qué ha pasado? —le pregunto a uno de los mirones, una anciana con aspecto de fisgona vestida con un delantal.

—¡Una muchacha de Nim! —dice con voz chillona, volviéndose hacia mí, encantada de encontrarse con alguien nuevo a quien poder contarle su historia—. ¡Acaban de identificarla! ¡Se suponía que iba a ser la institutriz de los pequeños de lord Snow!

Esto es preocupante. No es muy común encontrar a chicas de buena familia muertas en un puente. La anciana pega su cara a la mía y en su aliento huelo el desayuno: caldo salado y té lavado.

—¿Escuchaste lo del banquero que encontraron hace dos días en Nim? ¿Y la bailarina que apareció antes que él?

Niego con un gesto de la cabeza. No he salido de la casa de la señora Och en una semana y no suelo prestar mucha atención a las noticias procedentes de lugares lejanos.

—Ambos con la parte superior de la cabeza cercenada —me dice alegremente—. Y les habían toqueteado el cerebro. Este caso es exactamente igual, ¡y la chica llegó ayer de Nim en tren! ¡Han encontrado el billete en su bolso!

—¿Crees que es un imitador o que el asesino vino con ella? —pregunta alguien. A nuestro alrededor se está formando un corrillo de gente ávida por volver a escuchar la historia.

—Ah, bueno, no hay duda de que el asesino está ahora en la ciudad de Spira —declara la anciana, con tono autoritario—. Yo misma he visto el cadáver antes de que lo ocultaran. ¡Nunca se me olvidará esa imagen, se lo juro! —Compone una mueca trágica, aunque a mí me da la impresión de que esto es lo más emocionante que le ha pasado en la vida.

—¡Todo el mundo fuera de aquí! ¡Muévanse! —grita uno de los soldados, pero la masa de cuerpos sigue haciendo presión, boquiabierta y cuchicheante, deseosa de ver aunque solo sea un atisbo del cadáver. Dentro de poco, los soldados empezarán a amenazar con usar la violencia y entonces la multitud se dispersará.

Yo me abro camino para conseguir avanzar por el puente y llegar a mi antiguo territorio. Las estrechas callejuelas discurren por entre los apelotonados edificios de apartamentos, tiendas de comida y estancos; los gatos callejeros buscan refugio de la lluvia; rostros ceñudos asoman por las empañadas ventanas. A pesar de la llovizna, los puestos del mercado ocupan sus sitios en la plaza Fitch y colonizan los callejones de los alrededores. De la estatua quebrada, una especie de bestia marina, que hay en el centro de la plaza mana un leve chorrillo de agua burbujeante. Esme es propietaria de varias habitaciones en el lado oriental de la plaza, incluyendo la mía y la de Dek. Tenemos alojamiento y comida, y a veces un pequeño extra, dependiendo del trabajo.

Esme nació el día de la coronación del antiguo rey Zey. Es hija ilegítima de una cortesana. Su madre murió al dar a luz y ella creció en un burdel, criada por diecisiete prostitutas. Cuesta imaginarlo. Ahora tiene influencias en absolutamente todos los campos de la ilegalidad salvo en ese —no tiene ningún interés en vender cuerpos— y preside un pequeño imperio en la Maraña. La actividad criminal ya no da tanto dinero como antes, ahora que la Corona está construyendo más cárceles al norte de la ciudad y va colgando a los malhechores por doquier, pero se sigue ganando más con esto que con un trabajo decente. Desde que los Matones, que eran quienes mandaban en la Maraña, están casi todos muertos o entre rejas, la mitad de los ladronzuelos de por aquí trabajan para Esme, que intenta no llamar la atención y no corre riesgos. Me dirijo al salón principal que, técnicamente, forma parte del apartamento de Esme, pero que siempre está abierto para nosotros.

Benedek, mi hermano, está jugueteando con un objeto plano, metálico, pero levanta la mano a modo de saludo, con gesto distraído. Frente a él, sobre la mesa, se extiende el mecanismo desmontado de una cerradura. Las últimas semanas se las ha pasado trabajando en una ganzúa eléctrica que, según él, es capaz de abrir cualquier cosa. Esme está arrodillada junto al fuego, soplando con fuerza. Se levanta sacudiéndose la ceniza de las manos y me dedica una cálida sonrisa. Soy de estatura media, pero, a su lado, no abulto nada. Esme viste pantalones de hombre porque no entra en ningún vestido y ni siquiera se le pasa por la cabeza la posibilidad de que se los hagan a medida. Tiene el pelo corto y casi completamente blanco, pero su rostro únicamente exhibe algunas arrugas muy sutiles.

—Te traeré un café, cielo —dice, y me tiende una toalla para que me seque el pelo con ella—. Me alegro de verte.

—Yo a ti también —digo mientras me seco; luego le lanzo la toalla a Dek, para llamar su atención. La atrapa al vuelo y me dedica una carcajada. Me quito el abrigo empapado y me desplomo en una silla. Ahora el fuego crepita agradablemente y me muevo un poco para entrar en calor. Es una auténtica bendición no tener que fregar el suelo, cargar con cubos de agua o carbón por las escaleras, dar brillo a la rejilla de la chimenea o a algún candelabro. Es una bendición estar en casa.

—He visto una chica muerta al pasar por Cyrambel —les digo, y les repito la historia que la anciana cotorra me ha contado.

—Pobrecilla —dice Esme con verdadera pena al tiempo que me tiende una taza de café humeante—. Esta ciudad es un lugar peligroso para una muchacha sola. Tienes que tener cuidado, Julia, cielo. No quiero enterarme de que un día te encuentran en un puente.

—A mí no me pasaría una cosa así —digo, palmeando la bota en la que escondo mi navaja.

—No te pasaría porque eres lo suficientemente lista como para no salir por ahí sola de noche —me dice Dek, dedicándome una severa mirada—. No porque tengas una navaja de quince centímetros escondida en el forro de la bota que tardarías cinco minutos en sacar de ahí.

—Veintidós centímetros —le corrijo, con una sonrisa—. Y mira.

Saco la navaja justo cuando Dek se lanza hacia mí, me retuerce la muñeca, haciendo que la navaja caiga al suelo con un repiqueteo, y se me derrama el café.

—Por el Kahge maldito, Dek, ¡relájate! —grito.

Jadea con fuerza, con la pierna mala doblada bajo el cuerpo.

—Lo que quiero demostrarte, Julia —me dice muy despacio—, es que tienes que ser lista. Tienes que ser precavida.

—Ya soy precavida —le digo, apartándole de mí con un empujón.

Solo estoy un poco enfadada. Sé que solo se preocupa por mí y, la verdad, el hecho de que lo haga me hace sentir segura. Es como si su amor tuviera la capacidad de mantenerme a salvo. Seguro que pensáis que no debería ser tan ingenua: el amor no mantiene a nadie a salvo. Pero es mi hermano mayor, y no puede evitar preocuparse por mí.

Dek y yo nacimos en la Maraña. Yo tenía siete años y él diez cuando nuestra madre fue asesinada y nuestro padre desapareció. Él mendigaba y yo robaba, siguiendo los destinos que el Innombrable había dispuesto para nosotros. Fue durante el verano siguiente a que la Plaga azotara Frayne, diezmando la población. Fue la peor Plaga que se recuerda: los cadáveres se pudrían en las cunetas y la gente apenas salía a la calle. En nuestra casa, solo se contagió Benedek. A mí me enviaron con una tía que vivía en el campo y que me pegaba; yo lloraba todos los días, no por los golpes, sino porque Benedek se iba a morir. Pero no se murió. Nunca se había dado un caso de un niño que hubiera sobrevivido al Flagelo. Y Dek no solo sobrevivió, sino que sobrevivió y su ser quedó intacto, no como los supervivientes temblorosos, devastados y medio tullidos que a veces se veían mendigando por las orillas del río. Diez años después, se ha dejado largos los rizos negros para ocultar tanto las cicatrices como las características marcas oscuras de la Plaga que le deforman la parte derecha del rostro, y la cuenca vacía del ojo que perdió está cosida. En general, tiene dañada la parte derecha del cuerpo, el brazo y la pierna muy débiles y casi inservibles. Es como si la Plaga hubiera intentado arrasar su cuerpo, pero se hubiera detenido a medio camino y hubiera dado media vuelta. Su parte izquierda, sin embargo, es bastante atractiva, con esa mandíbula cuadrada y su nariz recta. Se maneja bastante bien con ayuda de una muleta. La mayoría de los días se alegra de estar vivo, pero sé que también tiene días duros en los que no considera que tuviera tanta suerte.

Liddy se percató de mis habilidades —la única persona que ha sido capaz de percatarse nunca— cuando éramos niños. Ella fue quien nos llevó con Esme. Estaba segura de que rechazarían a Dek y, por supuesto, yo no iría a ninguna parte sin él. A la gente le aterrorizan los supervivientes de la Plaga, como si todavía pudieran contagiar la enfermedad. Pero Esme ni se inmutó al verlo. Había perdido a su propio hijo a causa de la Plaga y a su marido en una revolución fallida, y creo que Esme ya no le tiene miedo a nada. Cuando Liddy le habló de mi don, se limitó a asentir. Nos puso a los dos bajo su cuidado, nos enseñó a leer y a muchas otras cosas. Pronto se dio cuenta de que Dek poseía sus propios dones, dones que también podían serle de utilidad. Y así fue como formamos una nueva familia: Esme, sus colegas Gregor y Csilla, y el hermoso Wyn, su hijo adoptivo, que por aquel entonces era un muchacho desgarbado de diez años. Me enamoré de él a primera vista, cuando yo tenía apenas ocho. Me guiñó un ojo... y aquello fue mi perdición.

Gregor y Csilla llegan a media mañana: vuelven de dar un gran golpe en Ingle. Entran como un vendaval y tienen la capacidad de hacer que el agradable salón parezca de repente sucio y pequeño. Esta estafa en particular es uno de sus clásicos. Csilla se hace pasar por una damisela en apuros, una dama frayniana atrapada en Ingle con su marido maltratador, que carece de medios para escapar y volver con su adinerada familia. Siempre hay un buen montón de ricos y enamorados galanes que están dispuestos a rescatarla y financiarle el viaje de vuelta a casa para liberarla de su monstruoso marido. Estoy segura de que Gregor disfruta enormemente haciendo de ogro. Huelga decir que ellos se lo están pasando bastante mejor que yo.

—¡Hola a todos! —dice Csilla mientras se quita los guantes blancos—. Cielos, Julia, ¿voy a tener que darte algo para que disimules esas ojeras? ¿Qué pasa, que las sirvientas no duermen?

—No. Yo, al menos, no —gruño, estirando las piernas con un poco de vergüenza.

—Pobre —dice Csilla, acomodándose en una silla y sacando una pitillera de plata—. Cuando termines el trabajo, te llevaremos al cabaret. Será divertido, verás. Te prestaré uno de mis vestidos.

Yo me río: nunca entraría en uno de sus vestidos, para los que hay que tener un pecho generoso y una cintura inexistente.

—Por lo que veo, todo ha ido bien, ¿verdad? —dice Esme—. ¿No os habrá seguido por el canal ningún aristócrata ingliano furioso?

—Comprueba tú misma lo bien que nos ha ido —dice Gregor, tendiéndole un grueso fajo de billetes inglianos—. Csilla los ha dejado obnubilados, por supuesto, y yo he sido el patán borracho más indeseable del mundo.

—¿En serio? —pregunto, enarcando una ceja—. Me cuesta imaginármelo.

Dek me lanza una mirada de advertencia.

Érase una vez... Gregor fue el caprichoso hijo de un aristócrata ejecutado luego por traición. Tras su expulsión de la alta sociedad, en una juventud que a mí me resultaba difícil de imaginar, se convirtió en un revolucionario y, cuando eso no funcionó, le llegó el turno a los oficios de ladrón, estafador y borracho. Sigue teniendo modales refinados: cuando entra en un lugar, por ejemplo, lo hace de tal manera que da la sensación de ser el propietario, y, cuando te regala una de sus escasas sonrisas, se percibe un atisbo de su antiguo encanto, enterrado bajo años de alcoholismo y desesperación. El marido de Esme era su mejor amigo y ella le ha protegido siempre, a pesar de todo. Csilla, por su parte, era una actriz bastante famosa antes de casarse con Gregor y dejar los escenarios para siempre. Qué le ha visto Csilla a Gregor es uno de los grandes misterios de la humanidad. Tiene por lo menos diez años menos que él y es una verdadera belleza norteña, toda de oro y porcelana salvo por los ojos, que son tan oscuros y profundos que uno podría ahogarse en ellos. Que yo sepa, no tiene más familia.

—Mañana apostaremos nuestra parte en el hipódromo —dice Gregor, ignorando mi indirecta—. *Belle Sofe* es una ganadora segura. ¡Conseguiremos una fortuna! —le guiña un ojo a Csilla y ella le devuelve la sonrisa, con gesto distraído. Los dos son fanáticos de las carreras, a pesar de que nunca jamás han ganado nada.

—Bueno, ¿y tú qué me traes, Julia, cielo? Tengo una cita con tu cliente esta tarde.

—Puedo ir contigo —sugiero—. Tengo todo el día libre.

Gregor niega con la cabeza.

—Cuando el cliente quiera verte, te avisaré.

—De acuerdo. A mí me da igual —respondo, pero no puedo disimular mi decepción. Me muero de ganas de averiguar algo más sobre mi cliente.

Me han enviado a casa de la señora Och para que responda a una serie de respuestas bastante vagas: ¿quién vive en la casa? ¿Qué hacen? ¿De qué hablan? ¿Qué leen? ¿Adónde van? Todas las semanas le entrego a Gregor un informe y él se lo lleva a la persona que me ha contratado. Es un trabajo un poco distinto de lo que suelo hacer —recopilar material para chantajes, seguir a esposas infieles, localizar cajas fuertes escondidas—, pero mi misterioso cliente nos dio seis freyns de plata por empezar el trabajo y ofreció otros veinte cuando estuviera terminado, sea lo que sea lo que eso significa en este caso.

Los seis freyns de plata ya se han esfumado. La semana pasada arrestaron a un ladrón que trabaja para Esme y la mitad del dinero fue a parar a sobornar a los oficiales para que lo llevaran a la cárcel en lugar de ahorcarlo. La otra mitad fue para su familia. Esme podría ser rica si no se preocupara tanto por su gente y por sus familias. Aunque también es cierto que, si los ladrones no le fueran tan leales, haría tiempo que ella misma estaría entre rejas. Yo tuve que negociar muchísimo con Esme, y he conseguido un cuarto del pago final para mí. Más que suficiente para comprar unos cuantos vestidos bonitos y cenar en buenos restaurantes con Wyn durante unas cuantas semanas. Quizá incluso nos codeemos en la ópera con las damas y caballeros de buena cuna.

Le entrego a Gregor el informe que acabo de escribir en el mejor papel de Esme. No me atrevo a guardar papel y pluma en casa de la señora Och: a una criada con una pluma podrían tomarla por una bruja, y, aunque podría probar mi inocencia con bastante facilidad, no hay necesidad de levantar sospechas.

—Anoche me colé en el despacho del profesor —le digo—. Encontré un nombre escrito que quizá sea importante. Jahara Sandor, en la prisión Hostorak. ¿Crees que el 15c puede ser el número de celda?

—¡Hostorak! —exclama Dek—. Entonces no se trata solamente de unos insulsos ricachones, ¿verdad?

Gregor clava los ojos en mi desastrosa caligrafía y le da un sorbo a su petaca.

—Y luego está el huésped del sótano —prosigo—. Tengo la sospecha de que está haciendo experimentos con animales. El otro día dispararon a algo en el vestíbulo, pero no vi qué era. No era un revólver normal. ¿A lo mejor era un tranquilizante?

—Sí, le mencioné el tema de los huéspedes a tu cliente. El señor Darius, ¿verdad? No es su nombre real. Tienes que averiguar quién es y qué está haciendo allí exactamente.

—Un momento, Gregor. Yo pensaba que Julia solo tenía que espiar a una vieja anciana, pero esto suena a otra cosa —dice Dek—. ¿Cómo de peligroso es este trabajo?

—A Julia no la pillarán —dice Gregor, con poco ánimo de profundizar en el tema.

—Por supuesto que no —respondo, sin admitir lo cerca que he estado de que lo hicieran.

—Bien hecho. Entregaré esto.

—¿Y cuándo habré terminado? —pregunto—. ¿Cuando descubra la verdadera identidad del señor Darius? ¿O qué interés tienen en el prisionero de Hostorak?

Gregor se encoje de hombros.

—¡Mira qué ampollas! —le muestro mis manos—. ¡Son de frotar el maldito baño! ¡He pelado tantas hortalizas que no quiero volver a ver una zanahoria en mi vida! ¿Alguna vez has tenido que descamar un pez? ¡Después te apestan las manos durante días!

—Al menos ahora sabes que tienes más suerte que la mitad de las chicas de la ciudad de Spira —dice Csilla, apuntándome con su cigarrillo apagado.

Yo me desplomo de nuevo en la silla.

La charla deriva hacia cotilleos acerca del conde sin blanca que vive en la otra punta de la plaza y de los trapicheos que se trae entre manos, con gente metiendo y sacando bolsas en su casa todo el día. Yo apenas presto atención. Es casi mediodía y ya no puedo aguantar más. Me marcho sin decir nada, subo las escaleras dando saltitos hasta la habitación que hay en lo alto y llamo a la puerta. Al no obtener respuesta, introduzco la horquilla doblada en la cerradura y forcejeo torpe y ruidosamente hasta que cede.

Es un cuartucho triste, bastante parecido al ático en el que duermo en casa de la señora Och, pero este me encanta. El ventanuco da a la plaza y a los tejados puntiagudos de la Maraña, pero ahora mismo las ventanas están cerradas. En la chimenea aún hay unas cuantas brasas al rojo vivo, así que debe de haber sido una noche larga. Hay un revólver sobre la mesa, cerca de un inacabado boceto a carboncillo de la plaza Fitch. En él aparecen la fuente quebrada y la anciana loca de las palomas toda cubierta de pájaros. Wyn tiene la capacidad de dibujar la fealdad y hacer que parezca hermosa.

Está despatarrado sobre la cama, medio tapado con la manta. Su larga espalda morena queda a la vista, así como una pierna cubierta de vello oscuro. Tiene la cara girada en dirección opuesta a mí. Con solo verle la espalda y la pierna me derrito y, de repente, siento las extremidades débiles y flojas. Cruzo la habitación con el corazón dando brincos entre mis costillas y la sangre corriendo acelerada por mis venas.

—Wyn —susurro, y él se revuelve. Le paso la mano por la columna y se da la vuelta lentamente. El vello oscuro de su pecho, sus largas y espesas pestañas, sus turbulentos ojos verdes y, ay, esos labios, entreabiertos en una sonrisa adormilada.

—Hola, ojos castaños —me dice—. ¿Cómo has entrado?

Levanto la horquilla.

—Nadie está a salvo de los terribles ladrones de la ciudad de Spira —canturrea.

—¡Guarden bajo llave a sus apuestos muchachos! —le imito, sentándome al borde de la cama e inclinándome para besarle.

—Creía que habíamos quedado en que las cerraduras no sirven de nada contra estos terribles ladrones —dice, y me devuelve el beso con suavidad.

—¿A eso le llamas tú un beso? —protesto—. ¡Me mato a trabajar día y noche como sirvienta-espía! ¡Creo que me merezco algo mejor!

Él ríe mientras comienza a levantarse.

—Calma, ojos castaños, todavía no he desayunado.

Le empujo de vuelta a la cama.

—El desayuno puede esperar —digo con fingida severidad.

Capítulo 3

Sin saber por qué, el cochero abandona las abarrotadas calles de la Scola y cruza el puente Ganmorel para dirigirse al este, hacia el Confín, donde los indigentes y los desesperados de la ciudad de Spira intentan ganarse la vida. Deja atrás los burdeles baratos y los fumaderos de opio y asciende la colina hacia el cementerio Limory.

Algo le sigue con piernas rápidas y oscuras, y le mueve en esa dirección, aunque él no se da cuenta.

Aparca el carruaje y sale envolviéndose en su abrigo, confundido. El invierno se percibe ya en el aire y las calles están desiertas. Atraviesa con paso titubeante las puertas del cementerio y después se detiene, da media vuelta y mira a su alrededor.

—¿Hola? —dice, y su aliento se dispersa formando una enorme columna de vaho blanco.

Oye que algo se mueve a la sombra del carruaje, o quizá lo ve, pero después no hay nada, solo silencio.

—¡Por el Kahge maldito! —murmura. Rebusca su pipa en el bolsillo, pero después cambia de idea. Vuelve la cabeza hacia las profundidades del cementerio y se detiene de nuevo. Siente la mente nublada. ¿Por qué ha venido aquí?

El aire se enfría y, ahora con mayor claridad, oye que algo respira junto a él.

—¿Quién anda ahí? —grita.

Una oleada de miedo le aclara de pronto la mente. Sal de aquí. Peligro. Se da media vuelta y empieza a trotar hacia su carruaje, pero en la puerta hay algo que le impide el paso.

La luna está oculta tras las nubes y el cochero no puede ver con claridad. La criatura está erguida, pero su rostro no es humano, su cuerpo es demasiado alto y esbelto para ser un cuerpo humano. Deja escapar un chillido ahogado, da media vuelta y huye.

Oye una especie de gruñido, y de repente se encuentra bocabajo, con la cara contra el suelo. Piensa en su esposa, que le espera en casa, en su hijo, que está a punto de nacer cualquier día de estos, y su miedo se transforma en verdadero terror, porque ¿cómo van a sobrevivir sin él? El destello de una espada pasa frente a sus ojos, y eso es lo último que ve.

Me rugen las tripas, pero lo ignoro porque solo son las diez de la mañana. Aprieto los dientes y sacudo las enormes alfombras del salón para quitarles el polvo. Es un día agradable y fresco, probablemente el último día de buen tiempo antes de que el invierno llegue para apoderarse de la ciudad. Florence y Chloe están afuera tendiendo la colada para que se seque al sol. Dentro de poco, tendremos que tender la ropa mojada en la trascocina, pero hoy se está bien al aire libre, el cielo despejado de un color azul intenso, los mirlos graznando en los árboles, y estos dejando caer las moribundas hojas de brillantes colores por todo el jardín trasero. El salón principal da a un porche de piedra que queda a pocos pasos de una pradera de hierba. La pradera desciende hasta un pintoresco estanque, dentro del cual hay un pequeño montículo cubierto de musgo, una isla en miniatura, y todo el jardín está enmarcado por altos árboles, rodeados a su vez por un enorme muro de piedra tras ellos. Sería una vista hermosa si no fuera por el gran montículo de tierra que se erige entre la casa y el estanque y arruina la perfección del conjunto. Mal, el guardés, me contó que hasta hace tres veranos ese hueco lo ocupaba un antiguo cerezo. Debía de tener cientos de años, me dijo, pero entonces, un día de verano, desapareció dejando una enorme grieta en el centro de la pradera, como si alguien hubiera venido y hubiera arrancado sin más un árbol de trece metros de altura y se hubiera marchado de allí con él. Mientras me lo contaba, no dejaba de sacudir la cabeza y de rascarse la oreja, y yo pensé en que era la historia más rara que había oído nunca. Desde entonces, allí ya no crece hierba y, a veces, la señora Och sale de la casa con los hombros envueltos en una manta, a modo de toquilla, se arrodilla junto al hueco y remueve la tierra con las manos. Incluí aquella información en mi primer informe, pero no pareció despertar ni pizca de interés en mi cliente, sea quien sea.

Aunque solo es media mañana, ya hemos servido a todos los huéspedes su café y su desayuno; hemos encendido las chimeneas y hemos subido agua para el baño de la señora Och (quien, por lo que he visto, es la única que usa la enorme bañera... que yo me muero de ganas de probar); hemos fregado la trascocina; hemos preparado los ingredientes del almuerzo para la señora Freeley, la cocinera; hemos limpiado las alfombras, dado brillo a la porcelana y remojado, blanqueado, lavado, aclarado y escurrido la colada. Tengo los brazos rígidos y doloridos, y mataría por una taza de café y un trozo de pastel de crema.

—Lindo día —dice a mi espalda una voz que hace que se me erice el vello de la nuca. Me giro con una pequeña reverencia y le doy una tregua a las alfombras.

—Oh, no quería interrumpirte. Solo he salido a tomar un poco de aire fresco —dice el señor Darius.

—Sí, señor —digo.

—¿Serías tan amable de encenderme esto? —me pide, señalando su pipa—. Me he herido el brazo.

Efectivamente, la mano con la que no sostiene la pipa está cuidadosamente vendada y se aprieta el brazo con cuidado, como si le doliera.

—Por supuesto, señor —digo—. Préstemer una cerilla.

Me tiende el librillo y dobla la cintura hacia delante con la pipa en la boca, para que pueda alcanzarla y encenderla. Cuando lo hago, aprovecho para inspeccionar su rostro. Me mira fijamente con esos ojos de un azul grisáceo tan característico. Yo me apresuro a bajar la vista y a concentrarme en la pipa.

—Ya está, señor —digo.

—Gracias.

El señor Darius se incorpora y le da una calada a la pipa. Es un hombre apuesto, de entre cuarenta y cincuenta años, con buena planta y buenos modales. Es el tipo de hombre al que podría vaciarle los bolsillos si me lo cruzara por la calle. No tengo ni idea de cuál es su relación con la señora Och ni por qué se aloja en el sótano. Por un segundo tengo la sensación de que va a quedarse a conversar conmigo, pero entonces hace amago de marcharse, así que me atrevo a preguntar:

—¿Qué le ha pasado en el brazo, señor?

Su rostro se tuerce inmediatamente con desaprobación. No debería haberle hecho una pregunta tan personal. Sonrío, intentando aparentar inocencia, pero no se ablanda.

—Un accidente —responde con brusquedad.

—¿Le duele mucho? —le pregunto—. ¿Necesita algo?

El señor Darius niega con la cabeza y se aleja de mí. Yo le observo caminar con grandes zancadas por la pradera, exhalando humo sobre la colada limpia. Florence y Chloe inclinan la cabeza con gesto incómodo cuando pasa junto a ellas. Me pregunto si habrán oído los ruidos en el sótano. Anoche volvieron a sonar con violencia, pero ninguna de las dos ha mencionado nada.

Le propino un par de golpes más a las alfombras, las subo por encima de la barandilla del porche y las arrastro de vuelta al salón precipitadamente. La señora Och estará en su sala de lectura o descansando. El profesor Baranyi y Frederick, trabajando, como de costumbre. La señora Freeley está en la cocina. Cojo una fregona y un barreño de agua de la trascocina y me dirijo hacia las escaleras del sótano.

No sé cuánto tiempo durará el paseo del señor Darius por el jardín, pero este tipo de oportunidades no se presentan muy a menudo y no me atrevo a desperdiciarla. El vestíbulo que hay al final de las escaleras del sótano está a oscuras, pero eso no me detiene. Echo a correr, derramando el agua del barreño, hasta que llego a una bodega de aspecto cavernoso. Toco una de las botellas de vino y el dedo se me llena de polvo. Doy media vuelta y tomo el pasillo de la derecha.

Justo cuando estoy empezando a preguntarme si no debería haber traído la navaja, me deslumbra una luz al tiempo que alguien dobla la esquina y choca conmigo. Doy un grito, el barreño se me escurre de las manos y la mitad inferior del vestido queda empapada de agua jabonosa.

—¡Por los perros del Kahge! —se oye maldecir a alguien. Reconozco la voz antes de que la lámpara se aparte y deje de deslumbrarme, y veo a Frederick de pie, con los pies empapados y sosteniendo bajo el brazo los pedazos de una silla de madera destrozada. El miedo me abandona inmediatamente. Frederick solo tiene unos cuantos años más que yo y dudo mucho de que vaya a reprenderme por nada. También es buena persona, creo, y no me parece muy probable que vaya a contarle a la señora Och que me ha descubierto en un lugar en el cual no debería estar. Chloe me ha contado que era un estudiante brillante en la universidad, pero que lo dejó para trabajar con el profesor. Chloe también dice que sus padres se quedaron destrozados. Tiene el pelo rubio y la piel muy clara, lleva una barbita descuidada y muestra siempre una expresión de constante sorpresa. Aunque ahora mismo está sorprendido de verdad.

—¡Lo siento, señor! —me disculpo.

—¿No te han dicho que no es necesario que limpies aquí? —pregunta mientras yo cojo el barreño y lo pongo de pie.

—Sí que lo han hecho, señor —replico—. Pero he visto que el señor Darius estaba fuera y he pensado que sería una agradable sorpresa para él encontrarse con la habitación limpia, aunque solo fuera por una vez. Debe de estar muy sucia. Aquí hay muchas estancias que apenas limpiamos.

Frederick deja escapar una risita, incómodo.

—Lo siento —dice, señalando el cubo con el codo. No sé si me pide disculpas por haber hecho que lo tirara, o por ir demasiado cargado para ayudarme a recogerlo—. Será mejor que no intente sorprender a nadie, señorita... Ella, ¿verdad?

Llevo aquí tres semanas y nadie recuerda mi condenado nombre. Un nombre falso, pero aun así.

—Sí, señor —digo.

—Bueno, lo cierto es que en esta casa a nadie le gustan las sorpresas —me dice—. Aunque la sorpresa consista en encontrarse el suelo recién fregado.

—Entiendo, señor.

Se le forman unas ligeras arrugas en la comisura de los ojos.

—No es necesario que me llames señor. En esta casa también yo soy un simple empleado.

Evidentemente, su petición no tiene ningún sentido. Él come con la señora Och y los demás, y le servimos el desayuno y el café todas las mañanas. No está, de ninguna manera, al mismo nivel que las criadas, pero respondo que de acuerdo, porque, de todas maneras, me estoy empezando a cansar de la dinámica del «sí, señor; no, señor». Le sonrío, para suavizar el comentario.

—¿Qué le ha pasado a la silla? —le pregunto.

—Está rota —me contesta.

—Eso ya lo veo —digo, y consigo que se ría.

—Y no servía —dice—. La usaremos para alimentar la chimenea. Vamos, ¿subimos juntos?

No me queda otra opción que subir las escaleras delante de él.

Florence está en lo alto, aleteando las narinas con violencia. Se le han escapado algunos mechones de cabello de la cofia y tiene los brazos en jarras sobre las caderas. Florence es una muchacha de rasgos afilados y rectos, con los ojos quizá un poco demasiado grandes y la boca un poco demasiado pequeña. Chloe y ella son primas y se parecen mucho, salvo porque los rasgos de Chloe son más proporcionados y es bastante guapa, mientras que Florence parece un poco desquiciada.

Agacha la cabeza frente a Frederick, que la saluda con un «Hola, Florence». Él me dedica una mirada comprensiva mientras se aleja de nosotras. Sabe que me va a caer una buena reprimenda.

—Se supone que no debes bajar ahí —me dice.

—Se me había ocurrido que quizá podía limpiar la habitación del señor Darius mientras estuviera fuera —replico—. ¿Acaso no se ensucia?

—No tengo manera de saberlo —responde—, porque yo no voy a donde me han prohibido que vaya.

—Pensé que... Bueno, ha sido un error por mi parte —digo con humildad. Mi comentario no la ablanda mucho. Creo que Florence tiene una capacidad natural para detectar los embustes. Pero tampoco hay mucho más que pueda reprocharme, así que me dedica una mirada agria y dice:

—Ve a fregar, entonces. La señora Freeley necesita una sirvienta.

Florence solo tiene un par de años más que yo, pero, desde que mi predecesora se fue, se toma muy en serio su nuevo papel de sirvienta más antigua. A regañadientes, cansada y sin haber visto del sótano más que su total ausencia de luz y la espesa capa de polvo que lo cubre, me dirijo hacia la trascocina bajo la atenta y suspicaz mirada de Florence. La señora Freeley me espera allí, una mujer descomunalmente rolliza, una masa de carne roja con un par de ojillos llorosos y una escasa mata de pelo gris coronando todo el conjunto.

—Ah, eres tú —dice, con un suspiro. Es la única que se ha dado cuenta de lo inexperta que soy: no tengo la más mínima idea de labores de cocina—. Estamos preparando tarta de crema pastelera. ¿Te asusta el reto, muchacha?

—A quien le asusta el reto es a la tarta de crema pastelera, señora —replico—. No sé si sabe que cuando las mamás-tarta quieren asustar a sus bebés-tarta para que se porten bien, les cuentan el cuento de la Terrible Ella.

Me tomo muy en serio la tarea de hacer reír a la señora Freeley, ya que creo que es el único motivo por el que me tolera en su cocina. Su rollizo cuerpo se sacude con las carcajadas; acto seguido me señala la repisa y añade alegremente:

—Estira la masa, muchachita, y basta de cháchara.

Durante el almuerzo, una sirvienta permanece a la espera, prácticamente inmóvil bajo los altísimos techos del salón comedor mientras la señora Och, el profesor Baranyi, el señor Darius y Frederick comen. No deja de sorprenderme la similitud que existe entre mi don y esta parte del servicio. Estás allí pero eres invisible, al menos hasta que alguien necesita que le rellenen la copa o que se lleven su plato.

La señora Och entra del brazo del profesor Baranyi, ambos sumidos en lo que parece una interesante conversación. Chloe me contó que el profesor lleva trabajando para la señora Och y viviendo en su casa desde que salió de la cárcel, pero nadie sabe exactamente en qué consiste su trabajo.

—Está relacionado con la traducción —me dijo Florence, no muy segura.

—Restauración de libros antiguos —me explicó Mal, el guardés.

—No es de tu incumbencia, señorita —gruñó la señora Freeley.

El profesor blande enfáticamente un periódico enrollado mientras hablan.

—Es turbador, sin duda, pero no creo que tenga nada que ver conmigo —comenta la señora Och.

—Pero ¿por qué motivo, si no, iba a estar aquí, en la ciudad de Spira? —protesta el profesor, agitando el periódico.

—Primero estuvo en Nim —dice la señora Och en voz baja—. Está buscando a alguien.

—No, no puede ser una coincidencia. Primero el árbol, y ahora esto... —pero la señora Och chista para acallarlo, señalando al señor Darius con la cabeza, y el profesor aparta la silla para que ella se siente.

Cuando el profesor hace lo propio, yo intento ojear el periódico. Está doblado de tal manera que no puedo ver la primera plana, así que doy un paso al frente.

—¿Quiere que se lo guarde, señor? —le digo.

Florence se horrorizaría si presenciara este comportamiento, y la propia señora Och parece bastante sorprendida cuando ve que echo mano al periódico.

—Puedes dejarlo aquí —dice el profesor Baranyi, indiferente.

Pero yo ya he alisado la primera página lo suficiente como para ver el titular: «¡LA CUARTA VÍCTIMA!», anuncia. Y luego: «Cochero asesinado junto al cementerio Limory». No me da tiempo a leer más, pero intuyo que, si la muerte de un cochero es digna de aparecer en primera página, entonces debe de tratarse del mismo asesino que le arrancó la parte superior del cráneo a la institutriz en el puente. La que venía de Nim. En mi fuero interno, me estremezco un poco. ¿Por qué piensa el profesor Baranyi que puede tener algo que ver con la señora Och?

La dueña de la casa me observa atentamente. Yo murmuro una disculpa y retrocedo un paso.

—¿Sabes leer, Ella? —me pregunta, dirigiéndose a mí directamente. Frederick y el señor Darius están charlando animadamente sobre sus cosas, pero entonces detienen su conversación y también me miran, sorprendidos.

—No, señora —replico.

La dueña de la casa me observa durante un largo segundo. La señora Och es, aparentemente, una mujer con un aspecto bastante común. Es de estatura y complexión medias, y lleva la melena blanca recogida con recato. Viste de modo elegante, pero no ostentoso. No soy capaz de deducir su edad. Me da la impresión de que tiene una salud frágil y que debe de padecer alguna dolencia, porque pasa una buena parte del día tumbada en la cama. Frederick y el profesor siempre parecen extremadamente preocupados por su salud. Hoy, en cambio, demuestra un vigor y una claridad mental que resultan casi turbadores.

—El modo en que has movido los ojos cuando has mirado el periódico... —dice—. Daba la sensación de que estuvieras leyendo. No pasa nada, ¿sabes? Saber leer no es algo de lo que avergonzarse.

Por supuesto que no lo es. Pero es algo muy poco habitual en una sirvienta doméstica, y yo no quiero parecer extraordinaria de ninguna de las maneras.

—Me gusta el aspecto de las palabras, señora —digo suavemente.

Ella me dedica una fría sonrisilla y empieza a comer, lo que da pie a que los demás hagan lo mismo. Me da la sensación de que Frederick me mira con cara de lástima. Yo retrocedo de nuevo hacia la pared. No necesito desaparecer para que todos se olviden de mí inmediatamente.

Por la tarde, Florence se va con la señora Freeley al mercado a hacer la compra, dejándonos solas a Chloe y a mí. Florence está muy nerviosa, como si Chloe y yo no fuéramos capaces de limpiar la trascocina, de recargar las lámparas y de preparar las chimeneas por nuestra cuenta; aunque también se siente orgullosa de poder hacer algo tan importante como observar cómo la señora Freeley selecciona pescado, aves de corral y frutas en el mercado. Quizá le permitan incluso cargar con la cesta, qué afortunada. En cualquier caso, me alegro de poder pasar algo de tiempo a solas con Chloe. Perdió a toda su parentela a causa de la Plaga y la familia de Florence la acogió, así que, aunque son primas, se han criado más bien como hermanas. Florence y ella vinieron juntas a trabajar a esta casa hace dos años. En general hace y, sin duda, piensa lo que Florence le dice que haga y que piense. Sin embargo, al contrario que Florence, es más flexible y no comparte su aversión al cotilleo.

—¿Cuánto tiempo lleva alojándose aquí el señor Darius? —le pregunto cuando estamos recargando las lámparas de los dormitorios, resguardadas de oídos indiscretos.

—Oh, algunas semanas —dice Chloe, abriendo mucho los ojos. No es una información demasiado específica, pero unas semanas no son ni meses ni días, y la duración de su estadía me sorprende.

—¿Llegó poco antes de que se fuera la última criada, entonces? —pregunto—. ¿Cómo se llamaba? ¿Clarisa?

—Sí, Clarisa Fenn. Llevaba años trabajando aquí. Era tan agradable... —pero entonces da la sensación de no tener muy clara su opinión, como si en realidad Clarisa no hubiera sido agradable o, sospecho, como si no tuviera la aprobación de Florence.

—¿Y su marcha no fue un poco repentina?

Chloe asiente con los ojos brillantes y abiertos de par en par. Veo que quiere contármelo. Solo tengo que presionarla un poquito más.

—No sería por los ruidos del sótano, ¿verdad? —pregunto, reprimiendo un grito.

Da la sensación de que Chloe esté a punto de desmayarse de pura emoción.

—Tenía miedo —susurra.

Yo bajo la voz y también abro mucho los ojos.

—¿Tú también lo has oído?

Ella asiente con vehemencia.

—Clarisa pensaba... Bueno, ¡pensaba que era un demonio!

Parece avergonzada de su confesión.

—¿A qué te refieres?

—Los demonios no existen —dice con desdén, como si fuera a delatarla por tener creencias folclóricas—. Aunque Clarisa era loriana.

Entonces tenía razón al pensar que a Florence no le gustaba Clarisa. Los lorianos constituyen la secta más antigua de todas las que rinden culto al Innombrable, y sus prácticas religiosas son las que conservan el mayor número de elementos folclóricos. Solían representar al Innombrable con la figura de un ciervo blanco, hasta que la Corona lo declaró una blasfemia hace unos veinte años. Uno antes de que yo naciera, los lorianos, furiosos por la prohibición, unieron fuerzas con los practicantes del folclore, con los adoradores de los elementos naturales y con todos aquellos que se oponían a la Corona por otros motivos. El objetivo era derrocar al rey Zey, que no tenía herederos, en favor de su hermanastro, que estaba casado con una loriana. Sin embargo, la revolución tuvo una vida muy corta. El hermano del rey fue ahorcado, junto con su mujer e hijos, y las fuerzas revolucionarias fueron masacradas. El movimiento se denominó Levantamiento loriano, pero la versión oficial de la Corona fue que todo había sido orquestado por un poderoso aquelarre de brujas. En la ciudad de Spira de mi infancia aún se notaban las secuelas de esta revuelta y, a lo menos, muchos de aquellos resentimientos siguen hoy vigentes.

Lo primero que me había preguntado Florence cuando me contrataron fue: «¿A qué religión perteneces?». «Soy rainista», me apresuré a contestar.

No lo soy, pero el rey también es rainista, y es la única respuesta irrefutable. Cuando me declaré rainista, Florence asintió severamente y Chloe pareció aliviada. La mayoría de la población de la Maraña va al gran templo baltista, donde siempre hay música, y baile, y rosquillas de miel después de la ceremonia. Nunca he ido a un templo rainista, donde todo el mundo viste de blanco y reza arrodillado y en silencio durante horas, y donde siempre parece estar haciéndose ayuno. En cualquier caso, los lorianos tienen que andarse con cuidado en estos días. El ciervo blanco ha desaparecido de sus templos y hablar de demonios es, como mínimo, imprudente.

—¿Sabes por qué pensaba eso? —pregunto.

—Vio algo —dice Chloe—. Una noche, todas oímos un ruido en el rellano. Una especie de… gruñido. Clarisa se levantó a ver qué pasaba, y luego empezó a gritar y a gritar, y todo el mundo se despertó, y la señora Och nos dijo que volviéramos a la cama, que todo estaba bien. Pero Clarisa se marchó al día siguiente. Estaba hecha polvo y lo único que dijo fue: «Lo he visto».

Esto es exasperante.

—Pero ¿qué vio? —insisto.

—¡No lo sé! —dice Chloe, encantada con nuestra conversación.

A mí no me queda más remedio que tragarme mi frustración y memorizo el nombre de Clarisa Fenn. No debería ser muy complicado dar con ella.

—La señora Och es muy buena —digo, cambiando de tema, mientras ella apila madera en la chimenea de Frederick.

—Ah, sí —responde Chloe.

No sé muy bien cómo continuar la conversación para que Chloe opine abiertamente sobre la señora Och, pero tampoco tengo oportunidad de hacerlo, porque Frederick me interrumpe al entrar en la habitación.

—Disculpe —le pido—. Ya casi hemos terminado.

—En absoluto —dice con esa mirada sorprendida que parece tener siempre, como si te lo acabaras de encontrar en el baño—. De hecho, te estaba buscando. ¿Te importaría echarme una mano un momento en la biblioteca?

—¿Las dos? —le pregunto, porque solo me está mirando a mí.

—No, solo tú, Ella —dice, y siento un pequeño escalofrío. ¿He dejado acaso algún rastro de mi espionaje? Le sigo escaleras abajo hasta la biblioteca, una enorme estancia tapizada de libros con cómodos sillones y una chimenea rebosante de ascuas apenas encendidas.

Parece un tanto nervioso. Yo lo miro con expectación.

—Durante el almuerzo —me dice—, dijiste que te gustaba el aspecto que tenían las palabras en el periódico.

Me relajo, aunque solo un poco.

—Sí —respondo.

—¿Te gustaría aprender a leer? —se le escapa—. Yo puedo enseñarte. Es que me parece una pena… Bueno, no puedo imaginar cómo debe ser no saber leer.

Ahora parece apesadumbrado, como si me hubiera ofendido, pero entiendo su sensación, y lo cierto es que me conmueve un poco. Mi mente trabaja a toda velocidad. No puedo añadir el fingir que soy analfabeta durante una clase de lectura a la larga lista de tareas que tengo que hacer en esta casa.

—No dispongo de mucho tiempo libre —digo.

—Le diré a Florence que necesito tu ayuda para clasificar los libros. Un rato pequeño al día será suficiente para comenzar.

Eso lo arregla todo. Si me proporciona un respiro de las tareas domésticas, estaré encantada. Y... quién sabe qué información valiosa puede proporcionarme el intimar un poco más con Frederick. Es el ayudante del profesor y podría ser muy útil entablar amistad con él.

—Gracias —le digo, obsequiándole con mi mejor sonrisa—. No sé qué decir... Es muy generoso por su parte, señor. Siempre he deseado saber leer.

Se sonroja y me devuelve la sonrisa.

—Llámame Frederick —responde.

Capítulo 4

Lo que he averiguado en los últimos dos días es esto: primero, que dentro del maletín negro, el que el profesor Baranyi oculta en el compartimento secreto que hay detrás de los libros prohibidos, hay dos viales llenos de líquido (uno transparente y otro de color ámbar), cinco dardos huecos y un artefacto en forma de revólver que puede cargarse con esos mismos dardos. Segundo, que la habitación del sótano ocupada por el señor Darius está cerrada desde fuera. En otras palabras: quien lo encierra ahí no es él, sino otra persona. La puerta de madera ha sido sustituida por otra de acero y ahora está protegida por un sólido candado. Quizá unas manos expertas fueran capaces de abrirlo con una horquilla, pero yo no soy ninguna experta y no he conseguido hacerlo, a pesar de haberlo intentado dos veces. Y, tercero, que Frederick es un profesor nefasto. Es un alivio saber leer, porque, de no ser así, no estaría haciendo ningún progreso en absoluto. Y, aunque me considero bastante buena actriz, fingir que me cuesta aprenderme el alfabeto es bastante complicado. Él, sin embargo, está encantado con mis progresos y afirma que dentro de nada estaré leyendo a los clásicos. Florence sospecha muchísimo de mi nueva tarea de «clasificar libros» para Frederick, pero no se atreve a decirle nada. Probablemente piensa que tenemos una aventura.

A mediados de semana, sin previo aviso, nos dan la tarde libre a las tres.

—Tengo un visitante —nos dice la señora Och—. Necesitaremos privacidad.

Cosa que es extremadamente interesante, así que no tengo la más mínima intención de abandonar la casa. Sin embargo, Florence me sigue como un perro a todas partes, con una actitud inquietantemente amigable, hasta que consigue que me ponga el abrigo y las botas.

—Va a haber una purificación en el río, frente a los edificios del Parlamento —me susurra cuando estamos en la puerta, como si no lo supiera.

Chloe se encoge junto a ella, con unos ojos enormes y asustados.

—Ven con nosotras —dice Florence.

Tiene que mejorar su estilo a la hora de hacer invitaciones. Siento la tentación de contestarle secamente que no puede darme órdenes si tenemos la tarde libre y que tengo otros planes. Pero las dos parecen tan pálidas y ansiosas que la escena es casi patética.

—¿Habéis ido alguna vez a una purificación? —pregunto.

Chloe sacude la cabeza con vehemencia. Florence duda: se niega a admitir la menor de las lagunas en su experiencia.

—Mis obligaciones —dice— me mantienen demasiado ocupada para asistir a este tipo de actos.

—No hay mucho que ver —les digo—. Consiste en arrojar al río a unas cuantas brujas harapientas. A veces, con suerte, se produce alguna pequeña trifulca. Pero siempre termina de la misma manera: con las brujas en el río.

Florence asiente solemnemente.

—La señora Och —dice— me ha dado algo de dinero para que nos compremos panecillos dulces.

Está recurriendo al chantaje. Es como si las dos quisieran desesperadamente que las acompañase. Veo que no podré quedarme en casa, así que decido acompañarlas. Las perderé en algún momento y luego volveré sola.

—De acuerdo —accedo, y percibo lo aliviadas que están las dos—. Pero, sinceramente, creo que os va a decepcionar.

Cuando llegamos a la orilla del río vemos que ya hay reunida una multitud que llega desde el puente Molinda hasta la Meseta, ocupada por los obstinadamente prácticos edificios del Parlamento, junto a los terrenos del palacio. El palacio en sí queda oculto tras gruesos muros, pero desde el monte Heriot se atisban las puntas de sus elegantes chapiteles.

El cielo está despejado, pero en el viento ya se notan los dedos del invierno. Me doy cuenta de que Chloe y Florence llevan las botas prácticamente rotas y que sus abrigos ya han conocido muchos inviernos. Aunque la ropa que llevo no es algo de lo que poder presumir, mi abrigo era nuevo hace poco más de un año —lo adquirí tras un golpe a la casa de un rico coleccionista—, y Liddy me hace botas nuevas siempre que las necesito. Las sirvientas de la ciudad de Spira deberían aprender la lección: del crimen se vive mejor. Florence compra tres panecillos dulces en un puesto del puente y después yo las guío por los estrechos escalones que descienden desde la carretera hasta el sendero que discurre junto al río.

—¿No tendríamos mejores vistas desde arriba? —pregunta Florence mientras me sigue y mordisquea su panecillo. Tengo ganas de decirle que aproveche que todavía está caliente para comérselo. En realidad, lo que quiero es quitárselo de esas blancas manitas y comérmelo yo. Ya me he terminado el mío.

—Arriba hay demasiada aglomeración —respondo—. ¿Te sobra algo de dinero?

Ahora que estamos fuera de su territorio se muestra sorprendentemente pasiva. El trajín de la ciudad es mi elemento y, aunque no tenga manera de saberlo, es como si Florence de algún modo pudiera percibirlo. De repente, soy la que está al mando de la situación. Me tiende unos cuantos peniques, casi disculpándose.

Yo los cojo y le hago un gesto a un hombre que está fumando en una pequeña barca de remos.

—¿Tres peniques? —me dice con la ceja enarcada.

—Y la encantadora compañía de tres jovencitas —respondo con un guiño.

Me dedica una triste risa al oír el comentario, pero nos deja subir.

—¿Esto es seguro? —pregunta Chloe.

—Por supuesto que lo es —espeta Florence, con el rostro pálido.

Poco después, el sendero junto al río y la carretera sobre el puente están atestados y el río lleno de barquitas como la nuestra: cualquiera que tenga una embarcación intenta ganarse unos peniques ofreciendo mejores vistas a los espectadores. Yo coqueteo sin muchas ganas con nuestro hombre para que no decida dejarnos por alguien que le ofrezca más, pero no parece muy interesado y, al poco, enciende su pipa y se queda ensimismado.

Por fin, la alargada embarcación del gobierno se hace visible y la muchedumbre empieza a gritar y a lanzar cosas al río. Ojalá me hubiera acordado de traer un paraguas para protegernos de la lluvia de fruta podrida y desperdicios que está cayendo ahora mismo.

—¿Qué están haciendo? —grita Chloe, aterrorizada.

Florence se agarra con fuerza las dos manos sobre el regazo y empieza a agitar las aletas de la nariz, como si fuera a ella a quien estuvieran a punto de arrojar al río.

—Solo están emocionados —respondo—. Créeme, aquí estamos más seguras.

Es verdad. A veces las masas enloquecen un poco y hay gente que ha muerto a causa de la aglomeración y la estampida. Nuestro barquero rema perezosamente en círculos para que podemos ver a las brujas, que forman una fila sobre la cubierta. Llevan cadenas de plata alrededor de los tobillos, las muñecas y el cuello, en teoría para evitar que puedan usar magia. Las brujas no pueden conjurar hechizos a menos que los escriban antes, pero también poseen por naturaleza una gran fuerza, y el supersticioso temor que suscitan lleva a sus captores a encadenarlas con plata. Hoy son ocho. Solo una de ellas tiene verdadero aspecto de bruja: una vieja arpía de rostro arrugado y manos huesudas como garras que se aferran a las cadenas de plata que la sujetan. También hay una giganta de pelo claro y un horrible rostro que le saca unas cuantas cabezas a los guardias. Una bruja rolliza y de piel oscura solloza y cae de rodillas una, y otra, y otra vez; pero los guardias que hay tras ellas la obligan constantemente a ponerse de pie. En cuanto a las otras, la mayor parte parece de ese tipo de mujeres que uno podría encontrarse vendiendo sedas o pulseras en los mercados de la Maraña. Me parece curioso que siempre, en todas partes, las brujas convictas procedan de las clases más bajas. Hubo un año en que ahogaron por bruja a la esposa de un rico banquero, y la emoción que provocó tal acontecimiento conmocionó a la ciudad durante días, pero ese tipo de cosas no son muy comunes.

—Hay más guardias de lo habitual —comento con el ceño fruncido, al ver que ocupan toda la cubierta, todos vestidos de regio azul y blanco, con los revólveres preparados.

Un momento después, un hombre delgado vestido con un largo abrigo negro sale de la cabina del barco y trepa hasta la toldilla. La multitud ruge, lo cual a mí se me antoja como una reacción un tanto ambigua. Nunca le había visto antes en persona, pero le reconozco por su parecido con los periódicos: es Agoston Horthy, el primer ministro y probablemente el hombre más poderoso de Frayne, ya que se dice que el anciano rey Zey pasa sus días orando y ayunando, y tiene poca relación con los asuntos del Estado. Ahora entiendo por qué hay tantos guardias.

He oído a algunos ancianos contar que, durante su infancia, la gente tenía libertad para elegir a quién adorar y que las prácticas folclóricas formaban parte de la vida cotidiana en la Maraña. Pero aquella época pasó hace mucho tiempo. Agosto Horthy es el espía privado del rey, con la nariz siempre metida en cualquier recóndito lugar en el que puedan resurgir las prácticas de la Antigüedad. Llegó al poder hace veinte años, como joven heredero de una familia de terratenientes y fue elegido personalmente por el mismísimo rey, a quien ya empezaban a pesarle los años. Sus partidarios afirman que solía trabajar en el campo, hombro con hombro con los granjeros que labraban sus tierras, y que lleva a la gente sencilla muy dentro de su corazón. Otros solo recuerdan la crueldad de la que hizo gala cuando reprimió el Levantamiento loriano, y la severa línea de acción que ha mantenido desde entonces. Durante toda mi vida, el rey ha sido una figura vaga y sagrada que iba tornándose cada vez más anciana, canosa y difusa (y, por lo que todo el mundo dice, cada vez más santa), tras las paredes del palacio, mientras Agoston Horthy se erigía como el temible e inquebrantable capitán del barco del Estado.

En persona no parece tan imponente como lo pintan en los retratos. Es delgado y de corta estatura, y tiene un rostro arrugado y perruno, bolsas debajo de los ojos y vetas grises en el cabello. Las hombreras de su abrigo se ven desgastadas. De hecho, tiene el aspecto de un verdulero cansado, pero la impresión inicial se desvanece en cuanto habla.

—Al igual que vosotros, estoy aquí para dar testimonio —dice con una atronadora voz de barítono, sorprendente para esa complexión tan pequeña. La multitud calla inmediatamente—. Por la gloria del Innombrable y la seguridad de Frayne, no toleraremos ningún tipo de magia antinatural en el interior de nuestras fronteras. Con el rey Zey al mando, Frayne es una nación santa, una nación que se enorgullece del trabajo duro, la honestidad y la fe de sus habitantes, una nación que rechaza las creencias falsas y la magia maligna. Hemos trazado el camino y el resto de Nueva Poria ha seguido nuestro ejemplo. Es nuestro deber mostrar al mundo cómo debe comportarse una nación santa, pero, más allá de eso, es nuestro deber mantener a nuestros niños a salvo, protegernos a nosotros mismos y ser fieles a nuestros principios y al Innombrable. Estoy aquí para dar testimonio de cómo las aguas benditas del río Syne se llevan el veneno que nos amenaza a todos, que pone en peligro a nuestros niños: esta magia oscura, el terrible poder de las brujas —hace una breve pausa, se inclina hacia delante y dice—: No obtengo placer alguno de la muerte, de matar. Pero ¿qué haríais vosotros, madres y padres, para proteger a vuestros queridos hijos? ¿Os quedaríais, acaso, sin hacer nada? ¿No mataríais a quienes los han amenazado y consideraríais que es justo? Vosotros, el honesto pueblo fraymiano, sois mis únicos hijos, y sin escrúpulos daré muerte a todos aquellos que pretendan haceros algún daño.

A continuación, se escucha una enérgica oleada de aplausos. Me preocupa que Florence se caiga por la borda de lo fuertes que son los suyos. Ha sido una magistral pieza de oratoria, entregada con una envoltura de absoluta sinceridad. Agoston Horthy inclina la cabeza, entrelaza las manos frente al mentón, cierra los ojos. Diría que tiene lágrimas en las mejillas, pero desde aquí es difícil de distinguir. Un santo rainista, completamente vestido de blanco, pronuncia una bendición mientras su devoto enciende una antorcha para demostrar que las mujeres son brujas. Una de ellas, de cabello castaño y un poco más joven que el resto, está inmóvil, aunque está al lado de la que no deja de sollozar y caer de rodillas al suelo. La observo mientras el santo rainista da la orden y su devoto va acercando la antorcha llameante al brazo desnudo de cada bruja, de una en una.

Un par de ellas gritan y fingen quemarse, y la muchedumbre ríe. El devoto mantiene la antorcha sobre su brazo durante más tiempo para demostrar a la concurrencia que no se queman. Todos gritan y patean el suelo. Me parece oír un sonido extraño que viene de Chloe, o quizá de Florence, pero estoy demasiado entretenida observando a la bruja de cabello castaño. Cuando la antorcha la toca, no se mueve. Cierra los ojos.

Alguien grita: «¡Cógelo, Agnes!» y un pequeño y fino objeto surca el aire. Quienquiera que lo haya lanzado está intentando huir ahora de la horda, pero ya lo han atrapado, y le están dando una paliza sin saber aún lo que ha hecho.

La giganta y otra bruja, que podría ser Agnes, pero que quizá no lo sea, se abalanzan a la vez sobre el objeto. Se oye un disparo y la giganta se tambalea mientras una mancha de color rojo surge en la pechera de la camisa masculina que viste. Cae contra la barandilla del barco. Nuestro barco se ha acercado tanto que nos encontramos mirando directamente a su rostro, contraído por la ira.

—Una pluma —dice con voz ronca, como si nos la estuviera pidiendo a nosotras.

Supongo que eso es lo que han lanzado, pero ninguna de las brujas consigue alcanzarla. La giganta es empujada de vuelta a la fila, sangrando a mares. Se nota que le cuesta mantenerse en pie, pero un tiro no basta para matar a una bruja. El ahogamiento es el método más eficaz, porque ninguna bruja es capaz de nadar, ni siquiera de flotar. El agua es su mayor enemigo; el fuego, su aliado.

No es más que un poco de drama para animar la purificación. Hace un año, aproximadamente, una bruja consiguió romperle el cuello a un guardia antes de que la dispararan tres veces y la lanzaran por la borda. Aún recuerdo el horrible chasquido, la expresión de su rostro mientras le retorcía la cabeza. Agoston Horthy contempla la escena con rostro hierático, con una mano sobre su propia arma, y el santo divaga un poco sobre cómo el Innombrable nos está mostrando su gracia por cumplir con Su voluntad. Mientras tanto, el hombre que ha lanzado la pluma es golpeado por la multitud hasta que los golpes lo reducen a un bulto sangrante e inmóvil en la orilla del río. Yo me fijo de nuevo en la joven bruja, que tiene los ojos y la boca cerrados y los puños apretados. Siento como si tuviera algo en el pecho, una presión insoportable.

Algunas de ellas se resisten, pero ahí, en la borda del barco y con una fila de soldados a sus espaldas, no hay ningún lugar adonde huir. Las empujan al agua sin orden ni concierto, y sus ropas aletean, gritando o en silencio. La joven bruja se abraza a sí misma con fuerza y cae. Se hunde como una piedra, igual que todas las demás. La concurrencia grita con un ensordecedor estruendo. Hace nueve años contemplé cómo mi madre moría de esta misma manera.

Yo también jaleo hasta quedarme ronca.

Esto es lo que recuerdo: mis padres estaban enamorados y eran infelices. Mi madre era lavandera y, para sacarse un dinero extra, a veces leía las manos. Aunque la mía se negaba a leerla.

—Casi todo son patrañas —decía alegremente—. Las líneas de tu mano pueden indicarte el camino, pero con toda certeza pueden también desviarte de él.

La colada de otra gente siempre estaba tendida en el patio de ladrillo que había fuera de nuestro apartamento y, cuando éramos muy pequeños, Dek y yo solíamos jugar al escondite entre las grandes sábanas blancas y la desgastada ropa interior de los residentes de la ciudad de Spira. Mi padre había sido un jinete famoso antes de nacer nosotros, pero mi hermano y yo solo llegamos a conocer su faceta de adicto al opio.

Mi madre era bastante guapa, con su piel olivácea y su densa melena, pero cada vez me cuesta más recordar su rostro con exactitud, sus proporciones y expresiones. Lo que sí que recuerdo mejor son sus manos, tanto su tacto como su aspecto: pequeñas, morenas, callosas, hábiles y astutas, manos siempre en movimiento. Las recuerdo doblando recortes de papel con formas de animalitos para entretenernos, deshaciendo los nudos de mi melena con el peine, cortando pan, virtiendo leche, acercándose a mi rostro para limpiarme una mancha. Recuerdo cómo gesticulaba cuando mi padre y ella discutían, sus manos como dos cuchillos gemelos que cortaban el aire. El aire quedaba después hecho añicos, pero nada había cambiado.

Si alguien nos preguntaba, respondíamos con orgullo: «Nuestra mamá es Ammi, la lavandera». Así la llamábamos, así la llamaba todo el mundo, pero todos sabíamos que era mucho más que eso. A veces, se marchaba durante días enteros y, cuando volvía, sus manos se movían aún más rápido de lo habitual y sus ansiosos dedos no paraban quietos. A media noche aparecían personas encapuchadas hablando en susurros y le entregaban mensajes que ella luego quemaba en la cocina. De día, los vecinos de la Maraña se golpeaban levemente el ala del sombrero para saludarla, le hacían buenos precios en el mercado, le gritaban: «¡Buen día, Ammi!» desde la otra punta de la calle. Los matones del barrio asentían con la cabeza cuando la veían pasar. Las viejas cotillas que lo sabían todo de todos siempre tenían cosas que susurrarle al oído. Ella estaba en el núcleo de todo, profundamente conectada con cada latido de la Maraña, con lo que era secreto y con lo que no lo era tanto. Pero, sobre todo, la gente la respetaba y la apreciaba. A mi padre le dieron muchas más oportunidades de las que se merecía por ella.

Mi padre se llamaba Jerel. Lo recuerdo riéndose de nada en un rincón de la habitación y durmiendo en las escaleras y prometiéndole a mi madre, a nosotros, al casero, a los cocheros de la calle que iba a dejar el opio y a conseguir un trabajo decente.

—No le creas —me dijo Dek, y no lo hice.

Aunque durante años mi madre sí que lo creyó. O quizá no lo hiciera, quizá solo estuviera fingiendo creerle, pero, de todas maneras, se quedó con él. Creo que en algún momento debió de ser un hombre apuesto, pero hacia el final ya no quedaba mucho de la persona que fue.

La mayor parte del tiempo Dek cuidaba de mí, aunque solo tenía tres años más que yo. Estábamos todo el día correteando libremente por ahí con los demás niños, pequeñas pandillas de gamberros de la Maraña, y siempre volvíamos a casa cogidos de una oreja o con unos buenos azotes de parte de quien fuera que hubiéramos estado molestando aquel día. Descubrí muy pronto que había un espacio secreto al que podía retirarme, una especie de parte trasera de mí misma, un lugar difuso, como un bolsillo del mundo en el que podía introducirme y donde nadie me veía. Dek se dio cuenta de lo que podía hacer y me dijo que lo mantuviera en secreto y no se lo dijese a nadie. Así que fui cuidadosa y mantuve oculto mi don especial. Mi secreto. Me gustaba tener un secreto y, de alguna manera, tenía sentido que fuera peligroso. Quizá esta habilidad se deba a que mi madre era una bruja, pero yo no lo soy. Me quemo como la que más y soy buena nadadora. En mi mano, una pluma no es más que eso: una simple pluma incapaz de ejercer magia alguna.

Aún era muy pequeña cuando comprendí la verdad sobre mi madre. Por supuesto, sabía qué eran las brujas: viejas malvadas que te hervían y se comían tus tripas para cenar. Adoradoras de los Oscuros que vivían bajo Tierra, en el Kahge. Fuego en las venas en lugar de sangre, seres sin alma.

Estábamos en la calle, lanzando piedras a las ratas, que aquel verano eran numerosísimas, cuando alguien gritó por una ventana:

—¡Redada! ¡Soldados! ¡Redada!

Todos nos dispersamos, cada uno rumbo a su casa. Dek y yo subimos corriendo las escaleras del pequeño apartamento que nuestros padres tenían justo encima de la lavandería. Olía a cardamomo quemado. Nuestra madre estaba sentada en la mesa, garabateando torpemente sobre un trozo de papel. No sé dónde había aprendido a leer o a escribir, y, aunque no se le daba muy bien, aquello por lo visto era suficiente, tal y como se vio más tarde. Tenía la cara sofocada y ligeramente húmeda.

—Hay una redada —dijo Derek, casi enfadado.

—*Ssshhh* —dijo ella, levantándose. Echó el papel en el que había estado escribiendo a uno de los fuegos de la cocina de gas y se volvió hacia mí con la pluma y el tintero.

—Ve a esconder esto fuera del edificio —me dijo—. Date prisa. Que no te vean.

A veces miro atrás y pienso que lo sabía. «Que no te vean». Por eso me entregó las cosas a mí y no a Dek, que era mayor que yo.

Rebosante de orgullo, salí corriendo del edificio y hacia la calle. Los soldados venían desde la esquina, una hilera tras otra, deslumbrantes con sus uniformes blancos y azules. Calzaban unas relucientes botas altas, llevaban espadas en la cintura y rifles a la espalda. Yo me recosté contra la pared

y me refugié en mi pequeño espacio secreto para evitar ser vista. Los soldados iban dividiéndose en grupos más pequeños frente a cada edificio y en-
traban por la puerta de tiendas y apartamentos. Dos subieron las escaleras
hasta el nuestro, dando fuertes pisotones con sus magníficas botas, agitando en la carrera los penachos de los sombreros. Yo empujé la pluma y la
tinta dentro de la tubería de un desagüe, lo más profundamente que pude,
y subí corriendo las escaleras tras ellos.

El olor a cardamomo quemado quedaba oculto por el perfume de mi
madre, que lo había rociado por toda la habitación. Cuando los soldados
entraron con las blancas plumas de sus sombreros rozando el techo, nuestro
apartamento me pareció de repente pequeño y triste. Uno de los soldados
era bajito y rechoncho, con papada y ojos amables. El otro tenía una boca
como un buzón y estaba registrando nuestras pocas pertenencias.

Dek parecía asustado e inseguro junto a nuestra madre, pero ella son-
reía a los soldados y se acariciaba a propósito el pelo con la mano.

—Sus documentos, señora —dijo el soldado corpulento.

—Por supuesto.

Nuestra madre atravesó la habitación y extrajo un ladrillo de la pared.
Detrás había una pequeña caja de lata que sacó y abrió para entregarles después los documentos que había dentro.

—También están los de mi marido —dijo—. Ahora está en el trabajo.

—¿En qué trabaja? —preguntó el soldado, inspeccionando los papeles.

—Es carpintero —mintió ella suavemente.

—¿Este es su hijo? —preguntó, señalando a Dek.

Yo me había hecho desaparecer junto a la puerta.

—No —dijo—. Este es Benedek, un chico de los recados. Creo que
vive en una calle de más arriba. ¿Me puedes recordar quiénes son tus padres, cielo?

Dek se la quedó mirando boquiabierto. Ella hizo un gesto con la mano,
como para quitarle importancia.

—Rosalie Swan —respondió ella—. Ya me acuerdo. A dos calles de
aquí —y, con un audible susurro, añadió—: No tiene padre.

Pero a los soldados aquello no les interesaba.

—Nada —dijo Bocabuzón después de rebuscar entre todas nuestras pertenencias, que no eran muchas.

—Bueno —dijo el soldado corpulento, incómodo—. Supongo que podemos proseguir.

—Pero tenemos que comprobarlo —dijo el otro, sacando un librillo de cerillas.

—Sí, supongo. Mis disculpas, señora. Ya sabe, son órdenes. ¿Sería tan amable de darme la mano, por favor?

—¿La mano? —parecía alarmada mientras retrocedía levemente—. ¿Qué está pasando?

—Lo siento, señora —dijo el rechoncho. Bocabuzón se acercó y la agarró del brazo. Ella reprimió un grito, pero no se resistió cuando el rechoncho sacó el librillo de cerillas y encendió una.

—Oh, por favor, no —sollozó.

Bocabuzón le dio un fuerte tirón del brazo, pero luego se tambaleó cuando Dek embistió contra él. Yo también corrí hacia él, con intención de sacarle los ojos, pero el soldado lanzó a Dek contra mí y los dos acabamos rodando por el suelo.

—¡Pequeñas bestias! —dijo Bocabuzón mientras mi madre dejaba escapar un chillido.

—Se quema —dijo el rechoncho con la cerilla encendida en la mano. Un verdugón rojo empezó a asomar en el dorso de la mano de mi madre.

—¡Bárbaros! —gritó ella, llevándose la mano al pecho.

—Lo siento, señora —dijo el rechoncho.

—¿De dónde ha salido esta? —Bocabuzón me señaló con el pie.

—Ni idea —replicó mi madre, furiosa—. ¡Fuera de aquí, los dos! —ahora se dirigía a Dek y a mí.

Corrimos hacia la calle, tiritando a causa de los sollozos. Los soldados nos ignoraron y se unieron a la fila que ya empezaba a desaparecer por nuestra calle, de la que no se llevaron a ninguna bruja. Escuchamos después, sin embargo, que habían arrestado a cuatro de la Maraña, entre ellas a Ma Rosen, que vendía bollos de canela en la plaza Fitch. Fueron ahogadas pocos días después.

Cuando Dek y yo volvimos al apartamento más tarde, mi madre parecía incluso más cansada de lo habitual.

—¿Qué querían? —grité, aunque Dek ya me lo había explicado.

—Solo eran soldados haciendo fechorías —respondió.

—¡Los odio! —declaré.

Ella me sonrió con ironía.

—Yo también.

—¿Por qué les dijiste que no éramos tus hijos? —quiso saber Dek, que seguía dolido.

Nuestra madre se acercó a nosotros y nos atrajo hacia ella en un abrazo.

—Porque, cuando tienes un enemigo, nunca debes permitir que sepa qué es lo que más quieres. O a quién.

Yo me acurruqué contra ella, respirando su jabonoso aroma y las leves notas de cardamomo quemado que se mezclaban con su perfume. El corazón me latía desbocado, pero nunca le dije a Dek algo que él también debió de notar: la ampolla de su mano había desaparecido y su piel estaba lisa, como si jamás la hubiera tocado el fuego.

La siguiente vez que olí aquel aroma fue cuando Dek enfermó de la Plaga. La recuerdo echada sobre su cama, su caligrafía infantil en las hojas de papel dispersas por el suelo, el tintero casi vacío. Susurraba algo una, y otra, y otra vez mientras escribía, y el aroma a cardamomo quemado tornaba la atmósfera pesada. Me mandó a comprar más tinta. Yo no tenía dinero y ella me dijo que lo robara, así que eso hice. Luego me mandó lejos, con aquella tía del campo.

Cuando regresé, Dek estaba medio ciego y tullido, pero seguía siendo Dek. Y seguía vivo. Supongo que para entonces yo ya lo sabía, pero no dejaba que la idea aflorara entre mis pensamientos. Las brujas eran malvadas, y mi madre no lo era.

Pero sí que era una bruja. Unos meses más tarde, Agoston Horthy ofreció una recompensa de diez freyns de plata a cualquiera que delatara a una bruja. Aquella era una suma disparatada para la mayor parte de los vecinos de nuestro barrio, así que después de aquello empezaron a celebrarse purificaciones durante todos los días durante semanas. No sé quién la delató. Vinieron de noche, entraron a la fuerza en nuestro apartamento y la sacaron de la cama. Un soldado me rompió un diente de un puñetazo cuando intentaba detenerlos. Me desplomé en los brazos de Dek, tragando mi propia sangre, y contemplé cómo sostenían la llama contra su brazo. Se quedó inmóvil y nos dedicó una mirada imposible de interpretar cuando se la llevaron a rastras por las escaleras.

Nuestro padre lloró, pero no hizo nada, y desapareció de nuestras vidas al día siguiente. Nunca más volvimos a verlo. Supongo que lo único que lo mantenía a nuestro lado era ella y no nosotros. Aunque no debería habernos sorprendido, lo cierto es que nunca esperas que un padre vaya a abandonarte, aunque como padre sea un completo inútil.

Cuando volví a verla estaba en ese barco, igual que hoy, aún con el camisón puesto frente a una horda enfervorecida que le gritaba movida por el odio. No tembló, ni tampoco se debatió. Escrutó la multitud, quizá buscándonos a nosotros, pero no nos vio. Cayó al fondo del río y allí se ahogó.

Dek pedía limosna, yo robaba. Cuidábamos el uno del otro. Nos unimos a una banda de niños que cruzaban el río hasta la Scola o hasta el monte Heriot para sisar a los transeúntes. Un trabajo fácil para alguien como yo. Estaba robando manzanas en el mercado cuando una voz a mis espaldas me dijo:

—Tienes un talento interesante, mi niña.

No debería haberme visto nadie. Me volví y así fue como tuve mi primer e inesperado contacto con el rostro de Liddy.

—Creo que conozco a alguien a quien podrías serle útil —dijo el rostro.

Chloe vomita en el sendero junto a la orilla en cuanto bajamos de la barquichuela. Después se queda allí, en cuclillas, lloriqueando.

—No debes sentirte mal —le espeta Florence con rudeza—. ¡Se ha cumplido la voluntad del Innombrable! Eran criaturas del mal y hemos librado a la Tierra de su presencia. ¡No está bien compadecerlas!

—¡No las compadezco! —solloza Chloe—. ¡No lo hago!

La propia Florence está blanca como una hoja de papel: no es tan dura como a ella le gusta pensar.

—La primera vez impresiona —digo.

Florence parece bastante aliviada con mi comentario.

—¿Lo ves? —le dice a Chloe—. Es muy normal sentirse afectado. Recomponte.

—Quizá deberíamos comprar más panecillos dulces —comento lacónicamente; pero ninguna tiene dinero y me va a ser prácticamente imposible robar una cartera delante de ellas.

—¿Has visto muchas purificaciones? —pregunta Florence.

—Voy a todas —respondo sin pensar.

Parece impresionada y me pregunta algo, pero no la escucho. Siento como si alguien me hubiera perforado el corazón con una bayoneta. Porque arriba, en la calle, acabo de ver a Wyn. Solo un segundo, un destello: Wyn riendo con una botella de algo en la mano y una chica de melena negra cogida del brazo. También la reconozco a ella: Arly Winters, la haragana hija del herborista. Se supone que debería estar aprendiendo la profesión de su padre, pero, en vez de eso, se dedica a posar desnuda en clases de Arte. Tiene unos hoyuelos muy graciosos y una figura envidiable.

—Vamos —digo mientras tiro del brazo de Chloe para levantarla del suelo.

Subo las escaleras corriendo y ambas me siguen, pidiéndome a gritos que las espere. En la calle, ya no puedo verle. Me abro camino entre la multitud, buscándole nerviosa, con el corazón desbocado, pero no sirve de nada. Me digo a mí misma que me lo he imaginado. He perdido a Chloe y a Florence, así que robo otro panecillo. Aun así, soy incapaz de detener el doloroso golpeteo del corazón en mi pecho. ¿Wyn y Arly? No. No. *Pum. Pum.*

Debería volver a la casa e investigar quién está visitando a la señora Och, por qué quería que nos fuéramos. Cuando la multitud empieza a dispersarse, oigo que un policía le dice a un caballero de traje oscuro:

—... deberían haber sido nueve.

—¿No estará diciendo que se ha escapado una de Hostorak? —dice el hombre.

Yo aminoro la marcha, me acerco, desaparezco.

—No, no de Hostorak. ¡De camino al río! Han conseguido dar el cambiazo de alguna manera. Había una chica corriente encadenada, declarando su inocencia. Un guardia se dio cuenta de que no la reconocía, le acercó una cerilla y se quemó. Aún la tienen cautiva, están intentando averiguar qué ha pasado. Pero, por ahora, les falta una bruja.

—¡Increíble! —dice el hombre del traje.

—Ha sido algo antinatural, en eso estamos de acuerdo —comenta el policía—. No podría haber sucedido de otro modo. Están bajo la vigilancia de los guardias desde que salen de la cárcel hasta que entran en el barco, cada segundo.

—Eso demuestra lo importante que es ahogar a todas y cada una de esas malditas, ¿no le parece? —dice el hombre—. Si se organizan de nuevo, ¡quién sabe de qué serían capaces! ¡Nos convertirían a todos en sus esclavos, por todos los santos!

—Terrorífico panorama, cierto es —murmura el policía.

Camino durante el resto del recorrido de vuelta a la calle Mikall. Ahora la ciudad está tranquila, la mayor parte de los transeúntes siguen concentrándose junto al río. La fachada principal le da a la casa de la señora Och un aspecto bastante amenazador, piedra gris, una verja negra de hierro y unas ventanas que parecen unos fríos ojos reflectantes, la puerta cerrada para mí. Me cuelo por la verja y me dirijo hacia la puerta lateral, situada junto a la letrina exterior, y consigo llegar a la trascocina. La casa está tranquila y en silencio, y en la trascocina hace frío. Esperaba encontrar a los visitantes en el salón, pero la habitación está vacía. Al subir las escaleras, oigo voces procedentes de la sala de lectura de la señora Och.

La puerta está cerrada. Acerco el ojo a la cerradura, pero no veo mucho más que las piernas del profesor Baranyi, enfundadas en sus pantalones.

—... una carta para mi amigo en Tulles —está diciendo la señora Och—. Desde allí, puede hacer las gestiones necesarias para conseguir que cruces la frontera.

Una voz amortiguada que protesta.

—En Sinter hablan frayniano —dice el profesor Baranyi, que es al que mejor se escucha, al estar más cerca de la puerta—. Hace más frío que en

Frayne, pero Zurt es una ciudad encantadora, y allí estarás a salvo, que es lo primordial.

Se escucha de nuevo la misma voz amortiguada, ahora con tono molesto. Esta vez, la réplica la da la señora Och, pero solo capto algunas palabras sueltas. Algo sobre unos contactos y ayuda. A continuación, oigo que alguien se acerca a la puerta.

Me apoyo contra la pared y me desvanezco lo más rápido que puedo. El que sale es Frederick. Lo acompaña, cogida del brazo, una mujer de mediana edad envuelta en un chal gris, con los ojos enrojecidos.

—Todo saldrá bien, señora Sandor —le dice en voz baja cuando pasa junto a mí—. Pueden parecer bruscos y excéntricos, lo sé, pero ya han hecho esto antes y son buenas personas. Se ocuparán de usted.

El profesor Baranyi los sigue y cierra la puerta tras de sí. La señora Och se queda en la sala de lectura. Una hora después, un carruaje eléctrico de alquiler llega a la casa. La mujer, vestida ahora con ropas muy elegantes y un bolso de viaje de tela fruncida, cual dama en un viaje de placer, se mete dentro y desaparece.

Señora Sandor. *Jahara* Sandor – Hostorak 15c. Si la señora Och ayuda a las brujas a salir del país, necesito alguna prueba más allá de lo que he escuchado espiando. Me vienen a la mente las listas de nombres y lugares del despacho del profesor Baranyi. Voy a tener información interesante que incluir en mi próximo informe, pero la verdad es que la idea no me produce ningún placer. Solicito que me excusen de mis tareas vespertinas, alegando una jaqueca, y me voy temprano a la cama, pero soy incapaz de dormir. Tendida en mi camastro, contemplo la pintura desconchada del techo, imaginando que mi madre hubiera podido escapar de su fría muerte para refugiarse en Zurt, o en cualquier otro lugar. Podríamos habernos reunido allí con ella. Aparto el pensamiento de mi mente. Sigo despierta cuando Florence y Chloe vienen a la cama; Florence lo hace murmurando algo sobre cómo hay gente a la que le gusta mucho haraganear. Me paso la noche entera en duermevela, preguntándome quién es en realidad la señora Och y para quién estoy trabajando.

Capítulo 5

El posadero descansa la vista sobre el libro de cuentas y vuelve a leer por segunda vez la misma página, sin asimilar nada, antes de cerrarlo con un suspiro. Está pensando en la mujer que se ha marchado hoy con su bebé. Se ofreció a llevarla, pero ella respondió que no era necesario. El sol se ha puesto ya, pero sigue pensando en ella con una extraña tristeza que no es capaz de comprender. Quizá se haya dejado enternecer por ella. Era muy hermosa. No llevaba anillo, a pesar del pequeño, un dulce querubín rubio, con muy buen carácter.

La puerta se abre con un golpe y el viento entra con un aullido, haciendo que los papeles echen a volar. El posadero empieza a recogerlos y, mientras lo hace, encuentra una nota de papel doblada. Huele a ella. Durante un segundo se atreve a esperar que sea un mensaje para él, quizá alguna indicación sobre dónde encontrarla. Lo desdobla, con el corazón ligeramente acelerado. Otra fuerte ráfaga de viento se cuela por la puerta, y el hombre corre a cerrarla. Sin embargo, al llegar al umbral de la puerta, se detiene. La calle está en calma, la luna se eleva sobre los tejados, casi llena. Es una noche despejada, que trae consigo el frescor del invierno. A pesar de que siente frío, vestido solo con la camisa, hay algo que lo impulsa a salir a la silenciosa calle. Desde fuera, percibe con orgullo que su posada está bien iluminada y tiene un aspecto agradable, con el gran fuego crepitante de la chimenea. Aunque ahora mismo está casi vacía. En esta época del año no suele haber muchos viajeros.

Camina hasta el final de la calle, tiritando, y dobla la esquina. El recorrido hasta el río no es muy largo; podría ir a ver si ya se ha formado hielo.

Debería coger el abrigo. Debería volver dentro y terminar con la contabilidad. Desciende la calle caminando, silbando un poco, y luego se detiene.

Hay alguien bajo la farola. Algo.

—Pero ¿qué demo…?

Una espada sostenida por una mano peluda. Suaves pies negros, como enormes patas de gato, que se dirigen hacia él. Pero caminan erguidas, como las de un ser humano.

—Que el Innombrable me proteja… —susurra, incapaz de moverse, ni siquiera cuando la cosa se acerca y se cierne sobre él, ni siquiera cuando le agarra por la nuca y levanta la espada hacia su frente. La nota de papel cae de su mano y revolotea hasta el suelo: «Olvídame».

Cuando entro en la biblioteca con el café de Frederick, dilucidando si es peor quedarme ahí sentada, simulando leer torpemente, o limpiar por dentro el reloj de pared del rellano, veo que él lleva puesto su abrigo y que se está metiendo un trozo de papel en el bolsillo.

—Oh —digo, fingiendo decepción—. ¿Hoy no vamos a leer?

Levanta la vista y me mira como si acabara de pillarle desprevenido, pero la verdad es que siempre tiene ese aspecto.

—Lo siento, Ella, tengo que hacer un recado para el profesor —dice. Por la forma en que lo hace, un poco a regañadientes, huelo una oportunidad.

—Permítame que sea yo quien lo haga —digo—. Dios sabe que usted ya tiene bastante trabajo.

—Eso es muy amable por tu parte, Ella —dice él con una sonrisa—. Pero realmente debo hacerlo yo. Queda muy lejos de aquí.

—Razón de más por la que no debería ir usted —insisto—. Pensaba que estaba intentando terminar la *Historia de la antigua Poria* esta semana. Y también estaba practicando en su aprendizaje del idioma zhongguano.

A estas alturas, ya me conozco todos los detalles sobre los proyectos privados favoritos de Frederick. Es un apasionado de la historia y del estudio de las lenguas, y desearía tener más tiempo para leer. Si pudiera dejar de dormir y de comer para poder seguir leyendo, lo haría.

Él duda, y yo insisto.

—Eso sería lo mejor, ¿no cree? ¡Hoy me siento tan encerrada aquí dentro que casi me estaría haciendo un favor! Yo haré el recado por usted, y así podrá encerrarse en su habitación y avanzar con el trabajo. Se merece un descanso, Frederick. Está usted siempre muy ocupado.

—De verdad que no puedes hacerlo tú, Ella —niega con la cabeza—. Es... Tengo que ir al este de la ciudad de Spira. No es una zona agradable.

—Conozco el Confín —replico con valentía—. Ahora mi familia está en Jepta, pero vivimos en la ciudad de Spira durante años antes de mudarnos allí.

—¿De verdad? —parece estupefacto—. Pensaba que eras una chica de campo.

Bueno, pues más tonto eres tú, entonces.

—Supongo que, en el fondo, lo soy —digo, riendo—. Pero me conozco la ciudad de Spira bastante bien y sé manejarme por el Confín. Nadie me molestará. Puedo entrar y salir en un santiamén. A usted, en cambio, es más probable que le importunen: estará completamente fuera de lugar.

—¡Tú tampoco encajas allí! —protesta—. ¡Una muchacha joven y hermosa como tú!

Y, entonces, se sonroja. Yo le tiendo la mano para que me entregue el papel.

—Venga, estaremos haciéndonos un favor mutuamente. Dígame en qué consiste el recado.

Frederick cede. Pobrecillo, pica siempre con tanta facilidad...

—Hay que recoger un paquete de la tienda de un alquimista —dice—. Para la investigación del profesor. Solo tienes que ir a esta dirección: ¿puedes leerla?

Frunzo el ceño ante el papel.

—Conozco el número —digo—. ¿Qué dice? Fi-ling-ton...

—Calle Fillington, el Trueque de la Víbora —se apresura a terminar, como hace siempre—. Solo tienes que decir que vas de parte del profesor.

Me da dinero para pagar el carruaje y el papel con la nota. Informo a Florence de que voy a hacer un recado para Frederick, y sus ojos están a punto de salirse de las órbitas, pero ¿qué me va a decir? Detengo un carruaje tirado por un triste caballo gris en la avenida Lirabon. Me he librado de las soporíferas tareas del día, no tengo ni que fingir no saber leer ni que limpiar un reloj antiguo, así que voy canturreando durante todo el trayecto hasta el Confín.

El Confín se extiende a lo largo de una pequeña pendiente situada entre el cementerio Limory, que ocupa cada vez más espacio, y la Maraña. La mayoría de las calles son tan estrechas que los carruajes no pueden pasar por ellas. A diferencia del ajetreo y de los característicos olores de la Maraña, el Confín da la sensación de estar desierto. A veces se ven rostros que se asoman tras las ventanas, pero desaparecen a toda velocidad en cuanto los miras. Por la calle, la gente mantiene la cabeza gacha. Nadie sonríe ni se para a conversar. Nadie grita comentarios soeces por las ventanas. Es un lugar húmedo, silencioso y lleno de ratas.

Me lleva un rato dar con la tienda del alquimista. El nombre de la calle no vale para nada, por supuesto, porque no hay carteles que los indiquen. Descarto las zonas en las que predominan los burdeles y los fumaderos de opio, lo que acota considerablemente la búsqueda. Hay una calle en la que a veces se pone un mercado, o lo que en el Confín se considera un mercado, y alrededor de él hay algunas tiendas extrañas y una lavandería. Creo que es mi mejor opción, así que doy un par de vueltas por los alrededores. No hay ningún cartel que indique que esta tienda sea el Trueque de la Víbora, pero veo una pequeña serpiente negra tallada en el pomo y decido llamar.

Un joven de rostro pálido, melena oscura y ampollas alrededor de las aletas de la nariz me abre la puerta. Se me queda mirando. El hecho de que haya abierto ya me indica que estoy en el lugar correcto.

—Vengo de parte del profesor Baranyi —le digo. Se me queda mirando como si no me entendiera, por lo que añado—: Tengo que recoger algo en su nombre.

—Espera —me dice, y cierra de un portazo.

Espero de pie, tiritando y ciñéndome el abrigo al cuerpo. Empieza a caer una leve nevada, la primera del invierno. Alzo la vista hacia los dispersos y blancos copos, que rápidamente se convierten en remolinos. Me inquieta alguna clase de movimiento a mi izquierda y me recuesto contra la pared, preparada para desaparecer.

Es un niño de no más de nueve o diez años. Lleva un abrigo mal remendado y sus botas están llenas de agujeros. Luce una despeinada mata pelirroja y una nariz salpicada de pecas. Un corte en el labio y un ojo morado. No hace mucho que ha participado en una pelea.

—¿Trabajas para la dama de la Scola? —me pregunta.

—¿Quién quiere saberlo? —pregunto yo.

—Tengo un mensaje para ella —me dice—. Pero, cuando ayer intenté ir a la casa, la policía me ordenó que volviera a cruzar el río.

—No me sorprende —replico, observándolo bien—. Llevas escrito en la cara que vienes del Confín. ¿Fueron los policías quienes te partieron el labio?

El muchacho se encoge de hombros.

—¿De parte de quién es el mensaje?

De repente, frunce el ceño, como si estuviera confundido.

—No lo sé, de alguien de la posada. No lo recuerdo, pero era para la dama de la Scola. He oído que envía allí a su gente a buscar cosas.

¿Los encargos del profesor son objeto de cuchicheos en el Confín? Quizá el chico del alquimista tenga tendencia a irse de la lengua, y me pregunto si debería contarle todo esto a Frederick. Pero, entonces, ¿de quién estoy intentando protegerlos? Es una idea un poco estúpida, si lo piensas bien, porque yo misma les estoy perjudicando con mi espionaje.

—Bueno, dame el mensaje —le digo—. Se lo entregaré a mi señora.

El muchacho me da un sobre sellado y se queda esperando una propina. Le doy un penique.

—¿Para quién trabajas? —le pregunto.

—Entrego mensajes para Morris en el Oso Rojo de Forrestal, para él y para sus clientes —dice, y se marcha a toda prisa en cuanto le doy otro penique.

Me guardo la carta en el abrigo y llamo de nuevo a la puerta. La hoja se desliza inmediatamente para abrirse, y el chico de las ampollas en la nariz se asoma por ella, dedicándome una mirada torva.

—¿Y bien? —pregunto.

Me entrega un paquete marrón y vuelve a cerrar la puerta con fuerza. Es el típico vecino entusiasta que es tan frecuente encontrar por estos lares. La nevada arrecia ahora, pero aún tengo otra parada que hacer.

En la pendiente que se encuentra entre el Confín y la Maraña hay una tienda de zapatos. El dibujo de una bota cuelga en el exterior y, dentro, se puede conseguir un par de botas hechas a mano a un precio bastante razonable. El taller está limpio y huele a cuero. Pueden hacer reparaciones en el momento. En un cuartito de la trastienda hay siempre una tetera con agua caliente en el hornillo. Siempre hay café recién hecho listo para tomar y, si no, se está haciendo. Del hornillo salen constantemente bollos calientes, recién hechos.

La tienda está silenciosa, pero huelo el aroma del pan y del café. Me acerco a la puerta y golpeo suavemente con los nudillos.

—Adelante.

Es una voz extraordinaria, ni masculina ni femenina, sino algo intermedio, y pertenece a una persona igualmente extraordinaria. Liddy está sentada en la mecedora, dando sorbitos a una taza de café, con la vista clavada en la pared. Esta mujer (porque ella misma me ha dado a entender que es una mujer, algo que no creo haber podido deducir yo sola) tiene un rostro que parece replegado sobre sí mismo, una maraña de surcos y arrugas sobre su piel morena, enmarcados por una espesa mata de cabello plateado e indomable. Su cuerpo, huesudo y ajado, aunque sorprendentemente ágil, está envuelto en un gran delantal de cuero; sus largos pies, enfundados en sus sempiternas sandalias, y sus manos huelen a cuero y a grasa.

—Presentía que quizá te vería hoy —dice Liddy—. ¿No te resulta extraño? A veces me da la sensación de que actuamos siguiendo círculos, patrones. Creemos que somos libres de elegir el camino que deseemos, pero a veces cierto patrón nos atrapa y nos mantiene en el camino que estamos destinados a seguir, y no nos desviamos de él. Nos lleva siempre a los mismos sitios, una y otra vez, a experimentar siempre las mismas sensaciones.

Aquí estás, y yo te estaba esperando por alguna razón que me resulta desconocida. Podría ser una coincidencia. No quiero renunciar a la idea de que exista el libre albedrío: ¿qué iba a ser de mi vida, si no creyera que tengo oportunidad de elegir?

A veces es difícil entender de qué está hablando Liddy.

—Hola —digo.

Liddy ríe para sí con un sonido que parece más un profundo gruñido.

—Supongo que tendrás hambre. Sírvete.

Engullo un par de bollos recién hechos y me sirvo una taza de café. Liddy prepara el mejor café de toda la ciudad de Spira, aunque se niega a revelar su secreto.

—¿Te importa si uso la tetera? —le pregunto—. Necesito abrir una carta.

—Ah —comenta Liddy—. Tu nuevo encargo.

—Sí. ¿Has oído hablar de la señora Och, en la Scola?

—Filántropa, excéntrica —dice Liddy vagamente—. Anciana.

Expongo el sobre al vapor para abrirlo y saco la carta.

—¿Tienes papel y pluma? —le pregunto—. Debería copiar esto.

Liddy me tiende una pluma antigua, un tarro con tinta, papel y secante. Me siento en la mesa y me dispongo a copiar diligentemente la carta que el muchacho me ha entregado.

Querida señora Och:

No me conoce, pero soy una amiga de su hermano Gennady. Más que una amiga, de hecho: soy la madre de su hijo. Una vez me dijo que, si alguna vez necesitaba ayuda, podría pedírsela a usted. Creo que mi hijo y yo corremos un grave peligro, y espero y rezo por que usted pueda ayudarnos. Acabo de llegar a la ciudad, pero no me atrevo a permanecer durante mucho tiempo en el mismo lugar. Hoy iré al establecimiento de Madam Loretta, al este de la ciudad de Spira. Puede hacerme llegar allí su respuesta. Cuando me traslade, me aseguraré de contestar a sus mensajes. Se lo ruego, ayúdeme.

Bianka Betine

Así que la señora Och tiene un hermano: Gennady. Me genera curiosidad esta tal Bianka, que se aloja con un niño en un burdel del Confín. Madam Loretta tiene fama de acoger a mujeres en apuros, mujeres que tienen miedo de sus maridos o de sus patrones. Sus prostitutas tienen siempre un aspecto muy lozano, a diferencia de las muchas jovencitas esqueléticas y hambrientas que venden sus cuerpos en esta parte de la ciudad, y no he oído nunca que le haya cerrado la puerta a una mujer en apuros. En otras palabras, es alguien fácil de ablandar, aunque su burdel lleva funcionando muchos años, así que también debe de tratarse de una hábil mujer de negocios. Vuelvo a sellar la carta, doblo la copia que acabo de hacer y me la guardo en el bolsillo. Luego me centro en el paquete marrón y empiezo a deshacer los nudos de bramante y a desenvolverlo. Dentro hay un libro escrito en el idioma de Ingle, un vial que contiene una especie de polvo y una bolsita de cuero.

—Creo que quizá necesite tu ayuda —le digo a Liddy, que ha estado sentada en silencio durante todo el proceso, supongo que sumida en sus propios pensamientos—. ¿Qué es lo que tengo aquí?

Liddy le quita el tapón al vial y huele el polvo.

—Rifolta —declara—. Veneno.

La bolsita contiene algo que parece un trozo de corteza, o quizá una seta deshidratada. Es marrón, arrugado y desprende un aroma acre, mohoso.

—Raíz de oxley —dice Liddy, examinándola—. Es buen antídoto contra las mordeduras de serpiente, entre otras cosas, y también podría servir para neutralizar los efectos de la rifolta. Hace muchos años se usaba para combatir las enfermedades originadas por la magia.

—Y el libro, ¿de qué trata? —pregunto. Reconozco que la lengua en la que está escrito es ingliano, pero no sé interpretarlo.

Liddy le echa un vistazo al título, lo abre y hojea rápidamente su contenido.

—Sobre la absorción de venenos.

Me pregunto si alguna de estas informaciones será relevante para mi desconocido cliente.

—Entonces, la persona que quiere estas cosas... ¿está planeando envenenar a alguien? ¿O curar a la víctima de un envenenamiento?

Liddy frunce el ceño.

—Mi impresión, querida, es que pretende envenenar a alguien y curarlo al mismo tiempo.

—Pero, por las llamas del Kahge, ¿qué sentido tiene eso? —pregunto.

—Quiere usar el veneno, pero, a su vez, pretende mitigar los efectos de alguna manera —responde Liddy—. Es fascinante. No sé qué motivos tendrá.

Evalúo la situación durante un momento y, como no sé qué pensar, dejo volar un poco la imaginación. Y mi imaginación vuela adonde lo hace siempre, directa a los brazos de Wyn, y de nuevo me viene a la mente lo que vi, o lo que me pareció ver, en la purificación. Ahora Liddy me está mirando con sus ojos negros, visibles apenas entre los pliegues de su llamativo rostro.

—Julia, ¿estás bien?

—Muy bien —contesto distraídamente.

—¿Y Benedek?

—Estamos todos bien —respondo.

Liddy alza la vista al techo. Yo hago lo mismo. Está cubierto de manchas de moho.

—A veces me pregunto cuál es el patrón en el que tú encajas. Cuáles son tus lugares recurrentes.

Por amor del cielo.

—¿Te refieres a aquí, por ejemplo?

—No —Liddy me dedica una sonrisa desdentada—. Me refiero al río Syne, cada vez que hay una purificación.

El corazón se me detiene durante un segundo.

—¿Cómo sabes que estuve allí?

—Porque siempre estás allí —dice Liddy—. Creo que te has quedado atrapada en algo que te hace volver. Pero creo que no te hace bien, Julia.

—Supongo que no. —Me encojo de hombros—. ¿Acaso importa?

—Eso depende —responde Liddy—. Quizá nada importa. Pero aquí estamos. ¿Qué podemos hacer?

No sé adónde quiere llegar con esta conversación. Bueno, aparte de darme a entender que no le parece bien que vaya a las purificaciones.

—No pienso mucho en ello —respondo—. La vida es corta.

Vuelvo a pensar en Wyn. Al río Syne voy a mirar a los ojos a la Muerte, pero a su cama voy a hartarme de Vida. Quiero amor, y buena comida, y aventuras. Quiero que mis días me deparen la posibilidad de vivir sorpresas y alegrías. Quiero conocer el mar algún día. Me dan igual los patrones de los que habla Liddy, siempre y cuando no tenga que romperme el lomo trabajando para ganarme unos peniques, mientras mi vida me permita tener tiempo para respirar, reírme un poco y disfrutar de la compañía de un chico guapo que me mantenga caliente cuando llegue el invierno.

—A veces, la vida es corta —dice Liddy—. Otras, la vida es larga. Pero siempre es la única que tenemos. ¿Quieres pasar la tuya en el fondo del río?

Me recorre un escalofrío que hace que me incorpore de un salto.

—Hace frío, Liddy. ¿Quieres que encienda la estufa?

—No —dice ella.

—Tengo que irme.

Liddy asiente y vuelve a empaquetar el libro, la raíz y el vial, atando el bramante alrededor del paquete exactamente igual que estaba antes. Liddy nunca hace preguntas sobre este tipo de cosas.

—Ten cuidado, Julia —me dice.

—Siempre lo tengo —grito por encima del hombro, con medio cuerpo ya fuera de la puerta.

Debería volver directamente a la casa. Van a empezar a preguntarse dónde estoy si no lo hago y, a estas alturas, Frederick seguramente estará preocupado por haberme mandado al Confín sola. Espero que su sentido de la galantería no le impulse a salir a buscarme. Pero no soy capaz de resistirme. Tengo que ver a Wyn.

Esme está sola en el salón, sentada en el suelo en una posición extrañamente contorsionada, los ojos cerrados en actitud serena. Está quemando unas barritas de incienso en la mesa, y la estancia tiene un mareante aroma a jazmín y suspiro de zorro. De repente, eleva los brazos sobre la cabeza con las palmas unidas. Yo me sobresalto y ella abre los ojos.

—Julia —jadea.

Esme cree de verdad en los beneficios de hacer unos extraños ejercicios que se practican en las lejanas islas orientales de Honbo.

—¿Cómo estás? —digo, intentando parecer natural.

Esme no responde: se limita a inspirar hondo. Inspecciono visualmente el salón en busca de algo para comer o beber, pero no hay nada. Sobre la mesa, en tres pañuelos, hay extendidos sendos collares de esmeraldas. Esme siempre dice que robar joyas es fácil, pero que venderlas es cada vez más difícil. Dudo que quien sea que se los haya traído haya sacado por ellos lo que esperaba.

—Esme, ¿qué hacen con las brujas en Sinter? —pregunto—. ¿Las ahogan, igual que aquí?

—Supongo que sí —responde ella, medio en trance—. Pero no creo que su reina esté tan volcada en encontrar brujas como nuestro querido primer ministro. Si las delatan o conjuran un hechizo y son descubiertas, las juzgan y las ahogan. Pero no hay soldados y espías en cada esquina intentando descubrirlas constantemente.

—Así que Sinter sería más seguro para una bruja que Frayne —comento.

—Cualquier lugar del mundo sería más seguro para una bruja que Frayne —contesta, ahora sí, mirándome.

—Hubo una purificación ayer —le digo—. Agoston Horthy estaba allí e hizo un bonito discurso.

—Tiene un don natural para los discursos —dice Esme, tensando los labios.

Como cualquier persona cuerda, Esme abandonó la revolución después del Levantamiento loriano. Le pregunté por ello una vez y me respondió secamente que no había suficientes opositores valientes vivos para llevar a cabo una revolución. Cuando éramos pequeños, solíamos jugar a revolucionarios y soldados, pero, ahora que soy mayor, no pierdo demasiado tiempo pensando en ello. Que los poderosos vayan por ahí haciendo sus guerras y persiguiendo a sus brujas si eso es lo que quieren. No es asunto mío. Ya no. A mí ya me han quitado todo lo que podían quitarme.

—¿Wyn está aquí? —pregunto.

—En el piso de arriba. —Expulsa el aire y cierra los ojos de nuevo.

La dejo con sus ejercicios y subo las escaleras con el corazón en la boca. Golpeo la puerta con demasiada fuerza. Wyn la abre con la camisa desabotonada hasta la cintura y los ojos inyectados en sangre.

—Julia Ojos Castaños —me recibe con una cálida sonrisa, y abre la puerta de par en par, apartándose para dejarme pasar—. ¿Hoy no estás fregando suelos y espiando?

—Estoy trabajando —le digo—. Tenía que hacer un recado, pero necesito comer algo. ¿Vienes conmigo?

—Acabo de desayunar —dice, señalando un grasiento plato que hay en el suelo.

—Oh, vaya. Mira, necesito que me hagas un favor. ¿Podrías localizar a una chica que se llama Clarisa Fenn? Trabajaba para la señora Och hace tan solo una semana. Es loriana, así que supongo que vivirá en el monte Heriot. Creo que tiene dieciocho años.

—Preguntaré por ahí —dice Wyn.

—Bien. Solo quería pedirte eso —y empiezo a retroceder hacia la puerta, deseando repentinamente no llevar puesto este espantoso vestido negro, con sus horribles botones. *Voy a necesitar los consejos de Csílla si quiero comprarme un vestido,* pienso, preocupada. No tengo ni idea de moda. Se me ha olvidado cepillarme el pelo.

—Espera, quédate un minuto —dice, me agarra por la muñeca y me atrae hacia él—. ¡Hace días que no te veo! ¿Te vas a ir sin ni siquiera darme un beso?

—Si insistes —digo, tratando de parecer indiferente. Pero no lo consigo. Tengo tal peso en el corazón que casi no puedo ni moverme. Se inclina hacia mí, y estallo—: Estuve en la purificación. Te vi con Arly Winters.

—¿Y por qué no me saludaste? —me pregunta sorprendido, incorporándose de nuevo.

—Estaba con las otras sirvientas —respondo—. Y tú estabas con Arly.

—Podrías haberme hecho pasar por tu hermano —responde—. Fue impresionante ver a Agoston Horthy allí, ¿verdad?

—Menudo discurso, sí —comento con la boca seca.

—He oído que una de aquellas brujas intentó matarlo y que por eso estaba allí. Para ver con sus propios ojos cómo se ahogaba.

—Qué encantador.

—Ojalá hubieras podido venir con nosotros. Después fui a un pub con Ren y Arly y, si hubiera tenido un cinturón a mano, me hubiera ahorcado de puro aburrimiento. ¡Menudo par! Ren se pasó todo el tiempo intentando convencerme de que le acompañara a una partida del Heredero del Rey con unos canallas del Confín que lo iban a desplumar; Arly, por su parte, sigue convencida de que algún ricachón se casará con ella por sus hoyuelos y la sacará de todo esto. Su madre es demasiado blanda con ellos.

—Bueno, las sirvientas tampoco es que sean una compañía demasiado animada —admito, ya más relajada. Quizá no viera lo que creí ver, quizá no significaba lo que yo pensé. No los vi besándose, precisamente. Conocemos a Arly desde que éramos niños, ¿por qué no iba a ser natural que le pasara el brazo alrededor de los hombros?

Wyn juguetea con los botones de mi vestido, se queda pensativo durante un momento y entonces dice:

—Arly me ha dicho que quizá pueda hablar con el profesor de la clase de arte para la que ella hace de modelo y conseguirme una plaza.

—¡Wyn! ¿De verdad podría hacer eso? —inmediatamente, mi miedo y mis celos desaparecen. ¡Pues claro que no estaba con Arly! No como yo pensaba, al menos. También estaba Ren, y una plaza en una clase de arte podría suponer un cambio radical para Wyn.

—No lo sé. Ya sabes que a veces habla mucho. Pero me pregunto si querría asistir, de todos modos.

—Wyn, ¿por qué no ibas a hacerlo? ¿No sería una oportunidad increíble?

—No estoy seguro —responde—. La cosa es que los verdaderos artistas trabajan como aprendices en algún estudio o se buscan un mentor, ¿no? Estas clases no son más que una salida con la que artistas mediocres consiguen sacarse un dinero. Los chicos ricos pueden dibujar un poco pagando por una formación técnica con la que realmente no van a llegar a ninguna parte, ¿no te das cuenta?

—Podría ser un buen comienzo —sugiero.

—Lorka lo hizo todo él solo —me dice, sin mirarme. Va a sentarse en el borde de la cama. Yo le sigo y me siento a su lado.

Hay ciertas cosas de las que Wyn solo habla a oscuras, cuando no podemos vernos la cara. Una de ellas es su estancia de siete años en un orfanato justo a las afueras de la ciudad. La otra es su sueño de llegar a ser un artista de verdad, un artista como su ídolo, Emil Lorka. Esta es la primera vez que me habla de ello a la luz del día.

—Eso es cierto —digo con cautela—. Pero puede que haya cientos de otros lorkas de los que nadie haya oído hablar nunca porque pensaban que eran demasiado buenos para tomar clases de arte.

Wyn ríe, y yo siento un gran alivio.

—Bueno, no le dije que no a Arly, pero me ha hecho pensar. Llevo más de un año intentando que Lorka me acepte como aprendiz en su estudio. Pero, cuando intenté pagar una plaza después de aquel golpe en el museo, su ayudante me dijo a las claras que no pensaban aceptar a un conocido ladrón. Es probable que ni siquiera le haya hablado de mí a Lorka. Creo que si fuera a su estudio y le enseñara alguno de mis dibujos..., bueno, quizá no serviría para nada, pero, si le gustaran... Quién sabe —divaga, sin atreverse a verbalizar su mayor anhelo. El corazón se me encoge dolorosamente a causa de la compasión que me provoca.

Lorka es uno de los pocos artistas famosos de Frayne que ha alcanzado el reconocimiento sin recurrir al mecenazgo de la Corona. Pinta la ciudad tal y como es, no como los ricos desearían verla: las viudas, los huérfanos y los supervivientes de la Plaga, los edificios descuidados, las prostitutas con sus excesivos maquillajes y los adictos al opio, los perros famélicos, además de crudos e intensos autorretratos en lienzo que son como una bofetada de pintura. Abrió su propio estudio en la Scola hace unos cuantos años y acepta a uno o dos estudiantes al año. Wyn ve su propio mundo reflejado en la obra de Lorka y también ve, sin duda, una gran parte de sí mismo reflejada en el artista. Sé que Wyn espera que Lorka vea en él una versión de su yo de juventud, de un chico sin contactos y un enorme talento para capturar la esencia de la vida real. Sin embargo, mientras que el trabajo de Lorka es todo dolor, un mazazo de pintura densa y colores brillantes, los ligeros bocetos a carboncillo de Wyn rebosan de la alegría y el humor pícaro que ninguna adversidad ha sido todavía capaz de arrebatarle. Puede que yo no sepa de arte, pero prefiero cien mil veces los dibujos de niños descalzos jugando a la petanca de Wyn a las tristes y encorvadas viudas de Lorka. Dicho lo cual, tenerle como mentor implicaría poder desarrollar una verdadera carrera como artista y, en lo que a mí respecta, sería preferible a asistir a clases que impliquen dibujar a Arly Winters desnuda. No creo que Lorka haga desnudos.

—¿Puedes hacer eso? —le pregunto—. Me refiero a... presentarte en su estudio, sin más.

—Bueno, tendría que merodear por allí y esperar a que entrara o saliera —dice—. ¿Es una malísima idea? Sé que no está bien acosar a un artista en la calle, pero, si alguien sabe lo difícil que es abrirse camino sin dinero ni contactos, ese es Lorka.

—Merece la pena intentarlo —le digo—. ¿Qué es lo peor que puede pasar?

Wyn fuerza una carcajada.

—Supongo que mi dignidad tampoco vale mucho.

—Bah, ¿quién necesita dignidad? —le digo mientras le doy un beso, juguetona.

Él me lo devuelve, pero su beso no tiene ya nada de juguetón. Sus brazos me envuelven y a mi alrededor todo se derrumba rápidamente. Cuando Wyn dibuja la Maraña, consigue que la fealdad, la suciedad y la pobreza, de algún modo, se tornen bellas. Ese es su don, su magia: transformarlo todo con su amor. Y su magia también tiene efecto en mí. Por eso, en cuanto me toca, mi horroroso vestido y mi pelo despeinado no son nada, nada en absoluto, comparados con la belleza que es capaz de extraer de todo lo que roza. No soy la misma Julia, huérfana de madre, arruinada, mal vestida, ladrona. En sus brazos, durante un breve lapso de tiempo, al menos, soy perfecta.

Capítulo 6

En una estancia sin ventanas y alejada de todo, un hombre sueña tumbado. Un suero amarillo recorre sus venas. La estancia está iluminada con una luz ambarina. Su única compañía es una mujer de ojos tristes, encogida y cheposa, cuyo cabello rubio empieza a tornarse gris. La mujer lo contempla, aguja en mano.

Unas cuantas horas más tarde, la mujer se asoma a un balcón. Abajo, unas bravas olas grises llegan ondeando desde el horizonte. El cielo anuncia tormenta. Un hombre se asoma por la barandilla, de espaldas a ella. Viste una bata de seda que se agita con el viento y lleva los pies descalzos. Tiene las manos entrelazadas a la espalda, los dedos llenos de anillos.

La mujer carraspea, pero el hombre no se gira. Sería necesario conocerla para interpretar correctamente la tensión en torno a su boca y el profundo surco en su ceño. Quizá nadie la conozca tan bien como para eso.

—Mi señor.

—No lo has encontrado —le dice—. ¿De qué me sirves, Shey, si no eres capaz de encontrar lo que necesito?

—No puedo encontrarlo donde no está —replica ella—. El hombre no tiene sombra.

—Eso es imposible —declara él.

—Lo que haya hecho con ella y cómo, aún no puedo decirlo —dice ella—. Incluso en sueños, sus secretos son esquivos. Pero puedo encontrarlos.

—Su sombra —dice el hombre, elevando la voz.

—*No tiene sombra* —*repite la jorobada mujer que responde al nombre de Shey, sin alterarse*—. *Olvídese de su sombra. Se ha transformado en otra cosa.*

—*¿Cómo? ¿En qué?*

—*No lo sé. Pero creo que sé quién la tiene.*

El hombre se vuelve para mirarla.

—*Una mujer* —*dice*—. *Una hermosa mujer de Nim. La madre de su hijo.*

—*¿Gennady tiene un hijo?*

Ella enarca una ceja.

—*Imagino que tendrá muchos. Pero está ocultando a esta mujer en lo más profundo de su ser. Ella es su secreto.*

—*Entonces, averigua su nombre para mí.*

—*Sí, mi señor.*

Tumbada en la oscuridad, oigo el desagradable chirrido que hace el camastro de Florence cuando se revuelve, hasta que ya no lo soporto más.

—¿Te puedes estar quieta? —le digo, molesta.

—Lo siento —murmura, y se produce un minuto de bendito silencio.

Hoy hemos tenido que golpear todos los colchones para quitarles el polvo y estoy absolutamente exhausta. Creo que sería capaz de estrangular a Florence si vuelve a abrir la boca.

Pero, por supuesto, no puede tenerla cerrada.

—¿Por qué has ido a tantas purificaciones? —me pregunta.

—No lo sé —contesto—. Estoy intentando dormir.

—Quiero decir que, siendo de Jepta... ¿Venías a la ciudad solo para eso? ¿No te salía demasiado caro?

Ay, ahí me ha pillado. Aquella tarde se me olvidó mantener mi tapadera. Un error estúpido.

—Venía a vender las mercancías de mi madre —contesto—. La lana de Jepta es muy apreciada en la ciudad de Spira, y mi madre teje bonitos chales teñidos y otras prendas. Siempre veníamos a la ciudad cuando había festivales o eventos como las purificaciones, que atraían a grandes multitudes.

Florence parece bastante satisfecha con mi respuesta, pero tener que inventarme tan deprisa una excusa plausible me ha alejado del sueño que tanto anhelaba, y esto me pone de mal humor.

—Me pregunto cuánto tarda una persona en ahogarse —comenta, pensativa.

—Aproximadamente un minuto, espero —respondo. No me gusta reconocer con cuánta frecuencia yo misma me hago esa pregunta. Liddy me dijo que no se tardaba mucho, y que las personas que habían estado a punto de morir ahogadas lo describían como un momento de paz, en el que dejaban de debatirse y se dejaban invadir por una indolora inconsciencia. No creo que Liddy me mintiera, pero no pienso compartir con Florence mis conocimientos sobre ahogamientos. Además, quizá para las brujas sea distinto. Quizá ellas tarden más en ahogarse, quizá su sufrimiento sea mayor.

—No eran como me las había imaginado —añade.

—¿Quiénes? ¿Las brujas?

—Sí.

—Las brujas son como cualquier otra persona —respondo mientras pienso que, a veces, parece ser mucho más joven de sus dieciocho años, mucho más joven que yo—. Por eso es tan difícil dar con ellas.

—Pero... eso no está bien —dice Florence—. No son como cualquier otra persona. Poseen magia oscura. No deberían tener el mismo aspecto que la gente normal y corriente.

Me dan ganas de decirle irónicamente que le haré llegar su sugerencia al Innombrable, pero sonaría blasfemo y no sé cómo se lo tomaría.

—¿Crees que ellas saben que son brujas cuando nacen? —pregunta Chloe. Su voz suena ronca, como si hubiera estado dormida. Probablemente la hemos despertado, aunque me sorprende que haya podido dormirse con el escandaloso vaivén de Florence en su camastro.

—No lo creo —respondo.

—Entonces, ¿cómo lo descubren? —pregunta Chloe.

—Bueno, adoran a los Oscuros, ¿no? —dice Florence—. No creo que se les escape la magia sola.

—Pero, cuando las brujas son bebés, no adoran a los Oscuros. No cuando son recién nacidas, al menos —replica Chloe, con lógica—. Entonces, ¿cualquiera que decida adorar a los Oscuros se convierte en bruja? ¿O las brujas deciden adorar a los Oscuros por naturaleza y entonces es cuando descubren que lo son? Lo que quiero decir es: ¿nacen siendo malvadas o eligen serlo?

Yo misma me he formulado esa pregunta antes, pero no he llegado a ninguna conclusión clara.

—Por todos los cielos, no lo sé —responde Florence con impaciencia—. ¡Menuda sandez!

Ruedo para ponerme de lado, los muelles de la cama aúllan bajo mi peso, y espero que el ruido haga que se callen. Pienso en Wyn, en la cercanía de sus ojos, en cómo sus pestañas casi tocan las mías, cuando me pide: «Mírame, mírame».

—¿Y si no fuera su intención ser brujas?

La pregunta la hace Chloe. Florence resopla, molesta.

Yo tiro de las mantas para taparme los oídos.

Mis clases de lectura con Frederick le han dado a mis jornadas una pizca de flexibilidad. Ahora ya hay un tiempo estipulado en el que soy relegada de mis tareas y durante el cual Florence no cuenta conmigo. No dura mucho, media hora como máximo, pero es suficiente.

—Hoy no puedo —digo—. Hay demasiado que hacer.

Tiene un aspecto muy decaído.

—Mañana, se lo prometo —digo.

—Bueno, no pasa nada —responde él—. Si estás ocupada...

—Sí. Además, así también tendrá más tiempo para su propio trabajo —menciono.

—Sí —admite con tristeza.

Es curioso el entusiasmo con el que espera nuestras clases. A mí me parece que sería inmensamente aburrido intentar enseñar a leer a una pobre analfabeta. Aunque, en realidad, yo aprendo increíblemente rápido. Frederick ha declarado que soy extremadamente inteligente y, no contento con eso, se atrevió a añadir que esto era una prueba de que el estamento social no está relacionado con la inteligencia. Ni con la belleza, se le escapó también, y ahí fue cuando se sonrojó. Creo que está un poco encandilado conmigo, aunque supongo que tampoco es demasiado sorprendente, teniendo en cuenta que tiene veintiún años y que las únicas mujeres con las que coincide son la señora Och, Florence, Chloe y yo. Sea como sea, a mí me resulta de lo más conveniente.

Le dejo en la biblioteca y espero en el vestíbulo, donde me desvanezco hasta que se marcha con los libros que había preparado para nuestra sesión. Luego vuelvo corriendo al rellano para asegurarme de que aún se oye el chapoteo y los canturreos de la señora Och, que tiene por costumbre tomar su baño después de desayunar. Ayer me tocó meterme dentro de la bañera para fregarla, y pude imaginar cómo debe de ser la sensación de sentarse allí, con el agua caliente cubriéndote hasta el cuello. En teoría, aún debería quedarle otro cuarto de hora. El tictac del reloj de pared me suena a reprimenda, pero me río de él sacándole la lengua y subo corriendo de nuevo al segundo piso.

La puerta de la sala de lectura de la señora Och no está cerrada con llave. Me cuelo en la estancia y cierro desde dentro. Es una sala muy común y, en comparación con el despacho del profesor Baranyi, bastante vacía. Cuenta con un escritorio junto a la ventana, con una cómoda silla en la que sentarse y con unos cuantos libros en las estanterías, poco más. Lo primero que registro es el escritorio. Está cerrado con llave, pero la cerradura es bastante endeble y consigo abrirla con rapidez. Su libro de cuentas no revela mucho a primera vista, más allá del hecho de que es muy rica, que es algo que ya sabía. Usa una especie de clave taquigráfica, o un código, y no soy capaz de deducir las compras, solo las cantidades. Sin embargo, observando más detenidamente las fechas, veo que gasta grandes cantidades en inversiones, incluyendo envíos de dinero al extranjero. Esta semana ha retirado una suma enorme y ha enviado dinero a Zurt. Supongo que Jahara Sandor es muy afortunada. Además del libro de cuentas, tiene un cuaderno lleno de direcciones de Nueva Poria y de otros lugares, una bonita resma de papel aún envuelta con un lazo y un rollo de mapas. El de Frayne está marcado con líneas, círculos y estrellas, pero ninguna de las marcas me dice nada.

También hay otros mapas de ciudades y países desconocidos. Si todo esto está verdaderamente relacionado con estar ayudando a las brujas a huir del país, lo cierto es que dirige una operación enorme.

Entre las páginas del libro de cuentas hay algunos recortes de periódico doblados. Los aliso sobre el escritorio para poder verlos. Son noticias sobre asesinatos. La institutriz del puente junto a Cyrambel, el cochero del cementerio Limory, y uno nuevo, con fecha de ayer: «¡El asesino ataca de nuevo! El posadero del Oso Rojo hallado muerto en Forrestal». Los guardo de nuevo en el libro de cuentas, experimentando una leve sensación de náuseas. Recuerdo que el profesor parecía pensar que los asesinatos guardaban alguna clase de relación con la señora Och. «Primero el árbol, y ahora esto», recuerdo que dijo. «Está buscando a alguien», respondió la señora Och. Y luego está Bianka Betine, que viene de Nim, igual que el asesino. Quizá sea una coincidencia, pero quizá no lo sea.

En el fondo del cajón hay un paquete de sobres. Unos diez, puede que más. Los saco y veo que están fechados hace un par de años, todos marcados con un «devolver al remitente». La dirección está escrita del puño y letra de la señora Och, al «Señor del castillo Nago, isla de Nago». Extraigo una de las cartas de su sobre y la ojeo rápidamente.

Casimir:

¿Qué has hecho? ¿Qué se te está pasando por la cabeza? No puedo, me niego a creer que seas capaz de cosas tan terribles, pero el lago verde se ha secado y ahora mi árbol ha desaparecido. Si lo que he oído es cierto, si tú estás detrás de todo esto, debes de estar loco.

Oigo a alguien en la puerta y me sobresalto: no he oído pasos en el vestíbulo. Aterrada, lo introduzco todo de nuevo en el cajón y me retiro a toda velocidad, demasiado deprisa de hecho, excediendo los límites de esa familiar burbuja de espacio invisible. La habitación se desvanece. Escucho agua goteando. Siento como si un dedo helado me estuviera recorriendo la columna vertebral. ¿Dónde estoy, dónde estoy? Durante un segundo terrible y vertiginoso, veo la estancia desde todas las direcciones posibles, y en ese momento la señora Och cruza la puerta con una carta en la mano. Luego vuelvo a ser yo misma, en mi propio cuerpo, pero ahora estoy junto a la ventana. Estoy temblando violentamente: ahora ya sé cómo es el espantoso vacío que hay detrás de mí cuando me desvanezco.

La señora Och clava los ojos en mí, y se me hiela la sangre.

—¿Qué estás haciendo aquí, Ella?

Por primera vez en mi vida estoy tan desconcertada que no sé qué decir. Me la quedo mirando. No debería poder verme. La señora Och enarca una ceja.

Tranquilízate, Julia, me reprocho. Me traslado con cautela al espacio visible, y su imagen se vuelve más nítida. Ella parpadea, frunce el ceño y se lleva una mano a la sien, como si tuviera dolor de cabeza.

—Florence me ha dicho que quería verme —respondo. Es una mentira mala, malísima. Demasiado fácil de descubrir.

—¿Eso te ha dicho? —contesta la señora Och.

Asiento con expresión triste. Detesto que me descubran. Además, no entiendo cómo puede haberme descubierto. Por no mencionar que no sé cómo he conseguido atravesar la estancia sin, bueno, atravesarla realmente.

—Yo no le he dado tales instrucciones —responde, estirando la mano hacia la campanilla que hay en la puerta y que utiliza para llamar a las sirvientas.

—No haga eso, señora —me apresuro a decir—. Creo que me ha engañado, que me estaba gastando una broma.

—Una broma un tanto extraña —me dice la señora Och. Soy incapaz de interpretar su expresión o su voz. Me pone nerviosa.

—Me dijo que debía esperarla aquí y cerrar la puerta —respondo—. Supongo que está intentando buscarme un problema. Sé que nunca lo reconocería, señora, estoy segura de ello. No soy de su agrado. Intento esforzarme al máximo, pero no lo soy.

—¿Y eso a qué se debe? —pregunta la señora Och, que, de repente, parece muy anciana y cansada. Espero con todas mis fuerzas que tenga demasiadas cosas en la cabeza, con todo el asunto del tráfico de brujas y el resto de cosas en las que está involucrada, y que no quiera que la molesten con una trifulca entre sirvientas.

—No lo sé, señora —respondo, adoptando un irritante tono semejante a un gemido lastimero—. Reconozco que no encajo aquí. Soy consciente de que hay muchachas de ciudad que miran por encima del hombro a las de campo, como yo. Pero no importa. Estoy segura de que solo era una broma sin importancia y preferiría hacer como si no hubiera pasado. Si a usted le parece bien, señora.

Ella hace un gesto despectivo con la mano, y salgo de la habitación como una flecha, con el corazón disparado. ¿Qué acaba de pasar? Bajo las escaleras corriendo y a punto estoy de chocar con el cuerpo del señor Darius, que se retuerce de dolor en el suelo.

—¡Señor! —grito.

El señor Darius se gira para ponerse boca arriba. Su rostro es de un aterrador color blanco grisáceo, el mismo exactamente que tendría una estatua de mármol expuesta al frío durante mucho tiempo. Una espuma grisácea le cubre los labios. Me enseña los dientes.

—Me están matando —sisea.

Mi mente recuerda inmediatamente la rifolta que recogí para el profesor Baranyi en la tienda del alquimista del Confín.

—¿Qué? ¿Quiénes? —me arrodillo junto a él y le palpo la frente. Está frío, completamente helado.

—¡Los farsantes y los asesinos! —grazna—. Podemos ayudarte, me dicen, podemos resolverlo. Pero luego me dan veneno. ¿Y acaso se preocupan? ¡No puedo seguir así!

—Iré a buscar ayuda —digo mientras intento levantarme. Pero me agarra por la muñeca y me atrae hacia él, tan cerca que puedo oler su agrio aliento. Tiene los ojos enloquecidos, no deja de moverlos, y la fuerza con la que aferra mi muñeca es asombrosa para un hombre que no puede tenerse en pie.

—Ayúdame —susurra—. Tengo que volver a casa. Con mi mujer. Con mi hija. Este lugar es antinatural.

—Está usted helado, señor —digo. Estoy empezando a asustarme—. Venga a la trascocina, junto a la estufa. Le calentará.

Consigo ayudarle a que se incorpore y él apoya todo su peso en mí, sosteniéndose sobre sus temblorosas extremidades. Le llevo a la trascocina, hago que se siente en una silla, lo envuelvo en una manta y echo carbón a la estufa para que se caldee la estancia.

—Los escucho por la noche, lo escucho todo por la noche —murmura—. Este lugar no es natural. Calamidad. Tienen tratos con la calamidad, muchacha. Deberías marcharte. ¿Dónde está tu padre?

—¿Mi padre? —le pregunto, desconcertada. Y, entonces, se cae de la silla. Los dientes le castañetean enloquecidamente.

—¡Señor, voy a buscar ayuda! —exclamo, y salgo corriendo de la estancia mientras él protesta a voz en grito.

Desconozco si tiene motivos para tener miedo, pero estoy todo lo segura que se puede estar de algo de que Frederick nunca le haría daño a nadie. Por eso acudo a él. Está en la biblioteca, inmerso en uno de sus tomos de historia.

—¡Frederick, se trata del señor Darius! —exclamo—. ¡Está muy enfermo!

Frederick se incorpora de un salto, soltando la pluma y salpicando tinta por toda la página sobre la que estaba escribiendo. Me sigue hasta la trascocina, donde descubrimos que el señor Darius ha conseguido arrastrarse hasta la puerta lateral y tiene ya medio cuerpo metido en la nieve.

—¡No, ya basta de brujerías! —le grita a Frederick—. ¡Me estáis matando!

—Tenemos que meterle en la cama —dice Frederick con tono amable. Se vuelve hacia mí—. ¿Puedes ayudarme, Ella?

—Por supuesto —respondo.

—Sujétale por las piernas —dice Frederick mientras él coge al señor Darius por debajo de los brazos. Yo agarro sus débiles y doloridas piernas. Durante un segundo, pienso que por fin voy a poder ver su estancia, pero Frederick nos guía arriba, a su propia habitación. Allí me pide que encienda la chimenea mientras acomoda al señor Darius en la cama y le da un poco de brandi. El señor Darius se revuelve debajo de las gruesas mantas.

—Son todos unos mentirosos —murmura—, infección, no puede ser, brujería, es un sueño, terminaré viéndoos a todos ahorcados.

—Gracias, Ella —dice Frederick, invitándome amablemente a salir—. Como ves, el señor Darius sufre una grave enfermedad, pero ya nos estamos ocupando de él.

—Él piensa que el profesor está intentando envenenarlo —le digo a Frederick, para observar su reacción.

—La intención del profesor es ayudarle —responde con firmeza.

Por como lo dice, creo que es sincero; pero no puedo quitarme de la cabeza el asunto de la rifolta, ni la conexión de la señora Och con los asesinatos de la ciudad, sea cual sea dicha conexión.

—Pero ¿qué le ocurre? —pregunto.

—Ah, es complicado..., una especie de enfermedad tropical —titubea un poco—. Ahora mismo el profesor ha salido. ¿Puedes ir a buscar a la señora Och por mí?

No tengo ganas de volver a su habitación, pero no tengo muchas opciones. Golpeo diligentemente la puerta. Cuando la abre, parece cansada, marchita. Se me queda mirando como si ni siquiera recordara quién soy.

—Frederick pregunta por usted —digo, inclinando la cabeza en una reverencia—. Está en su dormitorio. El señor Darius no se encuentra bien.

—Gracias —dice. Sale de la habitación y cierra la puerta con llave. Yo permanezco detrás de ella. Espero un minuto y después la sigo.

Los oigo discutir antes incluso de llegar a la puerta de Frederick.

—Se le está agotando el tiempo —está diciendo Frederick—. Nada de lo que hemos hecho le está ayudando. Y las cosas con las que estamos experimentando son cada vez más peligrosas.

—¿Más peligrosas que lo que le espera? —pregunta la señora Och.

—Lo único que estamos haciendo es aumentar su sufrimiento, nada más. Y quizá poniendo en peligro a los demás habitantes de la casa.

—El profesor me ha dicho que tienes una mente fuera de lo común —dice la señora Och—. Piensa en algo fuera de lo común. Le necesitamos.

—Señora Och, le ruego que considere otras opciones.

—No hay otras opciones.

—¿Y si fracasamos?

Su respuesta es abrir la puerta abruptamente. Yo retrocedo de un salto.

—¿Está bien? —pregunto con mansedumbre, fingiendo preocupación.

—Ven conmigo, Ella —me dice. La sigo otra vez, de vuelta a la sala de lectura. Se sienta en su escritorio y empieza a garabatear en un papel.

—¿Señora? —intento preguntar un segundo después, pero me manda callar.

Cuando termina de escribir, desliza la carta en un sobre y escribe algo en él. Luego me lo tiende. La dirección no puede ser más sencilla: «Señorita Bianka Betine, Madam Loretta, Spira Oriental».

—Necesito que entregues esto —me dice—. Busca un carruaje que te lleve: no es una zona segura. Puedes pedirle dinero a la señora Freeley para el conductor.

—Sí, señora —le digo.

—Y, Ella —dice mientras me dirijo hacia la puerta—. Di a las chicas que dispongan el salón trasero como habitación de invitados.

—Sí, señora —respondo de nuevo. Y, luego, como soy incapaz de evitarlo, insisto—: ¿Para quién?

—Para una mujer y su hijo.

Capítulo 7

Dek y Gregor son los únicos que están en el salón cuando llego. He ido al Confín para encontrar al chico mensajero, que estaba apoyado contra una puerta, fumando y enfurruñado, con los ojos rojos de haber estado llorando. Él puede encargarse de llevarle la carta a Bianka Betine y de mandar un carruaje a recogerla mientras yo aprovecho el tiempo para ocuparme de otras cosas, antes de que nadie me eche en falta. Wyn ha salido, pero me ha dejado un mensaje: «Clarisa Fenn en el pub Ry Royal del monte Heriot». Y, por detrás, un esbozo rápido de una tabernera de mejillas sonrosadas ofreciéndome un trago. Sonrío y me la guardo en el bolsillo.

Dek y Gregor están sentados, con una gran botella de whisky barato entre ellos. Hay listas y tablas desperdigadas por toda la mesa.

—Temía que tardaras en aparecer —dice Gregor—. Tu cliente está esperando un informe, mi niña.

Le entrego la copia de la carta de Bianka, así como mis notas sobre las cosas que fui a recoger al Confín para el profesor y la repentina enfermedad del señor Darius. No he incluido nada sobre el asunto del tráfico de brujas ni sobre el resto de lo que he visto en el estudio de la señora Och. Aún no sé lo suficiente. Aún no sé nada. O eso es lo que me digo a mí misma. No puedo dejar de pensar en esa bruja a la que mandaron a Sinter. Quizá tenga hijos a los que les ahorraron contemplar cómo se ahogaba.

—Ni siquiera es mediodía —digo, señalando la botella de whisky con la cabeza.

—Más horas para disfrutar —dice Dek, dándole un toquecito cariñoso a la botella.

No me gusta verle bebiendo con Gregor, pero tampoco tengo derecho a decirle que no lo haga. Ya es un adulto. Sé que él también se calla cuando no le gusta alguna de las cosas que hago yo. Como con Wyn, por ejemplo. Los dos se llevaban muy bien hasta que Wyn y yo empezamos a ir juntos. De vez en cuando, Wyn hace algún valeroso intento de mostrar camaradería, pero Dek se mantiene muy frío con él. Nunca hemos hablado de ello.

—¿Qué tal va esa ganzúa magnética abrelotodo? —pregunto—. ¿Me vas a dejar probarla? Hay una habitación en la casa que se me resiste.

—El misterioso señor Darius —dice Gregor, y bebe un trago directamente de la botella—. Te estás tomando tu tiempo con eso, ¿no?

—Precisamente porque no puedo entrar en su habitación —contesto secamente.

—Ah, ¿eso? —responde Dek, animándose—. He estado ocupado con otras cosas, pero, si la necesitas, la terminaré.

—¿Qué es todo esto, entonces? —pregunto, cogiendo un boceto que parece un cañón.

Dek me quita el papel de la mano.

—No te imaginas la cantidad de dinero que un par de mafiosos lorianos han ofrecido por esto —dice—. Si consigo fabricarlo, y funciona, claro está.

—Estoy advirtiendo a tu hermano que, si va a diseñar armas, tiene que tener cuidado con las personas a quien se las venda —dice Gregor, arrastrando un poco las palabras. Está más borracho de lo que me había parecido.

—Pero ¡son diez monedas de plata! —grita Dek—. Solo Julia es capaz de embolsarse una cantidad tan grande ahora mismo.

—El doble —me apresuro a decir.

—Bueno, sí —Dek me dedica una mirada furiosa.

—No me ha gustado la pinta que tenían esos tipos —dice Gregor—. No quiero pensar qué podrían hacer unos hombres como esos con un arma como esta. Si se la estuviéramos vendiendo a unos revolucionarios buenos y honestos, sería una cosa, pero esos dos iban dejando un rastro de peste a opio.

—Diez monedas de plata —repite Dek con expresión triste.

—Los revolucionarios, o más bien lo poco que queda de ellos, están sin blanca —señalo.

Gregor me lanza de pronto una mirada dura y severa:

—Te sorprenderías, cielo.

—¿Ah, sí?

Sé que hace mucho que Gregor dejó atrás sus días de revolucionario, pero nunca le he oído mencionarlos y me descubro súbitamente curiosa. Gregor, Esme y su marido, los tres soñaron con una Frayne diferente cuando eran jóvenes. Soñaron tanto con ella como para estar dispuestos a arriesgar sus vidas. Sin embargo, ahora las cosas son distintas. En Frayne, ya nadie sueña demasiado con nada.

Por un momento parece que Gregor va a añadir algo, pero el rostro le cambia y se torna de nuevo jovial y despreocupado. Empuja la botella de whisky en dirección a mí.

—Vamos, Julia, siéntate y tómate un trago con nosotros —dice—. ¡Ya no te vemos casi nunca!

—No pienso beberme esa bazofia —declaro—. Si vais a poneros a empinar el codo a mitad del día, por lo menos podríais conseguir algo decente.

—El alcohol bueno es un despilfarro —declara Dek—. De todas maneras, después del primer par de copas, ya no notas la diferencia.

Derek no arrastra las palabras ni se adormila cuando está borracho. Me cuesta adivinar cuánto alcohol ha tomado. El verdadero cambio es que, tristemente, parece más él mismo. Cuando no está bebiendo, normalmente se muestra duro, como si estuviera tan cerrado en su dolor particular que quisiera resultar inaccesible. Pero, en realidad, tampoco está así siempre.

—Vamos, ¿qué bicho te ha picado hoy, cielo? —dice Gregor—. No puede ser que te esté ofendiendo la mala calidad del bebercio. Dime qué es lo que te parece mal en realidad.

—Estás borracho —digo—. Como de costumbre.

—No tanto —masculla, arrastrando las palabras. Creo que ahora está exagerando, solo para molestarme.

—Ya basta, Julia —dice Dek, con voz cansada y recogiendo sus papeles—. Déjale que beba whisky, si quiere.

—No le estoy diciendo lo que tiene que hacer —replico. Me duele ver que Dek se pone de parte de Gregor solo por estar compartiendo una botella de alcohol barato.

—Todo esto por tu papaíto, ¿no? —dice Gregor—. Pero yo no soy como él, ya lo sabes.

La ira me invade con tal rapidez que me quedo sin aliento. Tengo ganas de pegarle. Durante un segundo creo que voy a hacerlo, pero después consigo controlarme. Dek se ha puesto rígido.

—Tú no me recuerdas a mi padre —digo.

—Tu papi eligió las drogas antes que a vosotros, o a vuestra mami —prosigue Gregor.

—Cierra el pico, Gregor —le advierte Dek.

—Yo nunca haría eso. Nunca elegiría la bebida antes que a Csilla o a cualquier amigo. Nunca.

—Tú eliges la bebida antes que a Csilla todos los condenados días —le recuerdo.

Me dedica una mirada torcida, desconcertada, y salgo del salón a toda prisa, cerrando de un portazo a mi paso. Más le vale dejar el tema, o será Dek el que termine por pegarle.

Me dirijo hacia el norte y cruzo la Maraña en dirección al monte Heriot, una colina sobre la que se erige el templo Capriss, el gran santuario blanco del culto loriano desde el que se ve toda la ciudad de Spira. Hace años que no voy al monte Heriot, desde que era una diminuta carterista que robaba bolsos, pañuelos y guantes. Es la parte más bonita de la ciudad, con hileras de árboles en las avenidas y escalinatas de piedra que serpentean por toda la colina hasta la brillante cúpula del templo Capriss. Desde aquí veo cómo el río Syne divide la ciudad en dos: la Scola y Forrestal al sur, la Maraña y el Confín al este. Y, en pleno centro de la ciudad, la enorme Hostorak, acechante tras el Parlamento. Los terrenos arbolados del palacio real se extienden por toda Spira Occidental, donde se encuentran las tiendas, las casas y los hoteles más elegantes.

En esta zona escasean los hombres de cierta edad —de la edad de Gregor, de la edad de mi padre—, ya que muchos fueron asesinados durante el Levantamiento. Me cuesta creer a Gregor cuando afirma que aún existe algún remanente de aquella vieja guardia, en el monte Heriot o en cualquier otro lugar. Para corroborarlo aún pueden encontrarse, en algunos bares, a viejos y deprimentes desertores que murmuran los mismos inverosímiles rumores sobre el heredero recién nacido del hermano del rey, al que sacaron clandestinamente del país para que un día pudiera volver y reclamar su derecho al trono. Sin embargo, la mayoría de los habitantes del monte Heriot no se aferran a la idea que de un príncipe loriano vaya a regresar a Frayne con paso regio para cobrarse su venganza. Igual que el resto de nosotros, se las arreglan como pueden. Más que esperar que las cosas mejoren, rezan por que no vayan a peor.

No me cuesta mucho encontrar el pub Ry Royal. Detrás de la barra hay una chica delgada con el pelo del color de la paja. Deduzco que es Clarisa, así que pido un café y una pasta, y espero a que el ambiente se sosiegue un poco. A esta hora, la clientela se compone fundamentalmente de hombres jóvenes desempleados, y mi presencia atrae un buen montón de miradas. Las ignoro y nadie se mete conmigo, lo que habla muy bien de los modales lorianos.

—¿Un día ajetreado? —le pregunto a la chica, cuando el ambiente está un poco más tranquilo, mientras ella limpia la barra con un trapo.

—Como todos los días —responde. Es una muchachita harapienta que luce las típicas mejillas hundidas y los característicos ojos vidriosos de quien se aburre demasiado a menudo. El tipo de chica que me recuerda por qué hago lo que hago para ganarme la vida y por qué nunca aceptaré un trabajo honesto.

—¿Cuánto tiempo llevas trabajando aquí?

—Un mes, más o menos.

—Eres Clarisa, ¿verdad? —pregunto—. ¿No solías trabajar para la señora Och, en la Scola?

No parece muy sorprendida cuando pronuncio su nombre, pero, en cuanto menciono a la señora Och, se muestra más cautelosa.

—Sí —admite.

—Soy Ella —le digo—. Ahora yo estoy trabajando allí.

—Ah —contesta mientras pasa el trapo una y otra vez por el mismo sitio, con gesto metódico—. ¿Y te va bien?

—Supongo que bastante bien —respondo—. He venido a hablar contigo. Quizá te imagines sobre qué.

Se me queda mirando con rostro impasible. Lo que estoy haciendo es un poco arriesgado, pero no creo que mantenga ningún contacto con la casa, y dudo que tenga un gran sentido de la lealtad. Al menos espero que no sea el caso. Así que digo:

—Esto es información secreta, pero mi hermano es policía. Fue él quien me consiguió el trabajo allí. Me dijo que solo tendría que trabajar durante unos cuantos meses, mantener el lugar vigilado. Mi hermano dice que los huéspedes traman algo.

Clarisa se queda pálida. Clava la vista en la barra y limpia, limpia, limpia.

—El señor Darius —insisto—. Algo terrible le sucede. Y he oído que tú sabes algo sobre él.

—Y, entonces, ¿por qué no viene a interrogarme la policía sobre este asunto?

Bien visto.

—No les he mencionado tu nombre —respondo—. No hay necesidad de involucrarte, solo quiero saber si mi presentimiento sobre él es cierto. ¿Puedes contarme qué viste la noche antes de marcharte?

Frunce el ceño con fuerza, sin apartar la vista de la barra, con los nudillos blancos a causa de la fuerza con la que aprieta el trapo.

—Algo espantoso —dice—. No me gusta pensar en ello. Sigo teniendo pesadillas.

—Pobrecilla —me compadezco. Innombrable, dame paciencia—. Si pudieras contármelo, sería de mucha ayuda y habríamos terminado.

—Escuché un sonido —susurra, inclinándose hacia mí sobre la barra—. Florence y Chloe estaban asustadas. Me pareció que era el sonido de un animal o algo parecido. Me llevo muy bien con los animales, así que fui a ver de qué se trataba. Pensé que quizá se hubiera colado un zorro en la casa.

No sé por qué pensé eso, porque no sonaba como un zorro. No sonaba como nada que hubiera oído antes, pero, por algún motivo, decidí que debía de ser un zorro.

—¿No habías oído ningún sonido extraño antes? —pregunto.

—El señor Darius no llevaba mucho tiempo allí —contesta—. Apenas una semana. Oí algunos sonidos un poco raros y se lo comenté a la señora Och. Ella me dijo que tan solo era una puerta rota en el sótano, que chirriaba con el viento. Pero yo intuía que no me estaba diciendo la verdad.

Así que ya llevaban un tiempo usando la historia de la puerta rota. Una mentira un poco floja.

—Así que saliste al rellano, esperando encontrarte con un zorro —le insisto.

—Sí. Solo que vi un hombre, o eso fue lo que me pareció. Llevaba una vela conmigo, y en el rellano vi a un hombre muy alto, con el pelo oscuro y medio rizado, que emitía un extraño gruñido. Había visto al señor Darius unas cuantas veces, y pensé que debía de ser él. Pensé que estaba borracho, o enfermo. Me acerqué y le pregunté: «Señor Darius, ¿está usted bien?». Y, entonces, me miró.

Se echa a llorar. Le palmeo suavemente la mano, sin resultado.

—No pasa nada, Clarisa. Cuéntame qué es lo que viste.

Buena chica: sigue hablando sin dejar de sollozar ni de sorberse la nariz.

—Su rostro... No era el señor Darius, aunque llevaba puesto su pijama. Tenía vello por todo el cuerpo, en la cara, e incluso en las manos y los pies. Sus ojos eran como los de una bestia, dos bolas enormes y amarillas, y sus dientes... No era un rostro humano. No era humano.

—¿Qué tipo de dientes tenía? —pregunto.

—Como los de un animal —exclama, sin aclararme nada—. ¡Espantoso! ¡Una boca de animal!

—¿Y qué hizo?

—Me miró y... gruñó. No se parecía en nada al gruñido de un perro. Era distinto, otra cosa. No solo lo oí, es que pude sentirlo en lo más hondo de mi ser. Me puse a gritar. No podía parar de hacerlo. Entonces, saltó hacia mí. Quiero decir que se abalanzó sobre mí, y luego se desplomó y... no recuerdo nada más. Creo que me desmayé, pero Frederick y el profesor estaban allí, y Frederick llevaba un pequeño revólver consigo, aunque no oí ningún disparo.

—¿Puedes decirme algo más sobre el aspecto de la criatura? ¿Tenía forma humana? ¿Solo su rostro era monstruoso?

—Estaba encorvada en las escaleras, así que no se veía muy bien —responde vagamente—. Lo que recuerdo es su rostro. Ese rostro espantoso, peludo y con los ojos amarillos, con aquellos dientes enormes.

—¿Y la nariz? ¿Una nariz humana normal?

—No —responde ella—. No lo recuerdo. Su rostro era animal. La cara de un monstruo.

Sus capacidades descriptivas dejan mucho que desear, pero, más o menos, capto la idea. O bien hay una bestia en la habitación del señor Darius, algo que trajo consigo (y que, si se puede confiar en Clarisa en ese punto, que viste su pijama) o, lo que parece más plausible y coincide con lo que yo misma he visto, el propio señor Darius sufre algún tipo de transformación nocturna que lo convierte en una especie de bestia. He escuchado cosas parecidas en las viejas historias prohibidas: relatos sobre las espantosas criaturas que poblaban la Tierra en la Antigüedad. ¿Pueden existir esas criaturas en la Frayne actual? ¿En la elegante mansión de la señora Och? Pero ¿por qué no? En una casa en la que de un día para otro desaparecen árboles inmensos y en la que ponen a salvo a las brujas de lo que las aguarda en el río Syne.

Debería estar asustada. Mi reacción natural debería ser, sin duda, decirles a Gregor y Esme que la mansión es demasiado peligrosa, que esconde más secretos de los que nos imaginamos y que jamás volveré a poner un pie allí, a pesar de la plata prometida. Pero la realidad es que siento un extraño entusiasmo. No sé qué relación hay entre todos los cabos sueltos, pero descubrir los secretos de la extraña casa de la señora Och es mucho más interesante que sacar a la luz cartas de amor ilícitas o robarle las joyas a algún ricachón. Le doy las gracias a Clarisa, le deseo lo mejor, y luego desciendo la colina hacia el río. Me paso el trayecto entero pensando en el señor Darius tirado en el suelo, en sus labios cubiertos de espuma y en la gélida voz de la señora Och diciéndole a Frederick: «Le necesitamos».

Cuando vuelvo, la casa es un hervidero de actividad a causa de los preparativos para recibir a nuestros nuevos invitados. La señora Freeley está muy enfadada por el comensal adicional para la cena.

—¿Qué se creen que soy? ¡Solo tengo cuatro chuletas de cerdo! ¿Cómo voy a preparar cinco raciones con cuatro chuletas de cerdo? —se queja.

Es una buena pregunta, pero yo le aseguro que no tengo ninguna duda de que podrá hacerlo.

Hemos barrido y desempolvado el salón trasero, y preparado una cómoda cama, con un pequeño nido de almohadas y mantas junto a ella para un niño, cuando el carruaje se detiene frente a la verja. Un cochero dentudo y de mandíbula afilada ayuda a los pasajeros a salir: una mujer con un abrigo de piel y un bebé en brazos. Florence, Chloe y yo tenemos oportunidad de inspeccionarla de arriba abajo en cuanto cruza la verja, todas con la cara apoyada contra la ventana del salón trasero. Por su aspecto, diría que no tiene más de veinte años. El niño está envuelto en unas mantas de colores y sus ojos azul claro se asoman por encima, curiosos. Aunque la piel de ella es oscura, la del niño es clara, y su pelo rubio brilla como el sol del norte.

—¿A que es monísimo? —exclama Chloe.

—*Ssshhh* —dice Florence.

No estoy de servicio en el comedor, así que no vuelvo a ver a nuestros huéspedes durante el resto del día. Sí que oigo la voz de la mujer, agradable y clara, desde el salón, y el agudo balbuceo del niño. Chloe y yo todavía estamos limpiando los platos de la cena cuando entra Florence.

—Se han ido a dormir temprano —nos dice con aires de superioridad—. Deben de estar agotados.

—¿Cómo son? —pregunta Chloe, así que no hace falta que lo haga yo.

—Es sureña, quizá tenga sangre anticana, incluso —dice Florence—. Tiene la piel marrón como una nuez. Y tengo que decir que, desgraciadamente para ella, es demasiado guapa.

—¿A qué te refieres? —pregunta Chloe.

—A que no lleva ningún anillo en el dedo —replica Florence, sin más rodeos.

Chloe reprime un grito de asombro.

—Tampoco es de buena familia, por muy bien vestida que vaya —prosigue Florence—. Estaba intentando hablar conmigo. No está acostumbrada a los sirvientes. ¿Y cómo puede ser suyo ese niño? No tiene ni una gota de sangre sureña, con esa piel blanquísima.

Me pregunto si Bianka Betine encontrará en la casa de la señora Och el amparo que estaba buscando. Desde el salón trasero, sin duda oirà los aullidos nocturnos procedentes del sótano.

A la mañana siguiente estoy sacando agua de la bomba que hay fuera de la casa, tiritando, con la nieve que me llega a las rodillas, cuando veo que un chico me hace gestos desde la verja para que me acerque. Le conozco: todo el mundo le llama Boxy, y trabaja de mensajero para Gregor. Dejo el gran barreño de cobre en el suelo y atravieso la nieve con dificultad para llegar hasta él.

—Pueden verte desde las ventanas, idiota —le reprendo.

Me dedica una traviesa sonrisilla y me tiende una nota de papel doblada a través de los barrotes de la verja.

—Me has pillado desprevenida, no tengo nada que darte —le digo, aferrando el papel.

—Ya me ha pagado —dice Boxy mientras se aleja a paso tranquilo, tristemente harapiento para moverse por la nieve, si bien no parece importarle.

Desdoblo la nota allí mismo, un movimiento poco prudente dado que pueden verme y se supone que no sé leer, pero estoy demasiado impaciente para esperar ni un segundo más.

«El cliente quiere verte el próximo día de Templo», dice.

CAPÍTULO 8

Cuando vuelvo a la casa con el cubo lleno de agua y nieve me encuentro a Bianka Betine en la trascocina, vestida con lo que parece un carísimo camisón blanco y encima una ligera bata de seda azul sin abrochar. Calza unas hermosas pantuflas de piel y el cabello se le arremolina alrededor de la cabeza en forma de gruesos rizos oscuros.

Es, tal y como comentó Florence, verdaderamente guapa, con esa expresión traviesa y esa espectacular figura. Sin embargo, no posee ni la belleza de muñeca de Csilla ni la hermosura de modelo al natural que tiene Arly Winters. Es tan fácil imaginarla engalanada como una reina, como lo sería imaginarla en una aldea, descalza y con el cabello recogido en un pañuelo. Su rostro tiene una nota de astucia e inteligencia, como si estuviera guardándose un chiste privado que, quizá, sea a tu costa. Gimiendo a causa del esfuerzo, coloco el cubo sobre la estufa y le hago una leve reverencia.

—Hola —me saluda. Tiene una manera de mirar muy directa. Es como si te escrutara, pero quizá eso solo se deba a sus orígenes sureños. Tiene un acento suave y agradable al oído, más sosegado que el de la ciudad de Spira. Suena como si tuviera todo el tiempo del mundo—. He perdido al bebé.

—¿Qué? —pregunto tontamente.

—¡*Buaaa!*

Casi se me sale el corazón por la boca. Un pequeñín de melena rizada sale del cubo de la colada, en medio de una lluvia de toallas y ropa interior. No me gustan demasiado los niños pequeños, pero incluso yo me doy cuenta de que es precioso. Tiene dos dientes en la encía superior, cuatro en la inferior, y una sonrisa cautivadora.

—¿Cómo te has metido ahí? —le reprende Bianka, como si fuera de lo más normal dejar que tu hijo se meta en el cesto de la ropa sucia de una casa ajena.

—No está limpia —digo.

—No le va a pasar nada —replica ella mientras el niño vuelca el cubo y empieza a llorar. Bianka saca uno de sus delicados pies de la pantufla y mueve los dedos para distraerle. El niño estira los bracitos para agarrarle el pie, y ella vuelve a introducirlo en la zapatilla.

—Le encanta jugar al escondite —me dice—. A mí me resulta un juego un poco cansado. ¿Tú también trabajas aquí?

—Sí, señora —respondo.

Me observa con curiosidad.

—Esta casa tiene muchísimos sirvientes.

No tengo la menor idea de qué responder a eso. Tres criadas, una cocinera y un guardia no son demasiados sirvientes para una dama rica que vive en una refinada mansión.

—Theo y yo estábamos explorando la casa, y nos hemos perdido —prosigue—. Yo me llamo Bianka. Y esta ratita es Theo.

—Encantada de conocerla, señora —digo, haciéndole otra estúpida reverencia con la cabeza. Ella enarca una ceja en una actitud levemente sorprendida—. Mi nombre es Ella —añado.

—Bueno, pues encantada de conocerte, Ella.

El pequeño se incorpora agarrándose al borde de la cesta de la colada y se tambalea en dirección a su madre, con los brazos estirados para mantener el equilibrio. Camina como un pequeño borrachín. Cuando llega junto a la pierna de su madre, se desploma, encantado con su propio logro.

—Así que aquí es donde hacéis la colada y demás —trata de continuar la conversación, echando un vistazo en derredor de la sala.

—Esto es la trascocina —respondo, incómoda—. ¿Nunca ha estado en una mansión como esta? ¿O es que en Nim no tienen trascocinas? Usted no es de la ciudad de Spira, ¿verdad? —prosigo—. Su acento es muy distinto.

—Soy de Nim —responde en tono ausente. Y, repentinamente, pierde todo el interés en mí. Se sacude al bebé de la pierna y empieza a deambular. El niño la sigue bamboleándose, agarrado al borde de su bata y diciendo «ma, ba, ma, ba, ma, ba» con gran concentración.

El resto del día es muy ajetreado y tengo la impresión de no poder escapar del vigilante ojo de Florence. El señor Darius me aborda mientras estamos recogiendo los platos de la cena y me lleva aparte. Siento su pesada mano en mi brazo y el corazón se me acelera ligeramente; aunque estoy segura de que, en el comedor, a la vista de todos, estoy bastante segura.

—Quería darte las gracias por la ayuda que me brindaste ayer —dice—. Fuiste muy amable.

—Por supuesto, señor —contesto. Todavía me está agarrando del brazo. Me quedo mirando insistentemente su mano, enorme y salpicada de vello negro, y termina por soltarme.

—Frederick me ha dicho que estuve delirando y diciendo toda clase de disparates —prosigue, con una risa forzada. Me pregunto si se acordará de lo que me dijo—. Espero no haberte alarmado.

—No, señor —respondo—. Me alegro mucho de verlo completamente recuperado. ¿Se encuentra bien ahora, señor?

—Mejor que bien —responde. Aunque por su rostro demacrado y esos ojos desorbitados, no lo parece—. Gracias.

—No tiene por qué darlas, señor. —No parece tener intención de dejarme ir, así que le hago otra reverencia y me escabullo como puedo de su lado para refugiarme en la trascocina.

Después de recoger la mesa de la cena, y cuando todo el mundo se ha retirado ya al salón principal, me encuentro a Chloe, que está cuidando del bebé en la sala de música. El niño está mordiendo una de las patas del piano y hay papeles por todo el suelo.

—Lo muerde todo —me dice Chloe, con cierta desesperación—. ¡No sé qué hacer para que se esté quieto!

—Tú eres más grande que él —le recuerdo—. Además, ¿no debería estar ya acostado?

—Lo he intentado. Lo he acunado y le he estado cantando. ¡Me ha mordido la nariz, Ella!

Efectivamente, tiene dos marcas rojas de dientes a cada lado de la nariz. El niño agarra un trozo de papel con su puñito regordete (es una partitura, aunque no tengo ni idea de de dónde ha salido) y lo rompe limpiamente.

—Ya basta, bebé —grita Chloe, casi al borde del llanto.

—No seas patética —le digo—. Solo necesita un azote.

Le quito el papel y levanto la mano para darle un bofetón. No pretendo hacerle daño, pero si algo he aprendido de las abrumadas madres y abuelas de la Maraña es que los bebés son demasiado tontos para aprender algo sin la ayuda de un buen cachete de vez en cuando. Sin embargo, antes de poder abofetearlo, una mano de hierro me atrapa la muñeca, la retuerce y con un fuerte tirón me manda tambaleándome hasta chocar contra la estantería en la otra punta de la habitación. Reprimo un grito de sorpresa y dolor, y me dejo caer al suelo.

—Theo no se va a llevar ningún azote de tu parte —dice Bianka con acritud. Ha entrado en la sala tan sigilosamente que ni siquiera me he dado cuenta de que estaba aquí.

Chloe se ha quedado petrificada.

—No iba a lastimarlo —le digo, aún perpleja. No es ni más alta ni más corpulenta que yo. Pero es fuerte. Demasiado fuerte.

Bianka coge al bebé en brazos y sale de la habitación con un siseo, antes incluso de que tenga tiempo de enfadarme por la forma en que me ha zarandeado. Me pongo de pie y miro a Chloe, que sigue con la boca abierta de par en par.

—Como no cierres la boca, se te va a colar una mosca —comento de mal humor, y salgo de la habitación cojeando y sosteniéndome la muñeca dolorida.

—¿Está bien la señora Betine? —le pregunto a Frederick en nuestra siguiente clase de lectura—. No ha acudido a desayunar esta mañana.

—Creo que ha dormido hasta tarde —responde Frederick.

—Es muy hermosa —comento—. ¡Y el bebé! ¡Qué ricura!

—Sí, es cierto.

Frederick me dedica esa típica mirada tierna que la gente le pone a las jovencitas cuando hablan de niños pequeños. El hecho de que consiga no reírme en su cara habla muy bien sobre mis dotes de actuación.

—¿Cuál es su parentesco con la señora Och?—pregunto—. Mencionó algo acerca de su hermano.

Frederick se queda perplejo y empieza a tartamudear:

—Ah..., sí. Creo que... son primas lejanas.

Es un pésimo mentiroso. Cuando dice una mentira suda, se mueve de un lado para otro y apenas es capaz de componer una frase. Debe de ser una desventaja terrible. Supongo que ayuda a mantener la honestidad, si es que eso sirve para algo.

—¿Vendrá su marido a acompañarla? —pregunto, toda inocencia.

—¡Ah! No..., no creo.

—Su visita parece muy repentina —comento—. ¿La señora Och no había recibido aviso de antemano?

—Creo que... no —dice Frederick.

—¿Y cómo está el señor Darius? Me alegré mucho de verle durante la cena, anoche. Asumo entonces que está mejor, ¿no es así?

—Mucho mejor —dije Frederick, que parece estar empezando a exasperarse con mis preguntas—. ¿Hoy no estás interesada en leer?

—Claro que lo estoy —desisto—. Solo tengo curiosidad por nuestra huésped. ¡Parece bastante misteriosa, habiendo salido tan repentinamente de la nada!

—Supongo que lo es —dice Frederick.

Cojo uno de los libros del montón y, seguidamente, me coloco más derecha en el asiento. En la cubierta del libro, un ciervo blanco me mira desde un bosquecillo de árboles plateados. Lo abro y deduzco que se trata de una colección de poesía bucólica loriana.

—¿Qué es esto? —pregunto, ojeando rápidamente unas cuantas páginas.

—Ah, la señora Och lo recomendó para ti.

Eso me da pie a una nueva ronda de preguntas.

—¿La señora Och? ¿Ella está al tanto de... esto? —estoy a punto de decir «de nosotros», pero no quiero que Frederick se haga ideas equivocadas.

—Sí, sí, se lo conté —responde con entusiasmo, supongo que con alivio de poder zafarse del tema de Bianka—. Está completamente de acuerdo. Es una gran entusiasta de la educación de las clases bajas. Se podría decir que es una de sus causas personales. Sugirió que leyéramos poesía: dice que el ritmo de ese género facilita el aprendizaje, y confío en que tenga razón. Este tipo de poesía ya no se lee mucho. Supongo que hay quien considera que contiene elementos folclóricos.

—Bueno, eso es ilegal —digo.

—Es ilegal adorar a los dioses de los elementos —se limita a decir—. No es ilegal escribir poesía sobre la naturaleza y, de hecho, es muy triste que una simple exaltación de la belleza se relacione con creencias arcaicas. Además, como científico, estoy totalmente a favor de luchar contra la ignorancia. Y no hay duda de que las antiguas creencias folclóricas a menudo eran muy ignorantes, pero no le veo ningún sentido a erradicar completamente prácticas que son inofensivas. Creo que la educación es un método mucho más efectivo para llegar a la gente. Así, con una mayor comprensión del mundo, podrán abandonar sus ingenuas creencias por sí mismos.

Me asombra que se atreva a criticar tan abiertamente a la Corona, pero también me intriga. Frederick nunca me ha parecido un rebelde, pero también es cierto que abandonó una prometedora carrera para venir hasta aquí y trabajar, aislado del mundo, para un hombre cuya carrera está prácticamente muerta. Hay una especie de testaruda declaración de principios ahí, en alguna parte.

—¿Y cómo podría cambiar nada el hecho de educar a la gente? —le pregunto.

—El catalejo de Girando fue el que asestó el primer golpe a las antiguas creencias, hace trescientos años —responde Frederick, sonriéndome—. Antes de eso, incluso aquellos que tenían educación creían que toda la energía del mundo procedía, precisamente, del mundo. Tierra, Fuego, Aire, Agua: esos eran los espíritus de los dioses llamados Arde, Feo, Brise y Shui.

Me produce un extraño estremecimiento escucharle pronunciar estos nombres con tanta naturalidad, como si estuviéramos hablando del tiempo. Se puede ir a la cárcel solo por invocar a estas deidades.

—Sin embargo, cuando los científicos como Girando pudieron observar los Cielos, no tuvieron más remedio que reconocer lo pequeños que somos. Apenas una parte de algo mucho mayor, de algo que no vemos, ni comprendemos, ni sabemos cómo denominar. Adorar a los elementos del mundo acabó cayendo por su propio peso, como algo demasiado ingenuo.

Niego, sacudiendo la cabeza, sin entenderle, pero sin saber tampoco qué pregunta debería formularle para que me lo aclarase.

—Mira, te lo demostraré —se incorpora de un salto y saca un par de enormes libros de las estanterías de la biblioteca. Cuando los abre, veo dibujos de esferas de varios tamaños, alrededor de otra gigantesca y de bordes llameantes. De cada una de las esferas parten líneas curvas que rodean a la más grande de todas.

—¿Qué es esto? —pregunto.

—Esto es el Sol —me informa, señalando la gran esfera de bordes llameantes que hay en el centro de la imagen. Luego indica una de las esferas más pequeñas—. Este es nuestro planeta, la Tierra. ¿Lo ves? Ni siquiera somos el planeta más grande de los que giran alrededor del Sol. Esta es la Luna, que gira alrededor de nosotros. El planeta que está más cerca del nuestro es Merus, el Soldado Rojo. Y aquí está Valia, la Princesa Plateada, la gemela de la Tierra.

Claro que sé que la Tierra gira alrededor del Sol junto con otros cuantos planetas. Aunque nunca he recibido una educación formal, Esme se aseguró de que no fuera ninguna ignorante. Pero nunca lo había visto expuesto de esta manera.

—¿Dónde está la ciudad de Spira? —pregunto, observando de cerca la minúscula bola que se supone que es todo nuestro mundo.

—Necesitarías un mapa más grande —dice Frederick—. La ciudad de Spira, a esta escala, es tan pequeña que apenas existe. Mira esto.

Extrae otro libro de la estantería y lo abre frente a mí. No comprendo las ilustraciones que estoy viendo. Grandes espirales de... ¿qué? Es algo que parece un enorme ojo, con una nube de polvo girando alrededor. Remolinos de luz.

—El Cielo —dice en voz baja—. Las galaxias. Ni siquiera se puede encontrar el pequeño punto que es nuestro planeta en esta inmensidad.

Señalo el punto que parece un ojo.

—¿Qué es eso?

—Millones de estrellas —dice él—. Y, probablemente, también planetas. Todas increíblemente lejos de aquí. Puede que incluso ya estén extintas cuando su luz llega hasta nosotros. Es imposible de imaginar, Ella. Inconmensurable. El gran misterio que alberga, la enormidad del fenómeno. Una vez que lo has visto, la simple idea de que el agua o el aire de nuestro mundo puedan tener cualquier tipo de relevancia en este enorme conjunto es, sencillamente, absurda. Apabullante. Es casi como mirar directamente el rostro del Innombrable.

Hoy Frederick está demostrando ser toda una caja de sorpresas.

—¿Qué religión practica? —le pregunto.

Me sonríe con simpatía.

—Soy rainista, igual que tú —dice—. Desde el punto de vista artístico, puedo apreciar la caligrafía de los simathistas, la música de los baltistas, la poesía de los lorianos. Pero a nivel espiritual solo los rainistas comprenden que toda esa decoración y parafernalia no son más que meras distracciones en la contemplación del vasto misterio del Innombrable. Solo a través de una meditación profunda y sin distracciones podemos aspirar a conocer su revelación. Yo considero mis propios estudios una forma de adoración, en el ámbito de la ciencia, en cualquier caso. En mi búsqueda por comprender el Universo, también busco comprender a su Creador y estar un paso más cerca de Él.

—Entonces, ¿está de acuerdo con el rey... —digo despacio, observando las imágenes que él ha llamado galaxias—, pero cree que no debería haber vetado las religiones folclóricas?

—No he tenido oportunidad de conocer al rey —dice Frederick—. No todos los rainistas lo son por los mismos motivos. Sin embargo, las tradiciones folclóricas albergan una gran belleza. Si nos dedicamos a acabar con ellas, será una pérdida para todos nosotros, no solo para ellas mismas. Deberíamos luchar contra la ignorancia, no contra la belleza.

Pensaré en ello.

—Si la señora Och tiene este libro, debe de pensar lo mismo —digo, señalando el ciervo blanco de la cubierta.

—Sí —dice Frederick—. Creo que comparte mi opinión. La señora Och es una mujer de mente abierta. Tal vez me deje llevarte a la universidad para observar por el catalejo que tienen allí. Estoy seguro de que podríamos entrar una noche en que el cielo esté despejado: sigo teniendo algunos amigos allí, aunque no aprobaran mi decisión de marcharme.

—¿Por qué se fue? —me atrevo a preguntar abiertamente—. Es la mejor universidad de Frayne, ¿no es así?

Asiente lentamente.

—Gente de toda Nueva Poria va a estudiar allí —dice.

—Y ¿entonces? —le insisto—. ¿No le gustaba?

—Empecé a darme cuenta de que, si seguía por ese camino, mis investigaciones solo podrían discurrir por una senda muy estrecha y predeterminada. Muchos de mis interrogantes no eran... bienvenidos, por decirlo de algún modo. La Historia se está reescribiendo, Ella, y es de vital importancia que algunos de nosotros preservemos la verdad.

—¿Qué verdad? —insisto de nuevo—. ¿Cómo puede ser que la Historia se esté reescribiendo?

Frederick vacila un momento. Creo que es porque no quiere terminar en la cárcel, como el profesor Baranyi. No sabe si puede confiar en mí.

—Mi principal área de estudio son los reinos de la Antigua Poria, antes de las Guerras Mágicas y las Purgas. Los hechos que les enseñan a los niños en las escuelas..., los protagonistas y demás..., hay muchas inexactitudes. La verdad no es necesariamente... la versión más conveniente. Yo siento que mi papel es preservar la Historia como todo el mundo la conocía, y como prácticamente ya nadie la conoce ahora.

Casi me entran ganas de echarme a reír y pedirle si puede hacer el favor de ser un poquito más vago. Pero lo cierto es que, si los secretos de

Frederick pueden ponerle en peligro, hace bien en no querer confiármelos a mí.

—Entiendo —respondo.

—Con el profesor Baranyi puedo pensar y trabajar libremente, y tengo mucha fe en el trabajo que está haciendo —prosigue Frederick, aliviado—. Eso es más importante que una buena carrera y que todo el mundo se levante el sombrero cuando pase por la calle.

—Entonces tomó usted una decisión acertada —digo, bastante asombrada a mi pesar—. De todos modos, ¿cómo empezó el profesor a trabajar para la señora Och?

—Ah, bueno, seguro que te habrás dado cuenta de que está enferma. Él la ayuda con sus proyectos, y ella, a cambio, financia su investigación. Es una patrona generosa, además de una gran admiradora de su trabajo. El profesor Baranyi se encarga de la conservación y traducción de muchos textos importantes o difíciles de encontrar, que, de no ser por él, se habrían perdido. En el extranjero sigue siendo una figura muy respetada. Incluso ha dado conferencias en Zhongguo, ¿sabes?

No sé mucho sobre ese terrorífico imperio en Oriente, salvo que es un lugar sin ley, salvaje, de cuyo emperador se rumorea que tiene brujas en su corte. No tenía la más remota idea de que el profesor hubiera viajado tan lejos.

Frederick me dedica una ansiosa mirada por encima de sus anteojos.

—¿Te he escandalizado con todo esto, Ella?

Yo le respondo con una sonrisa.

—No, en absoluto.

—Me alegra mucho oír eso —me devuelve una sonrisa cálida—. ¿Quieres que le echemos un vistazo a los poemas, entonces? La simbología es complicada, muy sugerente. Hay que tener una mente privilegiada para comprender la poesía loriana, pero creo que eso no será problema para ti.

Por un instante me siento terriblemente culpable por lo que estoy haciendo en esta casa. No podrían estar siendo más bondadosos conmigo y, sea lo que sea lo que hacen de manera clandestina, también están ayudando a gente, a gente como mi madre, muchos años después de que el resto de Frayne haya desistido de oponerse a las brutales leyes del país. Y aquí estoy yo, mientras tanto, espiando en su casa, trabajando para un enemigo misterioso que quizá pretenda hacerles mucho daño. Casi siento ganas de echarme a llorar. Sin embargo, consigo recomponerme cuando me recuerdo a mí misma, con severidad, que este es mi trabajo, que ya nos hemos gastado los diez freyns de plata del anticipo y que ahora mismo no tiene sentido ablandarse. Aun así, decido que, quizá, no sea muy mala idea seguir jugando con los sentimientos de Frederick un poquito más. Siempre tengo recursos de los que echar mano si necesito soltar unas lagrimitas.

De mala gana, me obligo a volver a ese lugar oscuro. Imagino la caída al agua helada mientras la horda chillaba, imagino su desesperación en el fondo del río Syne antes de no poder aguantar más, antes de que aquella agua tan negra inundara sus pulmones. Una vez más, vuelvo a ser la niña de la orilla, a punto de ser aplastada por la enardecida multitud, la niña que entiende por primera vez que el mundo es un enemigo, no un aliado, que nada es seguro, que nadie puede protegerla. Lo traigo todo de vuelta a mi mente, como una mera herramienta para abrir ciertas puertas.

—¡Ay, no llores! —protesta Frederick—. ¿Por qué estás llorando?

—Son todos ustedes tan amables —sollozo.

Parece deslumbrado, triste y satisfecho, todo al mismo tiempo. Con mucho cuidado, cubre mi mano con la suya. Tiene unas uñas limpísimas.

Son amables, eso es cierto. Pero yo no lo soy. Descubriré sus secretos, los delataré y desapareceré de sus vidas. Cuánto odio me tendrán entonces... Ahuyento este pensamiento de mi mente. En su lugar, pienso en plata, en café y tartas, en un par de guantes forrados de piel; en estar sentada con Wyn en un elegante café con vistas a los jardines del Parlamento, en el momento en que vuelva a ser yo misma. Ya es demasiado tarde para echarse atrás.

Cierro el libro de los Cielos.

CAPÍTULO 9

Te he echado de menos, digo mentalmente mientras le observo dormir, apoyada sobre los codos en la cama. La oscura curva de sus cejas, esa preciosa boca, sus mejillas, ásperas y sin afeitar.

Hoy es día de Templo, el día en que por fin voy a conocer al misterioso cliente que me ha contratado. Cuando llegué, no había nadie despierto, así que me colé en la habitación de Wyn para sorprenderlo. Le olía el aliento a vino rancio, pero me dio igual. Ahora él se ha vuelto a dormir y yo tengo hambre, así que salgo a hurtadillas de su cuarto y bajo al mío para prepararme unos huevos revueltos. Dek está despierto, o puede que aún no se haya acostado. Está examinando detenidamente unos planos que hay extendidos sobre su escritorio y levanta la vista levemente sorprendido cuando entro.

—No me había dado cuenta de que ya había amanecido —murmura. Luego, arruga un papel, lo estruja en el puño y lo arroja a la esquina de la habitación, donde ya hay amontonados unos cuantos.

—¿En qué estás trabajando? —pregunto.

—En una cosa para ti, en realidad —dice con una sombra de sonrisa en los labios.

—¿En mi ganzúa?

—No, eso te lo tendré listo mañana. Solo hay que terminar de ensamblarlo. Esta tarde voy a ir al Confín: he tenido que cambiar algunas piezas cuyo tamaño no encajaba bien y necesito un poco más de metal.

—Bueno, y, entonces, ¿qué es? —Echo un vistazo a sus papeles, pero se gira y me dedica una sonrisa maléfica.

—Paciencia, hermana querida. Te gustará, no te preocupes. Oye, ¿aún estaba oscuro cuando has llegado?

—Sí, bastante —respondo, y ya sé lo que me va a decir—. A punto de amanecer.

Me dedica una profunda mirada de reproche.

—Ya lo sé —le digo—. Voy con cuidado, Dek.

—Tres asesinatos, Julia. ¿Cómo se te ocurre salir sola en mitad de la noche con ese demente suelto por ahí?

—No es que andemos cortos de dementes en la ciudad de Spira, precisamente —rebato—. Puede que este tenga unos métodos particularmente macabros, pero terminarías igual de muerto si te quitara la vida un asesino del montón. No veo la necesidad de extremar las precauciones.

—Ya, pero es que tú no tomas ninguna precaución. Te crees intocable solo porque vas por ahí con un cuchillo en la bota.

—No —respondo—. Me creo intocable porque puedo volverme invisible.

Dek suspira y niega con la cabeza, mirándome.

—Bueno, invisible, no. Pero como si lo fuera —añado.

—Lo que me asusta es que no tengas miedo —me dice.

Cambio abruptamente de tema.

—Dek, ¿qué me dirías si te contara que la señora Och ayuda a las brujas? A salir del país.

Los ojos de mi hermano se clavan en mí.

—¿De verdad?

Yo asiento.

—¿Eso es lo que tu cliente quería averiguar? —me pregunta.

—No lo sé. Supongo que hoy me enteraré de si es eso o no. Podría estar relacionado con los huéspedes, o con cualquier otra cosa. En esa casa pasan un montón de cosas raras. Pero me ha dado qué pensar.

—Ah.

—Bueno, estaba pensando en mamá.

Dek entorna los párpados, tensa los labios y todo su cuerpo parece tensarse y encogerse, pero su voz suena tranquila cuando dice:

—¿Pensando en qué?

—En que ella era... buena. Es decir, era buena con nosotros, ¿no? Y la gente la apreciaba. También era buena con nuestro padre, aunque no se lo mereciera. Nunca le hizo daño a nadie; no que yo sepa, al menos. Ni siquiera cuando descubrí lo que era pensé que fuera malvada. ¿Tú sí?

Él niega con la cabeza, una única vez.

—No. No era malvada.

—Entonces, ¿son todo patrañas? Lo de que las brujas adoran a los Oscuros, que buscan dominar el mundo.

Se encoge de hombros.

—No conozco a ninguna otra bruja. Aunque entiendo por qué la gente les tiene miedo. Imagina que supieras que uno de nuestros vecinos tuviera la capacidad de escribir algo en un papel y hacer que sucedieran cosas, cosas antinaturales. ¿No estarías asustada?

—Dependería del vecino —respondo—. Pero si las brujas son capaces de hacer cosas terribles, ¿no podrían hacer también cosas fantásticas, si son bondadosas? ¿Curar enfermedades y cosas así? Ella te salvó.

Nunca hemos verbalizado este pensamiento. La atmósfera de la habitación de repente se torna viva y extraña.

—Sí, lo entiendo. El problema es que ¿cómo puede uno estar seguro de hasta qué punto puede confiar en alguien con ese poder? —dice Dek, con aire pensativo—. Hemos leído sobre el Imperio eshrikí, el Imperio parnés: ambos eran imperios de brujas. De ahí la gente corriente no salía muy bien parada, ¿verdad? Por no hablar de las Guerras Mágicas, en las que todos los aquelarres competían por el control de la Antigua Poria... En aquella época, muchas brujas se creían con derecho a gobernar sobre el resto de la gente.

—Entonces, ¿hacer las Purgas estuvo bien? ¿Aquellas masacres en las que se echaban centenares de brujas al mar?

—Por supuesto que no. Lo que quiero decir es que una bruja con intención de hacer el mal es, efectivamente, una criatura muy peligrosa: son capaces de causar mucho más daño que una persona corriente. ¿Y cómo puede conocerse la verdadera naturaleza de su alma? No digo que haya que ahogarlas, necesariamente. Lo que digo es que entiendo por qué se les tiene tanto miedo.

Sé que tiene razón, pero yo me siento incapaz de adoptar un discurso tan racional. Siento que por dentro me quema una furia que no soy capaz de explicar, que lleva enterrada demasiado tiempo. Aunque conservo varios recuerdos de mi madre, no sé mucho más que el resto de la gente sobre las brujas: que, por algún motivo, tienen el poder de que el mundo se doblegue a la voluntad de sus plumas. Que la historia está plagada de brujas asesinas y ávidas de poder que han intentado derrocar a reyes y reinas honestos. Pero entonces recuerdo lo que me dijo Frederick: que la Historia está también plagada de falsedades. Si hay algún lugar donde puedo ampliar mis conocimientos sobre la brujería, sobre lo que era mi madre, es en la casa de la señora Och.

—¿Y qué vas a hacer si tu cliente te pregunta sobre todo este asunto de las brujas? —dice.

—No lo sé.

—No sabes a quién está ayudando esa tal señora Och, ni por qué —comenta él—. Podría querer ayudar a brujas como mamá, que nunca hizo nada para merecer morir ahogada. Pero también podría tener otros motivos para querer ayudar a las brujas.

—Supongo que tendré que averiguarlo —digo, y él suspira.

—No tengo muy claro si me gusta ese trabajo tuyo.

—No me aburro —le dedico una sonrisa malévola—. Gregor vendrá pronto a buscarme. ¿Me haces el desayuno?

Se levanta, colocándose la muleta bajo el brazo, y va a encender la cocina. Al poco rato, nuestra habitación huele a huevos revueltos y salchichas. Yo me hago un ovillo en su cochambrosa silla y le observo detenidamente, con la sensación de que podría explotar ahora mismo de amor por él. Solía prepararme el desayuno cuando éramos pequeños. Yo siempre me despertaba temprano y hambrienta, y él siempre me freía un poco de pan con mantequilla, si teníamos, o me cocía un huevo mientras nuestra madre aún dormía y nuestro padre estaba quién sabe dónde. Canturrea mientras prepara la comida y yo me quedo adormilada en la silla. De repente, caigo en un breve sopor, sin sueños, del que me despierto solo cuando me coloca el plato en el regazo.

Gregor para un carruaje a motor para que nos lleve a Spira Occidental. Sabía que mi cliente era rico, así que no debería sorprenderme. El traqueteo resulta intimidante, sin embargo, mientras el carruaje baja por la ancha avenida en medio de los silenciosos carruajes eléctricos, sin uno solo tirado por caballos a la vista. Nos detenemos frente a una construcción blanca de aspecto monolítico que parece un hotel.

—En este hotel tienen lámparas eléctricas —me dice en voz baja. Nunca he oído hablar de que tal cosa exista y tampoco estoy segura de si me está tomando el pelo.

Gregor se ha vestido con su mejor traje y no desentona con el ambiente, si bien el traje está un poco desgastado. Por otro lado, yo estoy absolutamente ridícula con mis botas de piel, la pesada gabardina que apenas me llega hasta las rodillas y la larga melena oculta bajo un gorro de lana. Gregor le tiende al portero un trozo de papel doblado. Un botones sale a recibirnos y nos lleva directamente al vestíbulo del hotel. Es gigantesco. Intento no quedarme boquiabierta como una pueblerina cualquiera. El techo es tan alto como el de un templo o el de la ópera, y de él cuelgan grandes lámparas de araña. La alfombra es tan espesa que me entran ganas de quitarme las botas y de hundir los dedos de los pies en ella. El botones nos guía hacia el ascensor y cierra la puerta a nuestras espaldas. Me gustaría que Dek estuviera aquí. Le pirran los ascensores, pero nunca ha montado en uno. El aparato da una sacudida, chirría y empieza después a subir. Y a subir. Y a seguir subiendo. Me cuesta creer lo altísimo que es el edificio y que nosotros estemos moviéndonos así por sus entrañas. Me gustaría preguntarle a Gregor si los ascensores se caen alguna vez, pero el botones está delante y no quiero que se dé cuenta de que es la primera vez que me subo a un aparato de estos. Aunque no sé por qué me preocupa lo que vaya a pensar de mí el botones.

Al final, frenamos con otra nueva sacudida, y el botones tira de la puerta para abrirla. Salimos frente a una enorme puerta blanca con el número 10 repujado en oro. Gregor le da una propina al botones y luego llama a la puerta. Yo enderezo el cuello, intentando aparentar seguridad en mí misma. No quiero parecer abrumada por el contexto que me rodea.

La puerta se abre casi inmediatamente. Abandono por completo cualquier posible tentativa de mantener la compostura y me quedo mirando fijamente. Delante de nosotros se encuentra la mujer más extraña que mis ojos hayan visto jamás. Va vestida con pantalones oscuros y botas, como si fuera un hombre (aunque, definitivamente, no un hombre de Spira Occidental), y lleva una chaqueta de cuero marrón muy ajustada, con mitones a juego. Su negro cabello es tan lacio que parece un casco que enmarca un rostro blanco como el papel, terminado en una afilada línea en el mentón. Lo más extraño de todo es que tiene los ojos ocultos tras un par de gafas de metal con unas protuberantes lentes tubulares, que parecen ajustarse y reajustarse continuamente por sí solas, y que da la sensación de que surgen directamente de la carne de su rostro. A plena vista, al cinto, porta un largo cuchillo de aspecto atroz.

Me mira con sus inquietantes gafas. Las lentes rotan para enfocarme.

—¿Esta es Julia? —pregunta. Tiene una voz aguda, clara y afilada como cristales rotos.

—La misma —dice Gregor, con una pequeña floritura de la mano.

—Adelante —me dice, abriendo la puerta de par en par. Y, dirigiéndose a Gregor, añade—: Espera fuera.

Él abre la boca como si quisiera protestar, pero vuelve a cerrarla y se mete las manos en los bolsillos. Yo también siento la tentación de protestar: no quiero quedarme a solas con esta mujer, o lo que demonios sea, pero ella se apresura a llevarme dentro, la puerta se cierra y Gregor se queda afuera.

La habitación es una especie de versión en miniatura del vestíbulo, con sus altos techos y su lámpara de araña. Las cortinas blancas están descorridas, dejando a la vista dos puertas de vidrio que dan a un balcón. La mujer hace tamborilear sus largas uñas sobre la empuñadura del cuchillo, mirándome. Pienso en los asesinatos, en los recortes de periódico que hay sobre el escritorio de la señora Och, y, durante un segundo, tengo la certeza de que me encuentro delante de una asesina demente. Siento que un grito empieza a trepar por mi garganta.

—No tengas miedo —me dice con esa voz que suena como témpanos de hielo en caída libre—. Me llamo Pia. Siéntate.

Me señala el sofá con una de sus enguantadas manos. Con el corazón martilleándome en el pecho, me hundo entre los cojines.

—¿Quieres beber algo? —me pregunta.

—Café —respondo.

Toca una campanilla junto a la puerta. Está conectada a un fino cable que se introduce en la pared.

—Me ha parecido que era hora de conocernos personalmente —dice—. Me resulta muy interesante esa habilidad tuya. ¿Es algo que siempre has podido hacer?

—Sí —respondo—. Sin embargo, no funciona con todo el mundo. No funcionó con la señora Och.

—Supongo que eso no es demasiado sorprendente.

Me gustaría preguntarle por qué no lo es, porque a mí sí que me había sorprendido muchísimo, por decirlo finamente, pero alguien llama entonces a la puerta. Pia abre. El hombre de uniforme que hay al otro lado parece petrificado.

—Café —dice Pia—. Y mango. Entero.

Vuelve a cerrar la puerta. No sé qué es un mango, pero supongo que debe de ser algún tipo de bebida extranjera. Por la manera de hablar que tiene diría que no es de Frayne, aunque su fraynian es impecable.

—¿Tienes alguna otra habilidad? —me pregunta.

No sé muy bien qué responder a eso.

—Soy razonablemente habilidosa forzando cerraduras —respondo—. Leo y escribo bastante bien. Puedo escalar paredes, colarme por ventanas, sé hacer algunos buenos nudos si me veo en la necesidad de atar a alguien, y también sé usar un cuchillo y disparar un revólver.

Pia hace un gesto de desprecio con la mano.

—No, algo poco habitual. Como lo de pasar desapercibida.

—Ah —respondo. Ahí, medio enterrada en los mullidos almohadones y forzada a alzar la vista para poder mirarla, me siento como si tuviera cinco años—. No, solo eso.

Sus gafas rotan, sobresaliendo con un zumbido, y luego vuelven a retraerse.

—Háblame sobre la mujer que ha llegado de Nim hace poco —me pide.

Describo a Bianka lo mejor que puedo, y ella hace tamborilear las uñas contra el cuchillo mientras tanto, lo cual me resulta de lo más desconcertante. Cuando le cuento que Bianka me lanzó casi hasta la otra punta de la habitación usando solo una mano y aparentemente sin tener que hacer mayor esfuerzo, esboza una leve sonrisa.

Vuelven a llamar a la puerta. Ella la abre y el aterrorizado empleado, vestido con el uniforme del hotel, entra empujando un carrito sobre el que hay una cafetera, una taza y una enorme pieza de fruta naranja.

—Llévate la bandeja —dice Pia en tono imperativo, y lo traslada todo a una mesita lacada. El pobre hombre abandona la habitación a toda prisa. Pia me sirve el café y me lo ofrece. Me pregunto si Gregor seguirá aún en el vestíbulo y si vendría a rescatarme en el hipotético caso de que a esta mujer le diera por arrancarme la cabellera y yo gritara pidiendo ayuda.

Pia desenfunda la curvada hoja, lo cual está a punto de provocarme un ataque al corazón, y empieza a pelar la fruta con la mano mientras deja que la cáscara caiga sobre la lujosa alfombra. Corta un trozo de la fruta naranja y la muerde directamente de la hoja del cuchillo con sus dientecitos blancos. Yo la observo, fascinada.

Cuando ha dado cuenta de toda la fruta, lanza el hueso a un lado.

—Debes averiguar todo lo que puedas sobre esa tal Bianka Betine. Mi cliente piensa que esta mujer puede ser de particular importancia.

—¿Su cliente? —se me escapa con voz débil—. Pensaba que el cliente era usted.

Ella me sonríe con esos dientes suyos, demasiado blancos.

—No —me dice—. Yo soy una esclava, igual que tú.

—Yo no soy una esclava.

—Todos lo somos —replica. Y, como tiene en la mano un cuchillo largo y afilado, decido no discutir más.

—¿Qué... qué es lo que su cliente quiere que averigüe sobre ella?

—Ella podría tener en su poder algo que le pertenece —contesta—. Registra sus cosas. A ver qué puedes encontrar.

—¿Qué estoy buscando?

—Una sombra —Pia me dedica otra de esas horribles sonrisas y sus gafas sobresalen y se retraen otra vez—. O, al menos, eso es lo que solía ser. Ahora podría tener el aspecto de cualquier cosa.

Pero qué gente... Se les da fatal eso de concretar.

—¿Y qué hay del señor Darius? —pregunto.

Pia repite el gesto despectivo con la mano.

—He leído tus informes. Es evidente que es un licántropo y que están intentando curarlo. Intentándolo sin éxito, por lo que parece.

—¿Que es un qué? —casi me caigo del sofá cuando lo oigo.

Pia contesta con la misma indiferencia que si estuviera hablando del tiempo.

—Lobos salvajes, extremadamente fuertes, con inteligencia humana. Durante el periodo de transformación, los primeros meses que siguen a una mordedura, el hombre se convierte en lobo solo por la noche, pero, cuando la metamorfosis se ha completado, queda atrapado en su apariencia y tiene apetitos lobunos para siempre. Un tipo desafortunado. O afortunado, depende de la opinión que se tenga sobre el ser humano.

—¿Y qué está haciendo en casa de la señora Och? —pregunto.

—Los desesperados suelen terminar en casa de la señora Och —admite Pia.

—Pero le dijo a Frederick... Oí que le decía que lo necesitan.

—Ah —Pia se muestra intrigada—. Eso es interesante. Sí, eso es muy interesante —su voz se torna más aguda—. Eres tú quien debería contarme a mí qué está haciendo en casa de la señora Och. Averígualo.

—No puede ser quien... Quiero decir, que se pasa las noches encerrado en su dormitorio, así que es imposible que pueda estar detrás de los asesinatos en la ciudad —titubeo.

—No. Eso es otra cosa.

Lo sabe. Se me hiela la sangre en las venas, pero me obligo a preguntar:

—¿Qué tipo de «otra cosa»?

—El tipo de cosa que no se detendrá hasta encontrar la presa que está buscando o morir en el intento —contesta.

Al menos ha hablado en tercera persona, no en primera.

—¿Quién es su presa? Parece que, por el momento, ha tenido muchas.

Se me queda mirando durante un largo rato. Luego dice:

—Quiero una lista de todas las posesiones de la señorita Betine, y quiero más información sobre el hombre lobo. Si la señora Betine abandona la casa, síguela. Ella es tu prioridad. Volveremos a hablar pronto.

Salgo de la habitación como alma que lleva el diablo. Gregor da vueltas en el pasillo. Sonríe con alivio cuando me ve aparecer y me da una palmada en el hombro que hace que me tambalee levemente.

—¿Todo bien, entonces? —me pregunta, y yo asiento.

Me alivia mucho que no me haya preguntado sobre el tráfico de brujas, y también que no me haya cortado la cabeza. Aun así, mi cliente no me ha dado demasiada buena impresión, y sospecho que las cosas no van a terminar bien para Bianka Betine.

El muchacho se queda mirando la nieve. Es tarde, no debería estar fuera, pero en su casa nadie se dará cuenta. Tampoco le importa a nadie. Lo único que pasa es que no es seguro. Especialmente ahora. El muchacho lo sabe. Pero los silenciosos y nevados callejones lo atraen, y él es incapaz de resistirse. Fuera no hay nadie más que él, así que se convierte en el rey del Confín Durmiente. El cielo de esta noche es negro y sin estrellas, y la nieve cae con fuerza, suave sobre su rostro alzado al cielo. Susurra la palabra prohibida, la que su madre le hizo prometer que nunca diría cuando le llevó al pequeño altar en los bosques, más allá del cementerio: «Arde». El desafío es mayor ahora, al decirla directamente a la cara del Innombrable: «Bendito sea Arde». El muchacho ríe, divertido, pero se gira a la derecha al percibir un movimiento.

Algo cruza el nevado tejado hacia él. Una sombra que porta un arma. Se acerca con los ojos centelleando en la oscuridad. El terror lo paraliza en el sitio, y la mano que nota en la nuca es muy suave. Cuando ve la espada, lo único que alcanza a pensar es que este es su castigo.

—Yo renuncio… —susurra, pero no le da tiempo a terminar.

Capítulo 10

—Estoy buscando a Torne —digo, perfectamente consciente de la cantidad de ojos que están clavados en mí.

—¿Así que estás buscando a Torne, eh?

De los rincones en penumbra de la estancia surgen risas roncas. La mujer de la barra se echa hacia delante, y sus pechos, tremendamente ajados, dan la sensación de estar a punto de desbordarse de su vestido. Solo le quedan unos cuantos dientes en la hedionda caverna que tiene por boca, uno de ellos de un brillante dorado, y luce una cicatriz morada que le recorre desde la sien hasta la barbilla, de lado a lado de la cara, sellándole un ojo. No es una belleza, precisamente, y es la única mujer que hay aquí. Un tipo musculoso está bloqueando el acceso a las escaleras por las que he bajado, con los brazos cruzados sobre el pecho y compacto como una muralla. Lo miro por encima del hombro. Lleva los brazos descubiertos, llenos de tatuajes. Uno de los que tiene en el bíceps representa un triángulo atravesado por una línea recta: el símbolo del espíritu del Aire, Brise. Así que son adoradores de los elementos. Un anciano que hay sentado en la barra lleva un hurón enroscado alrededor del hombro. Lo acaricia metódicamente, sonriéndome con sus dientes renegridos. Las esquinas del local están llenas de sombrías siluetas y de poco amigables carcajadas.

—Vengo de parte del profesor Baranyi —digo, con la esperanza de que su nombre tenga aquí algún peso. Frederick no estaba demasiado convencido de dejarme volver al Confín, pero conseguí convencerle de que conocía la dirección y de que ese no era más que un bar con reputación de inofensivo. Él, por supuesto, no tenía ni idea de que aquello no era verdad. Estoy empezando a arrepentirme de ser tan persuasiva—. Me dijo que Torne tendría algo para él.

—Puede que Torne tenga algo para él —dice la mujer, y, como era previsible, un pecho se le sale del vestido y cae sobre la barra. Se lo vuelve a acomodar dentro del escote, como si nada—. Pero el traspaso tendrá que hacerse personalmente entre Torne y él.

Una de las sombras que se encuentra en la esquina emerge a la tenue luz que ilumina la barra. Es un hombre vestido con una sucia camisa, que apesta a ginebra y de cuya larga barba gris penden restos de comida.

—¿Por qué no ha venido el profesor en persona? —exige saber—. ¿Por qué usa una mula, en lugar de venir en persona? ¿Eres una ofrenda de paz, acaso?

¿Una ofrenda de paz? No tengo ni idea de a qué se refiere y no me gusta cómo me está mirando. Llevo cinco monedas de plata de parte del profesor, pero no quiero revelar esta información, sobre todo teniendo en cuenta que aún no hay ni rastro de Torne por ningún sitio. Sea lo que sea que vaya a llevarle hoy al profesor, no es barato.

—Yo solo he venido a recogerlo —digo, sin alterarme.

—¡A recogerlo, dice! —grita el hombre—. ¿Y no estás aquí para darme nada, entonces?

Su brazo se desliza alrededor de mi cintura. Yo me aparto rápidamente y me descubro atrapada por el firme agarre del tipo tatuado que está bloqueando la puerta.

—Tranquilita —me gruñe.

—Ese profesor tuyo —dice el de la barba gris—, trabaja para la dama de la Scola, ¿verdad?

Asiento, ahora realmente asustada.

—Mira, creo que la razón por la que te han mandado es que se sienten culpables de no haberle echado una mano a Torne cuando se lo pidió. A veces piensas que la gente está de tu parte, pero luego resulta que tus amigos no están ahí cuando los necesitas. Creo que te han mandado aquí para que nos alegres el día.

—Déjala en paz —dice el hombre del hurón, con un destello de, espero, simpatía en los ojos—. Le sacaron de la cárcel, ¿no?

—Él estaba pidiendo bastante más que eso, y se lo merecía —escupe Barbagrís—. ¿Qué hacen ahí encerrados en la Scola, viviendo como ricachones, comiendo jamón y bebiendo brandi del bueno? He oído cosas sobre esa dama. ¿Por qué no nos ayuda?

El hombre del hurón se encoge de hombros.

—Son cuentos, todo lo que se dice sobre ella —responde—. A mí me sigue pareciendo que no nos han hecho ningún daño.

—¡Ningún daño, dice! —replica Barbagrís—. Y ahora nos mandan este precioso culito —y me abre el abrigo de un tirón.

—¡Tengo dinero! —grito.

—¡Tiene dinero! —grazna la mujer de la barra.

El del tatuaje de Brise me registra los bolsillos.

—Ahí no —digo, desconsolada, deslizando una mano en el bolsillo secreto que cosí el invierno pasado en el forro del abrigo. No sé si el profesor me creerá cuando le diga que me han robado el dinero o si directamente asumirá que he decidido quedármelo. Aunque, por ahora, puede que las cinco monedas de plata sean el último de mis problemas. Saco la bolsita y la lanzo a un par de metros de mí, con la esperanza de que Barbagrís se lance corriendo tras ella. Pero nadie lo toca. Barbagrís me quita el abrigo, dándole un tirón a la costura de la hombrera, mientras yo me revuelvo inútilmente para intentar liberarme de la garra de hierro del tipo del tatuaje de Brise.

—¡Saben que estoy aquí! Si me pasa algo, pagaréis por ello. ¡Pagaréis todos!

—Sí, tu temible profesor nos hará pagar —se burla el tipo tatuado.

Me aparto de él, retorciéndome, lo suficiente como para poder darle una patada a Barbagrís, que gruñe con fastidio, y me saco el cuchillo de la bota. El del tatuaje de Brise me retuerce la muñeca con fuerza y me lo arrebata antes incluso de que a mí se me ocurra cómo usarlo. Barbagrís me da un bofetón. Yo me oigo gritar. El del tatuaje de Brise me tapa la boca con una mano. Yo se la muerdo con fuerza y le oigo proferir un alarido: un sonido horrible, cargado de rabia. Me lanza contra la pared y, por segunda vez esta semana, me desplomo en el suelo retorciéndome de dolor. Pero, de momento, he conseguido que nadie me quite las medias y tengo la claridad suficiente para pensar. Antes de recobrar por completo el equilibrio, me lanzo a la desesperada en dirección a la puerta, la cual está ahora obstruida por otra persona, una aberración cuya cara es un amasijo de cicatrices de quemaduras y cuyos ojos sin pestañas asoman entre los pliegues de brillante piel quemada. Tiene los dedos unidos entre sí, como los de un palmípedo. Me empuja contra la pared y le da un tirón a mi vestido. Yo le doy una fuerte patada en la entrepierna y, entonces, vuelvo a pasar a manos de Barbagrís. La mujer de la barra ahora aplaude y vitorea, y las carcajadas roncas de las esquinas oscuras se convierten en un coro de voces, cada vez más y más voces que surgen de las sombras para unirse a la diversión, hasta que me encuentro completamente rodeada y una docena de manos me tironean del vestido y me arrancan la parte delantera, haciendo saltar los botones, que salen desperdigados por todas partes.

—¡Lo pagaréis! —grito, intentando resistirme—. ¡Mi madre es una bruja! ¡Os maldecirá a todos en nombre del Kahge! ¡Trabajo para Pia! ¿Sabéis quién es Pia? ¡Os va a hacer pedazos!

—Deteneos.

La voz no suena más alta que las demás, pero, inmediatamente, todas las manos se apartan. Me recuesto contra la pared con un largo y tembloroso suspiro.

—¿De qué va todo esto, entonces?

De pie frente a mí hay un hombre rubio vestido con un pijama. Tiene un largo rostro de rasgos equinos, una buena dentadura y un par de lánguidos ojos grises. Donde debería estar su oreja solo hay una espiral de tejido cicatrizado.

—Disculpe que le hayamos despertado, señor —dice la mujer de la barra—. Esta mocosa ha venido preguntando por usted, y los muchachos se estaban divirtiendo un poco con ella.

—¿Preguntando por mí? —ahora me habla a mí—. ¿Tú?

—¿Usted es Torne? —apenas soy capaz de controlar mi voz.

Oigo más risas. Si alguna vez tengo la oportunidad, me juro a mí misma que volveré aquí y quemaré este sitio hasta los cimientos, con todos estos hijos de su madre dentro. Me abrocho lo mejor que puedo la parte delantera del vestido, aunque la mayoría de los botones están rotos y en medio de la oscuridad no consigo encontrarlos. Lo único que se me viene a la mente es que benditas sean las gruesas enaguas de invierno y los leotardos.

—Sí —dice Torne—. ¿Quién eres tú

—Vengo de parte del profesor Baranyi —digo—. Tenía dinero, pero me lo han quitado.

La bolsa ya no está en el suelo. Torne echa una mirada en derredor y alguien se acerca y le tiende la bolsita. Vacía las monedas de plata en la palma de la mano y las examina con cuidado.

—No sé dónde está mi abrigo —añado—. Estos hombres son unos animales.

—Los hombres son animales —replica—. Las mujeres también.

Qué comentario tan útil e instructivo. Gracias, amable señor. Creo que él también estará dentro cuando decida prenderle fuego a este lugar.

—Necesito mi abrigo —digo.

—Es una escupefuego, señor —dice Barbagrís—. Trabaja para esa zorra de la Scola, la que no quiso financiar su arsenal. Vamos, ¿no deberíamos divertirnos un poco con ella?

¿Arsenal? Quizá Gregor esté en lo cierto cuando dice que todavía hay unos cuantos revolucionarios sueltos en la ciudad de Spira. No puedo culpar a la señora Och por considerar insensata la idea de proporcionarles armas.

—Ssshhh —dice Torne, y entonces vuelve a mirarme—. ¿Para quién has dicho que trabajas?

—Para el profesor Baranyi.

—No, cuando he bajado. Quizá estabas un poco alterada. Has dicho que trabajabas para... ¿Pia?

¿La conocerá? Dudo de si debo negarlo o confirmarlo, si podría llegar a oídos del profesor. Aunque supongo que el profesor no mantiene con este hombre una relación precisamente cordial, sea quien sea, y tengo curiosidad por saber qué conexión tiene con Pia.

—Sí —respondo finalmente.

—¿No te referirás a...? No, claro que no. ¿O sí?

—Si no me refiero... ¿a quién?

—Trabajas para el profesor Baranyi —me dice.

Parece tan desconcertado que ahora me encuentro realmente intrigada.

—Trabajo por mi cuenta —explico—. También trabajo para Pia. La mujer de las gafas mecánicas.

Al oír eso, se queda muy quieto.

—Pia. La de Casimir... —responde.

Asiento lentamente, recordando la carta del escritorio de la señora Och: «Casimir: ¿Qué has hecho? El lago verde se ha secado y ahora mi árbol ha desaparecido... Debes de estar loco».

—¿La conoce? —le pregunto.

—¿La conoces tú? —me devuelve la pregunta, inspeccionándome detenidamente.

Cruzo los brazos sobre el pecho y lo miro de arriba abajo.

—¿Qué tipo de trabajo haces para Casimir? —me pregunta.

—Eso no es de su incumbencia —respondo, al darme cuenta de que tengo ventaja sobre él. Se le nota alterado—. Solo diré que Pia sabe que estoy aquí. Ella siempre sabe dónde estoy. Porque me necesita, y me necesita entera, así que agradecería a sus desagradables amigos, aquí presentes, que se metieran sus apestosas manos donde les cupiesen. He venido aquí de parte del profesor y, si le dice una sola palabra sobre esto, tendrá que responder ante Pia. ¿Tienes algo para él, o no?

Torne asiente moviendo la cabeza, con los ojos aún clavados en mí.

—Que nadie la toque ni le dirija la palabra —dice, y desaparece a través de una puerta que hay detrás de la barra.

Ahora todo el mundo se muestra de lo más sumiso.

—Mi abrigo, por favor —exijo.

El hombre de las quemaduras me lo trae. Se lo arranco de las manos de un tirón y me envuelvo el cuerpo con fuerza. Todos los hombres se deslizan de vuelta a sus oscuros rincones y la mujer tras la barra se pone a secar vasos con un trapo sucio. El corazón aún me martillea como loco en el pecho, pero me siento casi triunfal al saber que tengo un nombre poderoso que puedo escupirles y con el que provocarles miedo.

Torne regresa con una cajita de acero.

—Ten cuidado con esto —me advierte—. Ya no son fáciles de conseguir, ahora que están destruyendo todos los nidos.

—Irá directamente a las manos del profesor —digo, examinando la caja.

En la tapa hay inscrita una estrella en relieve: el signo de la brujería, o de la magia. Los símbolos de los cuatro elementos combinados. El Aire, o el espíritu Brise, representado por un triángulo atravesado por una línea; la Tierra, el espíritu Arde, es un triángulo invertido atravesado por una línea; el Agua, Shui, es un triángulo invertido, y el Fuego, Feo, es un triángulo, sin más. Unidos, los cuatro símbolos se combinan para formar una estrella. Sea lo que sea lo que está tramando, el profesor hace tiempo que dejó atrás las raíces y los venenos. Me guardo la cajita en el bolsillo del abrigo.

—Eres muy joven —dice Torne. Su voz casi parece cándida—. Demasiado joven para esto —vete tú a saber qué demonios significa eso—. Dile a Pia que Torne le manda saludos.

No me molesto en contestar.

Cuando veo que me han dejado el camino despejado hasta la puerta, señalo con el dedo en derredor a los hombres que me han atacado, que ahora se escabullen entre las sombras.

—¡Escoria! Yo, en vuestro lugar, no cerraría los ojos por las noches. Esto no se me olvidará.

Satisfecha con el miedo que veo en sus caras, subo las escaleras como alma que lleva el diablo. Una vez en la calle, saco del abrigo la cajita que Torne me ha dado y la abro con cuidado. Dentro hay seis balas de plata y, junto a ellas, un vial de cristal que contiene dos arañas del tamaño de una moneda de cobre, con las patas extremadamente largas, de color verde brillante, venenoso, con una línea dorada que les recorre el lomo. Se mueven dentro del vial, buscando una salida. Cierro la tapa con un golpe; siento que me recorre un escalofrío, y entierro la caja en lo más profundo de mi bolsillo.

Tengo que pasar por casa para cambiarme y limpiarme un poco, o a Frederick le dará un ataque. Me cuelo en el apartamento, que está frío y oscuro, y por poco me da un infarto cuando veo en la silla la silueta despatarrada de Dek.

Wyn levanta la vista cuando me escucha proferir un grito ahogado.

—Joder, Wyn, ¡me has dado un susto de muerte! —chillo—. ¿Qué estás haciendo aquí?

Y, entonces, veo la expresión de su rostro. Hay una botella de vino barato en el suelo, a su lado, encima de una montaña de papeles arrugados.

—¿Qué pasa? —me acerco a él, me pongo de rodillas y cojo sus manos entre las mías. Su rostro está contraído como un cepo de acero, y el olor de la bebida lo envuelve como un espeso halo. He visto a Wyn borracho y feliz, pero nunca le había visto así, y eso me asusta—. Dime algo, Wyn.

—Hola, ojos castaños —me dice con voz pastosa—. Siento haberte asustado. Estoy bien, solo quería un poco de tranquilidad.

Me fijo en la pila de dibujos que sostiene en el regazo. Los cojo y los hojeo. Algunos ya los había visto antes, pero hay muchos que no. El boceto de la plaza Fitch está terminado. Hay uno de la vieja Fartham en su puesto del mercado, con una mirada perdida en los ojos, otro de una niña pequeña jugando con un perro, algunos de niños descalzos pescando en el río, una mujer con un bebé envuelto en un hatillo en su pecho y llevando una cesta de fruta, y dos hombres jugando al Heredero del Rey en la calle. Aquí está la vida de la Maraña, captada con sus trazos ligeros, con amor e ingenio.

—Wyn, son geniales —le digo.

—Mis mejores dibujos —responde, inexpresivo.

Me levanto y los dejo sobre la mesa de Dek.

—Te voy a preparar un café —le digo—. Y luego me vas a contar de qué va todo esto.

Me coge por las muñecas y me arrastra a su regazo, me envuelve con sus brazos y entierra la cara en mi pecho. Yo poso mis manos sobre su pelo y lo beso en la coronilla.

—Wyn —susurro—. Mi chico adorado. ¿Qué pasa?

Su voz suena amortiguada contra el frontal de mi vestido roto.

—He ido al estudio de Lorka —me dice. El corazón me da un vuelco. Me imagino el resto de la historia antes de que me la cuente, como si se le escapara de la boca a borbotones—. He estado merodeando por allí todos los días de esta última semana. Por fin, un día, lo encontré solo. Ni siquiera me acuerdo de qué le dije. Alguna estupidez, seguramente, pero miró los dibujos. Bueno, un vistazo rápido, ya sabes. Hojeó unos cuantos. Y luego me dijo: «Así que sabes dibujar. Hay un montón de chavales que saben dibujar. Aprende un oficio» —deja escapar un extraño sonido ahogado que debe de ser una carcajada. Estoy tan enfadada que soy incapaz de decir nada durante casi un minuto pero, al final, consigo controlarme.

—Bueno, pues se equivoca contigo. Lorka no es la máxima autoridad a la hora de decidir si alguien tiene talento, con esos cuadros desagradables, desdibujados.

Wyn se limita a abrazarme, respirando lentamente. Yo le acaricio el pelo, y, de un modo extraño, me siento ahora más cerca de él de lo que lo he estado nunca. He sido tantas cosas para él —una hermana pequeña, una amiga, una amante, una compinche—, pero nunca antes había sido consciente de ser también un consuelo.

—Es un puto genio, Julia —dice por fin, y se le escapa otro de esos extraños sonidos ahogados—. Pobre hombre, estaba volviendo del mercado con los brazos llenos de calabacines. Deben de encantarle, los calabacines. Mira, cuando he vuelto, he dibujado esto.

Rebusca en el suelo y encuentra el dibujo debajo de la botella de vino. Es un boceto de Lorka, con expresión sorprendida, su rostro dibujado con líneas severas y gesto enfadado, abrazado a un enorme montón de verduras. El dibujo está bastante arrugado, con una mancha circular de vino en el papel.

—Qué pena que lo hayas manchado —digo—. Es un buen retrato. Muy inteligente.

—Perdona que me esté portando como un niñato con esto —me dice, apretándome la cintura con un poco menos de fuerza—. Ha sido un mazazo, ya sabes. Seguiré dibujando, claro. Me gusta, aunque no se me dé bien.

—Wyn, claro que se te da bien. Puede que Lorka estuviera de mal humor, o que le hubieran cobrado demasiado por los calabacines, o quizá es que tenga un gusto muy especial. Tú..., tú no dibujas como él, pero lo que haces es especial. Es real, sin necesidad de ser triste. Es la vida, es nuestra vida, nuestro mundo. No puedes perder la fe en ti porque Lorka sea un viejo cascarrabias. ¿Qué hay de esa clase en la que Arly Winters dijo que tenía posibilidad de conseguirte una plaza?

—Ah, eso —se encoge de hombros—. El profesor dijo que no. Supongo que pensaba que le tenía comiendo de la palma de su mano, pero resulta que no es el caso.

—Bueno, pronto tendremos un montón de dinero y podrás pagar para asistir a clases, si quieres —replico yo.

Consigue esbozar una leve sonrisa. Ese es mi chico: no es de los que se autocompadecen.

—¡Nunca desperdiciaría tu dinero de esa forma, ojos castaños! No. Haré mis dibujos, como siempre he hecho, y nos lo pasaremos bien. Viviremos como damas y señores durante un tiempo —me besa, pasándome una mano por la parte delantera del vestido, y luego se echa hacia atrás—. ¿Qué le ha pasado a tu vestido?

Me levanto de su regazo dando un brinco.

—Se me ha enganchado con algo. En realidad, he venido a cambiármelo rápidamente.

No quiero entrar en más detalles de lo que me ha pasado en el Confín. Conociendo a Wyn, es capaz de ir inmediatamente a darles una paliza. Pero no creo que los hombres de Torne sean gente con la que le convenga inmiscuirse. Me quito el abrigo encogiéndome de hombros y descuelgo mi otro vestido del gancho de la pared en el que está colgado, enfadada porque me voy a tener que quedar remendando esta noche hasta tarde.

—Siento haberte asustado —me dice—. Quería verte, pero no podía, así que... he venido aquí. No soportaba el ruido que hay en el piso de arriba. Solly está allí, emborrachándose con Gregor y regodeándose en los estúpidos detalles del último asesinato.

—¿Qué asesinato?

Solly es policía. Sin embargo, es un viejo amigo del marido de Esme, y la mantiene al tanto de los asuntos de la policía, lo cual por supuesto incluye cualquier interés que la policía pueda tener en los asuntos de ella.

—De ese asesino en serie que va por ahí cortando cabezas —dice Wyn—. Solly opina que se trata de algo antinatural.

Un escalofrío de alerta me recorre la columna.

—¿Sigue ahí arriba?

—Eso creo. No he oído a nadie marcharse.

Me apresuro a abrocharme el vestido limpio y cojo mi abrigo.

—Escucha, Wyn. Ahora vuelvo, ¿vale? Solo necesito averiguar qué ha oído.

—No tardarás, ¿verdad? —dice, otra vez con aspecto indefenso.

—Unos minutos, nada más —le prometo. Sostengo su rostro entre mis manos y le doy un tierno beso en los labios—. Eres brillante. Lo sabes, ¿verdad? Lorka es un imbécil.

—¿Qué haría sin ti, Julia? —dice con un suspiro.

—No quiero saberlo. ¿No quieres venir conmigo?

—Esperaré aquí —dice, levantando la botella casi vacía.

Le beso de nuevo y subo corriendo las escaleras.

La banda al completo está en el salón, y Esme ha sacado brandi del bueno.

—¡Julia! —grita Csilla—. ¡Ya nunca te vemos! ¿Qué se cuece en la casa de los monstruos y los secretos?

Esme la fulmina con la mirada. Puede que Solly sea un amigo, pero no tiene por qué conocer los detalles de mi trabajo.

—Es todo monstruosamente secreto —digo, y asiento en dirección a Solly—. Hola, Solly.

—Madre mía, ¡cómo has crecido! —exclama.

Siempre dice lo mismo cada vez que me ve. Creo que lo que pasa es que no recuerda todas las veces que me ha visto en los últimos años y que, en su mente, el recuerdo que guarda es que tengo doce años.

—He oído que ha habido otro asesinato —digo, directa al grano.

—Esa es nuestra Julia: siempre le ha gustado el morbo —dice Gregor. Me tiende la botella de brandi, y ahora soy yo la que lo fulmina a él con la mirada.

—Ahora que se le está pasando la borrachera, quizá Solly admita que ha adornado ligeramente la verdad —bromea Csilla—. Según él, encontraron unas enormes huellas de patas en el lugar del último asesinato, el suelo sigue caliente al tacto y la espada que usaron es más afilada que la de cualquier hoja forjada en este mundo. ¿Mantienes tu declaración, Solly?

—Es cierto —corrobora Solly, en tono provocador—. Les he oído hablar de los cortes. Ningún cuchillo o espada normal y corriente puede hacer cortes así, tan finos y precisos. Tan delicados. Y lo de las huellas se lo oí decir a un agente que estuvo allí al día siguiente. Y no es de los que se inventan cosas. Lo decía en serio, y estaba asustado.

—¿Quién ha sido esta vez? —pregunto, repasando mentalmente la lista de víctimas. Una bailarina de ballet y un banquero en Nim. Una institutriz procedente de Nim. Un cochero. Un posadero en Forrestal. En mi mente, algo hace clic. El Oso Rojo. ¿Cómo no se me ha ocurrido antes?

—Un muchachito del Confín —dice Solly—. Muy triste. Un pobre niño, en un tejado. Lo encontraron otros niños. Con las botas llenas de agujeros. Un chiquillo pordiosero.

—¿Con el pelo tirando a pelirrojo? —pregunto, y siento una una náusea en la boca del estómago—. ¿Y pecas?

Me dedica una mirada inquisitiva, agitando su copa.

—¿Qué es lo que sabes?

Eso equivale a un sí.

—No sé nada. He oído rumores.

El niño que me había entregado el mensaje de Bianka, el mismo que hacía de mensajero para el posadero asesinado. El Oso Rojo, eso había dicho. La posada en la que Bianka se hospedaba antes de trasladarse al burdel de Madam Loretta. Y luego estaba la institutriz que había llegado de Nim, más o menos al mismo tiempo que ella. Intento imaginarme a Bianka como una asesina en serie, pero descarto la idea inmediatamente. «Está buscando a alguien», dijo la señora Och sobre el asesino. Bueno, pues creo que ya sé a quién.

—¿Qué pasa, Julia? —Dek se ha dado cuenta de que le estoy dando vueltas a algo importante. Le dedico una mirada que viene a significar «ya te lo contaré luego». Lo cual, claro, lo saca de quicio.

—Tengo que irme —digo.

—Espera —dice Dek, me sigue hasta la puerta y baja la voz—. Te he terminado la ganzúa.

Eso me saca un poco de mi ensimismamiento.

—Enséñamela.

Me entrega un suave disco metálico. Cabe perfectamente en la palma de mi mano.

—¿Quieres enseñarme a usarla? —pregunto.

—¿Cuándo? ¿Ahora?

—Mañana. En la casa. Creo que podrías secuestrarme un rato. ¿Qué te parece?

Dek sonríe con malicia.

—¿A qué hora?

—Ven por un lateral, por la puerta de la trascocina, alrededor de las cuatro y media. A esa hora, todo el mundo debería estar ocupado. Y trae un revólver, por si acaso.

—Espero que sepas lo que te traes entre manos, Julia —dice Esme, que nos ha escuchado hablar—. ¿Por qué crees que necesita un revólver?

—Porque, de lo contrario, no podría parecer un secuestrador demasiado convincente, ¿verdad? —respondo.

—¡Quédate y tómate una copa! —dice Csilla, pero les saludo con la mano para despedirme y bajo corriendo las escaleras.

Ya he recorrido la mitad del camino a casa de la señora Och cuando recuerdo que he dejado a Wyn esperando en mi apartamento, pero ya es demasiado tarde para dar media vuelta.

Capítulo 11

Entre mi trabajo como sirvienta y mi trabajo como espía, no tengo tiempo para fisgonear sobre lo que a mí realmente me interesa averiguar. Sé que, en algún momento, voy a tener que volver a la sala de lectura de la señora Och si quiero saber más cosas sobre las brujas, pero lo he estado postergando, porque, para ser completamente sincera, he de admitir que tengo miedo. El hecho de que la señora Och fuera capaz de verme, incluso cuando se suponía que había desaparecido, me dejó intranquila. Pero, aparte de eso, tengo miedo de lo que ocurrió la última vez que desaparecí. Esa sensación que experimenté durante un segundo de no estar en ningún sitio, y el hecho de aparecer de repente en la otra punta de la habitación. De todas maneras, ahora mismo tengo otras cosas de las que ocuparme.

No me cuesta mucho convencer a Chloe de que deje al pequeño Theo a mi cuidado mientras Florence y ella se encargan de encender las chimeneas y rellenar las lámparas, preparándolo todo para la noche. El bebé es una coartada bastante poco conveniente, teniendo en cuenta lo que tengo que hacer ahora, pero vigilar a Theo es lo único que se me ocurre para librarme de mis tareas habituales. Ahora, Florence y Chloe están subiendo leña por las escaleras y la señora Freeley está acostada en el pequeño cuarto que tiene justo al salir de la cocina, así que me cargo al niño en la cintura y corro a la trascocina para abrir la puerta lateral.

—Buenas tardes, señorita —me dice Dek, que, apoyado en la muleta, me saluda levantándose la gorra cubierta de nieve.

—No hagas ruido —digo—. Hay una antorcha en la leñera. Tráemela.

—Te queda bien ese bebé en brazos —se burla al tiempo que entra en la trascocina, balanceándose con la muleta, y se agacha para coger la antorcha—. ¡Y este modelito! Nunca te había visto con cofia y mandil.

—Ni se te ocurra —le digo, fulminándolo con la mirada. Pero acabo llevándome la mano a mi cofia blanca y con volantes, avergonzada.

Dek me sigue hasta las escaleras del sótano. Los escalones son una tortura para él, pero se las apaña bastante bien apoyando un hombro en la pared para mantener el equilibrio a medida que va bajando. Bianka está en la biblioteca, jugueteando con el piano. La señora Och se encuentra en su sala de lectura. El señor Darius, Frederick y el profesor Baranyi están en el despacho del profesor, donde últimamente se reúnen una hora antes de la cena. Dek conoce el plan. Si nos pillan, tiene que hacerse pasar por un ladrón que me ha tomado como rehén. Saldrá de aquí si me encañona con un revólver en la sien.

—Dime qué andamos buscando —me pide Dek, ya a resguardo de la oscuridad del sótano.

—Su verdadero nombre y lo que sea que podamos averiguar sobre él —digo—. Oye, Dek... —no le he contado a nadie hasta dónde llegan las cosas extrañas que suceden en esta casa. No sé ni por dónde empezar—. El señor Darius... Bueno, mi cliente dice que es un licántropo.

—¿Un qué?

—Eso mismo fue lo que dije yo.

—Claramente, somos hermanos. Somos igual de geniales. ¿Te contestó algo cuando se lo preguntaste?

—Creo que es algo así como un hombre que, por la noche, se convierte en un lobo —respondo—. Al final, en algún momento, se quedará transformado de manera permanente. Y lo he oído rugiendo aquí abajo. De lo que no hay duda es de que, definitivamente, es algo...

—De acuerdo —Dek sigue sonando escéptico—. Así que estás pensando en lo que comentó Solly sobre las huellas de patas y esas cosas. ¿Crees que tienes al asesino aquí, en este sótano?

—No —respondo—. No lo creo. Por las noches está encerrado y Pia medio me confirmó que no era él, aunque tampoco es que confíe demasiado en ella. De lo que sí que estoy segura es de que el asesino tiene alguna conexión con Bianka y la señora Och.

—Si ese señor Darius tuyo tiene patas de animal, puede que otra persona, u otra criatura, también las tenga —sugiere Dek.

Todavía me pregunto si Pia tendrá patas de animal en vez de pies humanos dentro de esas botas que lleva.

—Todo esto da bastante miedo, ¿no? —comento.

—Mamá —dice el pequeño Theo con su vocecilla.

—*Shhh*, tu mamá está arriba —le digo—. Aquí está la puerta. ¿Debería encender la antorcha?

—Todavía no —dice Dek. Apoya la muleta a un lado, junto a la antorcha, se inclina sobre la rodilla buena frente a la puerta, y dobla la otra en una posición extraña debajo del cuerpo. Palpa el candado, palpa la puerta y dice—: Vaya, no quieren que esta puerta se abra bajo ningún concepto, ¿no?

Se saca del bolsillo el pequeño disco metálico, su ganzúa magnética, y la coloca sobre el candado. La gira muy levemente, escuchando con atención. Theo se me desliza cadera abajo, así que me lo vuelvo a colocar.

—Mamá —se queja, revolviéndose en mis brazos mientras intenta bajar, pero lo sujeto con fuerza y lo sostengo contra mi cuerpo. Entonces, se escucha un clic, y el candado cede.

—Nada mal —digo, impresionada. A mí este candado me ha doblado todas las ganzúas fácilmente.

Theo me arranca la cofia de la cabeza, con lo que se me suelta la melena, y la puerta se abre de par en par. Intento recuperar la cofia, pero Theo protesta a gritos.

—De acuerdo, quédatela, pero estate calladito —le digo en una especie de siseo.

Entre los dos, conseguimos encender la antorcha. El trapo empapado en gasolina resplandece en cuando la llama lo roza, dando lugar a una luz cálida que hace que a Theo se le escape un «Aaahhh».

Así que esta es la habitación del señor Darius. Tiene el techo alto, y el suelo y las paredes están cubiertos respectivamente por gruesas alfombras y tapices para protegerlo de la frialdad de la piedra. La cama es grande y está deshecha. Junto a la puerta hay unas pesadas cadenas de plata ancladas a la pared que terminan es unas gruesas esposas para tobillos y muñecas.

—Qué ambiente tan encantador —digo.

—¿A quién tiene encadenado aquí abajo? —pregunta Dek, curioso.

—A sí mismo, creo —respondo. Dejo al revoltoso Theo en el suelo y le digo—: No hagas ninguna travesura.

Menuda tontería. Es como decirle con voz cándida a un perro que no se persiga la cola. Theo se dirige al enorme baúl que hay junto a la cama.

—Justo lo que yo estaba pensando —digo—. Me pregunto si también estará cerrado con candado.

Pero el baúl no está cerrado. En su mayor parte, el contenido consiste en ropa y unos cuantos libros que no parecen demasiado interesantes: una novela con pinta de ser bastante insulsa sobre la guerra de Ishti, una *Historia de los reyes y reinas fraynianos*, y un libro de teología titulado *Lo que somos,* que es tan famoso como poco original. Se puede encontrar en las estanterías de cualquiera que haya recibido un mínimo de educación. El señor Darius no es un lector particularmente intrépido. El baúl también contiene bolsitas de tabaco y paquetes de betún y gomina.

—Diviértete —le digo al pequeño Theo, que procede a sacar todo el contenido del baúl y a formar una montaña con él en el suelo. Al menos eso debería mantenerlo entretenido.

La antorcha está empezando a apagarse, así que relleno y enciendo una de las lámparas que hay junto a la cama.

—Para vivir en el sótano de la casa de una anciana ricachona, no lleva una existencia muy glamurosa, que digamos —comenta Dek, observando los estantes, prácticamente vacíos, y una ancha mesita sobre la que descansan unas cuantas tazas sucias.

Registramos la habitación a fondo, inspeccionamos el colchón, levantamos los bordes de la alfombra, miramos debajo de la cama y palpamos las paredes. Aparto los tapices y los coloco sobre la cama y, entonces, descubro una pequeña alacena encastrada en el muro de piedra.

—Lo encontré —grito.

—¿El qué? —pregunta Dek.

—Algo secreto —digo, intentando abrir la alacena. Está cerrada con llave—. Déjame probar esa ganzúa.

—Puedes quedártela —me dice, lanzándomela—. Fabricaré otra.

Paso la ganzúa sobre el candado un par de veces, y noto una sensación de resistencia como respuesta. Entonces, algo se mueve, se oye un agudo clic y el candado se abre.

—Es absolutamente genial, Dek —digo, admirada—. Podrías ganar una fortuna vendiendo estas cosas.

—Puede.

—¿Cómo que «puede»?

Empieza a hablarme sobre patentes y sobre cómo se puede vivir para siempre de un solo invento si se sabe manejar bien, y sobre cómo podríamos estar llevando una vida muy diferente, los dos, pero yo solo le escucho a medias. Mientras él habla, yo saco de la alacena una carpeta de cuero y me siento sobre la cama con ella.

—¿Sabes? Podríamos comprarnos un apartamento en la Meseta, o incluso en la Scola, si encontráramos algo a buen precio.

—A mí me gusta la Maraña —digo. Dentro de la carpeta encuentro unas cuantas medallas bastante pesadas, un anillo de oro con un rubí engastado y un paquete con documentos—. ¡Sus documentos! —exclamo, triunfal.

—Quiero decir que... las cosas podrían cambiar para nosotros, Julia. Podríamos incluso irnos de la ciudad de Spira, empezar en algún otro sitio. Podrías ser cualquier otra persona, en cualquier otra parte. Tienes educación; bueno, más o menos. Podrías casarte con un buen tipo, si quisieras, tener un crío o dos.

Alzo la vista, sorprendida.

—¡Por el Kahge maldito, Dek! Y, por todos los Sagrados, ¿por qué iba a querer algo así?

—No lo sé —responde él, y de repente parece inmensamente infeliz—. Tal vez no sea más que una fantasía. ¿Quién iba a concederle una patente a un tipo como yo? Es solo que... estoy harto de todo esto.

—¿Qué es todo esto?

—Robar.

Durante un segundo, me quedo sin habla. Sabía que Dek tenía momentos de decepción, pero pensaba que tenían más que ver con las limitaciones de su propio cuerpo que con nuestro trabajo. Yo soy incapaz de imaginar ningún otro tipo de vida para mí misma y me inquieta que, claramente, él haya invertido una buena parte de su tiempo y de sus energías en hacerlo. Tengo los documentos en mis manos.

—A mí me gusta mi trabajo —digo, por fin—. Y no es que estemos robando a gente que tiene menos de lo que se merece, precisamente. Además, desentrañar secretos es emocionante. No hacemos daño a nadie. En el fondo, no lo hacemos.

Estoy menos convencida de lo que me gustaría sobre esta última afirmación y, por la cara que pone Dek, está claro que se ha dado cuenta.

—Esme nos ayudó mucho cuando éramos niños —dice—. Y le estoy muy agradecido. Pero ya soy un adulto y tú prácticamente también. Y yo aspiro a más para nosotros.

—Lo dices como si tuviéramos muchísimas otras opciones —respondo con más rudeza de la que pretendía—. ¿Podemos tener esta conversación en otro momento? ¿Cuando no esté en medio de un trabajo?

Me dedica una ridícula reverencia y yo me giro hacia los documentos del señor Darius, con mi emoción inicial prácticamente intacta.

Obviamente, el señor Darius no es tal. Según sus documentos de viaje, su nombre real es sir Victor Penn Ostoway III. Tiene cuarenta y seis años, y nació en la ciudad de Spira, hijo de don Nee Liam Ostoway y doña Emma Voltaire. Yo había supuesto que debía de tratarse de un hombre de negocios, pero parece que se dedica a algún tipo de labor diplomática y que ascendió rápidamente en el escalafón de oficiales del ejército. Casi al principio del legajo de papeles hay una carta fechada hace dos meses. Cuando veo la firma al final del papel, el corazón me da un vuelco.

—¡Escucha esto! —digo, emocionada, y le leo la carta a Dek en voz alta.

Señor:

Por la presente, le concedemos las diez semanas que solicitó para la investigación y la composición de un nuevo equipo. El rey se suma a las sentidas condolencias que le envío por los hombres que perdió. Murieron valientemente al servicio del Innombrable.

Me aflige saber que los lobos parneses le están causando tantas dificultades. Son taimados y tenaces, tal y como usted nos ha referido. No obstante, asumí que usted era el hombre adecuado para llevar a buen término esta empresa. Espero estar en lo cierto. Mientras tanto, Federica parece satisfecha en la corte y, como siempre, la mantendremos cerca de nosotros mientras usted esté lejos.

Con mis mejores deseos, se despide,
Agoston Horthy

—¡Agoston Horthy! —grita Dek—. Por el Innombrable bendito, tu licántropo tiene amigos en las altas esferas. ¿Recuerdas nuestro plan de asesinarlo?

No puedo evitar reírme, aunque, en realidad, no es que sea muy divertido. De niños, Dek y yo considerábamos responsable de la muerte de nuestra madre al cazabrujas del primer ministro. Poco después de mudarnos con Esme, empezamos a tramar un plan para asesinarlo con dardos envenenados. ¡La de horas que invertimos en aquello! Al final, el químico al que intentamos comprar el veneno se lo contó a Esme y aquello puso fin a nuestros planes. Ahora parece una chiquillería, pero, de alguna manera, añoro cómo nos hacía sentir el hecho de trabajar en aquel ridículo plan. Como si en nuestras manos hubiera algo que pudiéramos hacer para que las cosas fueran un poco menos corruptas. Como si, de algún modo, fuera posible vengarse de todas las injusticias del mundo.

Hojeo el resto de documentos. Las cartas con la firma de Agoston Horthy se remontan a años atrás y hacen referencia a lugares de todas partes del mundo. Me pregunto cuánto sabrá la señora Och acerca de esta relación, si es que acaso tiene constancia de ella. Las cartas tratan sobre la formación de equipos, compuestos por una gran cantidad de hombres, y misiones que parecen bastante siniestras más allá de los confines de Frayne: *Necesitará rastreadores experimentados... Tendrá que reclutar a algunos indígenas t'shuka para que le lleven al nido... No puedo proporcionarle la pólvora que solicita... Se rumorea que el aquelarre se esconde en los montes Tikali... Si lo que describe es cierto, no me queda más opción que inundar el valle entero.* Al menos la mitad de las cartas hacen referencia a Federica y a sus actividades en la corte. Al final del legajo encuentro una carta de hace siete años, sin firma pero escrita con la misma caligrafía, clara y apretada. Solo dice: *¿Creía que podía ocultármela? Tengo una propuesta para usted. Acuda a mi despacho pasada una hora de la media noche.* En la carpeta hay más cosas, un buen montón de documentos, pero ya llevamos demasiado tiempo aquí y no me atrevo a demorarme más. Cojo una muestra de las cartas de Agoston Horthy de la carpeta, la doblo y me la escondo en las medias.

—¿Dónde se ha metido el niño? —pregunto, buscando a Theo. Cuando lo encuentro debajo de la mesa no puedo evitar reírme. Ha conseguido abrir una especie de lata de betún y se lo ha untado por toda la cara, el pelo y la ropa.

—¡Daaaaaabudabudabu! —dice en tono triunfal, levantando las pringosas manos.

—¿Cómo voy a limpiarlo? —mi diversión inicial se transforma rápidamente en preocupación.

—Cuando he entrado he visto una palangana con agua al lado de la estufa —dice Dek—. No creo que el betún sea demasiado difícil de limpiar.

Intento colocarlo todo como estaba. Cuando la habitación está razonablemente ordenada, soplamos la antorcha para apagarla y regresamos a la trascocina a oscuras. Voy por delante de Dek para comprobar que no haya nadie. Luego, desvisto al pequeño Theo lo más deprisa que puedo. Aún se oye el tintineo de las teclas del piano en el piso de arriba. No tengo tiempo de calentar el agua de la palangana, y Theo grita como un condenado cuando lo meto dentro, arañándome y revolviéndose para salir, y no le culpo. Cojo un cepillo de fregar los platos y hago un intento desesperado por quitarle el betún que tiene incrustado en el pelo.

—Le vas a arrancar la piel con eso —me dice Dek, intentando alcanzar una gruesa pastilla de jabón que hay sobre el escurreplatos. No sé cómo, pero entre los dos conseguimos mantener a Theo en el agua. Me enjabono las manos, lo froto con energía y, gracias a los Sagrados, el betún sale con facilidad. Dek se pone a recitar una canción tradicional que nuestra madre solía cantarnos, una cancioncilla un tanto morbosa sobre un padre y un hijo que visitan juntos una tumba, aunque la canción no especifica de quién. Es una melodía bonita, pero la verdad es que preferiría que no la estuviera cantando.

—¡Ahí! —digo mientras saco del agua al niño, empapado y quejicoso, y lo envuelvo en el trapo de secar los platos. Se calla inmediatamente, tiritando contra mi cuerpo, aún temblando a causa de sus ahogados sollozos.

—Veo que los niños se te dan de maravilla —se burla Dek.

—Eres tú el que me visualiza casada en una granja, o algo así —le espeto.

Dek ríe, y yo me alegro.

—Olvídate de lo que te he dicho: si tú eres feliz...

—Como una lombriz —respondo, secando los rizos mojados de Theo con uno de los extremos del trapo—. Lo mejor será que te vayas. Oye, si ves a Wyn, ¿podrías decirle que ayer me surgió un imprevisto, pero que iré a verlo lo antes que pueda?

—Ayer me lo encontré inconsciente en nuestro apartamento, esperándote —responde Dek secamente.

—Lo sé, lo siento —noto una punzada de culpabilidad.

—Bueno, se lo diré, si eso es lo que quieres —tiene la mano en el pomo de la puerta de la trascocina, pero se gira para clavar en mí su ojo bueno—. Eso que tenéis vosotros dos... ya lleva pasando mucho tiempo.

—Si lo que te preocupa es que soy nula con los bebés, tomamos precauciones, ¿de acuerdo?

—No es por eso —responde—. Quiero que también tomes precauciones en otros aspectos. Sé que te importa y no me cabe duda de que tú también le importas a él. Pero no puedes confiar en él, Julia.

En mi interior, la ira se enciende deprisa, como una mecha. Dek no es de los que sueltan ese tipo de acusaciones a la ligera.

—¿Qué quieres decir?

—No sé nada que pueda contarte —responde—. Nada confirmado, al menos. Pero pasa mucho tiempo fuera.

—Tú no le conoces —tengo náuseas—. No le conoces para nada.

—Te aseguro que le conozco mejor que tú —dice Dek—. Y nada me gustaría más que equivocarme con él.

Abrazo al pequeño Theo contra mi cuerpo.

—De acuerdo, lo tendré en cuenta —consigo decir.

—Lo siento, Julia, perdóname. Toma, te he traído un regalo.

Rebusca en el bolsillo de su abrigo y saca lo que parece un brazalete de aspecto extraño, retorcido. Me lo abrocha mientras acuno con un brazo al pequeño Theo, cuya respiración ha recuperado ya un ritmo normal: parece que se le ha olvidado el baño de agua fría. La pulsera me abraza la muñeca, discurre por la palma de mi mano y se cierra en torno a mi meñique. Hay un pequeño mecanismo deslizante en la palma de mi mano y dos boquillas, una en la muñeca y otra en el dedo.

—¿Ves esto, en la palma? —me dice—. Si cierras el puño, puedes tirar o empujar. Si tiras del mecanismo, se libera gas pimienta por aquí, en la muñeca. Si lo empujas, sale por aquí, por el dedo. Si se lo echas a alguien a la cara, le empezarán a escocer los ojos y la garganta como un demonio. Perderá la capacidad de ver, al menos durante unos minutos, y le dolerá durante mucho más tiempo.

—¡Es genial, Dek! —digo, asombrada.

—Si no consigues coger el cuchillo a tiempo, si alguien te tiene atrapada, deberías poder usar esto. Solo tienes que asegurarte de que las boquillas de la muñeca y del meñique apuntan hacia la cara de tu atacante, y tener cuidado de no rociarte a ti misma con el gas.

—¿Lo has fabricado especialmente para mí?

Ojalá hubiera tenido algo así ayer, cuando los hombres de Torne me tenían atrapada.

—Puede que también me haga una pulsera para mí. Al fin y al cabo, yo también estoy en desventaja si me veo envuelto en una pelea. Pero sí, la he hecho para ti. Tiene capacidad para realizar más o menos seis descargas de gas. Luego tendría que volver a recargártela. El que se meta contigo, se llevará su merecido.

Dejo a Theo en el suelo, y se aleja tambaleándose, desnudo.

—Gracias —le digo a Dek, y lo abrazo para demostrarle que le perdono por lo que ha dicho (o, más bien, ha insinuado) sobre Wyn—. Ahora, por favor, vete.

Dek me da un torpe beso en la coronilla. El pequeño Theo viene hacia mí, bamboleándose, y me rodea la pierna con sus bracitos.

—Lala —dice, dedicándome esa tonta sonrisilla de la que solo asoman cinco dientes.

—Chico listo: sabe cómo te llamas —dice Dek.

—Yo no me llamo así.

—¿No te haces llamar Ella? —pregunta Dek.

—Ah —bajo la vista hacia el pequeño Theo, sorprendida. Se aferra a mi pierna, carcajeándose como un diminuto y desnudo lunático, y me sorprende lo bonito que es, la frescura que irradia, con sus ojos brillantes y su piel suave y sonrosada. Casi puedo entender por qué la gente se derrite con los bebés y se les cae la baba con ellos como si fueran idiotas. Es tan perfecto, tan bonito, y todavía no es consciente de lo malo que puede llegar a ser el mundo en el que vive. El pobrecillo todavía piensa que es un lugar bueno, en el que todos somos gente bondadosa.

—Oye, ¿y qué ha pasado con tu bonita cofia? —pregunta Dek.

Me llevo una mano al pelo, que sigue suelto.

—Por el Innombrable bendito —susurro—. Me la he dejado en esa maldita habitación.

Recorro el pasillo del sótano en una carrera desenfrenada, dejando al pequeño Theo solo, sin vigilancia, en la trascocina. Mando a Dek a casa: no puedo arriesgarme a que siga por aquí más tiempo, y la verdad es que me siento capaz de manejar la ganzúa magnética casi igual de bien que él. Llego a la puerta y enciendo una cerilla. Gracias al Innombrable, la cofia sigue ahí. Theo ha debido de soltarla justo antes de entrar en la habitación. La recojo y me giro para volver corriendo de nuevo por el pasillo, pero choco con un cuerpo que viene justo en dirección contraria. La ganzúa se desliza de mi mano y cae al suelo, y hace un ruido metálico cuando yo me desplomo de espaldas.

—¿Qué es esto?

Es la voz del señor Darius. O de don Victo Penn Ostoway, más bien. Se inclina hacia mí y me coge la cara con su enorme mano, apretándome las mejillas. Yo tanteo detrás de mí, buscando la ganzúa en la oscuridad, y a un lado. Mis dedos la encuentran y se cierran a su alrededor justo cuando el señor Darius tira de mí para ponerme de pie.

—¡Ay! —gimo, y me guardo la ganzúa en el bolsillo del delantal.

—¿Qué haces merodeando por aquí? —sisea.

—Estaba buscando la bodega —lloriqueo—. No pensaba que fuera a estar tan oscuro. La señora Freeley quiere un vino blanco para la sopa.

—La bodega está al pie de las escaleras. Tienes que haber bajado antes —su voz suena horrible: no se parece en nada a su voz normal. Una especie de rugido salvaje.

—¿Y por qué tendría que haber estado antes aquí abajo? —protesto—. Yo nunca bajo aquí. Por favor, señor, me está haciendo daño.

—¿Qué estás tramando, muchacha? —me aprieta con más fuerza. Ahora el miedo campa a sus anchas por mis venas, me quema la garganta, y me siento demasiado consciente del bulto de cartas que guardo en mis medias. Se me pasa por la cabeza usar el arma que Dek me ha dado, o usar su nombre real, pero ambas opciones echarían por tierra mi coartada como Ella.

No es fácil hablar con su mano apretándome la cara, medio tapándome la boca, pero grito:

—¡La señora Freeley está esperando el vino, señor! Por favor, déjeme ir, señor, si es usted un caballero.

Me suelta instantáneamente, como si no se hubiera percatado de estar sujetándome el rostro como un vicioso. En la oscuridad no consigo distinguir bien sus facciones, pero el tono amenazante de su voz se ha mitigado, y noto que se siente desconcertado.

—Soy un caballero —repite.

—Disculpe, señor —digo, dejando escapar un sollozo que, en parte, no es fingido—. No intentaba entrar en su habitación, me han ordenado que no lo haga. Solo quería buscar un vino blanco para la señora Freeley. Por favor, no se enfade conmigo.

—Coge tu vino blanco, entonces, y vete —dice con rudeza, apartándose de mi camino—. Y que no vuelva a encontrarte aquí.

Yo le empujo para apartarme de él, atravieso el pasillo corriendo y subo las escaleras lo más deprisa que puedo. Theo está en la trascocina vaciando el cesto de la ropa sucia, y se ha hecho pis en el suelo. Me vuelvo a colocar la cofia y me entremeto el pelo suelto lo mejor que puedo mientras mi corazón recupera su ritmo normal.

—Ven aquí, monstruito. Vamos a buscarte algo de ropa y, de paso, a fisgonear entre las cosas de tu mami —le digo, refunfuñando—. Tengo un inventario que hacer.

—¡Lala! —chilla cuando lo cojo en brazos, encantado de verme.

Y entonces me sorprendo a mí misma y a él también al plantarle un sonoro beso en la mejilla.

Capítulo 12

Ella introduce lentamente la aguja en la vena.

Él intenta hablar. Dos espéculos le mantienen los ojos abiertos y unas resistentes cintas de cuero lo mantienen atado a la cama. No puede girar la cabeza: si lo hiciera, se le desgarrarían los párpados. Así que fija la vista en la lámpara, que oscila lentamente dibujando círculos en el techo. A su alrededor, brincan fantasmales bailarinas que no puede apartar con un parpadeo.

El suero se acumula en su pecho como un puño, o al menos esa es la impresión que él tiene. Un veneno que busca arrebatarle todos sus secretos. Fuerza la lengua y la boca para hacer el sonido que quiere que oigan.

—Shey —dice.

Shey retrocede un paso contra la pared, con los párpados entornados. Hoy llevan horas allí, y está cansada, pero no flaquea. Shey aguarda.

—Por favor —pero no sirve de nada. Si estuviera libre para poder hablar con ella, libre de los venenos y de las ataduras y del sueño y de los sueños que ella le obliga a tener. Si tuviera tiempo, si pudiera tomarse un respiro, aclararse la cabeza, aunque solo fuera durante un momento, podría hablar con ella, y tal vez ella le escucharía. Durante siete meses, sus sutiles pociones, sus luces cegadoras y sus afiladas agujas se han convertido en lo único que hay en su vida. Le han cortado, cercenado partes del cuerpo. Lo han sometido de modos que nunca hubiera considerado posibles. Se aferra a lo único que necesita recordar: no contárselo…, no contárselo…. Pero ¿el qué? ¿Y a quién no debe contárselo?

—*Duele* —*dice.*

—*¿El qué duele?* —*pregunta Shey*—. *¿Su nombre?* —*y, en voz más baja*—: *¿Es mi nombre, lo que duele?*

Ella da un paso adelante, con el pelo negro suelto, salvaje, agitándose, y con ojos danzarines. Sus hombros desnudos, suaves y marrones. Está sonriendo. Y fuera, en el salón de baile, está oscuro y las calles de Nim están tranquilas bajo el nítido brillo de las estrellas. Desde aquí, pueden oler el mar.

—*Sí* —*su nombre arde en el lugar oscuro en el que el hombre lo ha encerrado.*

—*Entonces, debemos sacarlo, y el dolor cesará* —*dice Shey, muy lejos de donde está él*—. *Entonces podrás descansar. Entonces podrás cerrar los ojos.*

Sus ojos oscuros rebosan empatía, y él intenta alcanzarla, pero no, no puede, tiene los brazos atados. Hay algo importante, algo que debería, o no debería hacer, pero que ya no es capaz de recordar. Lo mejor es guardar silencio, no hacer nada.

—*Tengo miedo* —*le dice a ella.*

Shey ríe, y él experimenta una especie de paz. Ella siempre le da paz.

—*No hay nada que temer* —*dice ella*—. *Estoy bien. ¿Acaso no lo estoy, siempre? ¿De verdad puedes imaginarme estando de alguna otra manera?*

—*Por eso* —*responde él*—. *Por eso te elegí. Perdóname.*

—*No hay nada que perdonar* —*ella se acerca un poco más, y a él se le llenan los ojos de lágrimas. Pero no puede pestañear para apartarlas de sus ojos. Los espéculos.*

—*Te los quitaremos* —*le promete*—. *Necesitas descansar. No pasa nada. Ya ha terminado. ¿Quién soy?*

El nombre se le escapa como un suspiro de alguien recién levantado:

—*Bianka.*

—*Sí. Eso es* —*ella le acaricia la mejilla*—. *Te tienen, amor mío. Te tienen. Ahora solo estoy yo para proteger tu sombra. Tienes que decirme dónde está, para poder mantenerla a salvo.*

Las bailarinas dan vueltas sobre sí mismas en el cielo, las estrellas brillan sobre su piel, un humo amarillo le invade la sangre. Le quita los espéculos de los ojos con mucha delicadeza, y sus lágrimas se derraman, limpiándolo todo a su paso.

—Dímelo, mi amor —susurra ella.

Y él se lo dice.

Después del almuerzo, oigo que Bianka y el profesor Baranyi acuerdan que ella acuda a su estudio en cuanto termine de asearse. Mi intención es colarme allí antes de que ellos lleguen, pero sir Victor Licántropo me detiene en las escaleras.

—Ella —me llama con brusquedad.

—Sí, señor —evito mirarle a los ojos y hago una pequeña reverencia.

—Quería disculparme contigo —me dice—. Mi comportamiento fue inadmisible cuando nos topamos en el sótano. Me pillaste desprevenido y un poco malhumorado.

—Por supuesto, señor, lo entiendo perfectamente —le digo.

—Eres una buena chica. Desearía poder explicártelo todo con sinceridad. Últimamente es como si no fuera yo mismo.

Una manera sutil de explicarlo como cualquier otra.

—Siento mucho escuchar eso, señor.

Quiero subir las escaleras y llegar al despacho del profesor antes que él, pero sir Victor parece repentinamente dispuesto a abrirme su corazón.

—No tenía previsto que mi estancia aquí se prolongara tanto. Tengo familia, ¿sabes?

—Deben de echarle mucho de menos, señor —replico.

—Sí, sí, supongo que me extrañan. Tengo una hija de tu edad. Es una violinista muy virtuosa. Estudia con Bartole.

Por todos los Sagrados, ¿de verdad se va a poner a hablarme ahora del talento musical de su hija? Me pregunto si será la tal Federica que se menciona en las cartas de Agoston Horthy. Escucho al profesor Baranyi dar unas cuantas instrucciones a la señora Freeley en la cocina, lo que significa que va de camino a su despacho.

—Señor, tengo un poco de prisa: he de ir a recoger una cosa que me ha pedido la señora Och. Lo siento mucho —grito.

—Claro, por supuesto, no pretendía entretenerte —me dice, sonrojado—. Solo quería... pedirte disculpas. Y toma, ten esto —me mete una moneda en la mano, y yo cierro el puño. Una moneda de cobre. Por lo menos, con las disculpas no es tan tacaño como con el dinero—. Eres una buena chica, una muchacha de bien. Espero no haberte asustado.

Nada, un sustito de muerte nada más, monstruo.

—Solo un poco, y lo entiendo perfectamente —digo apresuradamente—. Gracias, señor. Es usted muy generoso, señor.

Entonces, me dedica una mirada perdida e infeliz, medio intentando alcanzarme desde unos cuantos escalones más abajo, como si pretendiera cogerme la mano.

—No soy quien me gustaría ser, Ella.

—Supongo que ninguno de nosotros lo somos —respondo—. Debemos rezar al Innombrable para que nos ayude a ser mejores. Gracias, señor.

—Sí, por supuesto —retrocede un paso, apartándose de mí, y su rostro se descompone en una sombra—. Ve, entonces. Buena chica.

—¡Gracias! —le digo, subo las escaleras y entro a hurtadillas como una flecha en el despacho del profesor.

Me acomodo en el diván que hay al fondo de la habitación, y pongo mucho cuidado en desvanecerme tan solo unos segundos antes de que el profesor y Bianka entren juntos. Bianka lleva a Theo consigo. El niño me saluda con su manita, encantado de verme. ¡Por los condenados perros del Kahge, este bribonzuelo puede verme! Estoy empezando a cansarme de los huéspedes de esta casa. Miro al niño con severidad y él se ríe.

—Sí, cielo, es un búho —dice Bianka. Al menos ella no puede verme, por extraña y fuerte que sea.

—Vuelve aquí, Strig —dice el profesor Baranyi—. Haznos compañía.

El búho ladea la cabeza y me mira como si me pidiera permiso. Yo lo fulmino con la mirada, y el ave aletea hacia su amo y se posa en su hombro. Afortunadamente, Theo está ahora más interesado en el búho que en mí.

—Quería hablar con usted porque sé que la señora Och me oculta algo —dice Bianka—. Espero que usted sea más franco conmigo.

El profesor parece sorprendido: se quita las gafas con gesto nervioso y las limpia.

—Lo siento —dice ella—. La señora Och ha sido muy amable conmigo, todos ustedes lo han sido, y entiendo que están protegiéndome. Pero no quiere darme ningún detalle, más allá de que está intentando encontrarnos un lugar seguro para Theo y para mí. Quiero saber qué está pasando. Quiero saber por qué está pasando. Y quiero que me hable sobre Gennady.

El profesor Baranyi vuelve a ponerse las gafas y sonríe con desgana.

—¿Qué puedo contarle yo acerca de su hermano que ella misma no le haya contado ya?

Theo se revuelve para escapar del regazo de Bianka, y se esconde debajo del escritorio.

—Bueno, quiero saber, por ejemplo, ¿qué es? No será una especie de brujo, ¿verdad? —desliza un pie fuera de su zapato y menea los dedos en dirección a Theo. El niño se los agarra.

—No, no es eso lo que es —responde el profesor Baranyi, con cautela—. Pero es un hombre fuera de lo común.

Bianka suspira y se recuesta en la silla, con gesto desconsolado.

—Son todos tan tremendamente reservados —dice ella—. Él también lo era. Me gustaría saber qué ha sido de él.

—A todos nos gustaría —responde el profesor.

—Era consciente de que no se quedaría conmigo —responde Bianka—. Por supuesto. Pero no creía que fuera a desaparecer completamente, sobre todo cuando supo de la existencia de Theo. No pensará que... Bueno, con la cantidad de muertes que me persiguen, no puedo evitar temer que quizá él también esté muerto.

—Estoy todo lo seguro que se puede estar de que no —responde el profesor.

—¿Y cómo puede estar tan seguro? —Bianka alza las manos—. La señora Och me dijo lo mismo. Pero, entonces, ¿qué le ha pasado? ¿Qué le llevaría a desaparecer sin dejar rastro?

—Gennady tiene enemigos —responde el profesor Baranyi—. Quizá se haya marchado para protegerla.

—Pues no ha funcionado —dice con acritud—. Ahora, según parece, yo también tengo enemigos.

—Sí. Estamos trabajando en ello. Hábleme otra vez del hombre que le mencionó a la señora Och, el hombre que estaba buscando a Gennady.

—Fue después de que naciera Theo. Perdí mi trabajo en el ballet: no quisieron readmitirme después de haber tenido un bebé. Tuve que decirle a Magdar que Theo era su hijo. No sabía qué otra cosa hacer. Magdar cuidó bien de nosotros. Me consiguió una bonita casa junto al mar que compartía con su amante, Kata.

—Magdar era el banquero, la segunda víctima, ¿verdad? —pregunta el profesor—. ¿Y Kata, la bailarina que fue asesinada? ¿La primera víctima?

—Sí. La esposa de Magdar tenía debilidad por el ballet, y Magdar tenía debilidad por las bailarinas. Kata y yo éramos amigas, aunque ella era la nueva amante de Magdar y yo la antigua. A ella no parecía importarle lo más mínimo que viviera con ella, y con Theo. Supongo que a ella debió de suponerle un alivio descubrir que Magdar se ocupaba de sus bastardos. Es algo de lo que las chicas como nosotras tenemos que preocuparnos.

El profesor parece un poco incómodo con la conversación.

—¿Y el hombre que fue a verla? —la interrumpe.

—Sí, entonces, aquel hombre se presentó en la casa. Un hombre atractivo, bien hablado. El único rasgo extraño es que llevaba un parche y que su otro ojo era amarillo. La verdad es que aquello le afeaba bastante. Me dijo que había conocido a Gennady en Zhongguo, curiosamente, y que quería hablar con él. Se sentó en mi salón y me hizo muchas preguntas. No le conté demasiado, pero, de todas maneras, ya sabía mucho sobre nosotros. Sabía de la existencia de Theo, y parecía muy interesado en él. Le arrancó un mechón de pelo sin mi permiso y le pinchó en el dedo para hacerle sangrar. Entonces, lo eché de la casa. Todo aquello me asustó muchísimo, por supuesto. Me hizo querer marcharme de la ciudad. Había oído hablar de un grupo que hacía una especie de espectáculo de circo de vanguardia en la costa, en Fiora. Fui a buscar a Gennady, o a ver si alguien había oído hablar de él. Sabía que tenía muy pocas probabilidades, claro: no estaba donde fui a buscarlo, no sabían quién era y, cuando volví a casa, Kata estaba muerta. Usted conoce los detalles. La vi y, de algún modo, supe que su muerte había sido culpa mía, que me buscaban a mí. Recogí mis cosas y le pedí a Magdar que me metiera en el primer tren, inmediatamente. Conocí a la institutriz en la estación, por casualidad. No sabía... ¿Cómo iba yo a saber lo desafortunado que sería para ella conocerme en esas circunstancias? Se llamaba Jani. Magdar me dejó en el tren, me despedí de él con la mano desde la ventanilla y, poco después de llegar a la ciudad de Spira, leí en el periódico que él también estaba muerto. Y luego la institutriz, Jani, y el conductor del carruaje que nos llevó desde la estación, y el posadero, y ese muchachito mensajero. Todo el que se cruza en mi camino termina muerto, de la misma manera espantosa —su voz se eleva ahora—. La señora Och no parecía demasiado sorprendida al respecto. ¿Lo está usted?

El rostro del profesor Baranyi ahora mismo parece esculpido en piedra.

—Alguien la está persiguiendo —responde—. Eso es todo.

—Pero ¿por qué persigue también a mi amiga, a mi antiguo amante, a la mujer con la que compartí un condenado carruaje?

—Creo que, antes de desaparecer, Gennady debió de hacer algo para protegerla, para ocultarla del asesino. Pero el asesino sigue buscándola, con la esperanza de que la gente con la que ha coincidido pueda llevarle hasta usted.

—¿Es el hombre del ojo amarillo?

—No. Pero apostaría a que los dos trabajan para la misma persona.

—Pero ¿quién? ¿Por qué? ¿Qué quieren de mí?

Cansado de los dedos de los pies de su madre, Theo empieza a acercarse hacia mí, gateando por el despacho. Muy despacio, bajo al suelo y me coloco en una posición en la que parezca verosímil fingir estar desmayada, en caso de que el niño desvíe la atención hacia mí. Afortunadamente, el profesor Baranyi está demasiado imbuido en su conversación con Bianka para percatarse del movimiento y Bianka está dándome la espalda.

—Eso es lo que tenemos que averiguar —dice el profesor—. Mis propias elucubraciones son que buscan a Gennady y que esperan que usted sepa dónde está. O que, junto con su hijo, pueda servir como cebo para atraerlo hasta ellos.

—Desconozco dónde está, y dudo mucho de que venga en nuestro rescate —replica con amargura—. Así que el asesino se equivoca en ambas cosas. Si usted sabe quién es, ¿no puede detenerlo?

—Lo hacemos lo mejor que podemos para mantenerla a salvo —vuelve a decir el profesor.

—La señora Och dice que el hombre del ojo amarillo probablemente quería una muestra del pelo y la sangre de Theo para comprobar si realmente es hijo de Gennady. ¿Es eso posible?

—Sí, existen exámenes capaces de demostrar eso. El niño... ¿Está usted segura de que es hijo de Gennady?

No puedo verle la cara, pero los hombros de Bianka se hunden ligeramente.

—Sí, bastante segura.

A su respuesta le sigue un incómodo silencio, interrumpido por unos golpes en la puerta.

—Ah —dice el profesor Baranyi, que se incorpora aliviado—. Aquí está la señora Och.

Se me hiela la sangre en las venas. Entrará en el despacho y me verá, como ya ha pasado antes. A la mayor velocidad a la que me atrevo a moverme, me arrastro tras el diván, lleno de libros. Ahora no puedo verlos, pero escucho la voz de la señora Och saludando a Bianka. Theo me sigue detrás del diván y se pone a juguetear como un gatito con los lazos de mi delantal.

—Nos gustaría que nos hiciera una pequeña demostración —dice la señora Och—. Solo para comprobar si usted pudiera tener alguna otra capacidad poco habitual, más allá de su relación con Gennady. Algo que pueda estar atrayendo esta inoportuna atención.

—Poseo muchas otras capacidades poco habituales —responde Bianka—, como ya bien sabe. No le he ocultado nada.

—Pero la señora Och quizá podría reconocer algo que a usted se le haya pasado por alto —dice el profesor—. ¿Ha oído hablar de la transmogrificación?

Bianka responde con un silencio, y el profesor proporciona la respuesta:

—Consiste en convertir a una criatura viva en otro tipo de ser viviente. Creo que podríamos intentarlo con Strig, aquí presente. Hacer que pase de ser un búho a ser un gato. ¿Cree que podría hacerlo?

—Nunca he intentado tal cosa —responde Bianka—. Y parece bastante cruel. Pero, si eso puede decirle algo que necesite saber, deme pluma y papel, y veremos qué puedo hacer.

Se me para el corazón en seco. Por eso es tan fuerte. Yo me asomo por encima de la pila de libros. La señora Och está de pie frente a Bianka, no frente a mí. El profesor Baranyi está disponiendo una pluma, papel y tinta para Bianka. La observo mojar la punta de la pluma y suspirar. A nuestro alrededor, todo parece ralentizarse.

—No suelo escribir a menudo —dice en tono casi soñador—. A menos que sea completamente necesario. Cuando sostengo una pluma en la mano, siento como si el mundo entero se estremeciera ante mí. Siento como si quisiera seguir el rastro de la tinta a un millar de lugares distintos. La tentación que me supone me asusta. Su potencia. Así que no escribo cartas, ni listas, ni ninguna otra cosa. Porque podría descubrirme escribiendo cualquier otra cosa. Yo sostengo la pluma, pero, en realidad, no sé cuál de los dos tiene el poder en ese momento.

El profesor y la señora Och la observan de cerca, con gesto tenso. En mi opinión, les estaría bien merecido que los convirtiera a ambos en sapos. Pero yo también estoy un poco asustada, cautivada por la imagen de Bianka sosteniendo una pluma en la mano. La hace girar entre sus dedos y comienza a escribir. Entonces, suelta la pluma con brusquedad y empieza a brotarle sangre de la nariz. Me obligo a permanecer quieta y a no llevarme una mano a la boca, que se me ha abierto de puro horror. El profesor corre a ofrecerle un pañuelo, que Bianka aprieta contra su cara. La habitación vibra durante unos segundos, y yo siento como si lo estuviera viendo todo por primera vez, como si se me hubiera aclarado la vista.

—¡Ahí está! —grita el profesor—. Está funcionando.

La habitación se ha llenado de un olor a flores podridas. Strig ha erizado las plumas y está dando brincos en el suelo, parpadeando violentamente.

—*Uuuhhh, uuuhhh* —grazna—. *Uuuhhh, uuuhhh.*

De repente, se agranda y de su pecho emergen un par de patas delanteras, y sus garras se convierten en patas traseras. El búho mira a los presentes, y ellos le devuelven la mirada.

Su tamaño no ha sufrido ningún cambio, solo su forma, así que ahora en realidad es del tamaño de un gatito. Su pico se ha convertido en un pequeño hocico marrón de felino, pero mantiene sus enormes y amarillos ojos de búho, y ahora está cubierto por una extraña mezcla de plumas y pelaje. Tiene una cara rara, como aplastada, y unos ojos demasiado grandes para tratarse de un gato.

—¿*Míau?* —prueba, dudoso. Una segunda vez, ahora con más confianza—. *Míau.*

De acuerdo, parece estar diciendo. Así que ahora soy un gato. Pues *míau,* entonces.

—¿Está usted bien? —le pregunta la señora Och a Bianka.

—Solo un poco mareada. Siempre me descompongo un poco después de realizar un hechizo mayor.

El profesor Baranyi le acaricia la cabeza a Strig, que ronronea.

—¿Deberíamos deshacerlo?

Bianka le tiende la pluma con reticencia. Me doy cuenta de que, aunque se la ofrece al profesor, este tiene que dar un leve tirón antes de que ella la suelte y le permita cogerla. El profesor la parte por la mitad y el gato deja escapar un maullido de dolor, con el pelaje y las plumas de punta sobre la carne.

—¡Le está haciendo daño! —grita Bianka.

El profesor Baranyi se queda mirando la pluma partida, y luego observa al gato.

—Creía que con romper la pluma que se ha usado para realizar un hechizo bastaba para deshacerlo —dice.

—No lo sé —responde Bianka, que sigue haciendo presión con el pañuelo sobre su nariz.

—Puede que requiera un mayor nivel de destrucción —dice la señora Och—. Inmolación, quizá.

—Bueno, eso lo veremos más tarde —dice el profesor, dejando los trozos de la pluma sobre su escritorio. Uno de ellos rueda por la superficie y cae a la alfombra, y lo salpica todo de tinta.

—¿Y bien? —dice Bianka, mirando a la señora Och—. ¿Le ha servido de algo?

La señora Och sacude la cabeza,

—No he visto nada fuera de lo común en ello —responde.

Cielo santo. Solo en esta casa transformar a un búho en un gato puede considerarse algo «dentro de lo común».

—Ya se lo he preguntado antes, pero debo preguntárselo de nuevo —dice la señora Och—. Por favor, haga un esfuerzo por intentar recordar. ¿Le dio algo Gennady, cualquier cosa, que aún tenga usted en su poder?

—Ya se lo he dicho: no tengo nada —dice Bianka, evidentemente molesta—. Gennady no es de los que regalan joyas o escriben poemas de amor, o ese tipo de cosas. Él simplemente es..., bueno, es él mismo, y eso fue lo que me dio.

—Sé qué tipo de hombre es —responde la señora Och—. Si me disculpan, debo ir a acostarme un rato.

—La dama pasa mucho tiempo acostada, ¿no? —comenta Bianka, una vez que la señora Och se ha marchado.

—No está bien —dice el profesor Baranyi con una voz extraña.

—A mí también me vendría bien un poco de descanso —comenta Bianka—. No sé cómo estará su pobre búho, pero a mí me ha dejado exhausta. Noto un martilleo en la cabeza.

Theo se arrastra para acercarse a mí y me toca la mejilla.

—Lala —dice muy serio—. Abla, ba, ba, ba. Lala.

Me saco de la cofia un mechón de pelo y le hago cosquillas en la nariz con él, sintiéndome más segura ahora que la señora Och se ha marchado. El niño ríe y luego se incorpora solito, agarrándose al borde del diván, y se marcha tambaleándose, tambaleándose, tambaleándose hasta llegar a la chimenea. Miro, nerviosa, en dirección a Bianka y al profesor, pero ninguno de los dos le presta la más mínima atención a Theo.

Ahora Bianka está mirando al techo, sosteniendo aún el pañuelo contra su rostro. Habla como si lo hiciera para el aire, con su pausado acento de Nim.

—Gennady contaba unas historias fantásticas. Construyó una pequeña cabaña junto al agua y siempre olía a mar. Sus espectáculos eran extraños, con un ritmo un poco lento para la audiencia de Nim, y su sentido del humor no era muy común. Nunca parecía estar ganando demasiado dinero. En realidad, no era mi tipo, pero me hacía reír. Tomábamos precauciones. No esperaba tener a Theo. Y, luego, ha pasado todo esto y, aun así, soy incapaz de arrepentirme. De estar con él, me refiero.

Theo gatea peligrosamente cerca de la chimenea, parpadeando frente a las llamas. Siento impulsos de gritar: «¡El bebé está a punto de entrar gateando en la chimenea!». Debería hacerlo, claro que sí. Debería escenificar un dramático despertar. Decir que me he desmayado mientras limpiaba el polvo (aunque se supone que aquí no debo limpiar el polvo), que abrí los ojos y que ahí estaba el bebé. Noto palpitar el corazón en la garganta, pero no digo nada. Observo, paralizada por el terror, cómo estira su bracito para tocar las llamas.

El niño suelta un terrible alarido al caer de espaldas, y Bianka se incorpora y corre hacia él.

—Tenemos un poco de ungüento —dice el profesor, que también se pone de pie de un salto.

—No pasa nada —dice Bianka, examinándole la manita—. La ha sacado a tiempo —deja escapar una risita irónica—. Esto resuelve un interrogante. No he sido capaz de atreverme a comprobarlo, ¿sabe?

—¿Si no se quemaba? —pregunta el profesor.

—No es grave, pero le saldrá una ampolla —dice Bianka—. Así que esa cuestión, al menos, queda resuelta —y, casi como si no se diera cuenta, pasa su mano entre las llamas, lentamente. Luego se coloca al lloroso bebé en la cadera y lo lleva hasta el escritorio.

—¡Lala! —lloriquea, señalándome por encima del hombro de su madre. No puedo resistirme: le hago una mueca.

A pesar de las lágrimas, el niño me dedica una temblorosa sonrisa.

—¿Bien? —Florence me acorrala contra la pared en cuanto me ve en el rellano de las escaleras.

—Bien —respondo—. Bien, ¿qué?

—¿Pretendes fingir que has estado haciendo tu trabajo? Te he estado buscando por todas partes.

Suspiro.

—Si eso es así, entonces no parece que tú hayas estado haciendo tu trabajo —respondo.

—Esa es una parte de mi trabajo —replica Florence. Sus ojillos me fulminan con una mezcla de rabia y triunfo—. Yo soy quien está a cargo aquí.

—¿Sabes? La señora Och nunca me lo mencionó cuando empecé a trabajar aquí —respondo—. Me dijo que hiciera lo que la señora Freeley me dijera. Nunca me dijo que respondiera ante Florence y que siguiera sus instrucciones. ¿Por qué crees que habrá sido?

Se le tensa la mandíbula.

—Hablaré con ella —me dice—. Le contaré que desapareces cada dos por tres, que no haces tu parte del trabajo en esta casa. Podría hacer que te despidieran, si quisiera.

—La señora Freeley no tiene quejas sobre mí —digo, y mi voz suena más segura de lo que yo me siento.

Florence entorna los ojos y da un paso al frente para colocarse delante de mí, como si yo estuviera intentando dejarla atrás. Con muchísimo esfuerzo, consigo contener el impulso de empujarla por las escaleras. Al fin y al cabo, no es su culpa que no tenga más opciones que la de ser la recta y malhumorada Florence.

—¿Qué pasa contigo? —me pregunta.

—Nada —respondo—. Mira, no me encontraba bien, y me he echado un rato. Lo compensaré.

—No estabas durmiendo —dice—. He mirado en tu habitación.

—Claro, cómo no —intento con todas mis fuerzas no poner los ojos en blanco.

Su expresión cambia levemente.

—Es por el señor Frederick y Bianka, ¿verdad? —dice ella.

—¿El qué? —estoy tan ensimismada que, durante un momento, realmente no tengo la más mínima idea de de qué está hablando. Pero su expresión está empezando a tornarse compasiva y, entonces, comprendo—. Ah, eso. No.

—Deberías haber sido más lista —me dice—. El señor Frederick está por encima de ti a todos los niveles. Nunca habría funcionado. Y a Chloe y a mí nos ha costado mucho trabajo, ¿sabes?, tener que compensar tu holgazanería.

—Lo siento —me disculpo. Y casi lo digo con sinceridad, de lo afligida que parece. Sé lo duro y triste que puede resultar el trabajo aquí, y ella, a diferencia de mí, no tiene el privilegio de saber que dentro de poco todo habrá terminado y que, a cambio, recibirá un buen montón de dinero por su traición—. ¿De verdad hay algo entre ellos? Entre Frederick y Bianka, me refiero.

—No tengo manera de saberlo —dice ella, con altivez—. Pero es evidente que él está enamorado de ella.

Me encojo de hombros, aunque, sorprendentemente, me duele un poco. No me he dado cuenta, pero he estado prestándole atención a otras cosas. No es que me importe, en realidad, porque yo no siento nada por Frederick, pero supongo que siempre resulta agradable saber que le gustas a alguien.

—Por esta vez, no se lo contaré a la señora Och —dice en tono magnánimo—. Pero vas a tener que superarlo y a empezar a hacer tu trabajo como es debido. Sobre todo porque yo no estaré aquí mucho tiempo más.

—Ah, ¿en serio? —la sigo escaleras abajo, hasta la trascocina—. ¿Has encontrado otro empleo?

Mira a su alrededor, para asegurarse de que la trascocina está vacía, y entonces se vuelve hacia mí de nuevo, con ojos danzarines, como si yo fuera su mejor amiga.

—Estoy prometida en matrimonio.

Estoy tan sorprendida, y soy tan incapaz de imaginar qué tipo de hombre podría desear a la estricta Florence, que tardo un segundo en decir nada. Luego consigo, con bastante poca franqueza, articular unas palabras de felicitación.

—¡Enhorabuena! ¡Eso es maravilloso!

—Lo siento. Sé que ahora mismo debe de ser duro para ti escucharlo —dice, lo que resulta risible, pero no la contradigo—. Probablemente no nos casaremos hasta el verano.

—¿Y quién es el afortunado? —pregunto, con una levísima nota de sarcasmo que, por supuesto, a ella le pasa desapercibida. Está más que dispuesta a hacerme la confidencia, como si no hubiera estado amenazándome con hacer que me despidieran hace menos de un minuto.

—Tiene una tienda de alimentación —me cuenta—. Bueno, es la tienda de su padre, pero es él quien lleva todo el negocio, básicamente, y va a heredarla. Gana un salario decente y yo trabajaré allí cuando nos casemos, ya que su madre falleció este otoño.

—Oh, qué lástima —comento con indiferencia.

—Bueno, esa es la razón de que necesite una esposa —dice ella—. Para ayudarle en la tienda.

Intento contener la risa.

—¿Esa es la razón?

—Bueno, y para tener hijos —me dedica una sonrisa, una sonrisa cargada de superioridad—. Yo no soy una romántica, como tú. Yo no voy por ahí persiguiendo a pretendientes imposibles. La vida de los dos será mejor cuando estemos casados.

—Bueno, entonces me alegro mucho por ti —digo. Aunque, en realidad, estoy empezando a sentir bastante lástima por Florence y por su práctico tendero. Ella no tarda en sacarme de mis pensamientos.

—El problema de concebir las cosas como tú es que, al final, todo eso solo te causa dolor. El hombre equivocado no se comprometerá contigo y, cuando aparezca una más guapa, se olvidará de ti. Con Nil... Bueno, él es un tipo firme. Sé que es honesto y que cuidará de mí. Puedo confiar en él.

No quiero decir con esto que el señor Frederick no sea honesto. Pero los hombres pueden llegar a ser muy volubles, y encontrar uno bueno, que permanezca a tu lado, no es un logro menor en una ciudad como Spira, donde siempre hay caras nuevas pululando. Ay, mira, lo que tienes que pensar es en...

Me vuelvo para alejarme de ella. Estoy pensando en lo que me dijo Dek. «No puedes confiar en él. Pasa mucho tiempo fuera». Estoy volviendo a pensar en las purificaciones, en ese destello que vi en Wyn cuando rodeaba con su brazo la cintura de la risueña Arly Winters. Me había convencido a mí misma de que no significaba nada, pero esa duda tóxica está anidando de nuevo en mi corazón.

—Algún día encontrarás a un buen hombre —dice Florence para consolarme.

Consigo resistir la tentación de cruzarle esa engreída y puntiaguda carita suya.

Capítulo 13

Hasta ahora, esta ha sido la noche más fría del invierno. La nieve se ha congelado y el crujido que hacen mis botas al caminar sobre ella parece ser el único sonido que hay en toda la ciudad. El río se ha helado por completo, y las brillantes luces de los edificios del Parlamento en la orilla norte refulgen sobre el hielo, compitiendo con las estrellas por ver quién destaca más en la oscuridad de la noche. La luna es de un plateado amarillento. Incluso aunque esa criatura asesina no tuviera aterrorizada a toda la ciudad de Spira, nadie, aparte de los soldados, se atrevería a salir: hace demasiado frío. Veo a los soldados por toda la Scola, arrebujados en sus abrigos azules y blancos mientras apisonan la nieve con sus botas y sus alientos se elevan en el gélido aire en forma de grandes volutas blancas. Tomo las callejuelas laterales, los callejones oscuros en los cuales la nieve helada se apila en grandes montículos y bloquea las puertas de las casas.

Llevo tiritando desde que he salido de la casa, pero ahora siento como si el frío hubiera penetrado en mis huesos, como si tuviera el hielo por dentro. El frío no solo me asalta desde fuera sino que mana de mis entrañas y, curiosamente, eso consigue calmar la tiritona y el castañeteo de mis dientes. No hay resistencia al frío. Me tiene atrapada, me he convertido en él. Me envuelvo inútilmente en mi gabardina y me pregunto si esta será la sensación que uno experimentará al congelarse, y si será posible que me caiga al suelo muerta de frío. Podría tumbarme y convertirme en nieve, sin más. Cubrir la ciudad con mi helado manto blanco y luego derretirme en primavera. Y desaparecer para siempre.

Apenas soy capaz de mover los dedos cuando llego al apartamento. Me veo sosteniendo la llave, pero no soy capaz de sentirla en la mano. La introduzco en la cerradura y forcejeo para abrirla, casi con la misma dificultad que si estuviera intentando forzarla. Coloco con pesadez un pie frente al otro, y, aunque intento caminar con ligereza, no soy capaz de distinguir si estoy haciendo ruido o si estoy siendo silenciosa. Levantar las piernas para subir los estrechos peldaños que llevan hasta el apartamento de Wyn en el ático me resulta doloroso, pero de una manera extrañamente distante. Allí sí que tengo que forzar la cerradura con los dedos helados.

La habitación está oscura y fría, pero no enciendo la chimenea. Camino hasta la mesa, y de ahí a la cama, y toco las sábanas heladas. Es medianoche. Quiero tumbarme en el colchón, pero, en cambio, me abro camino hasta el rincón más alejado de la habitación y me hundo en el suelo. Aquí hace el mismo frío que fuera, pero ahora soy una con él. Desaparezco. Mis párpados se cierran, pesados como yunques.

Llevo queriendo a Wyn la mitad de mi vida. Lo quise en cuanto lo vi, como le pasa a todo el mundo. Pero, para él, yo era como una hermana pequeña. Por supuesto.

—Te casarás conmigo cuando crezcas, ¿verdad, ojazos castaños? —solía bromear—. Yo sé que vas a ser una preciosidad.

Aunque puede que no me haya convertido en una preciosidad, tampoco estoy mal. Y, aunque crecí, no pareció darse cuenta. Para él, yo seguía siendo una niña pequeña, y no sabía cómo hacer que me viera de otra manera. Entonces le salvé la vida, lo que resultó ser un afrodisíaco bastante bueno.

Se suponía que yo no tenía que involucrarme lo más mínimo en aquel trabajo. Según Gregor, era un asalto de lo más corriente. No había guardias, solo perros, y eso no suponía ningún problema, porque los animales adoran a Wyn. Un ladrón de joyas prashiano había aparecido en Spira Occidental y había comprado una casa, con la esperanza de poder vender su tesoro robado. Wyn era el ladrón mejor dotado de la Maraña para escalar un muro y abrir un candado, y poseía todas las habilidades necesarias para asaltar viviendas. A mí me encantaba observarlo, tan ágil, tan valiente, acometiendo ese tipo de trabajos. Era una excusa un tanto patética para pasar tiempo con él, pero me las había ingeniado para convertirme en su aprendiz. Juré que no me entrometería. Le prometí que permanecería desaparecida durante todo el trayecto. Él dijo que no.

—Esta vez, no, ojazos castaños. Necesito concentración.

De todas maneras, fui. Al fin y al cabo, él no podría verme.

El muro no le supuso ningún problema. Los perros tampoco. Había puesto droga en la carne: los animales se lanzaron a por ella inmediatamente y luego se quedaron dormidos. Se coló en la vivienda por una ventana, y yo lo imité. Encontró la caja fuerte en el sótano y partió la cerradura usando un poco de la pólvora silenciosa de Dek. Yo me había atribuido a mí misma la tarea de vigilar que no viniera nadie, pero, en realidad, a quien estaba vigilando era a Wyn. Su perfil en las sombras mientras sacaba un pesado saco de la caja fuerte y lo abría para echarle una ojeada a lo que fuera que estuviera robando. Entonces, ambos escuchamos el clic del seguro de un revolver.

—Antes de que te dispare, ¿tienes algo que ofrecerme a cambio de tu vida? —preguntó un fuerte vozarrón. La sombra que portaba el revólver salió de una de las esquinas de la estancia. Dibujábamos un triángulo en la habitación, el prashiano, Wyn y yo. Yo era el vértice invisible. Ellos solo veían la línea que los separaba, la misma que recorrería la bala.

—Dame un momento —dijo Wyn—. Seguro que se me ocurre algo.

Recuerdo lo tranquila que sonaba su voz, y lo mucho que a mí me aterrorizaba verlo morir.

—No bastará —dijo la voz.

No lo pensé. Me saqué el cuchillo de la bota y se lo lancé. Apunté al pecho del prashiano, pero la hoja se le clavó en el hombro. Se volvió hacia mí, pero yo ya me había abalanzado sobre él y empezamos a forcejear por el revólver. Él no lo aferraba con demasiada fuerza, tal vez a causa del cuchillo que tenía en el hombro, y conseguí arrebatárselo con bastante facilidad y me eché al suelo. Él se abalanzó sobre mí. En mi vida había disparado una pistola, pero lo hice: le disparé. El retroceso y el olor de la pólvora y el terrible alarido del prashiano me golpearon con tal fuerza que tuve que soltar el arma. Al menos, yo ya no la estaba sosteniendo, y Wyn me tenía agarrada del brazo. Salimos corriendo, una especie de carrera enloquecida con la que subimos tambaleándonos y deslizándonos por las escaleras, atravesamos la puerta y dejamos atrás a los adormecidos perros. No había matado al prashiano, porque aún podía escucharle aullar de dolor. Y luego un disparo acalló sus gritos, y luego hubo otro más. Pero nosotros ya estábamos en la calle, saliendo de allí por patas. Wyn no me soltó el brazo en ningún momento. Giramos por una calle, y luego por otra, y luego por otra más. No tuve la más mínima idea de dónde nos encontrábamos hasta que aparecimos en la carretera que bordea el río.

Wyn se recostó contra una pared y se me quedó mirando durante un segundo eterno. Luego se echó a reír. Reía y reía. Y yo hice lo mismo, con el poco aliento que me quedaba, empecé a temblar y reír de puro alivio.

—¡Por el Kahge maldito, ojos castaños! ¿De dónde has salido?

—Ya te dije que quería venir contigo —respondí.

—Podrían haberte matado.

—A ti te habrían matado seguro.

Puso una cara extraña.

—Entonces te debo la vida, ¿no es así?

Yo me sentía atrevida y seductora.

—Me debes algo... —repliqué.

—¿Qué te debo, entonces? —me preguntó. Estaba muy cerca, ligeramente inclinado sobre mí. Usó la manga de su chaqueta para limpiarme la sangre del prashiano del rostro. Yo me puse de puntillas y le besé.

Él rio y yo volví a besarle, un breve y casto pico en la boca.

—Necesitas que alguien te enseñe a besar —dijo.

—Pues enséñame.

Fue un aprendizaje muy rápido.

Me despierto sobresaltada. Oigo un chasquido y me incorporo a toda prisa sin recordar siquiera dónde estoy, pero no es más que la puerta. Me deslizo de nuevo al suelo, me recuesto contra la pared y vuelvo a desaparecer.

Su voz. Esa preciosa voz, dulce y suave, endurecida apenas por las duras vocales del acento de la ciudad de Spira.

—¡Por los perros del Kahge, qué frío hace! —dice Wyn.

—Enciende la chimenea.

Y, aunque lo sabía, por supuesto que lo sabía, el corazón se me hunde en el pecho como una bruja en las oscuras aguas del río. Me muerdo el labio helado para no gritar.

Wyn se pelea con las cerillas, pero pronto el fuego resplandece. Enciende la lámpara que hay junto a la mesa. Arly Winters, claro, no podía ser otra. Arly Winters está ahí de pie, junto a la puerta, tiritando y vestida con un pesado abrigo de pieles que no puede ser suyo y con un gorro también de piel que le aplasta los rizos oscuros. Wyn también lleva puesto un abrigo de piel. A la luz del fuego, tienen una apariencia medio animalesca.

—Acércate al fuego —dice él, atrayéndola hacia sí—. Pronto empezará a calentar.

—No deberíamos haber salido —dice ella—. Es peligroso, con ese demente suelto por ahí.

—Conmigo estás a salvo —dice Wyn, sacándose el revólver del bolsillo y haciéndolo girar una vez en el aire antes de dejarlo sobre la mesa—. ¿Y cómo, si no, íbamos a hacernos con estos fantásticos abrigos de piel?

Ella ríe.

—¡Y con esto también! —dice Wyn, saca una botella oscura del bolsillo, le quita el tapón y le da un sorbo.

—Creo que, sin esto, me habría muerto en el camino de vuelta hasta aquí —dice ella, y Wyn se la tiende. Arly da un sorbo y vuelve a reír, divertida—. Es fuerte.

Me atrevería a decir que no está con ella por su inteligencia y su conversación chispeante. Tengo que dejar de morderme el labio si no quiero arrancármelo de cuajo. Relajo los dientes lentamente y el labio empieza a palpitar. En su lugar, aprieto los dientes unos contra otros y concentro toda mi ira en la mandíbula.

—Bebe un poco más —ofrece él—. Caliéntate. Ese abrigo de piel es muy favorecedor, pero estás mucho mejor sin él.

—Menudo canalla estás hecho —responde ella, y da otro sorbo.

—Yo no soy ningún canalla. Ven aquí, mi preciosidad de ojos oscuros.

Mientras el fuego llamea en la chimenea, la habitación va calentándose lentamente y se me empiezan a desentumecer los huesos, lo que me causa dolor. Ya he visto todo lo que venía a ver. He visto suficiente. Pero no me marcho. Me quedo, y lo observo todo. Los abrigos de piel terminan en el suelo. Su aspecto dulce, tan familiar, el modo en que le toca la cara y desliza su mano por el cuello de ella y más abajo, el modo en que le desabrocha el vestido con una mano mientras le sostiene el mentón con la otra y la besa suavemente. Ella es hermosa, con la piel de un blanco lechoso y curvas generosas. Ríe y se aparta la oscura melena hacia la espalda. Los contemplo del mismo modo que contemplo todas las purificaciones. No me marcho hasta que el fuego se ha reducido a ascuas y ellos están dormidos debajo de sus abrigos de piel. No está en mi naturaleza dar media vuelta. No: yo miro a mis pesadillas a los ojos. Y, si mis pesadillas intentan devolverme la mirada, lo único que ven son sombras.

Porque yo no estoy allí.

La luna y las estrellas ya se han ocultado cuando salgo dando tumbos a la calle, donde, aunque cueste creerlo, hace aún más frío que antes. Pero el frío no es nada. Estoy envuelta en un ardiente capullo de dolor, y el dolor puede tomarme o dejarme, me da absolutamente igual. No siento nada: ni siquiera sé adónde me llevan los pies. Es como si algo me llamara, y yo sigo su llamada, cegada por las lágrimas que se me congelan en las mejillas. Desciendo por una calle y luego por otra, medio a la carrera. Tropiezo y caigo, y aterrizo con un fuerte golpe sobre la nieve congelada. A través de la neblina que forman mis lágrimas, veo una silueta al final de la calle. Una silueta alta. Una silueta que empieza a avanzar hacia mí. Una voz interior me ordena: «Corre». Pero me doy cuenta de que no soy capaz de obedecerla, y el horror me mantiene petrificada donde estoy.

Un destello metálico refulge en la oscuridad, aunque no sé qué luz puede estar reflejándose, porque no hay ninguna. Sé qué es esa cosa. Me retraigo, desaparezco, pero la criatura sigue avanzando. No necesita ojos para encontrarme. El dolor y el frío dan paso a la adrenalina. La voz en mi interior que me exhorta a correr se torna más alta y fuerte, y yo obligo a mis extremidades a obedecerla, me incorporo con un tambaleo y resbalo. Corro.

Un suave rugido me sigue. Sé, sin necesidad de darme la vuelta para mirar, que no tengo la capacidad de ser más veloz que la criatura, sea lo que sea. Pero estamos en la Maraña y me conozco cada esquina, cada callejón, cada recodo abandonado. Subo por una oscura escalera y corro en dirección al apartamento vacío en el que unos tratantes ishtanos guardan sus mercancías. El olor a especias es sofocante. Hay una ventana abierta y una polea. En la oscuridad no se distingue, pero yo no necesito ver. El lugar no ha cambiado desde que yo era niña y Dek me mandaba volando al apartamento de enfrente metida en un cajón suspendido de un cable.

Choco contra algo y caigo al suelo. Una suave mano me roza la garganta y luego me coge del cuello del abrigo. Unos ojos blancos con pupilas negras, pupilas largas y estrechas como las de un gato. Es casi como el rostro de una pantera, negro y felino, pero tan expresivo como el de un ser humano. Casi parece bondadoso. Una cresta blanca en su pelo, o en su pelaje. Siento el azote del invierno a través del agujero de la ventana, a mis espaldas. La criatura alza la espada.

—Sé quién eres —jadeo, cerrando el puño en torno al arma que Dek me ha fabricado—. Tengo un mensaje para ti.

La espada se cierne sobre mí.

—Te puedes ir directo al Kahge —digo, tirando del mecanismo en la palma de mi mano para liberar el gas pimienta por la boquilla de la muñeca.

Una nube enorme se traga a la criatura, que deja escapar un aullido amortiguado. El gas me escuece en los ojos, la garganta y la nariz mientras pataleo para liberarme y me lanzo directamente por la ventana, intentando aferrar el cable con mis dedos congelados. Por pura suerte, lo consigo y le doy una violenta patada al cajón. Me dejo caer en su interior y me impulso, lanzándome al otro lado de la calle. El gas pimienta no retiene a la criatura mucho tiempo: la veo trepar por la pared y cruzar la calle con zancadas de una gracia y una elegancia terroríficas. Ahora, al menos, el espacio que nos separa es mayor. Entro directamente por la siguiente ventana y, en cuanto la criatura penetra en el edificio, vuelvo a impulsarme de vuelta adonde estaba. Me lanzo por la ventana, atravieso la estancia, bajo corriendo las escaleras y vuelvo a salir a la nieve. La Maraña es como un laberinto grabado a fuego en lo más hondo de mi ser. Permito que me engulla, giro un recodo y luego otro, atravieso los edificios que sé que están vacíos o abiertos. Podría gritar pidiendo auxilio, pero, ¿quién me ayudaría? De nuevo, siento la llamada, la atracción. Tengo que luchar contra mí misma, obligarme a mantenerme en dirección opuesta a donde intentan llevarme mis pies. Son demasiadas las veces que me doy cuenta de que me estoy dejando arrastrar, giro y corro, giro y corro, giro y corro. Lo oigo antes de volver a verlo, el crujido de la nieve a mis espaldas. Casi he llegado a mi destino, abriéndome camino por la colina, y el Confín se presenta oscuro frente a mí.

—¡Liddy! —grito, antes incluso de llegar a la puerta—. ¡Liddy!

Aporreo la madera y la sombra sigue avanzando, espada en ristre. La puerta se abre y yo caigo dentro de la casa. La criatura ya está en el umbral, mirando a Liddy con esos ojos inhumanos. El umbral que acabo de atravesar se ilumina con una telaraña dorada y, del marco de la entrada, se dejan caer tres arañas venenosas idénticas a la que Torne me dio para el profesor Baranyi en el Confín. Pero estas son más grandes —del tamaño de mi puño—, levantan las patas delanteras y bufan. La espada desciende. Entonces, Liddy cierra la puerta y me ayuda a levantarme.

Pasa media hora, o más, hasta que me siento en condiciones de hablar. Liddy me envuelve en mantas y pieles, enciende la estufa y prepara café. Yo me siento y doy sorbos con gesto automático mientras mi corazón trata de abrirse paso entre mis costillas y el frío me va abandonando, mordiéndome los dedos de las manos y los pies a medida que lo hace.

—¿No puede entrar? —digo, por fin.

—Mi casa está protegida.

—Por enormes arañas siseantes.

—No son arañas. Son rhugs. Muy rápidas, muy venenosas y prácticamente imposibles de matar. Se reproducen a gran velocidad, establecen vínculos con un lugar y protegen sus puntos de acceso. Como mascotas, son bastante útiles. Con el tiempo, el Gethin podría romper los vínculos que unen a las rhugs y la casa, pero le llevaría mucho más tiempo que las pocas horas que quedan antes del amanecer. Y el Gethin es una criatura nocturna —Liddy me dedica una mirada inquisitiva—. ¿Por qué te está persiguiendo el Gethin, Julia?

—El Gethin —repito el nombre que Liddy está usando—. ¿Qué demonios es esa cosa, Liddy?

—Es el último de su tribu, por lo que se sabe —dice Liddy—. Hace miles de años, los gethins eran soldados y cazarrecompensas y a menudo trabajaban a las órdenes de los phares eshrikíes. Cuenta la leyenda que Marike, la bruja eshrikí que fundó aquel antiguo imperio, invocó a los gethins directamente desde el Kahge, pero ya nadie sabe cuál es la verdad.

—¿De verdad existe un lugar como el Kahge? ¿Un lugar bajo la Tierra plagado de fuego y demonios? Le dije al Gethin que podía irse derecho al Kahge, pero no pensaba que estuviera siendo tan literal.

Liddy ríe.

—Esa visión del Kahge es una reinvención para cuadrarla dentro de una visión del mundo muy particular —dice ella—. La cosmología loriana lo convirtió en una pesadilla y los rainistas lo consideran una metáfora, pero no es ninguna de las dos cosas. Es... ¿cómo podría explicarlo? Como la sombra, el eco, el reflejo que deja la magia en el mundo. Hay seres que lo habitan, sin duda, pero no sabemos prácticamente nada de ellos. No está tan distante como las estrellas, ni tampoco se encuentra bajo tierra. Es algo que nos rodea y de lo que estamos separados por.... Bueno, lo que puede que tú quieras llamar nuestra realidad —agita una mano huesuda en el aire, como si pudiera atrapar un pequeño pedazo de lo que me está describiendo para mostrármelo—. La magia fluye fuera del mundo a través del Kahge. En ese sentido, también funciona como una válvula de escape, manteniendo el equilibrio. Las brujas siempre han estado muy interesadas en las fronteras que separan nuestro mundo del Kahge, concibiéndolo como un lugar en el que se acumula la magia. Pero descifrar la naturaleza del Kahge es algo que corresponde a los filósofos, no a la gente como yo, y te has desviado de mi pregunta. Alguien ha invocado al Gethin. ¿Por qué te está persiguiendo?

—Está buscando a una huésped de la casa de la señora Och —digo—. Y solo los Sagrados saben por qué, pero está matando a toda la gente que se cruza con ella.

—He oído decir que el Gethin es capaz de beber los recuerdos de sus víctimas —dice Liddy—. Tal vez cada víctima le aporte una pista en su búsqueda, que le acerque cada vez más a su presa. Ay, Julia. Tienes que marcharte de la casa de la señora Och.

—Liddy, ¿sabes quién es?

Se produce un largo silencio, tan largo que empiezo a pensar que Liddy no va a contestarme. Me siento tan alejada de mi propio cuerpo, débil por el cansancio y el frío y el miedo. Se me cierran los ojos y pienso que nada de esto puede estar pasando, que esto no puede ser mi vida. Entonces Liddy comienza a hablar y tardo un segundo en recordar sobre qué estábamos charlando.

—¿Has oído hablar de los xianren, verdad? Es una palabra en idioma zhongguano que significa, literalmente, «la gente anterior». En los orígenes, había tres xianren, o seres inmortales capaces de pronunciar conjuros, que dominaban el mundo. Los conjuros que pronunciaban tenía la capacidad de alterar incluso el tiempo y la muerte, en la época en la que el mundo era nuevo y los grandes lagartos empezaban a salir arrastrándose fuera de los mares mientras los dragones luchaban en los cielos. Se los llamaba «inmortales», pero toda vida cesa de existir en algún momento, incluso las suyas. Ya llevan milenios desvaneciéndose y su poder está muy mermado. Och Farya es la más anciana de los tres.

—¡La señora Och! —digo—. ¿Su hermano Gennady es también uno de los xianren?

Liddy asiente con la cabeza.

—Zor Gen, el más joven y más salvaje, según las historias que se cuentan. Con tendencia a secuestrar encantadoras princesas, quien engendró alguno de los mayores reyes y guerreros de la historia.

—¿Y el tercero? —pregunto—. ¿Cómo se llama? —creo que podría adivinarlo.

—Lan Camshe —responde ella—. Un estudioso y amante del arte. Un ermitaño. Se construyó un castillo con una enorme biblioteca en la isla de Nago, frente a las costas de Sirillia.

—Casimir —digo, al recordar las cartas del escritorio de la señora Och.

Liddy mira el reloj y luego se levanta y sube unos cuantos peldaños de madera que llevan a una trampilla en el techo.

—Espera —le pido, y la sigo, porque tengo miedo de estar sola.

La estancia a la que llevan los peldaños está llena de nidos hechos con cable. En su interior, palomas plateadas duermen apretadas unas contra otras. Liddy garabatea rápidamente un mensaje y lo ciñe a la pata de una de las palomas. Luego abre la ventana, que da al cielo gris de los inicios del alba, y la lanza al frío exterior. Sin protestar, la paloma vuela derecha hacia la Maraña y desaparece.

—¿Qué estás haciendo? —pregunto.

—Esme debe saber dónde estás y que corres peligro —dice Liddy—. Puedo protegerte esta noche, pero, si el Gethin te busca, necesitarás más ayuda de la que yo puedo ofrecerte en las noches que están por venir.

—¿Podría ayudarme la señora Och? —pregunto, mientras un frío gélido se enrosca alrededor de mi corazón.

—La señora Och es conocida por ayudar a la gente —dice Liddy—. De hecho, yo misma le he enviado unas cuantas almas desesperadas a lo largo de los años. Pero, si estás trabajando contra ella para su hermano Casimir, ¿crees que estará dispuesta a ayudarte?

Probablemente, no. Solo de imaginarme volviendo a su casa y contándoselo todo, me entran escalofríos.

—¿Y Pia? ¿Ella podría ayudarme?

—Podría ser —responde Liddy.

Bajamos los escalones para apretujarnos junto a la chimenea.

—Ay, Julia —suspira—. ¿Cómo has terminado trabajando para gente de esta calaña?

—Gregor me dijo que era mucho dinero —respondo, y, entonces, me echo a llorar como una idiota. Liddy no dice nada. Nos quedamos sentadas junto al fuego y los sollozos hacen que me estremezca y me sacuda, dejándome vacía y temblorosa en la silla. Ahora las pieles me dan demasiado calor, pero estoy también demasiado exhausta para quitármelas. Lloro por Bianka y por lo que sea que le espere a ella y a su pequeño; lloro por Wyn y Arly Winters riendo como si yo no existiera; lloro porque, a veces, de verdad, siento que apenas existo, que apenas toco el mundo por el que me muevo; lloro porque Dek es infeliz y Gregor, un borracho, y Esme se siente sola; lloro porque Florence piensa que es muy afortunada de poder casarse con un tendero que le permitirá hacerse cargo de su tienda; lloro por mi madre y por la bruja de melena castaña que vi el mes pasado, cayendo hacia una muerte segura en el implacable río Syne. Lloro porque estoy agotada y asustada y temo por mi vida, y porque quiero vivir. Más que cualquier otra cosa, lo que quiero es vivir. Me quedo dormida en la silla, y, no mucho después, para mi sorpresa, me despierta Gregor.

—Será mejor que te llevemos de vuelta antes de que descubran que has desaparecido —dice.

Me sorprende lo mucho que me alegra verlo. Siento el impulso de echarle los brazos al cuello, pero, por supuesto, no lo hago.

Capítulo 14

No sé qué decirle a Gregor mientras nos arrastramos pesadamente a través de la tenue luz grisácea, con la nieve crujiendo bajo nuestros pies. «Bueno, Gregor, pues parece que un monstruo acaba de intentar matarme y es probable que vuelva a intentarlo esta noche, seguramente porque trabajo para un mago inmortal interesado en la bruja esta a la que estoy espiando, pero, afortunadamente para mí, mi misteriosa y reservada amiga tiene como mascotas a unas enormes y horribles arañas que le protegen el taller...». Es un discurso sin sentido en el contexto de una conversación ligera, pero es imposible ignorar el hecho de haber estado al borde de la muerte apenas hace unas cuantas horas y hablar de cualquier otra cosa.

Como no sé qué contarle acerca de mi escaramuza con la muerte, saco a relucir el más sencillo de los dos asuntos que me traigo entre manos: mi corazón roto. No hay nada mejor que estar a punto de morir para poner a tu amante en perspectiva.

—Wyn se está tirando a Arly Winters —le cuento.

(Y, de repente y sin previo aviso, me descubro recordando a Wyn en la oscuridad, hace un año o así, acariciándome la mejilla con la áspera piel de su pulgar y diciéndome: «Tienes suerte, tú recuerdas a tu madre».)

—Ah —dice Gregor, hundiendo las manos profundamente en los bolsillos de su abrigo. No parece sorprendido.

—Supongo que ya lo sabíais todos.

(Sentados juntos en el alféizar de su ventana abierta, en verano, y dándole de comer a las palomas en el tejado mientras pensaba que aquello, *aquello,* era la felicidad.)

—No lo sabía, Julia, pero no puedo fingir que eso me sorprenda —me dice—. Yo quiero mucho a Wyn, pero es un vividor y siempre lo será.

—Nosotros dos solo nos estábamos divirtiendo —digo, sin convicción.

(Wyn y yo, riendo de camino a casa después de haber entrado a robar en una casa de Spira Occidental, y yo cubierta de joyas robadas.)

—Cuando me enamoré de Csilla supe inmediatamente que, después de ella, ninguna otra mujer estaría ni a la altura de su sombra, y no me equivocaba. Me robó el corazón y he estado con ella desde entonces. Y ella ha permanecido conmigo, a pesar de todo.

—Qué bonita historia de amor —respondo con sarcasmo.

—Lo que quiero decir, Julia, es que, si vas a enamorarte, tienes que asegurarte de que sea de alguien que sepa devolverte ese amor en la misma medida.

—Lo nuestro no es así —replico, porque el orgullo me duele tanto o más que cualquier otra parte del cuerpo—. Me da igual lo que haga cuando no está conmigo.

Gregor no tiene respuesta para esto. Supongo que sabe que estoy mintiendo. Cruzamos el puente bajo la enorme mole de Cyrambel. Veo bultos nevados en el camino que bordea el río, indigentes y supervivientes de la Plaga que han muerto congelados y que ahora están cubiertos de nieve. Los soldados no tardarán en hacerlos desaparecer, pero, a veces, en primavera, tras un deshielo repentino, uno puede encontrar algunos cadáveres descongelándose al sol antes de que nadie se los lleve de allí.

—He informado a Pia —me dice—. En cuanto tengamos noticias suyas, haré que Solly se invente una buena coartada: podría decir que la policía necesita interrogar a los testigos de un robo, o algo así. Tenemos que asegurarnos de que todo este asunto se resuelve antes de esta noche. Liddy piensa que estarás a salvo hasta que caiga el sol.

—De acuerdo.

—Ahora, por el Kahge maldito, ¿puedes hacerme el favor de contarme qué estabas haciendo ahí en mitad de la noche?

—¿Y eso a ti qué más te da? —pregunto.

—Pues no me da igual, porque trabajas para mí —me dice—. No debe- rías estar asumiendo riesgos innecesarios. Casi te matan y ahora tenemos que ir mendigando ayuda. Es muy poco profesional.

—Yo trabajo para Esme, no para ti, y siento mucho que mi encuentro con la muerte te salpique a ti de falta de profesionalidad —le espeto—. Qué vergonzoso, a la par que inconveniente, debe de resultarte.

—Por todos los Sagrados, Julia, ¿puedes dejar de ser sarcástica aunque solo sea un minuto?

—De acuerdo. Mira, no quiero tu maldita comprensión, pero tampoco hace falta que me sermonees por haber estado a punto de morir asesinada. Tú me conseguiste este trabajo y ha sido el encargo más peligroso y horrible en el que he participado nunca. Básicamente, es como si tú mismo me hu- bieras puesto en las garras de esa bestia. «Ve y hazte pasar por una sirvienta, espía un poco, montones de plata», eso fue lo que me dijiste. Pero no me contaste que están todos locos, que había magia de por medio y que podía terminar en la lista de presas de un monstruo decapitador, ¿verdad que no? Se te olvidó mencionarlo a la hora de describir la naturaleza del encargo. Así que deja de echarme la culpa de lo que ha pasado. Yo hablaré con Pía. Esto no tiene nada que ver contigo, salvo que es culpa tuya.

Caminamos envueltos en un silencio cargado de furia durante un rato. O, por lo menos, yo sí que estoy furiosa. Pero cuando Gregor vuelve a ha- blar su voz suena sorprendentemente dulce:

—Sabes que Esme vio morir a su marido y su hijo con cinco días de diferencia. Aquello le rompió el corazón de tal manera que ahora lo abre y cierra a placer para dejar entrar inesperadamente a algún descarriado. No me di cuenta hasta que un día sacó a Wyn de las calles. Se había fugado de aquel horrible orfanato y se dedicaba a sobrevivir a base de astucia, por de- cirlo de alguna manera. Esme lo trajo a casa y empezó a decir que era su hijo. Unos años después, volví después de hacer un trabajo y descubrí que había recogido a dos niños más, apenas unos críos: un chaval tullido y una niña cuya mirada ceñuda era capaz de convertir en piedra cualquier corazón. Pensé que había perdido el juicio, y se lo dije. Ella me habló de lo que eras capaz de hacer, de tu habilidad para desvanecerte, y me dijo también que tenía un presentimiento con Dek, que era el niño más listo que había conocido en su vida. «Nos serán útiles», nos dijo. Tenía razón, pero, a pesar de ello, sabía que no os había recogido de la calle por vuestras habilidades, por muy especiales que fueran. Fueron las marcas de la Plaga en el rostro de Dek, sus miembros inútiles y esos ojos tuyos de huérfana. Basta con mirarte una sola vez a los ojos, Julia, cielo, y cualquiera que tenga un mínimo de alma se dará cuenta de que no tienes madre.

—Cállate —le digo. No quiero escuchar todo esto.

Pero él sigue hablando.

—Esme siempre ha dicho que, algún día, tú serás su sucesora. Ninguno lo dudamos. Estás hecha para este trabajo. Eres más dura que una piedra, lo eras incluso de niña. Piensas rápido, te mueves rápido, ríes rápido y con sarcasmo, siempre con sarcasmo. Lo que quiero decir es que... Mira, trabajas para Esme, pero también eres su familia. Su familia, y la mía, y la de Csilla. Eres consciente de eso, ¿verdad? ¿De tener una familia?

—Claro que lo soy —digo, un poco aturdida. Hace unas semanas, unos días, incluso, habría significado mucho para mí saber que me estaban preparando para ser la sucesora de Esme. Pero, ahora, no sé qué significa eso. ¿De verdad estoy hecha para este trabajo? Y, si no lo estoy, ¿qué otras alternativas le quedan a una chica como yo?—. No pasa nada, Gregor. En realidad no es culpa tuya. Es solo que no quiero morir.

—Y no lo harás —dice, me coge la mano y yo le permito que lo haga, porque la tengo condenadamente fría—. Mira, lo que estoy intentando decirte es que... yo mismo me interpondría entre esa cosa y tú, llegado el caso.

—Bueno, pues esperemos que no llegue, porque iba a tardar muy poco en terminar contigo, y entonces no me ibas a ser de ninguna ayuda —digo, lo que no es un muy amable por mi parte, pero es cierto—. Pero gracias... por la intención.

Estoy a punto de hacer un chiste sobre lo borracho que debe de estar cuando me doy cuenta de que en realidad no ha bebido. No hay el más leve rastro de licor en su aliento, ni en su rostro ni en su manera de caminar. Está frío como una piedra y tristemente sobrio.

—No es propio de ti levantarte tan temprano sin resaca —comento, suspicaz.

—Lo he dejado —me dice—. Para siempre. Estos labios no volverán a probar una gota de alcohol.

En mi interior noto cómo algo se endurece al escuchar sus palabras. Aparto la mano de entre las suyas.

—Eso ya lo he oído antes.

Me dedica una mirada triste, pero no me importa. No me importa lo más mínimo, y no es por lo que ha dicho, ni por su lucha personal con la botella, ni por nada de eso. La primera lección que aprendí en mi vida, y la aprendí muy bien, fue no confiar jamás en un hombre que sea esclavo del alcohol, del opio o de cualquier cosa similar, porque siempre lo antepondrá a aquellos a los que profesa su amor. Una y otra vez, y otra vez más.

—La gente no cambia —digo.

—Con dieciséis años, ¿ya lo tienes tan claro?

Le respondo con mi silencio. Sabe que llevo razón.

—No tienes por qué creértelo ahora. Ya lo harás. Csilla me cree.

—Si lo hace, lo siento por ella —respondo, y lo digo en serio.

—Eres demasiado joven para ser tan cínica —me dice—. Hay que vivir con esperanza. ¿Qué otra cosa nos queda, si no?

—Nos queda exactamente lo que tenemos —respondo—. No me interesa fingir ser lo que no soy.

—¿Y entonces qué te queda a ti, que tan amante eres de la cruda realidad?

«Amor», podría haber contestado ayer. Un amor como ningún otro. Tan especial y tan extraño y tan maravilloso. Pero ahora sé la verdad, aunque no sé si sirve de algo.

—Me queda Dek —respondo—. Y pronto me haré con un buen montón de dinero.

Y me queda mi vida, de momento.

—Todos estamos a punto de hacernos con un buen montón de dinero —dice Gregor—. Sabes que eso también es una fantasía.

—No, no lo es —digo—. Estoy haciendo un trabajo y me pagarán por él. Yo no pierdo el dinero en apuestas. Entonces, Dek y yo podremos irnos de vacaciones.

—Dek no puede ir a ninguna parte, y lo sabes —replica Gregor.

Tiene razón. Los supervivientes de la Plaga no son bienvenidos en ningún lado. Tenemos suerte de tener una casa: jamás encontraremos otro lugar decente donde nos acepten.

—Me compraré un abrigo de piel y comeré bollos calientes todos los días hasta que llegue la primavera.

—Tu plan suena a gloria bendita —comenta Gregor secamente.

Florence y Chloe ya se han levantado y, para cuando vuelvo, están calentando agua en la trascocina. Entro con los brazos llenos de leña que he recogido del cobertizo del patio, con la esperanza de que ellas aún no lo hayan hecho.

—Te has levantado temprano —me dice Chloe, sorprendida de verme.

—Solo un poco antes que tú —respondo.

Florence parece suspicaz, pero ni siquiera ella es capaz de pensar que estoy lo suficientemente loca como para pasar a la intemperie una noche de frío como la que acaba de terminar.

—No tienes buen aspecto —añade Chloe, y mira a Florence—. ¿No debería echarse un rato?

Florence pone los brazos en jarras y me fulmina con la mirada.

—Estaré bien —respondo, evitando sus ojos. Aunque lo cierto es que me siento un poco febril. Empiezo a reunir lo necesario para preparar el café.

—Ya he servido a todo el mundo en el piso de arriba —dice Chloe—. ¿Puedes servirle tú ese a Bianka?

No quiero ver a Bianka, y deseo con todas mis fuerzas que siga durmiendo. Entro en el salón trasero lentamente, sosteniendo la bandeja de café, bollos y fruta con una mano.

El pequeño Theo está arrebujado entre las mantas, con un brazo echado hacia atrás y los dorados rizos despeinados, respirando profundamente.

Bianka está despierta, sentada junto a la ventana y contemplando la nieve que cae afuera con gesto pensativo. Cuando entro, alza la mirada hacia mí, pero no me sonríe.

—El desayuno, señora —digo en voz baja.

—Has pasado una mala noche —comenta.

—Estoy un poco destemplada, señora —digo.

—Se te nota —se levanta y me quita la bandeja de la mano, después la deja en la mesa que hay junto a la ventana—. Siéntate un momento. Toma un bollo.

No quiero hablar con ella, pero sí quiero el bollo. Así que me siento y lo cojo antes de que cambie de idea o me indique que, en realidad, no lo decía en serio.

—Te has pasado toda la noche en vela —me dice—. Y llorando.

—Estoy resfriada. Por eso se me enrojecen los ojos.

—Conozco la diferencia. A mí también me han roto el corazón, ¿sabes?

El bollo se me queda atascado en la garganta.

—Estoy bien —digo, obligándome a tragar.

—Bueno —responde ella, encogiéndose de hombros—. Si tú lo dices.

Me como el resto del bollo en silencio mientras Bianka se sirve una taza de café y empieza a bebérselo a sorbitos. El pequeño Theo suspira en sueños y las dos nos volvemos para mirarlo. Tengo ganas de preguntarle tantas cosas: «¿Cómo pretendes protegerlo de los peligros que te acechan? ¿Sabes que te están acorralando? ¿Sabes que estoy aquí para hacerte daño?». Pero, evidentemente, no puedo decir nada de todo eso.

—La primera vez que me enamoré, tenía más o menos tu edad —dice, dedicándome una mirada perspicaz—. Pero descubrí que había otra chica. La vieja historia de siempre.

—¿Y qué hizo?

—Lo dejé —responde—. Tras aquello, pensé que nunca volvería a enamorarme. Pero hace dos años volví a hacerlo. Fue hermoso durante un tiempo. Pero luego, un día de primavera, él desapareció. Pensé que iba a enfermar de pena hasta que descubrí que estaba esperando un hijo. Ahora de verdad creo que no volveré a enamorarme jamás —ríe, como si fuera divertido—.

Se lo dije así a la señora Och, ¿sabes? Le dije que aquel hombre me había roto el corazón y que el amor se había terminado para mí. Ella me respondió que el amor nunca termina para nadie. ¿Cuántos años crees que tiene?

—No tengo ni idea —respondo, pensando en lo que me ha contado Liddy. Muchos más de los que aparenta. Más vieja que las montañas..., literalmente.

—¿Crees que tiene razón? ¿Que tú y yo volveremos a amar? Me cuesta imaginar a alguien tan perfecto y hermoso como el hombre que perdí.

Yo ni siquiera quiero imaginar a nadie que no sea Wyn.

—Supongo que debe de ser verdad —digo con la voz quebrada—. Quizá nos casaremos y nos olvidaremos de ellos.

Bianka sacude la cabeza para negar, sonriendo.

—No los olvidaremos —dice, y me tiende otro bollo—. Me gustan las chicas que no pierden el apetito, a pesar de las calamidades. Comer es un gran consuelo. Los bollos de miel no te rompen el corazón, ¿verdad?

Me guiña un ojo y yo consigo esbozar una media sonrisa.

Podríamos haber sido amigas, pienso.

Inmediatamente me obligo a dejar de pensarlo.

Solly aparece a mediodía con una elaborada historia de que me necesita como testigo, y me lleva al hotel. Hoy Pia va vestida de pies a cabeza de cuero marrón, incluido el prieto gorro que lleva puesto. Parece una lunática. Incluso aunque no llevara esas perturbadoras gafas, seguiría siendo la persona más extraña que he conocido en mi vida.

—El Gethin vino a por mí —la informo.

Si esta información la sorprende, no lo demuestra. Casi podría decirse que parece contenta.

—Pero conseguiste escapar —dice—. Eso es muy poco común. Incluso es posible que sea la primera vez que sucede.

—Está buscando a Bianka, ¿no es cierto? —pregunto—. Y yo soy, bueno, ¿una manera de encontrarla? Si me mordisquea un poquito el cerebro, tendrá la misma información que yo, ¿no es esa la idea?

Pia se recuesta en la silla, cruzando una pierna sobre la otra; lleva unas botas de cuero, y me sonríe como si yo fuera tremendamente divertida.

—Sí, algo así. ¿Quién te ha contado todo esto?

No quiero delatar a Liddy, pero respondo:

—Tengo una amiga que sabe mucho sobre..., bueno, sobre folclore y esas cosas. De todo.

—¡De todo! —exclama Pia—. Qué amiga tan útil. ¿Y por casualidad no sabrá esa amiga tuya quién ha enviado al Gethin?

—No —respondo—. Pensaba que usted podría decírmelo.

Pia niega con la cabeza.

Me siento en el sofá, temblorosa, y me esfuerzo por que mi voz surja con un tono uniforme.

—Bueno, anoche estuvieron a punto de abrirme la cabeza y ahora estoy de un humor de perros —digo—. Estoy haciendo mi jodido trabajo. Debería haberme advertido.

—No se me ocurrió que pudiera ir a por ti. ¿Captó tu esencia de los recuerdos del chico mensajero?

—No lo sé. No sé cómo demonios funciona.

—Es interesante. Algo lo mantiene alejado de Bianka —dice Pia, como si tal cosa—. Algún tipo de hechizo, supongo. El Gethin tiene la capacidad de percibir la esencia de una persona, pero no parece ser capaz de percibir la suya. De algún modo, ella consigue no dejar rastro. Y por eso solo encuentra a aquellos que la han visto, a quienes han estado cerca de ella: los sigue a uno tras otro, los persigue y les arrebata sus recuerdos con la esperanza de que sepan dónde se esconde, pero ella se mueve constantemente y por eso la búsqueda continúa. Pero, ahora, te ha encontrado a ti —sus gafas se retuercen hacia dentro y hacia fuera—. ¿Tienes algún informe para mí?

En parte, su comentario me da ganas de escupirle con furia, pero intento mantener la compostura lo mejor que puedo. Al fin y al cabo, necesito hacerme valer si lo que pretendo es pedirle que me salve del Gethin. Le recito la lista con las pertenencias de Bianka (que no son muchas); le revelo que el señor Darius es, en realidad, sir Victor Penn Ostoway III, y le entrego las cartas de Agoston Horthy; le hablo sobre las arañas rhug y las balas de plata que Torne me dio para el profesor Baranyi; le cuento todo lo que vi y oí en el despacho del profesor Baranyi, lo del búho convertido en gato y demás. Ella me escucha impasible. Muestra interés en las cartas de Agoston Horthy, pero, por lo demás, no percibo ninguna reacción, ni siquiera cuando le digo que Torne le manda saludos.

—¿Lo conoce? —pregunto.

—De otro momento de mi vida —responde ella.

—De todas maneras, ¿cómo es que hay tanta gente detrás de Bianka? —me atrevo a preguntar—. Me refiero a nosotros y al Gethin.

—Porque tiene algo en su poder —dice Pia.

—¿Está segura? Porque ya le he dicho que, además de sus ropajes, un par de baratijas y novelas románticas, no tiene ninguna otra posesión.

Pia ladea la cabeza y se me queda mirando un rato.

—Tiene al niño —dice—. Eso no estaba en tu lista.

Y, según lo dice, noto cómo mi cuerpo se convierte en plomo. Apenas soy capaz de pronunciar las palabras.

—¿Theo? ¿Qué pasa con Theo?

Pia se encoge de hombros.

—No lo sé. Y apostaría a que el Gethin tampoco lo sabe, porque esa criatura no es más que un esclavo, igual que tú y que yo. Hacemos lo que nuestros amos nos ordenan y no preguntamos ni por qué ni para qué. Pero el niño es lo que el Gethin está buscando para su amo, sea quien sea, y lo que nosotros buscamos para el nuestro. Mis últimas instrucciones han llegado esta mañana. Tienes que traerme al niño.

—¿Por qué?

—¡Ay, la curiosidad! —exclama Pia—. Eres joven. Yo ya he llegado a un punto en el que sé más de lo que me gustaría, y carezco de ella. De hecho, lo que más anhelo es la ignorancia. Quizá algún día tú te sientas igual que yo. Pero el objetivo principal es este: nuestro cliente cree que el niño tiene algo en su interior que él desea poseer. Debemos llevárselo para que pueda obtenerlo.

—¿Qué? ¿Cómo?

—Ni lo sé, ni quiero saberlo —responde Pia.

—¿Por qué no me lo ha dicho... antes? —mi voz suena patética—. Me refiero a que no había necesidad de rebuscar entre sus cosas.

—Esta información es nueva —responde Pia secamente—. El Gethin nos lleva la delantera: su amo sabía lo que estaba buscando. Su problema es que no era capaz de encontrarlo. Nosotros no sabíamos qué estábamos buscando, al menos no con exactitud, hasta ahora. «Una sombra» dijo mi amo, pero podía tener aspecto de cualquier cosa. Ahora nuestra fuente nos ha revelado que es el niño, y, como nosotros no vamos dejando un rastro de cadáveres como el Gethin, podemos alcanzar nuestro objetivo rápidamente sin llamar la atención.

—¿Cómo sabe que es el niño?

Pia extiende las manos con las palmas alzadas hacia el cielo, el gesto loriano para manifestar aceptación ante los misterios del Innombrable. Muy graciosa. A menos que realmente sea loriana, lo cual no parece muy probable.

—¿Qué voy a hacer con el Gethin? —pregunto—. Si es capaz de captar mi... esencia, o lo que sea que ha dicho que capta, ¿no lo guiará eso hasta la casa?

Pia asiente.

—Creo que, antes que nada, deberíamos encargarnos de este asunto.

Bueno, no negaré que me alegro mucho de oír eso.

—¿Cómo?

—Voy a tener que matarlo —admite Pia.

—¿Puede hacerlo? —estoy tan sorprendida como aliviada.

—No contaba con ello y no lo había planeado —dice Pia—. El Gethin es fuerte y no sabemos quién lo envía. Pero no veo ninguna otra opción. Si permitimos que te mate, volverá a llevarnos la delantera.

—No hace falta que nos lo tomemos con tanto sentimentalismo —respondo con sarcasmo. Me sorprende ver que Pia esboza una pequeñísima sonrisa.

—Sigues siendo importante —responde—. No te preocupes.

—¿Así que el plan es salir ahí fuera y matarlo? —pregunto—. ¿Cómo piensa encontrarlo?

—Tú lo encontrarás. O, más exactamente, él te encontrará a ti.

Capítulo 15

Por segunda jornada consecutiva, y pasada la media noche, me aventuro de nuevo en el frío polar. Esta vez Pia va a mi lado, vestida con un largo abrigo hecho de una tosca piel grisácea. No se parece en nada a los glamurosos abrigos de pieles que llevan las damas de Spira Occidental. Ni a los abrigos que robaron Wyn y Arly.

—¿De qué es la piel de tu abrigo? —pregunto, y mi voz suena demasiado alta en esta calle tan silenciosa.

—De lobo —responde Pia.

Lo que yo decía: no es la opción más glamurosa. Noto un escalofrío y me pongo a patear para entrar en calor.

—¿No sientes nada? —me pregunta.

Niego con la cabeza.

—¿Podemos caminar? ¿Aunque solo sea para mantenernos en calor? Tal vez moverme sirva de algo. Eso era lo que estaba haciendo la última vez.

—Como quieras —responde ella—. Da lo mismo. En cuanto sientas la llamada, síguela.

Estamos esperando a que el Gethin me encuentre, pero ya llevamos casi una hora en el puente Molinda, contemplando el congelado Syne.

—Mi madre está ahí abajo —me oigo decir, señalando el río con la cabeza. Pia me provoca miedo y repulsión, pero ¿delante de quién, si no, podría admitir con tanta libertad la verdadera naturaleza de mi madre? Resulta fácil contárselo a alguien que a diario se enfrenta a cosas mucho peores y que, probablemente, ella es una de esas cosas peores en sí misma.

—¿Era bruja? —pregunta, y yo asiento—. ¿Qué edad tenías?

—Siete años.

—Muy pequeña —replica.

—En cierto sentido —digo yo.

—¿Y qué hay de tu propio poder? ¿De dónde surge?

—No lo sé. Yo no soy bruja, si te refieres a eso.

—Comprendo —dice Pia—. Al igual que tú, yo también poseo algunas habilidades. Nuestros poderes nos distinguen. Serás más consciente de ello a medida que vayas creciendo —y, medio a regañadientes, añade—: El río Syne también me ha arrebatado a gente por la que me preocupaba.

Esta noche ha salido la luna, por lo que resulta más clara que la anterior. Pia luce un blanco fantasmal. Con el gorro bajado hasta las orejas, lo único que queda a la vista es el óvalo pálido de su rostro, que sobresale de entre las pieles y el gorro mientras sus gafas giran para ajustar y reajustar su visión. Al mirarla, siento una mezcla de repulsión y de otra cosa, tal vez una especie de reconocimiento por lo que sea que compartamos. Tengo la sensación de que la dureza de la que hace gala, al igual que la mía, es fruto de la experiencia.

—¿Cómo piensa matarlo? —pregunto—. ¿Solo con el cuchillo?

Ella asiente.

—Plata —responde—. Para matar a un Gethin, debes atravesarle el corazón con plata y cortarle la cabeza. Luego, lo más seguro es mantener la cabeza y el cuerpo alejados entre sí y quemar ambas partes por separado.

—¿Y qué pasa si se no hace todo eso? —quiero saber.

Me sonríe, iluminada por la luz de la luna.

—Podría darse el caso que el Gethin volviera a por ti.

Y, ya que estamos charlando tan amigablemente, reúno el valor para preguntarle:

—¿Es cierto que el hombre para el que trabaja, Casimir, es uno de los xianren?

Ella gira la cabeza hacia mí bruscamente. Ya casi hemos llegado a la Meseta.

—¿Quién te ha dicho eso? —me pregunta—. ¿Esa amiga tuya que sabe de todo?

—Sí —respondo.

—¿Y qué te contó tu amiga sobre mí? —me interroga.

—Que quizá usted pudiera protegerme del Gethin —digo—. Y que Casimir es uno de los xianren. Hay tres, ¿no es así? Casimir, Gennady y la señora Och.

—Son gigantes —responde Pia—. Y nosotros, sus peones.

—Yo no soy ningún peón —respondo—. Yo trabajo por dinero.

—A todos nos pagan por lo que hacemos, de una forma u otra. Y, cada uno a nuestra manera, también todos terminamos pagando por ello. Eso no cambia nada.

—Bueno, pero ¿quién está intentando cambiar las cosas?

—Yo no —responde Pia—. ¿Nada, aún?

Niego con la cabeza. Y, así, la noche transcurre lentamente. Empiezo a tener tanto frío que me duele moverme. Pia se quita su largo abrigo de piel de lobo y me envuelve en él sin darle mayor importancia. El abrigo irradia calor. Pia es más alta que yo, así que voy arrastrándolo por la nieve a mi paso. Me gustaría objetar que se va a congelar sin él, pero agradezco demasiado el tacto de las pieles para devolvérselo. Merodeamos por la Meseta, con el monte Heriot elevándose frente a nosotros, evitando los grupillos de pobres soldados en estado de semicongelación. Pia se mueve con agilidad, enfundada en su traje de cuero y aparentemente inmune al cortante frío de esta noche invernal. En un momento dado, se detiene y olfatea.

—Sangre —dice—. Fresca.

Que el Innombrable se apiade de mí: estoy vagando por la ciudad en medio de la noche en compañía de una extraña mujer, o cosa, capaz de detectar el olor de la sangre fresca. Y cuento con que sea mi amiga y protectora. Esto es culpa de Gregor, sin duda. ¿En qué se ha convertido mi vida? Sigo a Pia al trote, porque ha avivado el paso y quiero mantenerme cerca de ella. Descendiendo por un callejón y, cerca de un almacén vacío, encontramos el cuerpo. La nieve que lo rodea se ha oscurecido a causa de la sangre. Antes de girarme para no tener que verlo más, veo que le falta la parte superior del cráneo.

—Míralo —me dice Pia con rudeza—. ¿Lo conoces?

Cuando me niego a hacerlo, me agarra por el hombro. Me coge la barbilla y tira de ella, obligándome a mirar al hombre muerto, que me devuelve una mirada de ojos muy abiertos e inmóviles, y grandes dientes de conejo en su mentón alargado. Se me revuelve el estómago y la boca me sabe a hierro.

—¿Lo conoces? —repite, dándome una sacudida.

—Sí —jadeo, y Pia me suelta. Me tambaleo contra la pared del almacén, me giro e intento borrar de mi mente la imagen de su cara—. El conductor del carruaje —digo—. Fue quien trajo a Bianka a la casa.

Por lo que parece, los recuerdos del chico mensajero le proporcionaron al Gethin más opciones aparte de mí.

—Entonces sabe dónde está Bianka —declara Pia.

Yo asiento, tragando saliva con fuerza y tratando de calmar mi corazón y mi estómago. Pia observa la luna, que empieza a descender tras el monte Heriot.

—Tenemos una hora antes del alba —dice—. Corre.

Corremos por las oscuras y heladas calles de vuelta al río. Siempre he sido buena corredora, pero ahora me ralentizan el frío y las náuseas causadas por el horror que acabo de contemplar. Pia, con sus largas piernas, es mucho más rápida que yo. Intento no perderla de vista, aterrorizada ante la idea de que me deje atrás. Tropiezo dos veces y caigo de bruces al suelo. Grito y, aunque lo que sale por mi boca no son exactamente palabras, si pudiera articularlas diría algo patético e indigno como: «Por favor, no me dejes aquí sola». Pia vuelve a por mí y me incorpora de un tirón. Resuello un «no puedo». En lugar de detenerse, lo que hace es cogerme y echarme sobre su hombro como si fuera un saco de patatas. Jadeo, dolorida, mientras reboto contra ella y veo pasar el suelo a toda velocidad bajo nosotras. A pesar del hielo, de la nieve y de la oscuridad, sus pies enfundados en botas no resbalan ni una sola vez y apisonan el suelo, propulsándonos por los callejones de la ciudad, cruzando el río y hasta la Scola.

Aminora el paso en la avenida Lirabon, permitiendo que me deslice de nuevo hasta el suelo. Tengo las costillas y el vientre amoratados y doloridos. Me tambaleo, pero consigo no caerme.

—Alguien está haciendo magia —dice.

Huelo a azufre. Doblamos con cautela la esquina hasta la calle Mikall. Frente a la casa de la señora Och, una silueta envuelta en una gruesa piel se encuentra acuclillada en el suelo, puede que escribiendo, pero es difícil de discernir. Un sombrero oculta el rostro del hombre, o de la mujer.

—Por aquí no —dice Pia, tirando de mí para hacerme retroceder de vuelta a la esquina.

—¿Qué era eso? —pregunto, pero no me responde.

Tomamos un callejón que discurre junto al muro trasero del jardín. Pia lo escala y desaparece al otro lado como si fuese una araña. Es algo increíble de ver. Yo intento imitarla, pero el muro es alto y escarpado, y soy incapaz de escalarlo. Percibo algo, y me vuelvo ràpidamente. Ahí, en la otra punta del callejón, está el Gethin observándome.

Grito. En un segundo, Pia vuelve a trepar el muro y salta a mi lado, y me tapa la boca con una mano.

—*Ssshhh* —dice—. Tú ya no le interesas.

Me coge en volandas y me lanza por encima del muro al jardín de la señora Och. Aterrizo en la nieve como un saco de patatas.

Ella trepa al muro y lo baja parcialmente por el lado del jardín; se detiene a medio camino y queda colgada en la pared como si la gravedad no ejerciera ninguna influencia sobre ella.

—No puedo pisar este suelo —dice.

Y entonces lo veo: las arañas rhug resplandecen en la nieve, precipitándose hacia el muro, hacia nosotras. Muchas, muchísimas más de las que traje del Confín el otro día. Me rodean, ignorándome, como si no existiera.

—No te harán daño: tú perteneces a este lugar —me dice—. Pero alguien está intentando romper la conexión que tienen con él. Ve a avisar a la señora Och. Rápido. Si el Gethin consigue dejarme atrás, tendrán que estar preparados. No pueden permitir que se lleve al niño.

Desenfunda su largo cuchillo, se lo coloca con cuidado entre los dientes y desaparece otra vez al otro lado del muro antes de que tenga tiempo de darle las gracias o desearle buena suerte. Yo avanzo lo más rápido que puedo por el blanco jardín con mis botas hundiéndose profundamente en la nieve suelta. Entro en la trascocina a través de la puerta lateral, corro directamente al salón trasero y abro la puerta de un empujón. Bianka está arrebujada con Theo, ambos enterrados bajo una manta. Se incorpora como un rayo en cuanto la puerta se abre.

—Hay algo —digo, y no encuentro las palabras—. Algo fuera. Un monstruo.

Bianka me dedica una mirada de puro terror y, acto seguido, coge a Theo en sus brazos y sale corriendo hacia los dormitorios, dejándome atrás. Golpea la puerta del profesor Baranyi y luego la de la señora Och.

—¡Está aquí! —grita—. ¡Viene a por mí!

Todo el mundo aparece dando tumbos en el pasillo, aún con la ropa de dormir puesta.

—¿A qué te refieres? —pregunta la señora Och.

—Ella dice que hay un monstruo afuera —dice Bianka, con el rostro rígido.

La señora Och me mira.

—¿Por qué estás vestida? —me pregunta, muy racionalmente.

—He oído algo —miento—. He salido a ver y...

No me hace falta terminar, porque en ese momento se oye un crujido como de hielo al resquebrajarse. El olor a azufre invade la casa. El profesor Baranyi mira a la señora Och con los ojos desencajados.

—Ahora la casa está desprotegida —dice, sin perder la calma—. ¿Tienes las balas?

—Sí, sí —responde él, y entonces recuerdo la caja que Torne me dio para él—. Frederick, rápido: el revólver, las balas.

Frederick baja corriendo las escaleras hacia el despacho y la puerta de la entrada se abre con un chasquido. Nos quedamos todos en el pasillo, esperando.

—¿No debería esconderse? —digo, refiriéndome a Bianka, pero nadie parece escucharme.

—Tráeme una pluma —dice Bianka.

—¡Frederick: una pluma! —grita el profesor Baranyi por el hueco de las escaleras. Y después añade—: Que el Innombrable se apiade de nosotros —y corre para apartarse.

Oigo cómo se abre la puerta del ático, los pasos de Florence al descender las escaleras y su voz cuando dice:

—¿Qué está pasando? —a sus palabras les sigue un alarido capaz de coagular la sangre en las venas.

El Gethin aparece al final del pasillo, con la espada centelleando en su mano. Esos ojos. Ese extraño rostro casi amable. Ahora, en mi mente, ese es el rostro de la muerte, quizá lo sea ya para siempre. Me pregunto qué habrá sido de Pia.

—Esta es mi casa, y no eres bienvenido aquí —dice la señora Och con una voz más profunda y grave que la que usa normalmente.

Yo he pegado la espalda contra la pared y he desaparecido casi sin darme cuenta, y la señora Och avanza, dejándome atrás, para interponerse entre el Gethin y todos los demás. Se ha transformado. Tiene unas enormes alas grises replegadas en la espalda y un pelaje salpicado de negro y dorado le recubre los brazos. También le ha salido una cresta de plumas en la cabeza, pero no alcanzo a verle la cara. Extiende una dorada mano y el Gethin alza la espada y la esgrime contra ella. Ella retrocede de un salto y repite:

—No eres bienvenido aquí —y, luego, avanza un paso en dirección a él.

—¡Por los perros del Kahge, date prisa, Freddie! —murmura el profesor.

Bianka tiene la espalda apoyada en la puerta del dormitorio de la señora Och, y agarra a Theo con fuerza. El niño se ha despertado y observa la escena que tiene lugar frente a él con unos ojos azules abiertos como platos. El Gethin deja escapar un gruñido. La señora Och vacila levemente. Rápido como el rayo, el Gethin blande la espada y la acuchilla. La señora Och se tambalea y se desploma en el suelo. Veo sangre y cierro los ojos. Bianka grita. Noto que el Gethin pasa rozándome y no sé qué es lo que me impulsa a estirar una pierna para ponerle la zancadilla y hacerlo caer.

Bueno, eso habría funcionado con un soldado o un matón de la Maraña. Pero lo único que consigo, en cambio, es que la suave mano del Gethin vuelva a rodearme la garganta. Sus ojos escrutan mi rostro durante un segundo con un gesto que es casi tierno, y luego me suelta y me deja en el suelo, jadeando para intentar recobrar el aliento.

Un disparo ensordecedor. El Gethin dando vueltas sobre sí mismo. La señora Och levantándose del suelo, el rostro terrorífico, mitad felino, mitad humano, las alas desplegadas y abarcando el pasillo entero. Frederick junto a ella, sosteniendo una pistola, las manos temblorosas y el rostro pálido. El Gethin avanzando hacia ellos. Bianka volviendo a pedir a gritos una pluma, el pequeño Theo ahora llorando. Florence aún dando alaridos en las escaleras. Un segundo disparo y el chasquido del metal cuando el Gethin desvía la bala con la hoja de su espada. Estrella a Frederick contra el suelo asestándole un golpe con el dorso de su zarpa peluda. Le clava la espada a la señora Och, que vuelve a desplomarse en el suelo. El Gethin hace un quiebro y se precipita por el pasillo en dirección a Bianka. El profesor Baranyi se interpone entre ellos y el Gethin lo aparta fácilmente de un solo golpe. Una silueta oscura pasa veloz junto a mí y el Gethin se tambalea. Veo a Pia, mostrando los dientes, cuchillo en ristre, abalanzándose sobre él. Uno de sus brazos cuelga en una posición extraña y tiene sangre en la cara, pero no parece la peor parada. El Gethin corta el aire con su propio cuchillo desde el suelo, y Pia trepa a media altura por la pared para coger carrerilla y volver a arremeter contra él. El Gethin consigue desembarazarse de ella, y Pia rueda por el suelo con elegancia y vuelve a incorporarse en un segundo. Se encaran el uno al otro, con las hojas preparadas. Pia deja escapar un siseo animalesco y embiste una vez más.

Yo me arrastro por el suelo, sobre las alas de la señora Och, que está sangrando. A Frederick el golpe del Gethin lo ha dejado seminconsciente, pero compruebo que está vivo. Recojo el revólver. No estoy segura de haber recuperado la suficiente fuerza en las piernas para caminar, así que vuelvo arrastrándome a la batalla que está teniendo lugar en el pasillo. El profesor Baranyi, Bianka y Theo se han atrincherado dentro del dormitorio de la señora Och mientras Pia y el Gethin siguen atacándose mutuamente con hojas centelleantes. Del suelo a las paredes, al techo y de nuevo al suelo. Son ligeros como el viento, rápidos como la luz. Pia esquiva una cuchillada de la espada del Gethin, pero, en ese preciso instante, la criatura le alcanza la garganta con un golpe de su letal mano. Pia deja escapar un sonido de asfixia y cae al suelo, como si la gravedad hubiera empezado a afectarla de repente. El Gethin no la remata, sino que carga directamente contra la puerta del dormitorio de la señora Och y la atraviesa. Entonces alzo el revólver, apunto hacia la parte izquierda de su espalda y disparo.

El Gethin cae de bruces al suelo. Me arrastro a la máxima velocidad de la que soy capaz y dejo atrás a Pia, que intenta incorporarse con una mano en la garganta. El Gethin aún se mueve, pero yo le arranco la resplandeciente espada de la mano, la misma con la que estuvo a punto de cercenarme la parte superior del cráneo anoche. Es tan luminosa... como si estuviera hecha de luz. Cierro los ojos y me oigo gritar cuando la elevo en el aire y se la hundo en el cuello.

La cabeza del Gethin rueda a un lado y su cuerpo se queda inmóvil.

—Quémalo —la voz de Pia suena ronca.

Se tambalea al pasar junto a mí, no sin antes meterse la cabeza del Gethin bajo del brazo. Veo su rostro por última vez, los ojos blancos y tristes mirándome fijamente. Pia va directa hacia Bianka y Theo, pero se detiene a unos cuantos pasos de ellos, como si el aire a su alrededor estuviera oponiendo resistencia. Entonces, deja escapar un gruñido y, con una de sus botas le da una patada a la ventana y la rompe. El cristal se hace añicos y salta a través del umbral. Bianka debe de haber encontrado una pluma en la habitación, porque, en la pared, sobre ellos, ha garrapateado: «RETROCEDE».

Y aquí estamos todos. El cuerpo decapitado del Gethin, que derrama una sangre negra sobre la alfombra de la señora Och. El profesor hecho un ovillo en un rincón con Bianka y Theo, que llora a pleno pulmón. La señora Och, sin alas y un aspecto bastante humano de nuevo, pero con el camisón empapado en sangre, en el vano de la puerta, detrás de mí. Frederick gruñendo y poniéndose de pie en el pasillo.

Y, por si todo eso no fuera suficiente, nos acompaña el sonido de los gritos de Florence y del licántropo, que ruge con impotencia desde su habitación del sótano, cerrada con candado.

—¿Viste quién era? —le dice la señora Och al profesor, señalando la ventana rota.

Él asiente y la señora Och se desploma en el suelo. El profesor la levanta, la lleva a la cama y la acuesta. A la señora Och le tiemblan los párpados.

—Descansa —le dice él—. El Gethin está muerto.

—¡Pero la criatura de Casimir estaba luchando contra el Gethin! —susurra—. ¿Quién podría estar dirigiendo al Gethin, más que Casimir? Si no lo ha invocado él, ¿quién, entonces?

—Ahora, silencio. Descansa —dice el profesor.

—¡No pienso quedarme! —chilla Florence en el pasillo—. ¡Llame ahora mismo un carruaje! ¡No pienso permanecer un segundo más en este lugar!

El profesor suspira y le pregunta a Bianka:

—¿Está usted bien?

Ella asiente levemente, con el pequeño Theo sollozando en sus brazos y chupándose el pulgar.

—¿Y tú? —me pregunta—. ¿Estás herida?

—No —respondo—. Nada.

No puedo dejar de temblar. Quiero desaparecer hasta que se haga de día, pero es demasiado tarde para eso.

—Estamos en deuda contigo —me dice—. El tuyo ha sido un acto de gran valentía —calla un momento—. ¿Cómo sabías que había que cortarle la cabeza?

—Esa... mujer me dijo que lo hiciera —respondo. Sigo actuando, sigo mintiendo. Ahora mismo, parece completamente carente de sentido. Lo único que quiero es contárselo todo y luego dormir durante una semana entera.

—Ha sido muy valiente por tu parte y puede que nos haya salvado la vida —replica él—. Supongo que debes de estar muy asustada por lo que has visto aquí esta noche —parece que estuviera considerando la opción de añadir algo más, pero sacude la cabeza levemente—. Frederick te preparará una copa en el piso de abajo para que puedas calmar los nervios.

—Creo que está herido —digo. Pero entonces veo que está a mi lado, con una tremenda cara de preocupación.

—¿No estás herida? —me pregunta, sorprendido.

—Pensaba que quien lo estaba era usted —respondo.

—Un poco mareado —admite—. Pero sobreviviré.

—Yo también —le digo. Le sonrío y, aunque resulta un poco ridículo, el hecho de estar viva, en este preciso instante, me tiene maravillada. El Gethin está muerto. Yo estoy a salvo. Incluso el pequeño Theo está a salvo. Por esta noche, al menos.

—Vamos —Frederick me ayuda a llegar hasta la puerta.

—Esa mujer... dijo que quemáramos el cuerpo —le digo al profesor Baranyi por encima del hombro.

Él asiente.

—Yo me ocuparé de ello.

Frederick me tiende un brandi en el salón y se sirve uno para él. Oímos llegar un carruaje y al profesor Baranyi acompañar a la histérica Florence y a la llorosa Chloe fuera de la casa. Yo me siento entumecida.

Frederick y yo nos quedamos un rato sentados en silencio, él a mi lado en el sofá, sosteniendo el vaso de brandi con ambas manos y la cabeza gacha.

—Ojalá se me ocurriera cómo explicarte lo que has visto esta noche —dice por fin—. Debes de estar horrorizada.

Bueno, en eso no se equivoca. Le doy un sorbo al brandi, que me quema al bajar por la garganta y me calienta el estómago.

—En el mundo hay muchas más cosas de las que podemos percibir... —empieza a decir lentamente. Ay, por el amor del cielo, que está a punto de echarme un árido sermón sobre la existencia de fuerzas sobrenaturales. No tengo paciencia para esto.

—No soy ninguna niñita ingenua —respondo secamente—. Mi madre era una bruja. La ahogaron en el Syne cuando yo tenía siete años.

Frederick levanta la vista hacia mí, pálido.

—Lo siento —me dice con un hilillo de voz.

Soy incapaz de contenerme.

—He visto cosas... No se puede ni imaginar la de cosas que he visto. ¡No soy una niña! —me bebo de un trago el resto del brandi, y estoy a punto de ahogarme.

—Está bien —me dice con amabilidad, quitándome el vaso vacío de las manos y colocándolo junto al suyo en la mesita de centro—. Todo va a salir bien.

Me doy cuenta de que tengo la cara llena de lágrimas, lo que me hace sentir ridícula y furiosa.

—No, no saldrá bien —respondo con rudeza—. Póngame otra copa.

—Una es suficiente.

—¡No se atreva a decirme lo que es suficiente! —grito. Tengo ganas de pegarle, como si todo esto fuera, de alguna manera, su culpa. Levanto la mano y él me la aferra y se la lleva al pecho. La suya es grande y cálida. Está muy cerca de mí, su expresión perpetuamente sorprendida a centímetros de mi rostro, los anteojos redondos enmarcando esos ojos claros, tristes, la barba sin rasurar.

—¿Recuerdas cuando me preguntaste acerca de mi trabajo? —me dice—. No te lo expliqué con claridad, pero estoy reuniendo un extenso registro del papel que ha tenido la brujería en los reinos porianos. Tal y como está escrita ahora mismo, la Historia hace hincapié en las Guerras Mágicas, los aquelarres que competían por el poder y los terribles abusos cometidos por la brujería en ese periodo. Los historiadores ignoran las extensas épocas en las que la magia era una parte integral y controlada de la sociedad. De hecho, incluso en nuestros días, en Zhongguo, las brujas son consideradas criaturas especiales, con un don. Mi esperanza es que, si podemos recuperar esta historia, estudiarla y compartirla, podremos trabajar para construir una nueva Frayne que comprenda la brujería y la acepte como parte del mundo natural.

Me lo quedo mirando. No me extraña que no quisiera contármelo. Podrían ejecutarlo por decir estas cosas.

—Lo que quiero decir es que, sea lo que sea lo que te han contado sobre las brujas, Ella, es falso. Lo que le pasó a tu madre es algo terrible. Estoy seguro de que era una buena mujer, una mujer honesta —aún me sostiene la mano—. Ningún niño debería perder a un progenitor del modo en que tú lo hiciste. Siento infinitamente tu pérdida.

Nadie me había dicho eso nunca. Hasta los que lo sintieron de verdad tenían demasiado miedo para expresarlo. No pienso lo que estoy a punto de hacer: me inclino hacia delante y lo beso. Tras un segundo de duda, él me devuelve el beso. Es suave y cálido y tiene un efecto reconfortante, como el brandi. Cierro los ojos y me olvido de todo lo que no sea sentir sus labios sobre los míos. Pero el segundo no dura demasiado. Su bigote me hace cosquillas. No besa como Wyn. Me aparto y rompo a llorar en un mar de ridículas lágrimas.

—Lo siento —dice Frederick, compungido—. Lo siento muchísimo. Es imperdonable, ha sido una grosería. Es solo que... Parecías tan... Perdóname, por favor, Ella, estás completamente a salvo conmigo. No volverá a pasar. Una muchacha tan dulce e inocente como tú...

No lo soporto más.

—¡No soy así! —grito—. No soy dulce, ni inocente. ¡No tienes ni idea!

Durante un aterrador y vertiginoso segundo, tengo la sensación de que estoy a punto de confesarlo todo. Lo tengo ahí, en la punta de la lengua, cuando veo una sombra en la ventana.

—Frederick, ¡mira! —grito.

El brandi, el beso, el escarceo con la muerte y haber estado a punto de confesar la verdad me han dejado un poco furiosa e intrépida, y me descubro lanzándome a perseguirla. La sombra desaparece, pero yo abro la ventana de par en par y salgo como puedo por ella. Frederick está justo detrás de mí. La silueta, envuelta en un abrigo de pieles, corre hacia la verja. Me lanzo sobre ella y la derribo en la nieve. Cuando le doy la vuelta, veo que es una mujer, que probablemente roza la cincuentena, a la que se le han escapado unos mechones grises bajo el gorro de piel.

—Voy desarmada —farfulla, pero, cuando la registramos, encontramos una pluma moderna, de esas que se cargan con cartuchos de tinta, y varios folios de papel llenos de símbolos.

—Creo que será mejor que entre y hable con el profesor —dice Frederick.

Interrogan a la bruja durante una hora, pero no tiene mucho que contarles. Fue ella quien rompió el vínculo de las rhug con la casa, y las siniestras criaturas ahora andan sueltas. Dice que ha pasado tres semanas encerrada en

Hostorak y que la han liberado inesperadamente esta misma noche con la única condición de llevar a cabo esta misión. El hombre que habló con ella llevaba un parche en un ojo y tenía el otro amarillo. Estaba al otro lado de la ventana con la esperanza de poder atrapar a una de las desorientadas rhugs para poder venderla.

La señora Och le da dinero y una carta, y Frederick la monta en un carruaje para ponerla a salvo. A continuación, se quedan en el salón, hablando en voz baja, pero estoy demasiado cansada para agazaparme al otro lado de la puerta e intentar captar fragmentos de su conversación. Subo las escaleras hasta la estancia del ático, ahora vacía, y me acuesto completamente vestida sobre el chirriante camastro. Cuando me despierto, es media mañana y el pequeño búho-gato, Strig, está aovillado junto mí, ronroneando.

Capítulo 16

La habitación está llena de un humo amarillo. O quizá sea su mente la que está llena de humo. Sus pensamientos se mueven lentamente a través de él. No puede ver, no puede moverse. Puede pensar, muy lentamente: «Muévete». «Lucha». Pero tan solo son palabras que pasan por su mente, tan distantes de la realidad como lo están los sueños. Puedes soñar que estás caminando por una calle al atardecer, observando cómo los murciélagos revolotean sobre tu cabeza, pero en realidad solo estás tendido en tu cama, quieto como un muerto.

Ella está escribiendo con fuego sobre su piel. La plata no es nada. Podría combatir su efecto si no fuera por las cosas que ella le escribe en la piel. Cosas que lo paralizan, lo petrifican, lo despojan de sí mismo. Ella trabaja con rapidez, con actitud distante y profesional, como si fuera un médico realizando una cirugía sencilla.

—Casi he terminado —podría decirle para consolarlo.

Entonces, el humo amarillo se disipa y ella concluye. Puede ver el techo y una silla tirada en el suelo. Cree que fue él quien la tiró, cree que intentó resistirse, antes del humo.

—Quiere verte —dice ella—. ¿Quieres que le llame? ¿Que le diga que estás preparado?

Las sábanas están medio arrancadas de la cama. En esta habitación ha habido resistencia. Está tendido en el suelo y siente la lengua demasiado grande para su boca. El humo ha desaparecido, pero el lugar de su cuerpo donde ella ha escrito, en el hombro, está ardiendo.

—*¿Puedes levantarte?* —*pregunta ella.*

Luego, la mujer suspira y sale de la habitación.

Minutos, horas, días, apenas hay diferencia ya entre ellos. Y, entonces, un par de botas junto a su cabeza, el dobladillo ondulado de una capa. Se obliga a alzar los ojos hacia donde la cabeza de Casimir casi roza el techo y lo mira con el ceño fruncido.

—*Parece que has intentado causarle algunos problemas a Shey esta mañana* —*dice Casimir.*

Tantea con su lengua para ver si es capaz de hablar.

—*Fffff…* —*es lo único que consigue decir.*

—*No me habías contado que habías sido padre hace poco* —*dice Casimir*—. *Has sido demasiado listo. La bruja es preciosa, también hay que reconocerlo. Pero tienes que evitar enamorarte de brujas. Nunca termina bien.*

Destrozar la habitación, hacer añicos las paredes, liberar su furia sobre Casimir. Pero está completa, absolutamente derrotado. No era consciente de que podía quedarse tan desarmado. De que este lugar entre la vida y la muerte existía. De que tal desesperación fuera siquiera posible.

Casimir se inclina para examinar lo que Shey ha escrito en su hombro.

—*Vaya, vaya* —*murmura*—. *A veces me pregunto si yo mismo no debería tenerle un poco de miedo. Bueno, se te pasará, y volverás en ti dentro de poco.*

Se le pasa. Y, cuando puede volver a moverse, se levanta del suelo en medio de grandes dolores. Endereza la silla. Hace la cama. Llora.

Nadie vuelve a intentar fingir en mi presencia que vivimos en una casa normal y corriente. En todas las puertas y ventanas hay pegados pequeños rollos de papel escritos con un alfabeto desconocido. Del techo y de los lugares más insospechados cuelgan pequeños saquitos de hierbas y quién sabe qué más. La casa apesta a magia.

No sé qué hacer con mi vida, más allá de seguir trabajando. La señora Freeley, irónica, me obsequia con una excepcional sonrisa, cuando aparezco en la trascocina bien entrada la mañana.

—¿Has dormido bien? —pero lo dice sin malicia.

Ella misma se muestra impertérrita. No le pregunto qué sabe, qué ha decidido aceptar al vivir aquí. La ayudo con los preparativos del almuerzo, y luego sirvo el capón asado, las patatas cortadas en rodajas y los espárragos; después vierto sidra en las copas de todos los comensales. La señora Och aún sigue en su habitación y su sangre sigue desparramada por todo el pasillo del piso superior. Frederick tiene el rostro amoratado y la cabeza vendada. Theo está adormilado en el regazo de Bianka. Nadie habla demasiado. Tanto el profesor como Frederick llevan cartucheras abrochadas al pecho donde portan sendos revólveres.

Estoy recogiendo los platos del almuerzo cuando me percato de que los papelitos que hay junto a la ventana están empezando a humear y a consumirse.

—¡Frederick! —grito, pero ya está en la puerta, mirando hacia el exterior.

Me escabullo en dirección al salón y miro por la ventana. Veo de refilón un carruaje eléctrico que se detiene frente a la verja. Entonces, una espesa niebla desciende como una cortina, y no soy capaz de ver nada más.

—Carruaje —dice Frederick, llamando a la señora Och.

—Los recibiré en la puerta —responde ella, bajando las escaleras. Está vestida y camina erguida, con el pelo recogido hacia atrás, como si nadie la hubiera atravesado con una espada mística la noche anterior.

—Quiero a Bianka y Theo en el túnel del sótano con el señor Darius. Dele a él un arma y a ella una pluma. Luego venga a mi sala de lectura con el profesor.

¿Túnel del sótano? Esta casa tiene muchos más secretos de los que yo he llegado a descubrir.

Cuando llega a la puerta, entre la niebla se abre un sendero. Del carruaje salen dos siluetas que avanzan por el pasadizo que se ha abierto en medio de la bruma. Subo corriendo las escaleras antes que ella y me dirijo directamente a su sala de lectura. No vale la pena desaparecer aquí —la señora Och me vería—, pero puedo esconderme, como un espía normal y corriente. Miro desesperada alrededor de la habitación, porque no parece haber muchos lugares en los que ocultarse. Escucho voces abajo. Aparto unos grandes tomos de consulta de un armario que hay debajo de la estantería y los escondo detrás de las cortinas. Luego vuelvo corriendo al armario. Durante un horrible segundo, creo que no voy a caber dentro. Los escucho en el pasillo y tengo miedo de que entren y me pillen con medio cuerpo dentro del armario y el otro medio fuera, pero consigo embutirme en su interior y cierro la puerta delicadamente justo cuando ellos entran, dejándome una rendijita abierta para poder mirar.

Oigo el crujido que hace la silla de la señora Och cuando se sienta en ella. Alcanzo a ver los pantalones y los zapatos del profesor y de Frederick junto a la puerta y otros dos pares de piernas junto a las de ellos: las de un hombre alto y las de otro bajo. Empujo la puerta del armarito para abrirla un poco más.

—Quería preguntarle al amo del Gethin por qué ha enviado a su criatura a mi casa —dice la señora Och—. Pero, ahora que te tengo frente a mí, lo que me pregunto es cómo es que eras tú quien lo controlaba.

—Digamos que lo heredé —dice una profunda voz masculina. Una voz que conozco—. ¿Está muerto?

—Está muerto —responde la señora Och—. Tal vez debería haberme imaginado que se trataba de ti cuando escuché que te encargabas de que las familias de las víctimas estuvieran bien cuidadas. Aun así, me sorprende lo selectiva que es tu culpa. Hay muchos otros en la ciudad de Spira que lo han perdido todo, que han muerto, por tu causa, aunque tu implicación sea menos directa.

—Mi poder es limitado. Hago lo que puedo para proteger a los inocentes. A veces la maldad solo puede ser combatida con maldad.

Estoy intentando ubicar la voz: su resonancia, su acento rural. Me resulta tan familiar... Aplastada como estoy dentro del armarito, desaparezco y empujo la puerta para abrirla un poco más, lenta y cuidadosamente. Veo los tobillos de la señora Och, el doblez de su vestido. La abro todavía más, retorciendo el cuello, y casi se me escapa un grito de sorpresa: allí, en medio de la sala de lectura de la señora Och, vestido con el mismo abrigo desgastado que lleva a las purificaciones, está Agoston Horthy. Un hombre ataviado con un largo abrigo, con una onda de cabello gris y un ojo amarillo respalda con su altura al primer ministro. Un parche le cubre el otro ojo. Frederick y el profesor están en la puerta, ambos armados, pero la conversación tiene lugar exclusivamente entre Agoston Horthy y la señora Och.

—Llevo mucho tiempo desconcertado con usted, señora Och. Se ha esforzado mucho por ayudar a los inocentes, los indigentes y los desvalidos, y la he admirado por ello. Y también se ha esforzado por ayudar a los malvados y los vengativos, los criminales y los herejes, y la he odiado por ello.

—Tenemos diferentes métodos de categorización.

—Supongo que sí. Pero yo tengo un país del que debo preocuparme, y usted solo tiene sus propios intereses. La he dejado en paz durante veinte años. Suponga que ahora mismo ordenara a mis soldados que rodearan su casa y la llenara de investigadores. ¿Qué encontraría?

—Muy poco, porque no sabrían cómo buscar.

—Su hermano Casimir me advirtió hace tiempo de que convertirla en mi enemiga sería un desperdicio de recursos.

—¿Qué quiere de mí?

—Usted oculta a una bruja y a su hijo. Quiero que me los entregue.

—¿Y por qué envió al Gethin en lugar de, simplemente, pedírmelo?

—Se lo estoy pidiendo ahora.

—Bueno, ya que estamos jugando a las suposiciones... Supongamos que una mujer con un niño pequeño hubiera venido a mí pidiendo ayuda porque alguien la estuviera persiguiendo. Supongamos que dedujimos que quien la estaba persiguiendo era el Gethin. Y que, aun así, no supiéramos quién enviaba al Gethin, ni tampoco por qué lo estaba haciendo. Supongamos que hubiéramos metido a la mujer y a su hijo en un tren con dirección a Sinter, o quizá en un barco con destino a Ingle. Supongamos que pudiera darle su dirección, si fuera usted capaz de convencerme de que su causa es justa.

—La bruja me preocupa menos que el niño. ¿Sabe usted quién es el padre de ese chiquitín?

—Sí.

—Mi hombre, aquí presente, ve muy bien con un solo ojo y lo mantiene atento a ciertos asuntos que tienen lugar dentro de mis fronteras. Asuntos impredecibles. Como usted. Su hermano Gennady ha estado en Frayne hace poco tiempo.

—Algo he oído.

—Se hizo pasar por un payaso que hacía extraños y subversivos espectáculos por el sur. Luego desapareció. Pero tenemos ojos y oídos en todas partes, y, aunque no pudimos encontrarlo a él, sí que pudimos dar con la bruja. El pequeño tiene un parecido asombroso con su padre, ¿no le parece?

—Que, hasta donde yo sé, no va más allá de su apariencia física.

—No debería, pero lo hace. Mi hombre, aquí presente, obtuvo algunas muestras. Las hemos examinado. Todas las células del cuerpo de ese niño están codificadas con algo. Algo poderoso. Algo mágico. Es un recipiente para algo y no se trata de mera brujería. Quizá usted pueda decirme de qué se trata.

—Yo no sé nada sobre eso. No he visto a mi hermano y solo he sabido muy recientemente de la existencia de su hijo.

—Es de vital importancia que el niño sea examinado, y la bruja, interrogada.

—Si ya se han marchado de Frayne, ¿por qué sigue siendo de su incumbencia?

—Porque no sabemos qué es ese niño. Y eso me perturba.

—Deme unos días para pensármelo. Entonces podré darle una dirección en Sinter. O en Ingle.

—Supongamos que mi hombre inspecciona su casa ahora mismo.

—No se lo recomendaría. Esta casa es hoy un polvorín. Seguro que lo entiende: después de haber tenido un intruso, se deben tomar precauciones.

—Supongamos que no encontramos a la bruja en Sinter. O en Ingle.

—Es cierto, podría querer trasladarse con rapidez. ¿Cómo podría yo saberlo?

—Supongamos que le doy hasta mañana y que, si no tengo a la bruja y al niño antes de que se ponga el sol, mandaré a la puerta de su casa a todo el ejército frayniano.

—¿Está usted seguro de que seguirá teniendo un ejército a sus órdenes para mañana?

—¿Me está amenazando?

—Me provoca curiosidad. ¿Sabe Casimir que usted domina al Gethin y que está buscando a su bruja?

—Yo no rindo cuentas a Casimir.

—Ah, ¿no? Pensaba que sí lo hacía.

—Está usted equivocada. Tenemos un acuerdo. Nuestro acuerdo la incluye a usted, de hecho. Es por respeto a él, así como por sus buenas obras, que he tolerado su presencia dentro de mis fronteras. Y, por respeto a él, he tenido la cortesía de hacerle esta visita, en un intento por resolver este asunto pacíficamente.

—Estoy segura de que a él le encantaría oír lo mucho que lo respeta y, aunque su visita me conmueve, opino que sus fronteras no guardan ninguna relación conmigo.

—Usted piensa que está por encima de nuestras leyes, pero es como los grandes lagartos marinos. Su tiempo ya ha pasado.

—Me pregunto si le habrá expresado usted esa misma visión a mi hermano.

—Él me conoce igual de bien que yo a él. Por el momento, tenemos nuestro acuerdo.

—Sus alianzas no son las que se esperarían de alguien que aborrece la magia. ¿Quién es este hombre que ha traído consigo?

—Los tiempos desesperados llevan a buscar extraños compañeros de cama, señora Och.

El hombre del ojo amarillo se ríe por el comentario: una risa bastante agradable, como si le hubiera parecido realmente divertido.

—Bueno y, entonces, ¿quién es usted? —le pregunta la señora Och.

—Oh, preferiría que no lo supiera —responde amablemente.

—Tiene hasta mañana —dice Agoston Horthy—. Estaré de vuelta cuando se ponga el sol y, por su propio bien, será mejor que para entonces haya localizado a su bruja y al niño.

La señora Och se levanta y su voz se torna terrorífica, como cuando le habló al Gethin en el pasillo.

—¿Por mi propio bien? Usted dirige el ejército frayniano y gobierna mientras el rey reza, pero sigue siendo un hombre insignificante, con una vida insignificante, que no sabe nada, nada en absoluto, y que no puede hacerme nada. Frederick, acompañe a nuestros invitados a la puerta. Si oponen resistencia, tiene mi beneplácito para dispararles.

—Mañana, a la puesta de sol —repite Agoston Horthy, imperturbable.

Observo sus pies desfilando hacia el pasillo. El profesor Baranyi cierra la puerta y, durante un segundo, todos guardan silencio.

—¿De verdad supone que tenemos tanto tiempo? —dice el profesor, por fin.

—Es muy poco probable. En cualquier caso, no creo que la criatura de Casimir nos lo conceda —responde ella.

—¿Qué haremos entonces?

—Si podemos mandarlos al norte, Livia podría mantenerlos a salvo en la granja durante un tiempo, pero nos llevará al menos un día preparar la partida. ¿Ha oído cómo ha llamado al niño? Un recipiente, ha dicho.

—Sí. ¿A qué podría referirse? Estoy seguro de que Bianka no lo sabe: ella también está bastante desesperada por resolver este asunto.

La señora Och grita, haciéndome dar un respingo.

—¡Él nunca se atrevería! Probablemente, ni siquiera pueda.

—¿No se atrevería o podría hacer qué, mi querida señora Och? —pregunta el profesor—. ¿Y a quién nos estamos refiriendo?

—A Gennady —responde ella.

—Ah —replica él.

—Es imposible —repite—. Y, además, solo hay una cosa que Casimir anhela.

El profesor aguarda.

—Debemos encontrar a Gennady —dice ella—. ¿Cómo puede ser que haya desaparecido de la faz de la Tierra sin dejar rastro?

Alguien llama suavemente a la puerta y Frederick vuelve a entrar.

—Vamos a morir ahorcados, ¿verdad? —pregunta.

—Oh, querido, espero que no —responde el profesor, como si la posibilidad ni siquiera se le hubiera pasado por la cabeza.

—¡Agoston Horthy! —dice Frederick—. ¡Acabo de apuntar con un revólver a Agoston Horthy!

—Ha sido un giro inesperado de los acontecimientos —dice la señora Och—. Bastante extraño, si nos paramos a pensarlo. Casimir no lo aprobaría, si llegara a enterarse —y entonces pregunta inesperadamente—: ¿Y qué opinan ustedes de la sirvienta, por cierto?

—¿Quién, Ella? —pregunta el profesor Baranyi.

—Sí.

—Asombrosa, ¿no le parece? Anoche demostró tener nervios de acero. Debe de tener o muy buena puntería o muy buena suerte: con esa bala alcanzó al Gethin directamente en el corazón. También tiene una mente brillante o, al menos, eso es lo que dice Frederick.

—Usted la conoce mejor, Frederick —dice la señora Och—. Si le explicamos unas cuantas cosas, ¿la asustaremos? Creo que, durante los próximos días, será bastante complicado mantener una fachada de relativa normalidad, y tal vez podría sernos de utilidad.

No me gusta cómo suena eso. Ya estoy metida hasta el cuello en serle de utilidad a otra persona.

—Creo que se lo tomaría muy bien —responde Frederick, con sencillez. No hace ningún tipo de mención a mi madre, y me conmueve un poco que considere una confidencia la información que le di ayer.

—Aun así, esa muchacha tiene algo que me resulta perturbador —dice la señora Och.

—¿En qué sentido? —pregunta el profesor.

—Tiene secretos —responde la señora Och, y se me hiela la sangre en las venas—. No es algo malo en sí mismo. Mucha gente tiene secretos. Pero, de todos modos, puede que haya llegado el momento de averiguar más sobre ella.

—Yo le garantizo que es de confianza —sostiene Frederick, con rotundidad. Eso me hace sentir una pequeña punzada de culpabilidad.

—Puede ser —dice la señora Och—. Sus referencias eran genuinas, pero, Frederick, tal vez podría visitar a su familia mañana por la mañana, aunque solo sea para asegurarse. Por el momento, tenemos trabajo que hacer.

—¿Y qué hay de la criatura de Casimir? ¿Qué haremos si regresa? No creo que un poco de niebla vaya a disuadirla.

—La capa del Magyar —dice la señora Och, y casi parece divertida al decirlo.

—¿Realmente...? —la voz del profesor suena como si la señora Och acabara de proponerle cenar en la Luna—. ¿Eso es...? ¿Puede usted?

—Necesitaré la ayuda de Bianka, y dudo mucho de que dure más de veinticuatro horas, pero eso podría ser suficiente. La casa será prácticamente imposible de localizar.

—¡Vaya! ¡De acuerdo!

Salen de la sala, hablando todavía. Poco después, Bianka y la señora Och se acomodan en la biblioteca con Theo. Frederick y el profesor Baranyi salen vestidos con sendos abrigos y aún armados, pero no sé adónde se dirigen. Evalúo brevemente la posibilidad de seguirlos, pero, en cambio, espero hasta que la casa se queda en silencio y me cuelo en el despacho del profesor Baranyi. Strig viene directo a recibirme con un alegre «*míauuu*» y yo le rasco detrás de sus orejitas emplumadas. No llevo encima ninguna ganzúa, pero creo que una horquilla bastará para abrir el armarito de los libros guardados con llave. La señora Freeley está disfrutando de su siesta vespertina, y en la trascocina me esperan los platos sucios del almuerzo. Me siento en el suelo detrás del diván, desaparezco, y empiezo a hojear el primer tomo de *Leyendas de los xianren*.

Me paso el resto de la tarde leyendo por encima los largos, áridos y prácticamente incomprensibles tomos. El primer libro, por lo que he entendido, rebosa de cuentos sobre las proezas que realizaron en la antigüedad estos magos alados: domesticar dragones, combatir monstruos marinos, acorralar a maléficas brujas y cosas por el estilo. Los xianren se han visto involucrados en este tipo de cosas a lo largo de toda la Historia, si es que esos libros son fiables. La señora Och fue consejera de Hna, el primer emperador de Zhongguo, y ese imperio, por lo que afirma el libro, prosperó durante miles de años gracias a la cooperación entre humanos y brujas. Ella es la que gana en longevidad, de cualquiera de las maneras. Pero sus acciones no superan a las del fundador de imperios, Zor Gen, o Gennady, que contrajo matrimonio con la Bruja de Parna y, junto a ella, fundó el Imperio parnés, que duró miles de años. Sin embargo, después de eso Gennady se dedicó a ir por el mundo caminando y nadando, engendrando reyes y guerreros por aquí y por allá, y luchando contra osos encantados y brujas rebeldes. Bueno, supongo que eso es lo normal si eres un ser inmortal amante de la adrenalina y tu imperio ha caído. El tercer libro cuenta que los xianren unieron sus fuerzas y pasaron cientos de años buscando algo llamado la roca Ragg, pero, cito textualmente: «Nunca pudieron encontrarla, no fueron aceptados por la roca Ragg, y eso les hizo ser conscientes de las limitaciones de su poder». El cuarto libro se ocupa en profundidad del Imperio eshrikí, el segundo, después del Imperio zhongguano, en lo que a la duración de su poder se refiere. Los phares eshrikíes eran brujas y buscaban apoderarse de algo llamado el *Libro del Mundo*, un texto mágico que los xianren se habían dividido entre ellos. Todos los xianren fueron encarcelados en algún momento de sus vidas y obligados a entregar sus partes del texto, pero resultó que las brujas eran incapaces de leerlos, solo podían hacerlo los xianren. Eso acabó por resolver el asunto, y los xianren ganaron, simplemente, porque sus vidas duraron más que la del propio imperio. Puntos extra por inmortalidad, supongo. El libro considera que este conflicto supuso un punto de inflexión para los xianren, ya que se hizo evidente que sus poderes estaban disminuyendo dramáticamente. Sin embargo, siguieron siendo influyentes, y Lan Camshe contribuyó a la fundación del Imperio sirilliano, el primer gran imperio que prohibió la brujería. Och Farya desaparece del panorama. Zor Gen lidera varias rebeliones violentas por todo el mundo. El Imperio sirilliano cae y Lan Camshe se retira a la isla de Nago. Todos parecen mantenerse ajenos a las Guerras Mágicas, a las Purgas y al surgimiento de Nueva Poria. Las letras empiezan a tornarse borrosas ante mis ojos y no encuentro nada que sugiera qué es lo que podría llevar a Casimir a querer secuestrar a un niño, ni tampoco qué es lo que podría llevarle a aliarse con gente de la calaña de Agoston Horthy mientras la señora Och se dedica a poner a salvo de sus garras, con el mayor sigilo posible, a una extraña bruja.

La casa está helada, ninguna de las chimeneas está encendida, ninguna de las lámparas recargadas para la noche. Aparto los libros, saco agua del pozo y enciendo la estufa para calentarla. Después, llevo leña al piso de arriba para encender las chimeneas. El profesor ha vuelto, la señora Och y él se han encerrado en la sala de lectura. Ahora escucho cómo Bianka, Frederick y Theo juegan al escondite en el salón. Parecen bastante contentos, considerando las circunstancias. Se han ocupado ellos mismos de encender la chimenea, así que no entro. En la trascocina cojo el agua caliente y un trapo, y vuelvo al pasillo del piso superior, donde me arrodillo y empiezo a frotar para limpiar la sangre de la señora Och de la alfombra y las paredes.

Me escabullo de la casa pasada la medianoche, cruzo el río y atravieso la Meseta caminando en dirección a Spira Occidental. Las farolas están aún encendidas y resplandecen en el aire gélido. Las ventanas del hotel también brillan, llenas de luz. El portero está de pie, fuera del edificio, vestido con un largo abrigo de pieles y exhalando una nube blanca de aliento. Me reconoce y me deja pasar. Apenas hay gente en el vestíbulo, aunque las lámparas de araña brillan con la luz de las velas y alguien está tocando el piano para entretener a unos huéspedes inexistentes. El personal uniformado se apiña detrás del mostrador y se me queda mirando, pero nadie hace amago de detenerme. Hoy opera el ascensor un empleado distinto al que lo hace habitualmente.

—A la planta superior —indico—. Habitación 10. Me está esperando.

No parece muy convencido, pero supongo que piensa que el extraño personaje que se aloja en la habitación 10 bien puede estar esperando a alguien tan extraño como yo. Así que nos dirigimos hacia arriba, traqueteando en el ascensor hasta la planta superior del hotel. Llamo a la puerta de la habitación de Pia. Transcurren un segundo o dos antes de que conteste.

Lleva un pañuelo de seda negra alrededor del cuello, donde el Gethin la golpeó. La estancia huele levemente a pieles húmedas. Pia está completamente vestida con sus botas altas, sus pantalones de cuero y su ajustada chaqueta, y a mí me da por preguntarme cuándo dormirá, si es que duerme, y cómo se vestirá para hacerlo. Me resulta imposible imaginar a Pia en camisón.

—No sabía cómo enviarle un mensaje —explico.

Ella me hace un gesto para indicarme que me siente, y eso hago.

—¿Está bien? —le pregunto.

Sus gafas se retuercen. Se detiene un momento antes de dejar escapar una risa breve, perpleja.

—Sí, lo estoy —responde—. ¿Y tú?

Respondo a su pregunta encogiéndome de hombros. Pia se sienta frente a mí, cruza una pierna sobre la otra, aguarda.

Entonces, hablo:

—Se nos agota el tiempo. Frederick va a ir a visitar a mi familia por la mañana para averiguar más sobre mí. Pero dicha familia no existe, lo cual descubrirá, por supuesto, cuando vaya a verlos.

Pia sonríe como si todo esto fuera divertido.

—Y sé quién envió al Gethin —añado. Porque, en el fondo, siento que le debo esa información. No siento que se lo deba porque me pague por descubrirla, sino que se lo debo a ella. Me salvó la vida, y supongo que le estoy pidiendo que vuelva a hacerlo. Tengo miedo de la reacción de la señora Och cuando descubra la verdad sobre mí—. Fue Agoston Horthy. Ha venido hoy a la casa.

Las gafas de Pia sobresalen y se retraen a toda velocidad.

—¿Y qué ha dicho?

—Les ha dado hasta mañana, a la puesta de sol, para entregarle a Theo y Bianka. La señora Och le echó de la casa. Supongo que todavía no sabe nada sobre usted. Venía acompañado por un hombre de aspecto siniestro, con un ojo amarillo y un parche en el otro.

—Ah —comenta Pia.

—¿Eso es todo? ¿Ah? —replico yo. Y luego, con bastante patetismo—: No quiero volver allí.

—Tráeme al niño y no tendrás que volver nunca más.

Nunca he estado en el mar, pero supongo que lo que siento ahora es lo mismo que se siente al ir a bordo de un barco que se hunde sin una costa a la vista hacia la cual nadar.

—¿Qué le pasará? —intento mantener la voz uniforme y calmada.

—Eso no es asunto mío —me dice—. Ni tuyo tampoco —y entonces se sienta a mi lado, y el olor a pieles húmedas se intensifica. Me coge la barbilla con su mano enguantada, como si fuera a besarme—. Aparta esa idea de tu mente, Julia. Te has comprometido a hacer tu parte.

—¿Y cuál es mi parte, exactamente? —pregunto, apartando el mentón de su mano. Ella me suelta y hace tamborilear las uñas sobre el cuchillo.

—Vuelve, duerme un poco —me dice—. Habrá un carruaje esperándote en la esquina mañana, durante toda la mañana.

—Es probable que ahora haya soldados vigilando la casa.

—Yo me aseguraré de que no haya ninguno mañana por la mañana.

Nos quedamos mirándonos la una a la otra durante un segundo, y, entonces, con un veloz siseo de metal rozando cuero, Pia desenfunda su cuchillo y lo sostiene contra mi garganta. Intento apartarme del afilado borde de la hoja, pero su otra mano se cierra en torno a mi nuca.

—Si no me lo entregas a mí, el niño irá a parar a las manos de Agoston Horthy —me dice al oído—. Ahora mismo tienes dos opciones: el dinero o mi cuchillo. Si no me traes al niño antes del mediodía, te encontraré, Julia, y te demostraré lo buena que puedo llegar a ser con este cuchillo y lo mucho que puedo prolongar tu agonía con él.

Entonces se levanta y aparta la espada de mi cuello, después se dirige con grandes zancadas hacia la ventana, con las manos entrelazadas a la espalda.

—Te estaré esperando durante la mañana —me dice—. Tendré tu dinero preparado.

Tiemblo tanto que soy incapaz de hablar, así que me levanto y me marcho sin pronunciar palabra. Mientras bajaba en el ascensor, Pia debe de haber hecho llegar un mensaje al portero, porque, cuando llego abajo, el hombre me ha pedido un carruaje a motor. Me lleva de vuelta a la Scola, pero cuando giramos por la calle Mikall, la casa ha desaparecido.

—¿Cuál es la dirección? —me pregunta, desconcertado.

Si no estuviera tan agotada, me reiría. Todas las casas son muy pareci-das, con sus intimidantes verjas. No hay ningún espacio vacío en el lugar que antes ocupaba la casa de la señora Och: sencillamente, ha desaparecido, como si nunca hubiera estado allí. La capa del Magyar.

—Me bajaré aquí y caminaré —le digo mientras le pago.

Tengo la secreta esperanza de no poder volver, de que el extraño he-chizo de la señora Och me impida la entrada a la casa para siempre, pero, en cuanto me dirijo hacia donde debería estar, la encuentro inmediatamente. Supongo que a mí el conjuro no me afecta, del mismo modo que las arañas rhug no me consideraron una intrusa. Me quedo observando la casa, con sus ventanas oscuras, y me siento incapaz de entrar. Doy media vuelta y me dirijo a la Maraña.

Entro en nuestro apartamento. La habitación huele a licor rancio. Dek está roncando en su litera bajo una pila de mantas. Subo la escalerilla hasta mi propia litera, donde hace semanas que no he dormido. Me arropo con la manta y, durante un breve instante, me siento de nuevo como una niña pequeña. A salvo y en casa. Pero la sensación dura un momento y, aunque estoy agotada, el sueño tarda horas en llegar.

Capítulo 17

Me despierto sobresaltada, con el frío metido en los huesos y sintiéndome confundida durante un instante antes de poder recordar dónde estoy. El miedo vuelve a invadirme inmediatamente, revolviéndome por dentro: la amenaza de Pia, Agoston Horthy, mi tapadera a punto de ser descubierta. La pálida luz invernal se cuela por entre las cortinas hechas jirones de nuestro apartamento, y Dek sigue dormido. Hace tan solo unos días pensaba que todo esto no era más que una gran aventura, pero ahora me encuentro sobrepasada y siento la necesidad de salir de este asunto como sea. Aunque solo hay una salida posible, y sé perfectamente cuál es.

No tengo estómago para desayunar, así que me pongo el abrigo y las botas sobre las arrugada ropa del día anterior.

—Volveré a mediodía, y seremos ricos —le digo a Dek, que sigue durmiendo, y mi propia voz me suena rara, como si no me perteneciera.

Estoy cruzando la plaza Fitch cuando veo que Wyn viene hacia mí. Tiene pinta de haber dormido tan poco como yo, y creo saber por qué.

—¡Hola, ojos castaños! —me grita en cuanto me ve, un poco demasiado efusivamente.

—¿Llevas fuera toda la noche? —pregunto.

—Me pareció más seguro que volver a casa caminando de noche, con ese asesino en serie todavía suelto —responde—. Aunque tengo un tirón horrible en el cuello de dormir toda la noche en el suelo de la casa de Ren Winters.

Sin complicarse la vida, ese es mi Wyn. Si hay alguien capaz de mentir con la misma rapidez y facilidad que yo, ese alguien es este muchacho que tengo frente a mí.

—Ven, salgamos a desayunar algo —continúa, pasándome un brazo sobre los hombros—. Estás muy liada, ¿verdad? La otra noche me dejaste esperándote en tu habitación. Dek tuvo que echarme de allí cuando se fue a la cama.

—Es verdad. Lo siento —le digo, sacudiéndome su brazo de encima.

—¿Qué pasa, ojos castaños? —me pregunta, mirándome con los ojos entornados.

Entonces, clavo la vista en él: en su hermoso rostro, en el cómico gesto que dibujan sus cejas cuando frunce el ceño, en el modo en que se le tuerce la boca, como si estuviera a punto de sonreír incluso cuando está serio. La verdad es que apenas he pensado en él desde que el Gethin vino a por mí. Estar al borde de la muerte es una buena manera de conseguir que una chica se olvide de sus problemas, y ahora mismo tengo bastante claro que realmente no nos queríamos tanto como pensábamos que lo hacíamos. Sin embargo, en este momento mirarle vuelve a resultarme tan doloroso como cuando los vi juntos, cuando vi cómo la tocaba, cómo le hablaba. Trago saliva, intentando disolver el nudo que tengo en la garganta.

—¡Julia! ¡Dime algo, por favor!

Así que empujo las palabras como puedo a través del nudo.

—Mira..., lo nuestro... se ha acabado, ¿de acuerdo?

Se queda como si acabara de darle un bofetón, y sé que, si sigo mirándole, voy a echarme a llorar, así que lo aparto de en medio para dejarlo atrás, y ya casi he cruzado la plaza entera cuando vuelve a alcanzarme. Me da la vuelta para hacer que lo mire.

—¡Por todas las Estrellas! —me dice—. No pretenderás terminar esto así. Dime qué pasa. Me debes eso, al menos.

—De acuerdo. Arly Winters.

Apenas un destello de... algo, pero se recobra pronto. No es de los que se complican la vida, ya lo he dicho.

—Así que es por Arly, entonces, ¿no? —responde—. ¿Y por qué no me habías dicho nada?

—Te lo estoy diciendo ahora. Y lo que te estoy diciendo es que se ha acabado.

—Tendría que habértelo contado —me dice—. Mira, es que... Bueno, ya sabes cómo es esa chica. Se ofreció a posar para mí, como si estuviéramos en una clase de arte, para que pudiera dibujarla y... bueno, te echaba de menos. Como últimamente estás tan ocupada... La otra noche te olvidaste por completo de mí.

—¿Así que es culpa mía, entonces?

—No estoy diciendo eso. La verdad es que me alegro de que lo sepas. No sabía cómo contártelo, pero llevo tiempo sintiéndome fatal por ello.

Lo más ridículo de toda esta situación es que parece tan triste que casi tengo ganas de consolarlo.

—Bueno, entonces ya somos dos —respondo, y le rodeo. Wyn me agarra del brazo, pero yo doy un tirón para quitármelo de encima.

—Julia, espera, ven arriba para que podamos hablar —estira el brazo de nuevo para alcanzarme, pero yo me aparto, resbalando un poco sobre la nieve—. Encenderemos la chimenea. Por favor.

No deja de interponerse en mi camino para intentar evitar que me marche.

—¡Por los perros del Kahge, Wyn, déjame en paz! —le grito, empujándolo con fuerza en el pecho. Mi furia por fin ha salido en mi defensa—. Si eres el tipo de hombre que va a tirarse a cualquier pelandrusca a mis espaldas, no quiero tener nada que ver contigo y no tengo nada más que decir al respecto. Puedes volver arrastrándote con esa idiota si quieres, pero, por todos los Sagrados, no te atrevas a tocarme o a interponerte en mi camino de nuevo. Tengo cosas que hacer.

Lo dejo ahí, viéndome marchar, y permito que los callejones de la Maraña me engullan y me guíen de vuelta al río. Me detengo bajo la sombra del templo Cyrambel e intento llorar, pero últimamente he llorado tanto que me he quedado sin lágrimas, así que permanezco un rato contemplando el hielo. Cuando alzo la vista de nuevo, el cielo está gris, plano, y da la sensación de estar suspendido demasiado cerca de la ciudad, pero yo sé lo que pasa, en realidad. Recuerdo las imágenes que me mostró Frederick: ahora sé que los planetas orbitan y las estrellas mueren ahí afuera, en el espacio vacío que se extiende sin fin. Me siento insignificante, malvada, patética, aquí en el puente, atrapada entre la Tierra y los Cielos. Me imagino mi corazón, todos los sentimientos cálidos que haya podido albergar, calcificándose, congelándose. Mejor no sentir, mejor no llorar. Mejor estar muerta por dentro hasta que todo esto haya terminado. Recorro el resto del trayecto hasta la Scola y la casa de la señora Och para hacer lo que tengo que hacer.

—¿Dónde has estado? —me pregunta la señora Freeley cuando entro en la trascocina por la puerta lateral.

—Me sentía mareada —respondo—. Necesitaba un poco de aire.

Pone los brazos en jarras y me mira con sus brillantes ojos de cerdito. Durante un extraño segundo, la envidio. Porque ella parece no tener miedo, y porque parece también haber encontrado respuestas satisfactorias a las preguntas que quizá un día la asediaron. Porque parece saber quién es. Porque duerme todo el día.

—Mira, ayer a nadie le importó que te tomaras el día libre, después de todo lo que pasó —me dice, en tono más amable—. Pero ahora tienes que decidir si quieres seguir trabajando aquí o no. No puedes tener alojamiento, comida y una paga semanal por no hacer nada.

—Lo sé —respondo—. Lo siento.

—Si quieres marcharte, nadie va a impedírtelo —me dice—. Yo sería la última en hacerlo. He tenido mejores ayudantes que tú. Pero déjame decirte una cosa: en esta casa, no tienes nada que temer. El mundo es un lugar terrible, eso lo sabemos todos. La señora Och se ha propuesto la tarea de ayudar a quienes lo necesiten, y no hay más que eso. Son buenas personas, y una chica como tú podría tener que dedicarse a cosas mucho peores que servir en una casa de buenas personas.

—Sí, señora.

—De acuerdo, entonces —dice, señalando con la cabeza un montón de ropa—. Prepararé el almuerzo sola. Tú, ayuda a Chloe.

Y ahí está Chloe, sonriéndome con timidez. La señora Freeley desaparece en la cocina.

—Has vuelto —digo, constatando una obviedad.

—Florence está enfadada conmigo —dice Chloe—. Pero ahora mismo no hay demasiados puestos de sirvienta y necesito el dinero. Yo no me voy a casar dentro de poco, como ella. Necesito ahorrar un poco para mí misma. Se han sorprendido muchísimo al verme esta mañana.

Apuesto a que sí que lo han hecho. Debe de haber venido caminando: ningún cochero podría haber encontrado este lugar. Supongo que, al igual que a mí, sea cual sea la magia que oculta la casa, aún considera a Chloe una amiga.

—Bueno, me alegro de verte —le digo, y lo hago sinceramente. Chloe no es mala chica.

—Sé que debe de estar pasando algo horrible —susurra—. Florence me dijo que la casa estaba embrujada, o que están ocultando un monstruo, o algo así. Dice que vio en las escaleras a la misma criatura que vio Clarisa. Oímos ruidos de lucha y disparos.

—No sé qué vio —respondo—. Yo solo sé que había un lobo en la casa y que Frederick le disparó. ¿Sabes que cada vez hay más avistamientos de lobos en la ciudad? Se mueren de hambre en los bosques, con este invierno tan crudo, y están empezando a acercarse a las casas a buscar comida. La puerta del sótano está rota y...

A medida que mi voz se va apagando, me pregunto por qué me molesto siquiera en mentirle a Chloe sobre todo esto. Se ha convertido en costumbre esto de vivir en una mentira infinita. Estoy intentando ocultar huellas que ni siquiera son mías.

—Bueno, pase lo que pase —dice Chloe, no muy segura—, nos pagan bien, a tiempo, y nos tratan con amabilidad. A mí me basta.

—A mí también —respondo. Porque esa es la definición de trabajar. Puede que no te guste, pero te pagan por hacerlo, y por eso lo haces.

Doblamos la colada y le pregunto por el tendero de Florence para pasar el tiempo. Ella me habla de la tienda en la que Florence trabajará con gran emoción, como si fuera el sueño hecho realidad de cualquier muchachita. A mí me rugen las tripas, pero sigo sin tolerar demasiado bien el pensar en comida.

Bianka entra para calentar un poco de leche para Theo.

—Se ha resfriado —dice, contrariada—. En Nim nunca se enfermaba. Es el condenado invierno norteño, el aire sucio y contaminado de aquí.

Theo se arrastra tras ellas con la nariz chorreando mocos.

—Pobrecito —digo—. Yo le daré la leche, ¿le parece? Así usted podrá descansar.

Bianka me mira con tanta gratitud que casi me desmorono allí mismo.

—No me vendría mal una siesta —dice—. No dormí nada anoche y, en el último par de días, también me ha resultado imposible. No me he apartado de él ni un segundo. Pero sé que contigo está a salvo —no soy capaz de articular palabra, así que me limito a asentir. Me da un apretón amistoso en el brazo y luego le dice a Theo—: Te vas a portar bien con Ella, ¿verdad? Sabes que, si eres malo, te dará un azote —me guiña un ojo y se apresura a marcharse.

—Lala —dice Theo, mirándome.

—Tranquilo, sé bueno, pequeñín —le contesto, y le limpio la nariz con mi pañuelo—. Tendré tu leche lista en un santiamén.

Caliento la leche y me siento junto a la estufa con Theo en el regazo para dársela. Él se acurruca contra mí con dulzura y traga con avidez, deteniéndose para jadear entre trago y trago. Después se adormila y se queda tranquilo, sentado sobre mi falda y jugueteando con el cordón de mi delantal. Cuando Chloe se lleva la ropa doblada al piso de arriba, yo cojo mi abrigo y me escabullo por la puerta lateral.

Tengo el corazón en la boca, y no sé si me asusta más que me pillen o que no lo hagan. Envuelvo a Theo en mi abrigo y echo a correr. Tal y como Pia me prometió, no hay soldados en la calle Mikall y un elegante carruaje eléctrico me está esperando en la esquina. Subo al carruaje y este arranca. Theo deja escapar un gruñidito de emoción y mira por la ventana.

—Ahí está el río —le explico como una tonta cuando lo cruzamos—. Ahí es donde ahogan a las brujas como tu mamá y la mía. Y ahora estamos en la Meseta. Desde aquí se puede ver el templo Capriss, allí arriba, en lo alto del monte Heriot. Mira, ¿a que son bonitas las calles de Spira Occidental?

—Pira —repite el niño alegremente.

El portero me deja pasar sin mediar palabra. Me dirijo directamente a la habitación de Pia con Theo en brazos. Abre la puerta, pero esta vez no me invita a entrar.

—Bien hecho —dice sin ningún atisbo de emoción en la voz. Hoy no lleva el pañuelo y veo la marca morada en su garganta, donde el Gethin la golpeó. Me tiende una pesada bolsa de cuero. La plata tintinea en su interior. Me cuelgo la bolsa de un hombro y me quedó ahí como un pasmarote, con el dinero en un brazo y Theo en el otro. Entonces, ella se lo lleva y siento como si me estuviera arrancando el corazón de cuajo.

—¡No permita que le hagan daño! —digo con voz entrecortada.

—Lala —dice Theo, revolviéndose en sus brazos para intentar volver conmigo—. ¡Lala!

—¿Está cantando? —pregunta Pia con brusquedad.

—Está diciendo Ella.

—Tu trabajo aquí ha terminado, Julia —me dice.

—Ni se le ocurra olvidarse de darle de comer —grito—. ¡Es casi la hora del almuerzo! Y, por las tardes, se echa la siesta.

Veo su naricilla mocosa y sus enormes ojos mirándome durante medio segundo más antes de que Pia me cierre la puerta en las narices y me quede sola en el pasillo con mi dinero.

Capítulo 18

No hay mucha gente en la calle, y la poca que veo me parece irreal, como si se moviera demasiado despacio, los fríos rostros nublados por la blancura de sus alientos. Me siento como si me hubieran desconectado del mundo, con el corazón desbocado y las manos temblorosas mientras los refinados habitantes de Spira Occidental pasan junto a mí como en un sueño. El cochero de un carruaje eléctrico que se ha quedado atascado en la nieve examina con impotencia las ruedas del vehículo, cubiertas por una costra de hielo, mientras un hombre vestido con un pesado abrigo de pieles se asoma por una ventana y le grita: «¡Esto nos pasa por usar estos carruajes e-cléc-ticos modernos! ¡Un caballo bueno y robusto, eso es lo que necesitaríamos ahora!».

No me dejarían entrar en la primera tienda donde lo intentara, ni en la segunda tampoco, y sé que, si les enseñara mi dinero, probablemente llamarían a la policía. Pero hay otros lugares donde puedo comprar abrigos de pieles. Recorro a pie el camino hasta el monte Heriot, con los dedos de las manos y de los pies tan entumecidos por el frío que, cuando llego allí, no los siento. Me compro un par de botas forradas en piel que me llegan hasta las rodillas, un vestido azul de seda gruesa con guantes a juego, un largo abrigo de pieles marrones y un gorro maravillosamente suaves. «Visón», dice la dependienta, claramente incómoda. Pero, al ver mis monedas de plata, la avaricia gana a la incomodidad.

Salgo de la tienda vestida con mis nuevas galas cuando una cadavérica silueta envuelta en harapos se dirige hacia mí atravesando la nieve. Avanza a trompicones, con las piernas rígidas y los brazos como pesos muertos a ambos lados del cuerpo. Tiene el rostro horriblemente desfigurado, salpicado de marcas de la Plaga y de tejido fibroso. No tiene ojos, solo una maraña de cicatrices, pero, aun así, da la sensación de estar mirándome directa e inequívocamente a mí cuando dice:

—¡Perdóname! ¡Perdóname, mi amor!

Yo me apresuro a retroceder, de vuelta a la tienda, pero el hombre sigue caminando hacia mí, y entonces un caballero vestido con un abrigo de piel viene corriendo y le asesta un golpe con su bastón, que cruje al estrellarse contra su cabeza. El desdichado se derrumba sobre la nieve como un blando montón de harapos y piel, y mis rodillas ceden bajo el peso de mi cuerpo. El hombre me ayuda a incorporarme. La dependienta de la tienda también está junto a mí.

—¿Está usted bien, dama?

—¿Quiere que busque a alguien que la lleve a casa?

—Estoy bien —les digo, sujetándome a ambos para incorporarme—. Tan solo necesito comer algo.

En un elegante café con vistas a la ciudad, me obligo a engullir todos los caracoles al ajillo y hojaldres de los que soy capaz, aunque apenas los saboreo. Luego busco el carruaje eléctrico más caro que veo y lo paro, aunque un carruaje de caballos sería mucho más fiable con esta nieve. *Así será la vida a partir de ahora,* me digo. Ropa elegante, comida refinada y un asiento mullido en un carruaje cada vez que quiera ir a algún sitio.

El pensamiento me coge con la guardia baja. *Debe de estar muy asustado.* El interior del carruaje da un bote, y se me revuelve el estómago. Pero aprisiono el pensamiento en lo más hondo de mi corazón, como si fuera un cepo que ha atrapado a un animal quejumbroso. Pia tiene razón: ¿a mí qué más me da? Cosas mucho peores les pasan a diario a muchos niños pequeños de la ciudad de Spira, y yo no voy por ahí llorando a mares por cada crío al que le han dado una paliza, o que pasa hambre o frío, o que cae enfermo y muere. Constantemente pasan cosas horribles. Lo sé. Yo también he sido víctima de la frívola crueldad del mundo. Tengo un trabajo que me permite llevar una vida bastante mejor de la que lleva la mayoría de las chicas de la Maraña en mis circunstancias. Así que lo desempeño como una profesional. Han estado a punto de matarme y me he ganado con creces este condenado dinero.

Vuelvo al apartamento con un jugoso jamón de gran tamaño, una tarta de miel, unas cuantas botellas de ron del caro y un pañuelo de seda para Esme. La bienvenida que recibo es la de una heroína. Dek me abraza con fuerza y me dice que, a partir de ahora, aprobará cualquier encargo que reciba. Esme me da las gracias por el pañuelo, pero muestra más interés en contar la parte de mi dinero que le corresponde a ella. Por primera vez en mi vida, me duele ver cómo lo coge. Wyn baja de su cuarto e intenta hablar conmigo a solas, pero me deshago de él sacando el jamón y la tarta. Entonces llegan Gregor y Csilla y me besan en las mejillas y ríen y me felicitan, y el fuego de la chimenea es demasiado brillante, en el salón hace demasiado calor y escucho mi voz demasiado aguda, mi risa falsa y siniestra.

La primera vez que alguien me pregunta cómo he finiquitado el trabajo, lo ignoro. La segunda vez, digo que es un asunto de alto secreto. Le sirvo una copa de ron a Gregor y él la recibe con un «Bueno, solo una, ¡para celebrar que Julia ha vuelto al redil!». Y veo cómo el suave y claro ceño de Csilla se frunce, cómo sus ojos no se apartan de él mientras Gregor se bebe la copa y su enorme mano se extiende hacia la botella para servirse otra. A Csilla le tiemblan ligeramente los dedos mientras se enciende un cigarrillo y se acerca a la ventana.

Por lo general, no soy demasiado aficionada al alcohol, porque llevo viendo desde que era una mocosa cómo convierte a los hombres en imbéciles y esclavos, pero esta noche bebo, una copa tras otra, hasta que el salón da vueltas a mi alrededor y mis estridentes carcajadas me retumban en los oídos. Veo mi reflejo en la ventana, la melena suelta y enredada, el rostro enrojecido, el vestido de seda cayéndome por el hombro. Me río de Wyn, que me mira con el ceño fruncido desde su silla, bailo con Gregor, dejo que Csilla me empolve la cara y me pinte los labios de un color demasiado llamativo. A la tercera vez que alguien me pregunta cómo he terminado el trabajo, le cuento la verdad: «Un niño. Querían un niño que había en la casa. Así que lo he secuestrado y se lo he entregado».

Entonces, el salón se sume en un profundo silencio y yo lleno de vómito la elegante alfombra de Esme.

Me despierto en mi cama al amanecer, sintiéndome vacía y triste. Mi estómago se ha replegado imaginariamente sobre sí mismo varias veces, liberándose de todo el ron y de la grasienta comida. No consigo que las manos dejen de temblarme. Me pongo mi ropa nueva, escondo el cuchillo en el forro de una de mis espectaculares botas nuevas y paro un carruaje moderno para que me lleve a la Scola.

Por supuesto que es peligroso volver aquí. Quién sabe qué serían capaces de hacerme si me encontraran. Pero tengo que descubrir qué está pasando. Doy con la casa con bastante facilidad, así que o bien la capa del Magyar ha desaparecido o sigue sin tener efecto sobre mí. Escalo el muro mientras sale el sol, desaparezco junto al pozo y espero.

Chloe sale a por agua, llena el cubo justo a mi lado. Yo la agarro por el brazo, le tapo la boca con una mano y la arrastro hasta la letrina que hay fuera de la casa mientras ella se revuelve e intenta gritar. Pero yo soy más fuerte.

—Ahora, calla —siseo, sosteniendo mi cuchillo frente a ella para que lo vea bien. Hay algo impropio en la imagen de mi mano enguantada en seda sosteniendo ese horrible cuchillo. Me mira como si yo fuera una especie de monstruo, con los ojos vidriosos por el miedo.

Bueno, en realidad sé cómo se siente.

—¿Por qué? —solloza—. ¿Por qué lo has hecho?

—Eso a ti no te importa —le digo—. Dime qué está pasando. ¿Qué dicen sobre mí?

—Dicen que... El señor Darius y tú os habéis dado a la fuga con el pequeño Theo.

—¿El señor Darius? —Del asombro, me quedo boquiabierta—. ¿Cómo que el señor Darius? ¿No está en la casa?

Ella niega con la cabeza.

—Se ha marchado. Desapareció ayer por la mañana —y en ese momento, por fin, parece fijarse realmente en mí y me espeta—. ¿Qué llevas puesto?

Yo le acerco el cuchillo a la cara.

—Cuéntame qué está pasando ahí dentro.

Se encoge para alejarse de mí, con los ojos aún clavados en mi abrigo de pieles.

—Bianka... Han tenido que darle un medicamento, o algo así, para conseguir que se durmiera. Estaba como loca, y tenía una pluma... Ay, ¡tengo miedo de decirlo en voz alta!

—Es una bruja —digo yo, con impaciencia, y a Chloe se le abren los ojos de par en par.

—Tuvieron que quitarle la pluma a la fuerza, no dejaba de gritar, ¡ha sido horrible! —dice Chloe, con sus brillantes ojillos clavados en los míos, hablando mitad aterrorizada y mitad como si estuviera haciéndome una confidencia—. Le dieron un brebaje de algo y lleva durmiendo a ratos desde entonces. Todas las cosas del señor Darius han desaparecido. La señora Och está postrada en la cama. Dijo que deberían haber sospechado de ti, y Frederick se echó a llorar. Pero todo eso fue solo al principio, justo después de que ocurriera. Después, no he oído mucho más porque están reunidos siempre en privado —se echa a llorar otra vez—. ¡Ese tierno pequeñín! ¿Le harán daño?

—Eso no es asunto mío. Ni tuyo tampoco.

En mi boca, las palabras de Pia saben a hierro.

—¿Cómo has podido hacerlo? —balbucea—. No es más que un bebé, Ella.

—No me llamo Ella, necia estúpida —digo, y la saco de la letrina de un empujón.

Me alejo de la casa corriendo hasta la avenida Lirabon, convencida de que alguien me sigue. Pero, si lo hacen, no son lo suficientemente rápidos. Paro un carruaje. *Ya está,* me digo, *hiciste tu trabajo, y está terminado.* Es demasiado tarde para deshacer el daño. Pero siguen temblándome las manos y no sé cómo hacer que paren.

Liddy me sirve un poco de café y me tiende un bollo recién hecho. Intento comérmelo, pero soy incapaz de tragar, y el café me revuelve el estómago vacío.

—He oído que el Gethin está muerto —me dice, escudriñándome por debajo de sus caídos párpados.

—¿Cómo lo sabes? —pregunto.

—Esta ciudad está llena de gente que ve cosas, que sabe cosas, que difunde rumores. Amigos míos.

Faltaría más.

—Por tu abrigo de pieles deduzco también que te han pagado —prosigue—. Y, a pesar de ello, no pareces alguien que acabe de terminar un encargo difícil.

Podría contárselo todo, pero ¿de qué serviría? O quizá lo que pasa es que estoy demasiado avergonzada para admitir que lo he hecho todo por dinero. Aunque tampoco tenía alternativa. Sin duda, Liddy entendería que no tenía más opciones. Pia me habría encontrado y me habría destripado como a un pescado si no hubiera cumplido con el encargo hasta el final. ¿Qué otra cosa podría haber hecho?

—No ha sido un buen trabajo —respondo.

—Pobre Julia —se lamenta—. Claro que no lo ha sido.

—¿Cómo has hecho para saber todo lo que sabes? —por algún motivo, nunca me he atrevido a preguntárselo directamente, pero ya no tengo tantos reparos—. ¿Cómo sabes quién es la señora Och? ¿Eres bruja?

Tengo la sensación de haberle hecho una pregunta horrible, pero Liddy se echa a reír.

—No. Soy otra cosa.

—¿Otra cosa?

—Hay muchas «otras cosas» en el mundo y, si observas con detenimiento, tú también te darás cuenta —me dice Liddy—. Observar con detenimiento es una habilidad que se adquiere con la práctica. Ver cosas que a otros se les suelen pasar por alto, como cuando tú te escondes tras ese velo que te oculta de ojos corrientes.

—La señora Och también podía verme. Y el niño, Theo, el hijo de Gennady.

—Me sorprende que el bebé pudiera verte. Puede deberse a que sea hijo de Gennady, y que vea como lo hacen los xianren. O quizá a que todos los bebés puedan ver de un modo más profundo, como lo hacen los animales, porque sus mentes no rellenan los huecos que percibe el ojo. Cuando yo te vi... al principio fue como una especie de alteración de la atmósfera. Pero, cuando miré más de cerca, ahí estabas, clara como el agua y, aun así, más lejos de lo normal, como detrás de una especie de límite del que no hubiera sido consciente hasta entonces. La mayoría de la gente no mira más allá del mundo obvio, móvil y cegador que le rodea y no repararían en ti a menos que se toparan contigo. Yo he vivido más que la mayoría de la gente, y he visto cosas más extrañas de las que suele ver la mayoría de la gente, cosas que no son de este mundo. Y he aprendido a buscar lo que uno no esperaría encontrar.

Es la respuesta más larga que me ha dado nunca a esta pregunta y, aun así, no puedo evitar sentir que no me lo está contando todo.

—Me pregunto por qué tengo esta habilidad —digo en voz baja. No estoy completamente segura de querer saber la respuesta, si es que ella la conoce. Pero Liddy tampoco me ofrece ninguna hipótesis.

—Tu problema, cielo, es que has nacido en una época en la que una chica de tu talento, tu carácter y tu clase social tiene muy pocas oportunidades. Quizá sea culpa mía por haberte llevado con Esme en primer lugar. Pensaba que..., bueno, supuse que ella te educaría. Supuse que sería mejor que otras alternativas. Y me parece que lo fue, al menos durante un tiempo. Pero a veces me preguntó qué tipo de vida esperaba ella que tuvierais. A diferencia del resto de nosotros, tu madre nunca aprendió a vivir sin esperanza.

Liddy no ha vuelto a mencionar a mi madre, ni una sola vez, en todo el tiempo que la conozco, desde que me sacó de aquel mercado cuando era una pequeña y harapienta ladrona de manzanas, y me entregó a Esme.

—¿La conocías? —le pregunto, sorprendida por la posibilidad.

—La conocía todo el mundo —responde Liddy—. Los que no la conocían, sabían quién era, al menos. Yo coincidí con ella una o dos veces.

—Nunca me lo habías contado.

—No hay mucho que contar —replica Liddy—. Se me ha ocurrido ahora solo porque la primera vez que la vi tenía problemas. Estaba desesperada. Nunca había visto tanto de ella en ti como ahora mismo.

—¿Problemas? ¿Qué tipo de problemas? —tengo que agarrarme al borde de la silla para no levantarme de un salto e intentar sonsacarle a Liddy todas las respuestas. Sus ojos están desapareciendo en las arrugas de su rostro, sus labios se están tensando: está volviendo a cerrarse como una concha, y no puedo soportarlo.

—Se había metido en problemas con gente muy poderosa. Hice lo que pude por ayudarla durante un tiempo, pero no fue suficiente. Ammi pensaba que podía cambiar el mundo. Era una idealista sin remedio. Se interpuso en el camino de fuerzas demasiado poderosas para ella. Pero era consciente de lo que hacía y los que la conocían encontraron un poco de consuelo en esa certeza. Ella sabía lo que podía costarle. Y era un riesgo que estaba dispuesta a asumir.

Me noto repentinamente mareada y tengo que meter la cabeza entre las rodillas. Cuando cierro los ojos, veo la carita de Theo mirándome antes de que Pia me diera con la puerta en las narices. Ayer lo único que quería era sobrevivir a todo esto, pero entonces no sabía que hay otras maneras de morir, de morir por dentro. Noto la fría mano de Liddy en la nuca. Allí, temblando en el cuarto trasero de su casa e intentando no volver a vomitar, se me ocurren dos cosas. La primera es que, si lo que Liddy me ha contado es verdad, no fue justo por parte de mi madre arriesgar su vida y dejarnos huérfanos en una ciudad como Spira. ¿Qué opciones teníamos de sobrevivir, marcado por la Plaga como estaba Dek, marcados como estábamos ambos por ser hijos de una bruja convicta? ¿Con qué opciones nos dejó? La otra es que yo no tengo ni la esperanza ni el valor de mi madre. Yo he atisbado brevemente los poderes que se ceban con el resto de nosotros y no soy ninguna idealista: no soy más que una ladrona y una espía. Aun así, y al igual que ella, me he mezclado con fuerzas más poderosas que yo, y todavía no me han matado. Tal vez no sea capaz de cambiar el mundo, pero sé que soy condenadamente capaz de recuperar a Theo.

Se me pasa el mareo. Se me calma el corazón. Mis manos temblorosas se sosiegan.

Convoco una asamblea y, para el mediodía, estamos todos reunidos en el salón de Esme. Gregor está dándole otra vez a la petaca. Csilla juguetea con sus guantes. Esme está sentada como una estatua, con los brazos cruzados sobre el pecho y el rostro atormentado. Wyn sigue mirándome con sus ojos de cordero degollado mientras que Dek se ha convertido en un ceño de preocupación con patas.

—Lo que hice... no fue solo por dinero —digo e, inmediatamente, mi voz se torna suplicante—. Pia amenazó con matarme. Y lo habría hecho, no me cabe duda. Lo hecho, hecho está. Ahora, tengo otro encargo que no nos proveerá solo durante el invierno, sino durante mucho más tiempo.

—¿Ahora te dedicas a buscar encargos? —dice Gregor—. Que el Innombrable se apiade de nosotros.

—¿Qué sabes de mi último cliente? —le pregunto.

—Me apuesto lo que sea a que más que tú —evita la pregunta. Parece incómodo.

—Lo dudo mucho —respondo.

—Bueno, de acuerdo. He escuchado extraños rumores sobre él. Que es un ricachón amante de los libros, que posee su propia isla y que tiene algunas amistades un poco turbias. Pero mi contacto era Pia. Y sé que es mejor no entrometerse en sus asuntos.

—Pia no es más que una esclava —expongo—. Casimir es uno de los xianren.

Se hace el silencio y Wyn me dedica una breve carcajada.

—Has perdido la cabeza —me dice.

—Pregúntale a Liddy, si no te lo crees —digo—. Son tres. Y la señora Och también es una de ellos. Son capaces de hacer magia sin tocar una pluma. No sé mucho más sobre ellos, pero sé que son muy, muy ricos. Y también sé que Casimir no era el único que iba detrás del niño. Agoston Horthy también lo buscaba. El pequeño tiene algo que hace que todo el mundo lo persiga. Casimir me ha pagado un buen montón de plata para secuestrar al crío, y me apuesto lo que queráis a que la señora Och pagará aún más para recuperarlo.

Pues... ya está dicho. Cierro los puños y me siento a esperar, con una postura rígida para evitar echarme a temblar. No puedo hacer esto sin ellos.

—Bueno —interviene Gregor con dureza—. Desconocemos los detalles. Hiciste lo que te pagaron por hacer. Pero ahora volver atrás y deshacerlo me parece bastante poco profesional.

—Tú has robado cuadros y luego se los has revendido a sus dueños —digo con toda la frialdad que soy capaz de reunir—. Esto es lo mismo.

—Esperad, esperad —interviene Dek—. ¿En serio estamos hablando de los xianren? Esto suena un poco..., bueno, ¿no es solo una vieja leyenda?

—Algunas viejas leyendas siguen vivas —murmura Gregor—. ¿Liddy está segura de ello?

—Completamente segura —digo.

—Esa tal señora Och... ¿ha requerido de nuestros servicios? —pregunta Esme.

Niego, sacudiendo la cabeza.

—Nunca ha oído hablar de nosotros. Lo único que sabe es que yo me llevé al niño. Si todos estamos de acuerdo, creo que deberíamos convocar una reunión. Tengo un plan, pero necesito que Gregor y Csilla participen en él.

—¿Y qué hay del resto? —pregunta Wyn—. ¿Nos necesitas?

—Aún no lo sé —respondo, evitando mirarle a los ojos—. Probablemente. Dependerá de la señora Och.

—No me gusta —dice Gregor—. No nos conviene enemistarnos con Pia. Y con Casimir, mucho menos. Nuestras vidas no valen nada.

—No estoy segura de que haya sido buena idea enemistarnos con la señora Och. O con Bianka —replico—. ¿Tú qué opinas, Csilla?

—¿La isla es bonita? —me pregunta, enroscándose un rizo alrededor del dedo.

—No tengo la más mínima idea —respondo.

—Lo de mezclarse con ese tipo de gente suena bastante peligroso. ¿De cuánta plata estamos hablando?

—Quizá sea incluso oro. Pero tenemos que reunirnos con la señora Och para que nos haga una oferta.

—Csilla, a mí esto no me gusta —dice Gregor.

—Venga, mandón, ¿qué hay de malo en convocar una reunión? —dice Csilla, sonriéndole—. ¡Y mira qué abrigo de pieles tan bonito se ha comprado Julia!

—Olvídalo, Julia —Gregor me mira con gesto implorante—. Ya tienes tu plata.

Niego con la cabeza. Él se me queda mirando sin decir nada, durante un minuto o dos, y luego alza las manos y se recuesta en su silla.

—¿Todo el mundo quiere involucrarse en esto? —pregunta. Mira a Esme—. ¿Tú quieres involucrarte en esto?

—Una reunión no puede causarnos ningún daño —dice repentinamente enérgica.

—Sí que puede —rezonga Gregor, pero no discutirá con Esme.

—Nos reuniremos en algún lugar seguro, neutral —dice ella—. Hablaré con Liddy. Podríamos usar su tienda. Está protegida.

Una vez que Esme ha hablado, el trato está hecho. Sale del salón sin mirarme siquiera.

Están de pie en el muelle, observando codo con codo cómo se aproxima un pequeño bote. Él casi le dobla la estatura, envuelto en un largo abrigo de pieles. Sus ojos atormentados no se apartan en ningún momento de la pequeña embarcación, como si pudiera atraerlo con el poder de su mirada. Y quizá pueda: ¿quién sabe de lo que es capaz? Ella viste un desgastado abrigo de muselina gris y lleva un pañuelo atado alrededor de la cabeza. Pequeña y cheposa, a simple vista parece la más débil de los dos, aunque sería un error pensar eso.

—Eres todo lo que me contaron que eras, y más aún —dice Casimir—. Has hecho todo lo que te he pedido. Y, si eres capaz de hacer esta última cosa, mantendré mi promesa.

¿Acaba la mujer de temblar levemente al oír sus palabras? Transcurre un segundo antes de que responda, pero su voz suena firme:

—Gracias, mi señor.

—Me pregunto cómo lo habrá conseguido —prosigue el hombre—. Yo no creía que fuera posible.

—Recibió ayuda, mi señor —dice ella.

—Pero ¿de quién? —pregunta Casimir—. ¿Quién, en este mundo, aparte de ti, sería capaz de algo así?

—Hay otros, aparte de mí, que podrían hacerlo —responde ella—. Pero tal vez no haya ningún otro capaz de deshacerlo.

—¿Estás segura, entonces?

—Lo estoy, mi señor. La naturaleza del recipiente no supone ninguna diferencia: ya sea un lago, un árbol o un niño, el proceso de desvinculación es exactamente el mismo.

—¿Cuánto durará?

—La desvinculación en sí una hora, quizá. Pero necesitaré algunos días para prepararla.

—¿No más de una semana?

—No más de eso, mi señor.

—Bien. Eso está muy bien.

—Mi señor, asumo que entiende que el recipiente no sobrevivirá a la desvinculación, ¿verdad? Para separarlos, o bien los textos o el recipiente deben ser destruidos.

—Lamento oír eso —responde él.

—Si desea que investigue otra vía...

—¿La hay?

—No, mi señor. No hay otra manera de hacerlo.

—Entonces, haz lo que tengas que hacer y yo honraré nuestro acuerdo.

—Sí, mi señor.

Ambos miran hacia el bote, que sube y baja a merced de las olas, cada vez más cerca: todo lo que han estado esperando y por lo que han estado trabajando se vislumbra finalmente ante ellos.

Capítulo 19

Es bien entrada la tarde y el sol empieza a descender en el cielo. No hay sillas suficientes para todos, así que nos quedamos de pie, incómodos, en el interior de la tienda de Liddy, bebiendo café y sin hablar mucho. Dek sugiere que echemos una partida de cartas al Heredero del Rey, y Wyn se nos une en el cuarto trasero. Yo juego sin mirarle, rápido, sin pensar, y pierdo todas las manos hasta que alguien llama a la puerta, recogemos las cartas apresuradamente y volvemos a la tienda.

Liddy abre la puerta y le dice al grupo de personas reunidas en el umbral:

—Esta es mi tienda, y sois bienvenidos en ella.

En un primer momento me parece un saludo un poco extraño, pero luego me pregunto si tendrá algo que ver con las arañas rhug. Y, así, entran en mi mundo, donde ya no soy Ella, la sirvienta analfabeta, sino Julia la Invisible, ladrona y espía, la secuestradora del pequeño Theo. La señora Och, seguida por el profesor Baranyi, Frederick y, que el Innombrable se apiade de mí, Bianka.

Me fulmina con la mirada y siento cómo mis rodillas ceden. Me parece que voy a vomitar. Creo que nunca antes había visto un odio tan puro en los ojos de nadie. La amenaza de Pia de cortarme el cuello me parece de pronto insignificante. Ella no parece tener necesidad de encontrarme para hacerme daño. El profesor Baranyi se mantiene muy cerca de ella, lanzándonos miradas nerviosas a la una y a la otra.

Todos tienen los ojos clavados en mí, como era de esperar. La señora Och, cuyos pensamientos, como siempre, son inescrutables; Frederick, con una especie de perpleja tristeza; el profesor Baranyi, con una curiosidad casi amigable. Intento sostenerle la mirada a Bianka para demostrarle que no estoy asustada, pero tengo que apartar los ojos inmediatamente. ¿Qué más da que piense que estoy asustada o no? Podría hacerme pedazos con una simple pincelada de su pluma.

Esme avanza un paso. Les sobrepasa a todos en estatura, incluso a Frederick.

—Yo soy Esme —se presenta—. Julia trabaja para mí.

—Julia —dice la señora Och, mirándome de nuevo—. ¿Así te llamas? Yo asiento.

—¿Julia qué más? —sisea Bianka.

Nadie responde. De repente me invade la repentina y salvaje esperanza de que necesite mi nombre completo para maldecirme. Se lo preguntaré a Liddy en cuanto tenga la oportunidad.

La señora Och se dirige de nuevo hacia Esme.

—¿Quién te encargó que infiltraras a una espía en mi casa? ¿Fue mi hermano Casimir, o el primer ministro?

—Pia se puso en contacto conmigo —responde Gregor, recostado en la única silla cómoda de toda la tienda, con sus largas piernas estiradas frente a él—. Había oído rumores sobre Julia. Quería saber si realmente teníamos en plantilla a una chica que podía hacerse invisible. Por lo que sabemos, ella trabaja para Casimir.

Eso me sorprende. No era consciente de que Pia supiera de mi existencia antes de contactar con Gregor. Creía que nadie conocía mi habilidad. No sé si alegrarme o preocuparme de que, por lo que parece, me haya labrado una reputación.

—¿Quiénes sois? —pregunta la señora Och.

—Nadie importante —responde Gregor—. Pero los rufianes nos conocemos entre nosotros. Julia era la mejor opción para este encargo.

La señora Och me observa con curiosidad.

—Sí, esa habilidad de desaparecer... es interesante.

—No funcionó con usted —respondo.

—No —confirma la señora Och—. Debería haberme percatado de que algo iba mal cuando te encontré en mi despacho. Pero nunca había oído hablar de una habilidad como la tuya, a pesar de que ya tengo muchos, muchos años. Como seguramente sabes.

Me dedica una mirada inquisitiva, como si pretendiera preguntarme cuánto sé. No respondo. Siento deseos de disculparme con todos, pero sonaría demasiado poco convincente. Y, de todas maneras, no puedo hacerlo. No con Bianka presente, al menos. Porque, evidentemente, ante ella no tengo disculpa posible. La miro a los ojos, pero tengo que volver a apartarlos inmediatamente. Es como poner la mano en el fuego.

—¿Dónde está mi hijo? —me dice con una voz que no parece suya. Es una voz ronca, temblorosa, temible. No es la voz de una mujer joven.

Avanza un paso hacia mí y yo hago todo lo posible por no dar media vuelta y salir corriendo. El profesor Baranyi la agarra del brazo y Wyn se coloca frente a mí con un rápido movimiento.

—Se lo entregué a Pia —digo, más para la señora Och que para Bianka—. Me dijo que se lo llevaría directamente a Casimir. Pia me contó que Theo posee algo que Casimir anhela.

Bianka mira a la señora Och, que asiente ligeramente con la cabeza.

—Yo no puedo acceder a la fortaleza de Casimir —me dice—. No podemos entrar en las casas de los otros sin una invitación, y, además, él es más poderoso que yo. Sabría que me dirijo hacia allí.

—Pero ¿sabe dónde está? —pregunto.

—Sí.

—Bien —prosigo—. Fui a su casa para desempeñar un encargo. No hubo malicia en ello. Hice lo que me pagaron por hacer, eso es todo. Ahora el encargo ha concluido y estamos disponibles para asumir otros. Somos capaces de entrar en cualquier sitio y robar cualquier cosa. Eso incluye la fortaleza de Casimir, y también a Theo.

La señora Och enarca una ceja.

—Vaya, eso sí que es tener seguridad en uno mismo.

—Con un poco más de información, podemos hacerlo —respondo.

Bianka tiene los ojos muy abiertos. Creo que incluso le tiemblan las pupilas. Me mira primero a mí y luego a la señora Och. En su mirada se distinguen tanto la desesperación de la presa como el apetito implacable del depredador. Transcurre un segundo eterno.

—¿Y qué hay del señor Darius? —pregunta entonces la señora Och— ¿Cuál es su papel en todo esto?

—No sé nada sobre eso —respondo—. ¿Sabe usted quién es?

Ella asiente.

—Quizá siga trabajando para Agoston Horthy —sugiero.

—Imposible —dice el profesor Baranyi—. Trabajaba para el primer ministro, es cierto, pero después del accidente...

—La mordedura de lobo —le corrijo, y enarca ambas cejas.

—Parece que sabes tanto como nosotros. Acudió a mi casa buscando ayuda, pero le fallé.

En todo esto hay algo que no me cuadra.

—¿Por qué ayudar a alguien que trabajaba para Agoston Horthy? Por lo que pude deducir, era un agente antimagia de alto rango. No era su tipo, precisamente.

—Sí, es cierto —el profesor mira a la señora Och y ella asiente, como si le diera permiso para continuar. Él se aclara la garganta y explica—: Su hija es bruja. Trabajaba por su bienestar, para mantenerla a salvo. El verdadero pago que recibía por su trabajo era mantenerla con vida. Si se convierte en lobo, ya no le será de ninguna utilidad a Agoston Horthy y la vida de su hija estará perdida. Así que acudió a nosotros clandestinamente y, a cambio, prometió revelarnos secretos. Pensamos que nos sería útil tener un hombre infiltrado. Nos ofrecimos a ayudarle si nos daba información sobre las actividades y los objetivos de Agoston Horthy. Empezamos a movernos para sacar a su hija del país. Pero desapareció el mismo día en que lo hiciste tú.

Este es un cabo suelto que no me gusta, pero no sé qué pensar al respecto.

—¿Por qué nos preocupamos por él? ¿Qué pasa con Theo? —la voz entrecortada de Bianka pone fin a esta línea de investigación.

—De acuerdo, damos por hecho que Pia se lo haya llevado a Casimir a la isla de Nago —dice la señora Och—, pero necesitamos conocer antes vuestro plan. ¿Cómo pretendéis acercaros a la isla sin ser detectados?

¿Cómo accederéis a su fortaleza? ¿Cómo encontraréis al niño y lo liberaréis? ¿Cómo conseguiréis escapar?

—Julia —dice Esme, cediéndome la palabra.

Carraspeo. Apenas soy capaz de soportar esa mirada ávida. Es peor aún que su furia. También me cuesta mucho mirar a Frederick, así que me dirijo principalmente a la señora Och.

—Estaba pensando en el crucero de placer de unos ricos recién casados que atracaran por accidente en la isla. O que se hundieran, incluso. ¿No les darían refugio, al menos?

—Tal vez —dice la señora Och.

—La fortaleza no me preocupa —digo—. Si podemos llegar a la isla, podemos entrar en la fortaleza. Yo iré abriendo camino, invisible, e iré deduciendo lo que necesitamos hacer para sacar de allí a Theo —lo que no digo es «si es que sigue vivo»—. Podemos burlar cualquier candado o sistema de vigilancia, ya sea con habilidad o por la fuerza. Estaremos fuera de la fortaleza y lejos de las garras de Casimir antes de que se den cuenta de lo que ha pasado.

—¡No funcionará! —exclama el profesor—. ¡Se trata de la fortaleza de Casimir! No estamos hablando de una bonita mansión de Spira Occidental.

—El castillo del duque de Cranfell estaba fuertemente protegido, pero conseguimos entrar y robar los diamantes morasantinos del vestidor de la duquesa mientras dormía —se apresura a responder Gregor. Esta mañana se ha afeitado y solo está ligeramente borracho—. El coleccionista Bertoles guarda sus más preciadas obras de arte en una caja fuerte vigilada por guardias, pero también terminaron en nuestro poder. Y robamos el *Amanecer brumoso,* de Izza, de la mismísima pared del Museo Anderoy Scole en la que se exhibía.

—¿Vosotros robasteis el *Amanecer brumoso?* —exclama el profesor.

—Fue el oro de la Corona el que volvió a comprarlo —dice Gregor.

—¡Por los perros del Kahge! —exclama Frederick, mirándonos—. No parecéis gran cosa.

—Lo cierto es que eso ayuda —responde Gregor.

—Estáis alardeando de hazañas de hace más de una década, y ninguna significa nada; por muchos duques y museos y otras cosas que hayáis añadido a vuestro currículum —interviene el profesor Baranyi—, la fortaleza de Casimir es diferente. No funcionará.

—Ya veremos si funciona o no —dice la señora Och—. La mayor parte de las fuerzas de Casimir se encuentran fuera de la isla: ha desplegado una extensa red de búsqueda para dar con Theo. Habrá guardias en su fortaleza, pero no muchos, según creo. Conoce a mis contactos habituales y los detectaría si fueran allí. Esto, al menos, es algo que no será capaz de prever. Y nos estamos quedando sin tiempo. ¿Podríais estar preparados para partir mañana?

Miro a Dek, y él asiente. Eso significa que tendrá que trabajar toda la noche.

—Iremos en tren hasta Nim —dice Esme—. Allí encontraremos un barco.

—Habrá más cosas a las que enfrentarse que simples candados y guardias —explica la señora Och, inspeccionándonos de arriba abajo—. ¿Contáis con alguna bruja en el grupo? ¿Tenéis algún otro tipo de habilidades sobrenaturales?

—Solo la capacidad de Julia —admite Esme—. Y no va más allá de lo que ya conoce.

—También habrá hechizos que protejan lo que sea que Casimir pretenda mantener oculto —dice la señora Och—. Necesitaréis a Bianka si pretendéis romperlos.

Se me eriza la piel de pura ansiedad cuando veo que Bianka dirige lentamente sus ojos hacia mí. No quiero tenerla como compinche en este trabajo.

—Yo puedo ayudar a que el barco se aproxime a la isla —dice la señora Och—. Pero no puedo acercarme demasiado, o se dará cuenta. Bianka es capaz de deshacer los encantamientos que haya en el interior de la fortaleza por sí sola. Iremos con vosotros.

Miro a Esme con desesperación. Ella duda un momento.

—De acuerdo —acepta—. Pero yo soy quien está a cargo del trabajo. Todo el mundo tendrá que hacer lo que yo diga.

—Ponedle un precio —pide la señora Och.

Se lo dejo a Esme.

—Quince freyns de oro —declara.

Wyn disimula su grito de asombro con una tos falsa, y yo me pregunto si estará de broma o intentando sabotear el trabajo. Pero la señora Och se limita a asentir con la cabeza.

—Necesitaremos cuatro freyns de plata por adelantado —prosigue Esme. Todos nos la quedamos mirando, pasmados.

—De acuerdo —asiente la señora Och—. Los tendremos listos por la mañana, cuando partamos. ¡Julia!

Doy un respingo.

—¿Qué instrucciones tenías para el trabajo en mi casa? ¿Por qué esperaste para secuestrar al niño?

—Al principio no sabía que lo que querían era el niño —respondo—. Quiero decir que, en realidad, ellos tampoco lo sabían. Pia me dijo que tenía que encontrar una sombra, pero que podía tener el aspecto de cualquier cosa.

—Una sombra —repite. Por un momento, parece bastante perdida, como una anciana que se hubiera equivocado de camino y no supiera qué hace allí. De repente, sus ojos se aclaran.

—Casimir ha estado reuniendo una pequeña colección —dice—. Theo será vuestra prioridad, por supuesto —la señora Och mira a Bianka—. Pero, hace algún tiempo, Casimir también me robó algo a mí. Si sois capaces de recuperarlo, os doblaré el pago.

A sus palabras le sigue un largo y asombrado silencio.

Entonces, Esme pregunta:

—¿De qué se trata?

—Un árbol —dice la señora Och, y luego nos dedica una irónica sonrisa—. Pero podría tener el aspecto de cualquier cosa.

La conversación se desvía hacia barcos, armas, ganzúas y cosas así. Tengo los nervios de punta y necesito salir a despejarme, aunque solo sea a tomar una bocanada de aire helado, así que me escabullo un momento. Frederick me sigue con las manos enterradas dentro de su abrigo de lana.

—Julia —me llama con voz incierta.

Yo no respondo. ¿Qué podría decirle?

—Es un bonito nombre —me dice. Su voz tiene un deje de frialdad que me resulta desconocido—. Es difícil acostumbrarse. Te pega, supongo. Es extraño, pero echo de menos a Ella. Me gustaba mucho. Y ahora resulta que no existe.

—Yo no la echo demasiado de menos —respondo.

—Ella y yo éramos amigos —me dice—. Te pareces a ella, a pesar de ese ridículo vestido, pero a ti no te conozco ni lo más mínimo. Eres una extraña, y lo que sé de ti se enmarca en el rango que va desde lo ruin hasta lo horripilante.

Me encojo de hombros. Por absurdo que parezca, me ha dolido un poco su desprecio hacia mi vestido. Yo me envuelvo el abrigo de pieles alrededor del cuerpo con fuerza. El nuevo Frederick sigue hablando, con su expresión lejana y hostil.

—Desde que empecé a trabajar para el profesor he visto cosas que jamás en mi vida hubiera podido creer. He conocido a gente a la que a menudo se califica de malvada, gente como Bianka o como el señor Darius. Han sido bendecidos, o maldecidos, de maneras que los distinguen de los demás, pero no son malvados. Sencillamente, son personas. Con su parte de bondad y su parte de maldad, como todos. Con sus problemas, como todos. Para mí la maldad ha sido siempre un concepto muy abstracto. Nunca antes me había sentido tocado por ella. Pero ahora te miro, a esa cara que se parece a la de mi amiga Ella, y pienso en lo que has hecho y solo puedo preguntarme: ¿esta muchacha es malvada? No lo pareces y, aun así, creo que la única respuesta es que sí.

Se da media vuelta y regresa a la tienda dando un portazo, como si no soportara estar a mi lado ni un segundo más. Yo me quedo afuera hasta que hace demasiado frío y el sol termina de ponerse. Sus palabras han hecho aflorar algo oscuro y horrible en mi interior. Siento los miembros pesados cuando vuelvo a entrar. Frederick no se ha unido a los demás: está de pie, solo, examinando con gesto malhumorado una bota de mujer forrada de piel de cordero que está a la venta.

—Te quedaría bien —le digo. Él alza la vista, cauteloso—. ¿Qué puedes decirme de ese árbol de la señora Och? —pregunto.

—No sé mucho más que tú —responde—. Había un precioso cerezo muy antiguo en el jardín, y un día desapareció, arrancado de raíz.

—Y la señora dice que fue Casimir quien lo robó. ¿Para qué iba a querer un árbol?

Frederick se encoge de hombros.

—¿Y para qué iba a querer un bebé?

El silencio nos separa como una cortina. Él hace amago de alejarse y yo le detengo, agarrándole de la manga.

—Yo no soy malvada —le digo. No sé por qué me importa tanto. ¿Qué más me da lo que piense? ¿Qué otra cosa podría pensar, después de todo?

—Estaba pensando en alto —me responde con frialdad—. Sé que eres capaz de hacer el mal. No sé qué dice eso sobre la naturaleza de tu alma, si tienes o no conciencia o si sientes las cosas como lo hacen los demás.

—No sé cómo sienten los demás.

Me dedica una mirada impregnada de una vaga curiosidad, como si fuera un extraño espécimen encerrado en un tarro. Esta conversación está empezando a darme náuseas.

—¿Sientes remordimientos? —me pregunta—. ¿Ves a Bianka sufrir y sientes lástima?

—Por supuesto que siento... lástima —digo—. Mira, yo no sabía cómo iba a ser este trabajo. Hice lo que me estaban pagando por hacer.

—Hay otro tipo de trabajos. Como supongo que ya sabrás.

—Sí, ser una condenada sirvienta —niego con la cabeza—. Preferiría ir al Kahge. Suponía que lo único que tendría que hacer sería espiar, quizá robar algo. No lo supe hasta después de enfrentarnos al Gethin, y mi cliente me habría matado de no haber hecho lo que hice.

—¿Así que no eres malvada, sino, tal vez, solo una cobarde? —sugiere, sin sonreír, y no se me ocurre qué contestar.

No sé cómo empezar a explicarle que cada circunstancia de mi vida me ha llevado a donde estoy ahora. Que necesitaba mantener a Dek a salvo; que Esme nos proporcionó un hogar; que este encargo tuvo un giro inesperado que escapó a mi control; que pasé todo ese tiempo confundida y asustada; que tuve que apretujarme dentro de un armario y observar al hombre que ordenó la muerte de mi madre; lo que sentí cuando Pia me puso el cuchillo en la garganta. Todo eso. No sé qué decirle, pero, por algún motivo, soy incapaz de soportar que piense que soy malvada. O quizá lo que no puedo soportar es la posibilidad de que lleve razón. ¿Qué tipo de persona le entregaría al pequeño Theo a Pia?

—Voy a recuperar a Theo —digo.

—Por quince freyns de oro —dice Frederick, y se aleja de mí.

—¿Quieres un poco?

Niego con la cabeza y Wyn deja la botella de brandi caro otra vez en la mesa, mirando su vaso medio lleno.

—Julia —me dice con tristeza—. Siempre eres un ejemplo de fuerza y autocontrol. A los tipos como Gregor y yo nos haces quedar como unos pobres enclenques.

—Habla por ti —dice Gregor, avivando el fuego, que llamea con fuerza.

Probablemente, acercarse a un fuego no sea lo más seguro si eres un borracho, pero no intento detenerlo. Las llamas se elevan y Gregor se tumba directamente en el suelo y empieza a roncar.

Ya estamos de vuelta en casa, gracias al Innombrable, después de esa espantosa reunión. Bueno, yo digo que ha sido espantosa, pero, técnicamente, ha sido un éxito, porque vamos a hacer el encargo. Esme se ha ido derecha a la cama, y Dek está en el piso de abajo, trabajando.

—Te echo de menos —dice Wyn—. ¿Alguna vez dejarás de odiarme? Aunque no vuelvas conmigo, ¿podrías al menos sonreírme de vez en cuando?

Yo también le echo de menos, pero no se lo digo. Las palabras de Frederick aún me retumban en la cabeza, así que, en cambio, respondo:

—Por lo que sé, el niño ya podría estar muerto. Wyn..., ¿tú piensas que soy malvada?

—¿Malvada? —emite una carcajada que parece un ladrido—. Por los perros del Kahge, Julia, solo hiciste un trabajo. No era un encargo agradable, y lo siento por ti. Estoy seguro de que fue horrible. Pero somos criminales a sueldo, ese es nuestro negocio. Y ¿qué otra cosa podrías haber hecho? ¿Negarte y que te cortaran el cuello? Tú no eres mala, ojos castaños. ¡Si la que es una bruja es la guapita de la madre, por el Kahge!

—Esme ni siquiera me mira —replico.

—Esme acaba de pedir una maldita fortuna por hacer este trabajo. Yo diría que le has conseguido el mejor encargo que ha tenido en su vida.

Csilla entra entonces en el salón, vestida con un camisón que parece una enorme nube de encaje.

—Vosotros dos, será mejor que durmáis algo —nos regaña. Se arrodilla junto a Gregor, le acaricia la cara y susurra—: Ven a la cama, mi amor.

A la luz del fuego distingo las suaves arrugas que le rodean los ojos, las mechas plateadas en el dorado de su cabello.

—Podemos ayudarte a bajarle —me ofrezco. Pero Gregor se despierta, murmurando algo sobre un caballo.

—Apóyate en mí, cariño —le dice, ayudándole a incorporarse. Él se tambalea agarrado a su brazo, apestando a alcohol y dando bandazos.

Wyn sacude la cabeza.

—Esta vez ha pillado una buena curda. Pobre Csilla.

Yo no respondo nada a su comentario. Es la historia de cómo me crie, y me la sé de memoria.

—Mira, ha sido un trabajo horrible —me dice—. Pero los dos hemos hecho muchas cosas horribles y eso no nos convierte en personas horribles. O quizá sí, no lo sé. Yo no soy filósofo. ¿Si te pidiera perdón, no me dejarías?

Niego con una sacudida de cabeza, intentando forzar una sonrisa.

—No se me da bien pedirlo... No sé por qué. Te juro por los Sagrados que lo siento, pero es como si se me quedaran las palabras atascadas en la garganta cuando las pienso. Pero yo te quiero de verdad, Julia. Lo eres todo para mí. Nos parecemos tanto... Nos gusta el mundo, pero al mundo nosotros no le gustamos. Lo que pasaba es que estaba aburrido y me sentía solo, y Arly Winters es bonita y no pensé que fueras a enterarte.

—Tienes que ensayar un poco más este discursito —respondo secamente—. La primera parte ha estado mucho mejor que la última.

La risa brota musicalmente de su preciosa boca antes de volver a adoptar una expresión seria. Siempre me ha gustado eso de él, su facilidad para reírse, incluso en los peores momentos.

—Si creyera que eso fuera a cambiar algo, escupiría remordimientos y suplicaría y prometería cosas —dice—. Pero quiero ser claro contigo. Lo siento porque te he hecho daño, pero creo que lo que hice tampoco fue tan terrible. No estamos prometidos, ni nada por el estilo. Pasamos un buen rato, y ya está. Arly no significa nada para mí.

Sé que pretende hacerme sentir mejor con sus palabras, pero ya no importa; así que no le digo que yo nunca he conocido mayor alegría que su intimidad conmigo, jamás, y que el hecho de que la haya tratado tan a la ligera, que le haya dado a la imbécil de Arly Winters lo mismo que me dio a mí como si no tuviera ningún valor... Eso ha sido lo que me ha dolido. Miro por la oscura ventana: al otro lado cae la nieve. Ni siquiera yo estoy segura de qué es lo que se ha roto entre nosotros con su aventura. Es simplemente que la belleza de lo que teníamos, lo especial y maravilloso que yo pensaba que era, ahora mismo me parece una patraña. Y, aunque quiero volver con él, sé que nunca será lo mismo.

—Bueno, ya lo has dicho —digo, levantándome, y le doy un beso en la mejilla para que sepa que ya no estoy enfadada.

—No te vayas —dice, pero sacudo la cabeza y me aparto de él.

—Csilla tiene razón: necesitamos dormir un poco. Mañana va a ser un día duro.

Aun así, me duele alejarme de él. Esta noche sería muy reconfortarte abrazarle fuerte, perderme en él, escucharle decir que me quiere, cuánto nos parecemos. En cambio, bajo las escaleras, manteniendo las palabras de Frederick muy cerca de mi corazón: «Pienso en lo que has hecho y solo puedo preguntarme: ¿esta muchacha es malvada?».

Dek está trabajando en su escritorio, con el rostro cansado y pálido por la falta de sueño y el pelo echado hacia atrás, de modo que las oscuras cicatrices de la Plaga se perciben claramente, como una luna creciente alrededor de la cuenca vacía de su ojo. Frente a él tiene un cañón de metal no mucho más grande que mi antebrazo, y, a su lado, una hilera de siete pequeños cartuchos.

Capítulo 20

Siempre había querido ver el mar. Ahora es lo único que alcanzo a ver. La señora Och dice que nuestro barco es una nave resistente, pero a mí me parece insignificante, cabeceando de aquí para allá sobre las enormes olas grises y perdida entre el cielo sobre nosotros y el agua que nos sostiene. El horizonte es una línea oscura en la que mar y cielo se unen para rodearnos. Ahora creo que es temerario haber dejado atrás tierra firme. Este lugar es para los peces y los pájaros, no para nosotros.

Cuando Frederick me muestra en el mapa la pequeña distancia que hemos recorrido, me cuesta creer que el mundo sea tan grande. La primera noche me tumbo en la oscilante cubierta para mirar las estrellas, y me entra miedo de que mi propia insignificancia se diluya, se extinga, en medio de la vastedad que me rodea. De repente, sin previo aviso, la percibo perfectamente: la fina membrana tras la que puedo ocultarme y desaparecer. Puedo sentirla a mi alrededor, tirando de mí, y una parte de mi ser desea atravesarla, desaparecer más lejos de lo que nunca antes lo he hecho. Es como si aquí fuera capaz de percibir una inmensidad distinta, otro tipo de eternidad, pero nada me parece más seguro que esas indiferentes estrellas y las frías profundidades que surcamos a bordo de nuestro navío. La noche siguiente, el cielo está nublado y, aunque parece menos inmenso que el día anterior, la oscuridad es mayor.

Está siendo un viaje extraño, muy ajetreado, a veces, pero con largos intervalos de calma, en los que no hay nada más que hacer que ver pasar el mar y escuchar las sorprendentes conversaciones que surgen entre el grupo de la señora Och y el mío. Aquí, en el barco, los camarotes están demasiado cerca y el trabajo que nos han encargado es demasiado inmediato para mantener la frialdad y la distancia. Frederick me enseña a utilizar la brújula y el sextante, aprendemos a interpretar la posición de las velas para ajustarlas a nuestras necesidades; Dek y yo nos peleamos por el catalejo, maravillándonos por su capacidad de hacer que cosas tan distantes parezcan tan cercanas, hasta el punto que podrías estirar la mano y tocarlas. La señora Och permanece en un camarote bajo cubierta, descansando, y apenas la vemos.

La costa de Sirillia aparece en el horizonte, un montículo rojizo que se alza en la distancia, y navegamos bordeándola. Frederick nos cuenta cómo fue la caída del gran Imperio sirilliano. Gregor canta las virtudes del vino sirilliano. Csilla, por su parte, nos habla acerca de una visita a los antiguos monasterios excavados en los acantilados que se erigen sobre Flata, la capital. Las gaviotas planean sobre nuestras cabezas, y sentimos como si casi hubiéramos vuelto al mundo.

Me escabullo a la bodega y veo a la señora Och tendida en su camarote, muy quieta, con los ojos completamente abiertos. Durante un terrorífico segundo, pienso que está muerta, y reprimo un grito. Sus ojos se mueven rápidamente para posarse en mí.

—Julia —me dice.

—¿Qué está haciendo? —pregunto—. ¿Está usted bien?

—Me estoy preparando —responde, casi en un susurro.

—Ah —me quedo inmóvil en el umbral de la puerta durante un momento, pero, entonces, el barco coge una ola, da una sacudida, y yo me tambaleo hacia el interior del camarote y me detengo bruscamente junto a su pequeño camastro—. ¿Usted cree que Theo sigue vivo? —le pregunto, porque no hay nadie más a quien pueda preguntárselo y porque soy incapaz de seguir conteniendo la incertidumbre, que está abrasando todo lo que antes me importaba.

—No lo sé. Si sigue vivo, no creo que siga estándolo por mucho más tiempo.

El camarote se mece, y ya no sé si es el barco o mi propio terror el que me impide aferrarme a suelo firme. Me agarro al lateral del camastro.

—Así que la intención de Casimir es hacerle daño.

—La intención de Casimir es desmembrarlo y arrancarle lo que sea que hayan entretejido con su ser —dice la señora Och—. Mi suposición es que no quedará demasiado de Theo cuando terminen.

—¿Para qué? —susurro—. ¿Por qué Theo?

La señora Och se incorpora sobre los almohadones y, entonces, pienso que nunca he visto a una persona con aspecto de estar tan exhausta. Es como si le hubieran succionado la vida.

—La memoria tiene una capacidad limitada, y la mía ya no es lo que era —responde—. Cuando pienso en los Orígenes, ya solo soy capaz de recuperar algunos fragmentos. El olor de la tierra, cómo las olas de los océanos eran altas como montañas, cómo las montañas rebosaban fuego. Recuerdo volar, montada en el ala de un dragón colosal, y siempre recuerdo a mis hermanos a mi lado. Las leyendas dicen que los Espíritus inscribieron la magia en el mundo, pero no soy capaz de recordar cuándo comienzan esas leyendas. Lo que sí sé es que el Libro dio forma a todo lo que vino después y que así sigue siendo. De modo que, para evitar que fuera alterado ni usado a voluntad, el Libro se dividió en tres partes.

—El *Libro del Mundo* —digo, recordando lo que leí en el despacho del profesor Baranyi.

La señora Och enarca las cejas.

—Lo conoces.

—En realidad, no. Leí algo acerca de él en el despacho del profesor. Leí que los phares eshríkíes intentaron arrebatarles el Libro, pero que luego no fueron capaces de interpretarlo.

—Los únicos que podemos leer el Libro somos los xianren, y somos lo suficientemente sabios para saber que no debemos hacerlo. O, al menos, lo éramos por aquel entonces. A mis hermanos y a mí se nos entregó un fragmento a cada uno, para mantenerlo separado y a salvo.

—¿Quién se lo entregó? —pregunto.

—Hay quien los llama Espíritus, o dioses de los elementos. Yo no sé cómo denominarlos, pero hace mucho que desaparecieron. Se fundieron con la Tierra, al igual que está pasando con los xianren y al igual que intentó hacer el propio Libro. Después de que los phares eshríkíes intentaran interpretarlo, sin éxito, los fragmentos parecieron cobrar vida y empezaron a transformarse. Recuerdo que la parte de Casimir se convirtió en un magnífico lago verde en las laderas de los montes parneses. La mía se convirtió en un robusto árbol. Los reinos surgieron y entraron en decadencia a su alrededor, y yo permanecí junto a mi árbol en lo que, mucho después, acabó siendo la ciudad de Spira. La parte de Gennady era la más extraña de todas: una sombra que iba siempre pegada a él, una pequeña criatura alada y oscura que se movía cada vez que le daba la luz, como un niño travieso.

—¿Y la depositó en Theo? —susurro.

—No sé cómo pudo hacerlo, ni siquiera sé si es posible, pero eso es lo que parece creer Casimir —responde ella—. El único que podría explicar esto sería Gennady. Si realmente puede recopilar todas las partes del Libro y recomponerlo como fue antaño, Casimir dominará todas las formas de magia que sostienen y equilibran el mundo que conocemos. Sé cómo es Casimir. Y le quiero. Pero, ahora, también le temo.

—¿Bianka lo sabe? —pregunto.

—Se lo he advertido —dice la señora Och—. Para ella, todo esto se trata únicamente de su hijo, pero te lo cuento para que entiendas que hay muchas más cosas en juego que la vida de un niño. Hay una jorobada en el castillo, una bruja llamada Shey. Debes tener cuidado con ella: es más peligrosa que Casimir. El lago ya no es un lago, mi árbol ya no es un árbol, y no sé si Theo seguirá siendo Theo, pero, si no eres capaz de recuperarlas todas, debes asegurarte de conseguir al menos una de las partes. No sé qué aspecto tiene lo que debes buscar. Quizá sea un texto. Algo escrito. En el castillo habrá muchos libros. Casimir es un gran coleccionista.

—Pia me dijo que tenía que encontrar una sombra que podía tener el aspecto de cualquier cosa, y resultó ser Theo —respondo—. Para un ladrón es un encargo difícil, si lo que se supone que hay que robar no mantiene una forma fija.

—Supongo que entonces se trata más bien del trabajo de un espía: descubrir qué tiene que robar el ladrón —dice la señora Och.

—Yo voy a buscar a Theo —le digo—. Si veo un libro que parezca haber sido un árbol o algo así en una vida anterior, me lo llevaré. Pero no pienso ir buscando nada. No me arriesgaré. Voy a buscar a Theo y a sacarlo de allí.

Se me queda mirando un largo rato.

—No estás haciendo esto por el oro —me dice.

Intento contestar, pero no puedo. Por mi pecho se eleva una burbuja que estalla. Me desplomo de rodillas frente a ella. Me siento extraña, como si estuviera fuera de mí, y mi cuerpo se sacude con unos espantosos sollozos jadeantes. Las lágrimas me bañan el rostro y las manos. Pero no soy yo, y doy gracias al Innombrable, porque ya no soporto a Julia; Julia, que es una imbécil y una cobarde; Julia, que no entiende nada; Julia, que vendió a un niño por plata y pretende recuperarlo por oro, si es que aún está vivo, si es que aún está vivo, si es que aún está vivo.

Noto sus manos en mi pelo, y consigo calmarme. Me peina con dedos amables los mechones enredados por la brisa marina. Desde que tenía siete años, nadie me había peinado así. Siento como si estuviera cayendo, como si mi corazón se hundiera en el agua; escucho a la horda gritando enardecida cuando el río se la traga; veo a Theo intentando volver conmigo mientras Pia cierra la puerta, y el peso de la plata y el oro me hunden más y más profundamente. Creo que me quedo dormida durante un rato, en ese oscuro camarote, medio tendida en el suelo y con la cabeza apoyada en la almohada de la señora Och mientras ella me acaricia el pelo.

Me despierto cuando me susurra al oído:

—Ha llegado la hora.

La costa de Sirillia ha desaparecido, pero, a través del catalejo, atisbo un montículo gris en medio del agua gris, que, según el profesor, es la isla de Nago. Bianka, Frederick, el profesor y Dek descienden a la bodega. Hay una trampilla bajo la alfombra del camarote principal y los cuatro se aprietan juntos dentro, con una pequeña lámpara de gas, las velas de repuesto y las armas. Los demás tenemos un papel que representar. Esme es la cocinera; Wyn, el capitán del barco; Gregor y Csilla, por supuesto, son dos ricos recién casados. En cuanto a mí, se supone que no existo. El mar se embravece. Dentro de poco nos tambalearemos y volcaremos inesperadamente, al tiempo que intentaremos borrar cualquier rastro de la presencia de los que se esconden en la bodega.

Cuando vuelvo arriba, el cielo se ha puesto prácticamente negro, aunque todavía es temprano, y las olas se elevan más y más a nuestro alrededor. Gregor, que por primera vez en todo el viaje está relativamente sobrio, está encogido, de cara al viento, intentando manejar el timón.

—¡Por los perros del Kahge! —oigo gritar a Esme desde algún lugar cercano.

Gregor suelta el timón y el barco se ladea con violencia. La señora Och está en medio de la cubierta, con los brazos extendidos y unas enormes alas de color blanco grisáceo desplegadas en su espalda. Su rostro tiene más de animal que de humano, con un aire felino que, a pesar de todo, conserva un sorprendente parecido con sus rasgos. Tiene la vista clavada en el cielo, como si estuviera mirando a alguien a los ojos, y está hablando. No comprendo las palabras que pronuncia, pero su voz es una especie de música sobrenatural, suplicante e imponente al mismo tiempo. A su alrededor el aire da la sensación de ondear y crujir y moverse en grandes círculos. Sus palabras son magia pura.

Las nubes acuden veloces a su llamada y las olas se elevan para unirse a ellas. La lluvia cae torrencialmente sobre su cuerpo. Los rayos se ramifican, blancos y terribles, sobre el negro mar que nos rodea. Yo me aferro al marco de la puerta mientras nuestra pobre nave es alzada por una ola, alta como una colina, que vuelve a estrellarnos contra el agua. Otra negra ola se eleva sobre nosotros, una montaña lista para desmoronarse. Me oigo gritar, y la ola se desploma. El agua se derrama por las escaleras, fría y oscura, y me lanza, empapándome, hacia el estrecho y negro pasillo de la bodega. Subo los escalones como puedo, chorreando agua marina, mientras el barco se inclina repentinamente hacia un lado. Creo que vamos a volcar. Pienso que voy a ahogarme, como ella, y que por fin sabré si Liddy fue sincera cuando me dijo que esa era una muerte dulce. Nunca volveré a ver la ciudad de Spira. Nunca expiaré mi crimen. Nunca conseguiré enmendarlo.

Llego a la cubierta andando a cuatro patas. Una nueva ola se cierne sobre nosotros. La señora Och ha desaparecido. Oímos que algo se rasga y, de repente, algunos jirones de la vela mayor ondean violentamente por la cubierta. Ya no veo al resto. Me cuelgo de las cuerdas que mantienen el bote salvavidas en su lugar y me aferro a ellas desesperadamente mientras nuestra desdichada embarcación atraviesa la tormenta, indefensa. El mundo no es más que agua negra y súbitos destellos blancos que iluminan las colosales olas que se ciernen sobre nosotros. Oigo que alguien grita mi nombre, pero no distingo quién. Pienso en Dek, encerrado en el vientre de este barco, rodeado de gente extraña, y lloro porque estoy demasiado asustada para abandonar mi refugio e ir en su busca, para ayudarle o para morir a su lado. Lo único que soy capaz de hacer es quedarme aquí, esperando descubrir por fin lo que significa que te engulla el mar, tragar su agua y que ella te trague a ti, morir. En mi interior, pienso que el miedo es la peor parte. Que pase ya, que termine. Pero mis brazos se aferran con fuerza: es imposible razonar con ellos. Algo me golpea en el hombro y grito, pero no me suelto. Desaparezco sin pensarlo siquiera, distanciándome de todo, como si pudiera ocultarme de la tormenta, pero la tormenta tampoco me veía antes, le soy absolutamente indiferente. La boca me sabe a sal, el cielo vomita agua y ruge, y el terrorífico mar se burla de nuestra loca aventura.

Y, entonces, termina. Ha debido de ser algo gradual, pero a mí me parece repentino. Con los ojos cerrados con fuerza y los brazos enredados entre las cuerdas, me percato de que todo está en silencio. Y, después, de que todo está en calma. Abro los ojos con cierta dificultad, las pestañas pegadas entre sí por una costra de sal y prácticamente congeladas. El cielo ya no parece tan próximo, ahora se aprecia alto y gris. Las olas han vuelto a ser extensas ondas que ya no amenazan con devorarnos. Y allí, frente a nosotros, se encuentra la isla, piedra gris y grava que surgen del agua, y un castillo amurallado que se erige sobre una escarpada plataforma rocosa.

Las olas nos arrastran hasta la orilla, ahora amables y solícitas. Cuando la proa del barco atraca en la playa rocosa, vemos que hay tres hombres, vestidos con pieles grises y botas altas, que nos están esperando. Llevan espadas pendidas del cinto y rifles colgados del hombro. No tenemos tiempo de comprobar si los que están en la bodega se encuentran bien. Gregor está sangrando por una brecha que se ha abierto en la frente. Wyn está pálido y se sostiene el brazo como si lo tuviera roto. *Por los perros del Kahge,* pienso irracionalmente, ¿de qué ayuda va a sernos con un brazo roto? Bajamos del barco, gritando y aterrorizados (supongo que deberíamos agradecerle a la señora Och la nota de realismo que le ha puesto a la escena). A pesar del pánico que nos ha provocado la tormenta, todo el mundo está metido en su papel.

—¡Gracias, bondadosos caballeros! —grita Csilla, cayendo prácticamente en brazos de uno de los guardias. Como era de esperar, el hombre no se inmuta lo más mínimo.

—El barco está destrozado —se queja Wyn.

—Haremos que lo reparen aquí —dice Gregor—. Podemos pagar. Caballeros, ¿serían tan amables de decirnos dónde nos encontramos?

—Están ustedes en Ninguna Parte. Un lugar un tanto desafortunado para encallar —dice el más bajo de los tres y, por lo que parece, también el mayor—. ¿Dónde están sus documentos?

Habla en frayniano, con un fuerte acento extranjero. Los tres tienen la piel muy oscura. Quizá procedan de Eshrik, o de Antica Norte.

—Yo iré a buscarlos, señor —dice Esme, aún en la cubierta del barco.

Gregor se muestra orgulloso y ofendido. Ella vuelve con los documentos falsificados. Su mano experta y el sello falso hacen que sea imposible identificarlos como imitaciones. El guardia los inspecciona uno a uno, lee cada uno de los papeles y dirige después la mirada hacia sus respectivos titulares.

—Enhorabuena —les dice a Gregor y Csilla. Su voz tiene un deje amenazador que no me gusta en absoluto—. Acaban ustedes de contraer matrimonio.

—Esta era nuestra luna de miel —replica Csilla, indignada—. Por favor, me da igual dónde estemos, ¿podemos entrar? Estamos empapados, hace frío y nuestro barco acaba de naufragar.

—Volverá a navegar, creo —dice el guardia, dedicándole un vago y desinteresado vistazo a la nave.

—Caballero —dice Csilla, con una voz cada vez más chillona—. ¡Acabamos de naufragar! ¿Cuánto tiempo vamos a tener que estar aquí? ¡Moriremos congelados! —y finge desmayarse de forma bastante convincente.

Gregor la coge al vuelo.

—¡Por favor! ¡Mi mujer no se encuentra bien! —grita.

—Es muy extraño que hayan encallado aquí —dice el guardia—. Nadie encalla aquí.

—No entiendo por qué —dice Gregor, representando a la perfección su papel de aristócrata ofendido—. ¿Hay algún médico en este lugar?

—Encenderemos la chimenea en el salón Terra —dice el guardia. Se gira bruscamente y camina de regreso al casillo, diciéndoles algo a los otros dos en otro idioma.

Los guardias guían a nuestro asustado y empapado grupo colina arriba. Yo voy justo detrás de Esme, cuyos movimientos parecen abrir la mayor franja de espacio fuera de la realidad en la que poder escabullirme. A su paso, es como si pudiera atravesar el aire del mismo modo en que los profetas lorianos eran capaces de atravesar las aguas, según ellos mismos dicen. Puedo seguirla y permanecer oculta, envuelta en una fría membrana a cada lado, como si estuviera atravesando un túnel invisible. Aun así, no estoy acostumbrada a avanzar a esta velocidad estando desvanecida, y eso me exige una concentración muy intensa. En un momento dado, siento como si pisara agua helada, como si unos dedos me rozaran los tobillos, pero me sacudo la sensación de encima y sigo avanzando.

La muralla de piedra que rodea el castillo es muy alta y termina en unas horribles cuchillas de hierro que rematan el borde superior. Unas pesadas cadenas elevan una gruesa puerta de piedra, que vuelve a descender inmediatamente a nuestras espaldas. No tengo tiempo de ver quién, o qué, la ha abierto. Eso me inquieta un poco, porque forma parte de mi cometido encontrar la forma de salir y volver a entrar, por si necesitamos utilizar armas o la brujería de Bianka. En este momento, junto a la sencilla puerta lateral hacia la que nos dirigimos, diviso a un guardia con una mano apoyada en una palanca. La puerta que acabamos de cruzar da directamente al castillo.

Los guardias nos guían por fríos pasillos iluminados por lámparas, hasta que, finalmente, llegamos a una habitación con altos ventanales de cristal biselado que cubren una pared entera. Los ventanales permiten que la luz pase al interior pero no dejan ver lo que hay afuera. Junto a ellos hay sillones para sentarse. Una mujer de mediana edad, vestida con muselina blanca, viene a encender la chimenea. Una profunda cicatriz morada se le desliza desde la parte superior del pómulo hasta la barbilla, partiéndole los labios de forma grotesca. Parece enferma, está esquelética. Cuando se gira, veo que algo destella en su muñeca, algo que parece un gozne, pero, para cuando intento verlo mejor, ya se ha ido. El fuego está encendido. Nos apiñamos alrededor de la chimenea y miramos todo lo que nos rodea. No soy capaz de deducir en qué tipo de estancia estamos ni para qué podría servir. Las paredes están decoradas con cuadros de batidas de caza, barcos a vela y pájaros gigantes, que se alternan con escenas de leyendas folclóricas. En una esquina hay una enorme urna de jade; en otra, una estatua de mármol de un enano de aspecto maligno. Encaramados y disecados en los pedestales que circundan la estancia, un lobo con cuernos, un lagarto gigante (el doble de grande que cualquier hombre) y una pequeña criatura de largos colmillos parecida a un tigre nos observan con sus brillantes ojillos muertos.

—¿Cuánto tiempo nos van a hacer esperar aquí? —exige saber Gregor, furioso—. Necesitamos ropa seca, algo de comer. ¿Qué tipo de hospitalidad es esta? ¿Acaso no saben quién soy?

Los guardias no dicen nada.

—¿Hay algún baño? —pide Wyn—. Necesito usarlo.

Los guardias se miran entre sí. Uno de ellos niega con la cabeza.

—Llevo toda la mañana bebiéndome las reservas de vino, me muero por echar una meada, por favor —implora.

Los guardias no se inmutan ante su petición, así que se encoge de hombros y se dirige hacia la gran urna de jade mientras se desabrocha los pantalones.

Uno de los guardias se echa a reír, pero el otro agarra a Wyn del brazo con brusquedad y dice algo en su idioma que no soy capaz de descifrar. Me acerco a ellos rápidamente y me mantengo muy cerca de Wyn, como si fuera su sombra. Su brazo libre cuelga en un ángulo extraño y me doy cuenta de que, con cada paso que da, le duele más. Corremos por un pasillo en el que por poco choco con una urna que me llega hasta el hombro y en la que se representan escenas de guerra, pintadas en tonos rojos y negros; descendemos por unas escaleras tapizadas y luego por otro pasillo más estrecho que lleva a un baño interior. Entro con Wyn, y él cierra la puerta. El guardia la golpea como para advertirle de que se dé prisa.

Wyn me busca y yo aparezco dejando escapar un suspiro de alivio para que pueda verme. Mis labios pronuncian un silencioso «bien hecho», y él me rodea con el brazo sano mientras entierra la cara en mi pelo.

—Ten cuidado —me susurra al oído.

—¿Tienes el brazo roto?

—Puede. No pasa nada.

—No os separéis. Dentro de nada volveré a por vosotros.

No quiero dejarle ir, pero el guardia vuelve a aporrear la puerta. Yo me recuesto contra la pared de la letrina. El guardia arrastra a Wyn de vuelta por el pasillo. Espero hasta que ya no puedo escuchar el ruido de sus pasos.

Y, entonces, salgo sin que nadie se dé cuenta.

Me mantengo pegada a las paredes, me muevo lentamente y escucho con atención, pero no me encuentro con nadie. Las paredes y las habitaciones están llenas de tapices, de estatuas de mármol y bronce, de muebles de jade, de cabezas de animales extraños, de mapas antiguos, de cuadros de brillantes colores de la época preloriana, de bóvedas celestes y de pergaminos escritos en caligrafía zhongguana. Supongo que, si uno vive miles de años, al final termina por acumular unas cuantas cosas. La mayoría de las puertas están cerradas con llave, así que tengo que ir forzando las cerraduras con mi ganzúa. Cada nueva puerta me lleva a un nuevo pasillo, a una nueva estancia gigantesca y repleta de obras de arte, libros y antigüedades, a una nueva escalera sinuosa. Generalmente soy capaz de orientarme bastante bien, pero estoy dando tantos giros y doblando tantas esquinas que tengo que empezar a mover objetos de sitio para tener una referencia y dejar mi propio rastro de miguitas de pan: la esquina de una mesa de marfil apunta hacia la puerta por la que he entrado, la nariz reseca de un chacal disecado me dirige de vuelta a cierto pasillo, la estatuilla de oro de una bailarina me indica con su pierna extendida la dirección por la que debo regresar.

Estoy en un pasillo flanqueado por dos hileras de armaduras, unas gigantescas estructuras metálicas con plumas en lo alto de los yelmos —se me escapa por completo cómo alguien sería capaz de moverse con eso puesto—, cuando oigo un ruido de pasos. Me escondo detrás de una armadura justo cuando alguien dobla la esquina. Me deja atrás, los ojos clavados en el suelo, antes incluso de que me dé tiempo a desaparecer. Una diminuta mujer cuyo claro cabello está empezando a encanecer. Una jorobada. Se me corta el aliento cuando recuerdo las palabras de la señora Och. Avanza pesadamente, arrastrando una bolsa de cuero negro. Espero hasta que nos separa una distancia considerable, y entonces la sigo lo más sigilosamente que puedo. En esta zona, los suelos están tapizados con gruesas alfombras y es fácil moverse sin hacer demasiado ruido, que es precisamente por lo que casi me pilla desprevenida.

No alza la vista del suelo, ni tampoco mira a los lados. La mujer sube, sube y sube un tramo de escaleras tras otro. Por lo que parece, nos dirigimos a la parte más alta del castillo. Respira con dificultad y me atrevo a seguirla un poco más de cerca, porque seguramente no sea capaz de oírme entre sus propios jadeos entrecortados. Llegamos a un luminoso pasillo lleno de ventanales, a bastante altura respecto del nivel del mar. Atisbo brevemente las torretas inferiores, la playa y nuestro barquito encallado en la orilla, pero no me atrevo a seguirla por el pasillo, porque, al fondo, cuatro guardias armados hasta los dientes custodian una puerta de acero blindado. Los guardias se apartan para dejar pasar a la mujer, inclinando la cabeza en señal de respeto. El modo en que se mueven, la rapidez con que lo hacen, la tensión que demuestran, me hace pensar que la temen. La mujer extrae un aro repleto de llaves de su cinturón y con ellas abre tres candados diferentes en la puerta. Luego se queda muy quieta, con la cabeza gacha, murmurando algo. Levanta una mano para cubrirse el rostro y, con un dedo de la otra, parece trazar algo sobre la puerta. Un penetrante aroma a tierra húmeda recién arada flota en todo el pasillo y la puerta se abre con suavidad. No soy capaz de ver qué hay al otro lado. La mujer entra y la cierra tras de sí con un chasquido metálico. Los guardias intercambian incómodas miradas entre ellos, pero no dicen nada.

Una habitación vigilada por guardias, con tantos candados en la puerta y, por lo que he visto, protegida incluso con un hechizo... Cualquier ladrón que se precie sabe que esa es la puerta que debe cruzar. Parece que al final sí que voy a necesitar a Bianka. Aquí no puedo hacer nada yo sola, y no sé cuánto tiempo estará ahí dentro la mujer. Tengo que encontrar el camino de vuelta, y eso es algo más fácil de decir que de hacer. Bajo las escaleras corriendo, regreso al pasillo de las armaduras donde la he visto por primera vez. Sigo las marcas y recordatorios que he ido dejando por el camino: una enorme cabeza de alce; una escalera de caracol; una urna de jade; un reloj muy grande; un león tan real que incluso da miedo; una pequeña corona cuajada de joyas, guardada en una vitrina; el pasillo con el techo pintado como una bóveda celeste, y, así, siguiendo una referencia tras otra.

Me detengo en un pasillo decorado con caligrafía zhongguana. No sé si vislumbro el movimiento o es otro sentido el que me alerta, pero alzo la vista. Y allí está, vestida de negro de la cabeza a los pies y colgada del techo como una especie de gigantesca y espantosa araña.

—¿Ves? Yo también sé hacerme invisible —dice Pia.

Y, antes de que me dé tiempo a echar a correr, se deja caer directamente sobre mí.

CAPÍTULO 21

Me arrastra pasillo abajo tirándome del pelo. Llevo puesto el brazalete de gas pimienta de Dek, pero no estoy segura de que me sirva para reducir a Pia y sus gafas mecánicas, y tampoco me atrevo a revelar que lo tengo. Me desabrocho el mecanismo oculto en la palma y lo empujo por el antebrazo para esconderlo lo más dentro posible de la manga mojada.

Pia golpea una puerta con el puño cerrado. Una sonora voz grita en respuesta algo que no entiendo porque el corazón me palpita en los oídos. Atravesamos la puerta y Pia me tira al suelo frente a un par de altas y relucientes botas negras.

Alzo la vista. Una grandiosa capa de pieles, botones de oro en la chaqueta, una tupida barba y negras cejas enmarcando un pálido rostro de carnosos y rojos labios, y unos ojos del gris más uniforme y apagado que se pueda imaginar.

—¿Esta es la muchacha de la que me hablabas? —pregunta.

—Esta es Julia.

Pia me rodea para quedar junto a él y ambos contemplan cómo me pongo de pie, mareada y tambaleante después de la sesión de arrastramiento capilar, con la ropa aún completamente empapada. Casimir, porque supongo que es él a quien tengo delante, es muy alto y esbelto como un bailarín. Podría ser atractivo, incluso, aunque de manera un tanto severa, si no tuviera un aspecto tan descolorido y exangüe.

—La muchacha que desaparece —dice—. La que nos trajo al niño.

No me molesto en responder. Sabe perfectamente quién soy. Inspecciono la habitación de un rápido vistazo. Hay ventanas y la puerta que queda a mi espalda no está cerrada con llave, pero Pia me observa, con una leve sonrisa en los labios, y no creo que tuviera muchas oportunidades si intentara escapar.

—Y ahora estás aquí para volver a secuestrarlo —dice Casimir—. ¿Una punzada de remordimiento?

—Una punzada de que me gusta el dinero —respondo, porque me parece una respuesta más segura, y Casimir ríe.

—Es mi hermana quien te paga —afirma sin sombra de duda—. ¿Cuánto?

—Quince freyns de oro —respondo. No hay motivo para mentir.

Casimir enarca las cejas.

—Es un buen pago, la verdad —opina.

—Es más de lo que me pagó usted —replico.

—El riesgo es mayor —dice—. Nuestro encargo era fácil, en comparación, ¿no?

Me encojo de hombros. Eso todavía está por ver.

—Detesto ver el talento desaprovechado —dice Casimir—. Ahora que estás aquí, no tengo claro si debería cortarte el cuello o contratarte.

El corazón me da un vuelco y no me atrevo a responder a su comentario.

—Podría sernos útil —dice Pia.

—¿Se puede confiar en ella? —pregunta Casimir.

—El contrato la retendrá —responde ella.

—Hago lo que me pagan por hacer —digo—. Usted me pagó, y le conseguí a Theo. Ahora me paga la señora Och, así que trabajo para ella.

—Y, si duplicara la paga, ¿volverías a trabajar para mí? ¿Qué harías por, pongamos, treinta freyns de oro?

Me humedezco los labios y mantengo un tono de voz calmado.

—Eso dependería de para qué me contratara —respondo.

—¿Tienes límites sobre lo que estarías dispuesta a hacer a cambio de treinta freyns de oro? —me pregunta, levantando una de sus negras cejas.

—No me gusta aceptar un trabajo sin saber antes en qué consiste —respondo. Aunque, precisamente, eso es lo que hice antes para él, y por bastante menos.

—Yo no me refiero a un trabajo —me explica—. Hablo de un anticipo. Después de firmar el contrato, se te pagará por hacer el trabajo. ¿Hablas algún otro idioma además del frayniano?

Niego moviendo la cabeza.

—Tendrás que aprender unos cuantos, pero eso no es gran cosa: veo que eres joven e inteligente. Tengo a una de mis marionetas en un puesto de gran poder, pero es impredecible y tiene demasiado carácter. Necesito tenerlo más controlado, y una muchacha con la capacidad de desaparecer podría ser un buen recurso.

—Esa marioneta de la que habla... Se refiere a Agoston Horthy, ¿verdad? —digo, fundamentalmente para que siga hablando y me dé tiempo para idear un plan que me saque de este atolladero.

Casimir me sonríe. La suya no es una sonrisa agradable, y tengo la molesta sensación de que sabe exactamente lo que estoy pensando.

—Tengo entendido que está empezando a ir por libre —responde.

—¿No le preocupa que dedique todo su tiempo libre a ahogar brujas? —le pregunto.

—Es un pasatiempo inofensivo —dice Casimir—. Las brujas y yo no tenemos buena relación desde la fundación del Imperio eshrikí. Mi hermana cree que es posible trabajar con ellas, reconducir la historia contando con su colaboración, pero nunca ha sido demasiado pragmática. Si Agoston Horthy quiere ahogarlas como si fueran alimañas, que lo haga —Casimir enarca una ceja y añade—: Pero tal vez tú no opines lo mismo... Quizá tengas motivos personales para considerar que ahogar brujas es una práctica despreciable.

Noto un leve escalofrío en el corazón y me pregunto cuánta información le habrá dado Pía acerca de mí.

—Entonces, ¿quiere que me dedique a espiar a Agoston Horthy para usted por treinta freyns de oro?

—Treinta freyns de oro será, digamos, la suma que se te pagará por abandonar tu trabajo actual y acceder a firmar un contrato conmigo. Después, con cada nuevo trabajo, habrá más oro. También quedarás bajo mi protección —tras decir esto, hace una breve pausa—, en caso de que hagas algún enemigo.

Me está prometiendo riqueza, una seguridad relativa y aventuras. Conozco a una chica que habría dicho que sí en un santiamén y habría considerado esta propuesta un sueño hecho realidad, pero he enterrado a esa chica en ropas caras compradas con dinero sucio y apenas recuerdo cómo era ser ella.

—El mundo detesta la magia —prosigue Casimir—. Frayne está liderando la lucha para erradicarla. La gente como tú necesita encontrar un puerto seguro donde refugiarse. A mi lado es el lugar más seguro y afortunado donde podrías estar.

No me gusta la forma en que Pia me mira. Ese resplandor en sus gafas mecánicas. ¿Hubo una vez en que una versión más joven de ella se vio aquí, vacilando ante la idea de tanto oro junto? Pia, que se autodenomina una esclava. Pia, que prefiere ignorar todo lo que vaya más allá de las instrucciones concretas.

—¿Y si rechazara su oferta?

—Te dejaría marchar —me dice, aunque parece ofendido por la pregunta. Luego añade—: Pero a tus amigos, no. Ellos se convertirían en comida para los pájaros.

—Tendría que ver ese contrato —respondo, manteniendo la frialdad profesional.

—Por supuesto —dice Casimir—. Pia recuerda bien sus implicaciones, ¿verdad, querida?

Pia no contesta.

—Y también estoy hambrienta —añado. Al fin y al cabo, no puedo hacer demasiado con el estómago vacío.

Casimir ríe.

—Me gusta —le dice a Pia—. Esta cachorrita no le teme a nada, ¿verdad? Las gafas de Pia giran. Ella sabe que sí hay cosas a las que temo.

—Le pediré a mi hombre que te prepare un contrato —luego, dirigiéndose a Pia, dice—: Llévala arriba. Manda que un guardia custodie la puerta y pide que le lleven algo de comer.

Pia vuelve a agarrarme del pelo, con una brusquedad innecesaria, y me saca a rastras de la habitación.

—¡Suéltame, puedo caminar! —grito, retorciéndome de dolor bajo su garra. Ella me tira al suelo y se queda de pie, esperando, con los brazos en jarras. Yo me incorporo, tambaleándome, y la encaro.

—Niñata estúpida —me escupe.

Cualquier resquicio de afinidad que en algún momento hubiera podido sentir por ella se ha convertido en terror y repulsión.

—¿Así fue como empezaste tú? —le pregunto—. ¿Con Casimir diciéndote lo especial que eres y ofreciéndote más oro del que nunca hubieras podido soñar?

—No deberías haber venido —me dice.

—Supongo que no. ¿Me vestirá de cuero y me pondrá unas gafas como las tuyas?

Pia tuerce la boca.

—Ahora mismo, tus opciones son limitadas. Sin embargo, hay destinos mucho peores para una chica como tú que el que Casimir te está ofreciendo.

—¿Y qué tipo de chica soy?

—Eres como yo —me dice—. O quizá sería más acertado decir que, una vez, yo fui como tú.

Y tal vez eso lo explique todo. Su actitud cuasi amable y también su crueldad.

—No soy como tú —digo—. Y tú nunca has sido como yo.

Los dedos me urgen a empuñar mi cuchillo. Creo que nunca había tenido tantas ganas de hacerle daño a alguien. Deseo exterminarla.

Pia me dedica una sonrisa maliciosa, como si supiera lo que estoy pensando y le resultara reconfortante.

—Era exactamente igual que tú —me dice.

Hay una cama con un dosel de hierro en una esquina de la habitación. Una silla alta y una mesa junto a la ventana. La ventana da al mar, al lado opuesto en el que ha encallado nuestro barco, si es que aún sigue en la costa. Una lámpara apagada, con grandes velas blancas, cuelga de una cúpula en el techo, cuyas vigas ascienden concéntricas hasta su centro, formando una especie de tela de araña. Un baúl cerrado con llave. Un tapiz con un unicornio que se erige sobre los flancos traseros, sobre un madero. Merodeo por la habitación con desánimo, empujando las paredes por si pudiera descubrir un panel secreto. Evalúo la posibilidad de abrir el baúl, pero es una idea absurda, por supuesto. ¿Por qué iban a encerrarme en una habitación en la que pudiera encontrar algo útil o interesante?

La sirvienta con el rostro cubierto de espantosas cicatrices me trae un vestido de muselina como el suyo, un par de leotardos de lana basta y unos incómodos zapatos negros con un pequeño tacón. Gracias al Innombrable, no se queda a contemplar cómo me despojo de mis ropas mojadas. No se han molestado en registrarme, y yo sigo teniendo el cuchillo escondido en el forro de la bota y la ganzúa de Dek en el tacón. Saco la ganzúa y me la escondo en los leotardos, a la altura del muslo, y vuelvo a abrocharme el brazalete de gas pimienta alrededor de la mano. No creo que pueda correr con esos zapatos, así que opto por quedarme con las botas mojadas, por incómodas que puedan resultar. De todas maneras, tampoco hay ningún otro sitio en el que pueda esconder el cuchillo.

El cielo se despeja, el mar se calma y un pálido sol se eleva en el firmamento hacia el mediodía. La sirvienta vuelve con una bandeja con pan, fruta y queso, y una pequeña jarra llena de un líquido que huele a cerveza. La observo mientras lo coloca todo en la mesa y busco de nuevo ese resplandor plateado que he visto antes en su muñeca. Parece como si le hubieran retirado la piel alrededor del pequeño disco brillante, pero trabaja deprisa y no tengo oportunidad de verlo más de cerca antes de que salga otra vez de la habitación.

A mitad del almuerzo, oigo un fuerte golpe al otro lado de la puerta, como si un cuerpo estuviera estrellándose contra ella. La puerta se abre y el guardia que la custodiaba cae al suelo, inconsciente. Me incorporo de un salto, retrocedo hacia la ventana, como si pudiera escapar por ella, y me quedo petrificada. Sir Victor Penn Ostoway III da una zancada para pasar por encima del cuerpo y entrar en la habitación.

—Ella —me dice—. No he venido a hacerte daño.

—Bien —respondo, manteniendo la espalda pegada a la pared y el dedo en la boquilla del brazalete—. ¿Y a qué ha venido?

—He estado hablando con Casimir.

—Así que eso ha estado usted haciendo —escucho cómo se me escapa una carcajada estridente. *Calma, Julia,* me recuerdo—. ¿Todo este tiempo ha estado trabajando para él?

—No. Le conocí ayer. Tenía una propuesta para mí. Es algo complicado, y no sé si tenemos mucho tiempo...

—Permítame que le ahorre el mal trago. Quiere que vigile de cerca a Agoston Horthy. Pero ¿no está usted a punto de transformarse en lobo cualquier día de estos?

Se queda boquiabierto.

—No me llamo Ella —añado.

—Sí, es cierto. Casimir me lo ha dicho. ¿Cómo era, entonces? ¿Julia?

Asiento.

—Me ha contado que estabas espiando en casa de la señora Och, pero, por lo que parece, también estabas espiándome a mí.

—¿Qué está haciendo aquí?

—Eso mismo es lo que he venido a preguntarte a ti. Él me ha dicho que eras su empleada, que te harías pasar por mi sobrina en la corte y que recibirías órdenes de mí, que tienes la habilidad de desaparecer. Pero, si trabajas para él, ¿por qué te tienen encerrada? Desde mi ventana he visto a Bianka llegar con otras tres personas más. Quiero saber qué está pasando.

—Casimir ha secuestrado a Theo —le explico a regañadientes, aunque ya no hay más remedio—. Ya no trabajo para él. Hemos venido a por Theo. A sacarlo de aquí.

Sir Victor arranca las sábanas de la cama y las usa para atar con bastante eficiencia al guardia inconsciente a la silla. Lo amordaza con la funda de la almohada.

—¿Qué está haciendo? —le pregunto, aunque estoy a punto de echarme a llorar de puro agradecimiento—. Va a hacer que le maten.

—No me ha visto —dice sir Victor—. No te preocupes: esto se me da bastante bien. ¿Por qué quiere a Theo?

—No lo sé. Parece que alberga dentro de él parte de un libro mágico. No lo he entendido bien: lo único que sé es que van a hacerle daño para sacarle lo que sea que Casimir espera encontrar en su interior.

—Tengo una hija de tu edad —me dice—. Me recuerdas un poco a ella. Es una buena chica, inteligente, bondadosa, con talento. Pero el mundo no está de su parte.

—Lo sé —respondo—. Me han hablado de ella.

—Entonces eres una excelente espía, pero aún puedes elegir ser libre. No quieras formar parte de ellos. No, si puedes evitarlo.

—Pero ¿usted sí forma parte de ellos?

—Se me acababa el tiempo. Casimir, o más bien su bruja, Shey, fue capaz de conseguir lo que la señora Och y el profesor no pudieron.

—¡Le ha curado! —digo sorprendida. Y, a pesar de todo, me alegro bastante por él. Supongo que Pia fue a buscarlo después de que le enseñara las cartas.

—Sí. Llevo mucho tiempo vinculado a Agoston Horthy en contra de mi voluntad, y ahora además estoy vinculado a Casimir. Pero tú no tienes por qué establecer vínculos con nadie. No, si puedes escapar. Me temo que no puedo hacer mucho más por ti —me tiende el revólver del guardia y me indica la puerta abierta con un gesto.

—Es más que suficiente —respondo—. Pero ¿por qué me está ayudando?

Da la sensación de que se lo piensa un poco antes de contestar.

—Supongo que... no tengo muchas oportunidades de ayudar a la gente, últimamente —dice por fin.

—¿Por qué no viene conmigo? Sé dónde está Theo. Podemos salir de aquí, lo sé. Si ya está curado, quizá la señora Och aún pueda ayudar a su hija.

Él niega con la cabeza.

—Es demasiado tarde. Debes irte, rápido. Tengo que volver a mi habitación. Tienen que pensar que has escapado tú sola.

—¿Por qué es demasiado tarde? —pregunto.

Me muestra la cara interna de la muñeca. La piel amoratada ha sido retirada y fundida en un queloide que se aglutina alrededor de un pequeño cuadradito de metal brillante. Lo toco con el dedo, pero en seguida tengo que apartarlo de nuevo. Para mi horror, está caliente como una sartén al fuego.

—¡Por el Kahge maldito! ¿Qué es esta cosa? —pregunto.

—Mi contrato —me dice—. Deberías darte prisa.

Tardo más de lo que había esperado en encontrar el camino de vuelta a la puerta por la que hemos entrado al castillo. Encuentro la palanca metálica entre dos piedras y tiro de ella. El portón de madera de la muralla empieza a elevarse, al tiempo que van enrollándose las dos enormes cadenas que tiran de él. Me guardo el revólver en la cintura del vestido y corro hacia la muralla. Cuando estoy allí, me pego a ella para que no puedan verme desde la costa y busco entre las piedras una de buen tamaño. Cuando la encuentro, la hago rodar hacia la puerta, sudando y jadeando. La puerta ya está empezando a descender otra vez. Me arrimo lo máximo que puedo a la muralla, esperando a que la puerta baje, y entonces introduzco la roca para que haga tope e interrumpa su descenso. Desaparezco y me arrastro por debajo del hueco. Dos de los guardias que hay junto al barco han sacado los revólveres de sus cartucheras mientras un tercero se aproxima a la puerta para investigar.

Me acerco a él lenta y sigilosamente, manteniéndome oculta tras mi cortina de invisibilidad, hasta que apenas nos separan unos centímetros y, entonces, le rocío con el gas pimienta. Se tira al suelo gritando, y los otros dos entran en pánico y empiezan a correr hacia mí, aunque no pueden verme. Me quedo muy quieta, porque así es más fácil mantenerme invisible y, en cuanto están a mi lado, los ataco también con el gas. Aunque me he levantado el vestido para taparme la cara, la proximidad del gas me produce arcadas y hace que me lloren los ojos. Espero a que la nube se disipe un poco antes de desarmarlos. Lanzo los revólveres dentro del barco y trepo por el lateral para subir a bordo, dejando a los tres hombres, cegados y aullando de dolor, junto a la muralla. Desciendo los peldaños hasta la bodega, arranco la alfombra de un tirón y abro la trampilla.

Lo primero que veo es el cañón de un rifle. Luego, cuatro rostros que me miran. Las manos de Dek hacen descender el cañón. Todos están apiñados en un corro, alrededor de un libro con dibujos de velas, y una única lámpara ilumina la lúgubre y diminuta cavidad. Se los ve empapados y exhaustos. Escucho el chapoteo del agua a sus pies. Frederick lleva una tira de tela húmeda alrededor de la cabeza y Dek tiene la mandíbula hinchada, lo cual le desfigura aún más el rostro, si cabe. Supongo que ahí abajo tampoco habrá resultado fácil resistir a la tormenta.

—Theo... —dice Bianka con voz ahogada.

—Está vivo —le digo. No sé si es verdad, pero sé que es lo que necesita escuchar.

—¿Le has visto?

—No, pero he visto el lugar donde lo tienen escondido —digo—. Vosotros tenéis que reparar el barco para que pueda volver a navegar lo antes posible. Ahora necesito que Bianka venga conmigo. Habremos terminado con esto en un abrir y cerrar de ojos.

Bianka tiene un trozo de tiza. Yo no tenía ni idea y, de haberlo sabido, me habría sentido aterrorizada, pero ahora me alegro. Bianka lo sostiene como si fuera un arma mientras Frederick y yo atamos a los guardias y los arrastramos hasta un lateral del barco, para que queden ocultos a la vista.

—Deberíamos arrojarlos al mar —dice Bianka, con rudeza.

—Solo hacen su trabajo —respondo—. No son tus enemigos.

—La gente que solo «hace su trabajo», cuando el trabajo en cuestión implica secuestrar a mi hijo y mantenerlo encerrado, es mi enemiga —recalca, mordaz.

Yo no respondo a su comentario y la guío por la pendiente que lleva al castillo.

—¿Cómo vamos a entrar? —me pregunta.

La roca ha cedido un poco bajo el peso de la puerta, que ha caído unos cuantos centímetros más. Ahora solo queda abierta una rendija que no deja espacio suficiente para que nos arrastremos dentro.

—Por los perros del Kahge —maldigo, inspeccionando la muralla. Es demasiado alta y lisa para poder escalarla.

—Ve tú primero —dice Bianka. Apoya el hombro contra la madera y empieza a empujar. A mí se me abre la boca de par en par cuando la enorme puerta empieza a deslizarse hacia arriba—. Date prisa —gruñe.

—Espérame aquí —le digo—. Yo puedo abrirla cuando esté al otro lado.

Me tumbo boca abajo y paso como puedo bajo el portón levadizo mientras ella se esfuerza por mantenerlo levantado, deseando desesperadamente que no le fallen las fuerzas cuando aún tenga medio cuerpo debajo. La parte inferior de la puerta me roza la espalda. Me retuerzo bajo ella como una contorsionista hasta penetrar en los terrenos del castillo, subo corriendo la colina hasta la puerta lateral y tiro de la palanca. Las cadenas empiezan entonces a enroscarse sobre sí mismas y la enorme puerta se eleva con un quejido. Bianka la atraviesa convertida en la venganza personificada.

—Llévame con él —me dice.

Tengo miedo de lo que sea capaz de hacer si nos perdemos. El castillo es un laberinto endemoniado, pero ahora que he comido un poco tengo la mente más fresca y consigo encontrar fácilmente el camino hasta el pasillo de las armaduras, donde vi a la jorobada por primera vez. Desde allí es fácil recordar el trayecto hasta lo alto del castillo.

—Espera —murmuro cuando estamos casi en lo alto del último tramo de escaleras. Desaparezco y echo un vistazo por el pasillo. Sigue habiendo cuatro guardias. La ausencia de ajetreo en el castillo y su postura relajada me confirman que nadie ha descubierto mi huida ni se ha percatado todavía del revuelo que acaba de producirse junto a nuestro barco.

—Cuatro guardias —le digo a Bianka en voz baja cuando vuelvo a las escaleras donde me está esperando—. Puedo forzar los candados, pero la puerta está también protegida por magia. De todas formas, de lo primero que tenemos que ocuparnos es de los guardias.

Bianka se agacha y escribe algo en el escalón con la tiza. Huelo por segunda vez el potente aroma a flores podridas, el olor de su magia. Incluso bajo esta tenue luz puedo ver cómo el sudor le perla la frente. Da la sensación de que las paredes tiemblan levemente.

—¿Estás bien? —le pregunto—. ¿Necesitas descansar un momento?

Bianka me mira como si fuera a arrancarme la cabeza de los hombros, y yo me estremezco.

Se adentra en el pasillo, y yo la sigo.

Los cuatro guardias se han desplomado delante de la puerta y están profundamente dormidos.

—Muy bien —comento—. Sin derramamiento de sangre. ¿Durará mucho?

—No tengo ni idea —admite Bianka.

Me arrodillo y empiezo a trabajar inmediatamente en las cerraduras. Son muy sofisticadas, pero la ganzúa de Dek no se le queda atrás. Bianka está escribiendo otra vez en el suelo con la tiza y respirando entrecortadamente. Cuando consigo forzar las tres cerraduras, alzo la vista y veo que está escribiendo «ábrete, ábrete, ábrete, ábrete, ábrete, ábrete», una y otra vez, por todo el suelo y las paredes.

—¿Eso funcionará? —pregunto, no muy segura.

—No... lo... sé —dice con voz apagada—. No sé mucho más que tú sobre cómo funciona esto. Escribo cosas y, a veces, suceden: cosas sencillas o no tan sencillas, pero... pero siempre pasa algo —el sudor cae desde su frente al suelo sobre las palabras escritas con tiza.

No hay nada más que yo pueda hacer para ayudar, así que me siento en el suelo junto a la puerta encantada y la veo sudar, temblar, escribir. Las palabras cubren las paredes, se extienden hasta el pasillo. Su respiración se ha vuelto entrecortada ahora, le gotea sangre de la nariz. «Ábrete, ábrete, ábrete». Pienso en mi madre, en la violencia con la que los papeles revoloteaban mientras se inclinaba sobre la cama en la que Dek yacía enfermo, intentando mantener a la muerte a raya. Bianka seguirá escribiendo estas palabras hasta que se derrumbe, y no sé cuándo sucederá eso. Sin embargo, la magia que protege la puerta se derrumba antes que ella. Se oye una especie de chasquido. La puerta se abre suavemente y, antes de poder moverme, Bianka ya la ha atravesado como una flecha. Se queda paralizada y, luego, deja escapar una leve y asqueada risa. Yo me incorporo y la sigo.

Es una estancia de forma redonda con ventanas, una cama, una silla y una mesa. Desplomado contra una pared hay un hombre sin camisa, alto, de pelo claro. El hombre abre los ojos —azules como el cielo— y los clava en nosotras. Pulseras de plata se ciñen en torno a sus muñecas y tobillos, todo su cuerpo está cubierto de inscripciones negras, en una caligrafía que no logro reconocer. Tiene el torso lleno de cicatrices: algunas antiguas, otras recientes y enrojecidas.

—¿Dónde está Theo? —grito. Todas mis esperanzas de que siga con vida acaban de esfumarse. Corro al centro de la estancia y busco con avidez, y luego me dejo caer de rodillas, abrumada por una desesperación que me sobrepasa, que me deshace.

El hombre habla:

—Bianka. ¿Eres real? ¿No eres un sueño?

Su voz resuena por la estancia. Es de ese tipo de voces que te gustaría escuchar cantando, que transmiten una dulce resonancia. El hombre se levanta lentamente: es enorme, y me deja atrás para dirigirse hacia Bianka con los brazos extendidos. Su espalda desnuda está profundamente surcada de zigzagueantes cicatrices de color carmesí, como si le hubieran cortado algo a la altura de los omoplatos.

—Gennady —dice Bianka, apartándose de los brazos extendidos de él, que intentan alcanzarla.

La voz de Bianka suena con un deje de espanto.

Como si el nombre de Gennady fuera una maldición.

CAPÍTULO 22

Aunque ella no hubiera pronunciado su nombre, yo habría podido adivinar que ese era Gennady: Zor Gen, el amante de Bianka, el hermano de la señora Och, el padre de Theo. Ahora me doy cuenta de que las inscripciones en su cuerpo no están hechas con tinta sino que están formadas por finas cicatrices negras, como si la extraña caligrafía hubiera sido grabada a fuego en su piel. En un costado, una oscura inscripción, aún fresca, humea ligeramente. A pesar de que se mueve con dificultad, Gennady emana una especie de agilidad poderosa. Su asombrosa corpulencia y su frondosa mata de cabello dorado le hacen parecer un león herido.

—Eres tú —dice Gennady. Estira de nuevo sus manos, y, una vez más, ella se aparta. Gennady deja caer las manos a ambos lados del cuerpo—. No eres un sueño.

—No —responde Bianka. Su voz tiembla con una emoción que no soy capaz de describir—. No soy un sueño.

—Mi hijo está aquí —dice Gennady—. Lo tienen secuestrado.

—No pensarás que he venido a rescatarte a ti, ¿verdad? —le espeta Bianka—. ¿Dónde está?

—No lo sé —el tono de su voz tiene una gravedad extraordinaria, como nunca había oído hasta ahora, parece el rugido de un gran felino. Bianka está de pie frente a él, temblando. No tengo ganas de ver lo que pasa cuando una bruja y una especie de ser inmortal herido se desmoronan por completo. Me levanto del suelo.

—Vale, vamos a intentar no echarnos todos a llorar —digo, esperando sonar menos llorosa de lo que me siento—. Lo encontraremos —le tiendo a Gennady el revólver que sir Victor me ha dado—. ¿Tienes buena puntería?

Gennady lo recibe. En su enorme mano, parece de juguete.

—¿Quién eres tú? —me pregunta.

—Una desgraciada y retorcida traidora y, por el momento, una amiga —responde Bianka por mí.

—Sí, eso. Y tengo una idea de por dónde podemos empezar a buscar —digo, sacándome el cuchillo de la bota. Me siento más cómoda con él en la mano que con el revólver.

Pasamos por encima de los dormidos guardias, las inscripciones en tiza de Bianka, «ábreteábreteábrete», que cubren por completo el suelo y el «a dormir» que ha garabateado en el escalón. Bianka tiene los ojos clavados en la mutilada espalda de Gennady, pero no le hace ninguna pregunta. Yo los guío en dirección a la habitación en la que antes estaba encerrada. El pan del almuerzo aún humeaba cuando me lo han servido, lo que significa que no debe de haber estado mucho tiempo viajando por estos helados pasillos. Supongo que quien sea que prepare aquí la comida tiene alguna idea de adónde la llevan.

Pasamos unos cuantos minutos en silencio y, entonces, escucho a Gennady murmurar, como una suerte de trueno distante:

—Bianka, mírame.

Bianka se gira y le golpea con tanta fuerza que Gennady cae al suelo y se queda allí tendido, mirándonos con esos fascinantes ojos, de un azul demasiado intenso.

—No me contaste nada. No me advertiste —las palabras surgen de su boca como un mordisco, la voz entrecortada por la furia—. Pusiste a mi hijo en peligro y luego desapareciste. ¿Se puede deshacer lo que sea que le hayas hecho?

Gennady se incorpora lentamente y se eleva sobre ella, pero Bianka se mantiene más derecha que una vela y no tiembla lo más mínimo ante su terrorífica mirada. Es más, la tiza empieza a desmenuzarse entre sus dedos índice y pulgar. Sé que debería detenerlos, pero no puedo moverme, ni tampoco apartar la vista.

—Nunca pregunté si era posible deshacerlo. No conoces a Casimir. Si lo que quería era apoderarse de mi sombra, no se hubiera detenido ante nada para arrebatármela. La bruja que trabaja para él posee un poder mayor del que debería tener cualquier bruja. El hombre que lo hizo, Ko Dan, un monje de la secta Ei, en Zhongguo, me dijo que mi sombra no podía separarse completamente de mí, que se negaba a abandonarme. La única manera de crear distancia entre la sombra y mi ser era apartar una porción de mi constitución genética de mi cuerpo. En otras palabras, un niño. La magia no se aplicó a Theo, sino a mí, para que mi hijo fuera el portador del texto en el mundo, que estuviera ligado a su vida y muriera con él. Ko Dan sugirió que matáramos al bebé en cuanto naciera para, de ese modo, destruir el fragmento, pero yo deseaba que antes él pudiera tener una vida. Después de todo, era mi hijo. Te abandoné para que no pudieran relacionarte conmigo. Incluso cuando me atraparon, pensé que sería capaz de ocultárselo a la bruja, pero no fui capaz. Penetró en lo más hondo de mi ser, me desarmó y obtuvo lo que quería. Yo te delaté. Se lo conté todo.

—Se lo contaste todo a esa bruja pero a mí no me contaste nada. Me usaste. Usaste a Theo como si fuera un mero objeto y no tu hijo.

Bianka alza de nuevo el puño, pero esta vez él lo atrapa en su mano gigantesca y la atrae hacia sí.

—Te elegí a ti porque sabía que podrías protegerlo. Sabía que tú serías lo bastante fuerte. Sabía que tú le querrías.

Ella hace un extraño sonido con el paladar.

—¿Y no porque me amaras? —le pregunta.

—Querida —la ferocidad lo abandona por un momento y, de repente, ya solo parece triste—. Eso fue... una consideración secundaria.

Escucho la profunda bocanada de aliento que toma Bianka... y algo más. Consigo alzar la voz y me interpongo entre ellos:

—Parad. Escuchad.

A través del espantoso silencio que reina en el castillo, se oye algo que parece música. Yo les hago señales para que me sigan y me ayuden a rastrear el sonido. Tras un segundo de vacilación, obedecen. Entre ellos no vuelve a haber intercambio de palabras alguno. A medida que vamos acercándonos, se distingue cada vez mejor que la música procede de una voz femenina que canta. Una voz trémula, aguda. Les hago un gesto para que se queden en el pasillo mientras me abro camino hacia el lugar de donde procede el sonido.

Bajando por una pequeña escalera hay una gran y vacía cocina. En la chimenea arde un fuego. La canción procede de una habitación que hay detrás, de la trascocina. Allí encuentro a una chica con una melena rubia y sucia que está tendiendo la ropa limpia y cantando una canción en un idioma extranjero, con una voz bonita aunque con un deje de tristeza. La rodeo para colocarme detrás de ella, la agarro del pelo y le pongo el cuchillo en la garganta. La canción se detiene abruptamente, su cuerpo se tensa. Bien. Es de las que se quedan paralizadas en lugar de luchar. De las que no gritan.

—Ni un solo ruido o te corto el cuello ahora mismo —siseo.

La muchacha tiembla contra mi cuerpo, rígida a causa del miedo. Se mantiene en silencio. Vuelvo a pensar en Pia («Era exactamente igual que tú»), pero no vacilo.

—¿Dónde está el niño? —pregunto—. Recuerda que, si no me lo dices, aunque sea porque no sabes dónde está, te cortaré el cuello. Espero que lo sepas, por tu bien.

—Puedo enseñártelo —susurra.

Le coloco el cuchillo en la espalda y le aferro el brazo con fuerza, obligándola a subir las escaleras.

—Nada de intentar escapar o llevarnos con Casimir o los guardias —le advierto—. Puedo matarte mucho más rápido de lo que nadie pueda ayudarte. No te olvides.

—Ellos también pueden matarme —susurra.

—No se enterarán —le digo—. Cuando hayamos encontrado al niño, puedes huir y esconderte. O volver aquí y terminar de tender la colada. Lo que tú prefieras.

Sus desorbitados ojos observan a Gennady y Bianka en el pasillo. La muchacha nos adentra en las profundidades del castillo. Creo que debemos estar en un subterráneo, porque ya no hay más ventanas. Llegamos a una enorme estancia donde hay una chimenea apagada, apenas un par de tapices medio podridos colgando de las paredes y una gran mesa de roble a un lado. La chica señala la alfombra en el suelo.

—Ahí abajo —susurra.

—Aparta la alfombra —ordeno, y Bianka obedece.

Ahí está. Una trampilla. Bianka tira de ella y deja escapar una especie de sollozo. Yo atraigo a la sirvienta contra mí, y todos nos apiñamos alrededor del hueco cuadrado que hay en el suelo de piedra.

No hay escalera, solo una larga caída hasta una diminuta habitación, aunque quizá el término «habitación» sea demasiado generoso para describirlo. Está oscuro, pero Gennady abre la palma de su mano, susurra algo, y de ella surge una llama cuya luz revela a un niño de cabello dorado que duerme en una camita al fondo del zulo. Ya sea por la repentina luz, por el gemido que se le escapa a Bianka o por la corriente que entra a través de la trampilla, el chiquitín se despierta y se nos queda mirando con esos brillantes ojos, idénticos a los de Gennady.

—¿Es él? —susurra Gennady. Está realmente débil, y tiembla por el esfuerzo que le ha supuesto generar la llama, la cual ya se ha apagado.

—¡Mamá! —grita Theo, revolviéndose debajo de las mantas y estirando los brazos en actitud lastimera—. ¡Mamá!

—¿Cómo bajamos? —pregunta Bianka. Hay demasiada distancia para saltar.

—Debe de haber una cuerda —digo yo—. O quizá algún mecanismo, o unas escaleras ocultas.

—O quizá otra manera de entrar —dice Gennady, mirando alrededor de la habitación.

—Quédate donde estás, mi dulce niño —grita Bianka a Theo—. Mamá va a buscarte

Yo empujo a la sirvienta hacia el rincón más alejado de la habitación.

—Tú te quedas aquí. No intentes escapar o te haré trizas. Ni un ruido, ni un suspiro. ¿Entendido?

Ella asiente, sin pronunciar palabra, y se desploma en la esquina. Yo me vuelvo a esconder el cuchillo en la bota y empiezo a arrancar los tapices de las paredes y a atarlos unos con otros para hacer una cuerda. Bianka sigue gritándole palabras de consuelo al pequeño Theo.

—Tráeme esa mesa —le digo a Gennady, señalando la estructura de roble en la esquina—. Acércala a la trampilla.

Gennady empieza a tirar de ella. Es un hombre fuerte, pero la mesa se desliza con un lento chirrido por el suelo de piedra. Bianka se levanta para ayudarle. Theo empieza a gritar en cuanto ella desaparece de su vista.

—¡Estoy aquí! —le grita—. ¡Ya voy!

Gennady suelta la mesa cuando han conseguido cruzar media estancia y se endereza. Bianka sigue arrastrándola ella sola hacia la trampilla, gritándole:

—¿Qué demonios te pasa?

—Hay alguien aquí —dice.

Se me cae el alma a los pies. Ahí, en el umbral de la puerta, está Pia.

—Me tienes sorprendida, Julia —me dice—. No creía que fueras tan sentimental. La oferta de Casimir ha sido generosa.

Yo noto los ojos de Bianka clavados en mí.

—Tú me pusiste la elección fácil —respondo—. Nunca seré como tú.

Por primera vez percibo en su rostro una expresión de verdadera furia.

—¿Tan noble eres, que prefieres morir?

—Morir tampoco está en mis planes —digo. Un disparo y, en ese preciso instante, Pia corre hacia la pared con esa asombrosa capacidad suya de desafiar a la gravedad. Otro disparo y cae al suelo, rueda sobre sí misma y le quita el revólver de la mano a Gennady de una patada.

Gennady le lanza un puñetazo con uno de sus enormes puños, pero es demasiado lento para ella. Pia trepa la pared, corre hasta el techo y se deja caer sobre él, golpeándole con las botas en las rodillas, que ceden bajo el peso de su cuerpo. Bianka y yo nos lanzamos a por el revólver, pero Pia es más rápida. Lo aleja de una patada y empuja a Bianka contra mí, con lo que ambas salimos volando por los aires. Gennady intenta incorporarse pero Pia le propina una fuerte patada en la cara, derribándolo, y luego le coge una pierna y se la retuerce hasta que se escucha un chasquido. Gennady aúlla de dolor. Bianka logra ponerse de pie antes que yo, que todavía no he conseguido recuperar el aliento. Pia le lanza una patada a la cabeza, pero Bianka la esquiva, la agarra a ella por el pie y la lanza al centro de la habitación. Pia rueda sobre sí misma con gesto elegante y vuelve a ponerse de pie. Un cuchillo centellea ahora en su mano. Bianka se interpone entre Pia y la trampilla. Entre Pia y yo.

—Deprisa —me dice.

Con manos temblorosas, ato a la pata de la mesa la cuerda hecha con tapices. Cuando está todo lo tensa que soy capaz de sujetarla, la arrojo al interior del pequeño zulo. Bianka y Pia están ahora en el suelo. Por un momento, Bianka consigue inmovilizarla. Es la más fuerte de las dos, pero la agilidad y la velocidad de Pia la superan con creces. Girando rápidamente consigue zafarse de Bianka y le asesta una patada aparentemente letal en la cabeza. Gennady se arrastra como puede hacia ellas. Yo no puedo mirar. Rezo por que los tapices podridos aguanten y me deslizo hacia el zulo donde el pequeño Theo ya se ha puesto azul de tanto gritar en su camita.

—Abrázate fuerte a mí —le digo—. Vamos a buscar a tu mamá.

El pobre niño no parece recordar que fui yo quien le secuestró o, al menos, no entiende que todo esto es culpa mía. Deja de gritar.

—¡Lala! —exclama, con vocecilla ronca y temblorosa.

—Eso es, soy Ella —le digo, cogiéndole en brazos.

Lleva puesta la misma ropa que la última vez que le vi, nauseabunda, apestando a orina y heces. Está sucio, andrajoso y más delgado que hace apenas unos días. Tiene los ojos enrojecidos y una costra de mucosidad le obstruye la nariz. Creo que la manera en que me mira, el modo en que envuelve mi cuello con sus bracitos, va a romperme el corazón.

—Agárrate fuerte a mí, ¿de acuerdo? —le digo, y me obedece.

Empiezo a impulsarnos a los dos por la cuerda, brazada a brazada. Apenas he recorrido un cuarto del trayecto cuando empiezo a sentir que los brazos me fallan. Estoy sudando, y siento cómo los bracitos de Theo empiezan a resbalar por mi cuello húmedo.

—No te sueltes —digo entre dientes, no sé si dirigiéndome a él o dándome ánimos a mí.

Sigo avanzando. Me arden las manos. Me arden los brazos. Pero ahí está la trampilla y, con las reservas de fuerza que dudaba tener a mitad de camino, consigo impulsarnos a ambos y atravesarla.

Gennady yace en el suelo, hecho un bulto dorado y con ambas piernas rotas. Bianka ha salido mejor parada y sigue de pie, pero sangra mucho por una herida que tiene en el costado. Cuando salimos de la trampilla, le asesta un golpe a Pia en un lado de la cabeza y ella se tambalea. Creo que debe de ser el primer golpe de Bianka que da en el blanco, porque Pia empieza a vacilar, retroceder y esquivar los golpes, intentando recuperarse. Bianka es demasiado lenta para volver a golpearla, pero no deja de acorralarla, lanzándole puñetazos sin mostrar temor alguno al cuchillo.

—¡Mamá! —grita Theo mientras intenta correr hacia ella. Yo le agarro como puedo y lo pongo a cubierto bajo la mesa.

—*Shhh, shhh* —susurro—. Tú mamá está ocupada ahora mismo. Tú ahora estás bien. Solo tienes que sentarte aquí quietecito y no moverte, ¿me has entendido?

Se me queda mirando con unos ojos enormes. Saco mi cuchillo y desaparezco, confiando en que la confusión que reina en la habitación me ayude a pasar desapercibida. Me dirijo directamente hacia la lucha que se libra entre las dos mujeres. Bianka empuja a Pia contra la pared y ella responde con una patada que la hace retroceder con paso inestable y caer al suelo. Me acerco a Pia por un costado y clavo el cuchillo profundamente en su vientre.

La hoja atraviesa con tanta facilidad el cuero, su cuerpo... La hundo hasta la empuñadura. Ella se dobla por la cintura. Mareada por el horror y la extrañeza de haber introducido un cuchillo en la carne de alguien, saco la hoja y golpeo con la empuñadura sus gafas, con toda la fuerza que soy capaz de reunir. Las lentes se hacen añicos y Pia grita. Doy media vuelta y corro. Ella hace amago de perseguirme, aún con su propio cuchillo en la mano. Se guía por el sonido o, por lo que parece, por mi olor, ciega o prácticamente ciega, con las gafas rotas. Salto justo por encima de la abertura de la trampilla, conteniendo el aliento y rezando porque el salto haya sido lo suficientemente largo como para franquearla. Mis pies tocan el suelo al otro lado y me inunda una oleada de alivio. Pia se precipita por el hueco y cae con un grito espantoso. Saco la soga de tapices lo más rápidamente que puedo y, cuando lo hago, oigo el ruido nauseabundo que hace su cuerpo al estrellarse contra el suelo. No quiero mirar, pero no puedo evitarlo. Está en el fondo, hecha un ovillo de negrura; mi reflejo de pesadilla, en el fondo de un pozo. Pienso que debe de estar muerta hasta que oigo su voz.

—No me dejes aquí, Julia.

Cierro la trampilla con un golpe y echo el pestillo.

El pequeño Theo está en brazos de Bianka, llorando y balbuceando junto a su cuello. Ella lo aprieta con fuerza contra su cuerpo, meciéndose de adelante atrás y empapándolo de sangre. Yo me acerco a Gennady, que yace destrozado y haciendo muecas de dolor en el suelo.

—¿Cómo vamos a levantarle? —pregunto.

—No lo haremos —responde Bianka—. No hay tiempo. La sirvienta se ha ido. Dará la alarma al resto de la casa. Tenemos que irnos ahora.

Gennady me coge por la muñeca.

—Shey es la única que puede extraer el texto de Theo —dice—. Casimir no puede hacerlo sin ella. Mátala.

—Haré lo que pueda —respondo, aunque no tengo ninguna intención de ir a buscar a la jorobada—. Volveremos a por ti.

—No, juro por el Kahge que no lo haremos —dice Bianka.

Incluso herida como está corre más rápido que yo, y me descubro observando la aterrorizada carita del pequeño Theo, que me mira por encima del hombro de su madre mientras yo intento seguirle el ritmo.

—Detente —susurro—. Los otros están cerca de aquí. Habrá guardias custodiándolos.

—¿Los otros? —se gira hacia mí, con una mirada asesina—. Pensaba que eras tú la que iba a sacarnos de aquí.

—No llegaremos muy lejos sin alguien que sepa navegar el barco —le imploro.

—Toma a Theo —sisea entre sus dientes apretados—. Quédate detrás de mí. Que nadie te vea. Mantenle lejos de cualquier enfrentamiento.

—¿No puedes hacer magia? —le pregunto.

Ella niega, sacudiendo la cabeza.

—He perdido la tiza. Y, de todas maneras, ahora estoy demasiado mareada.

Theo se me cuelga del cuello y aprieta su carita contra mi mejilla. Yo señalo el camino y desaparezco, retirándome hacia ese lugar invisible, agachándome tras los renqueantes y doloridos pasos de Bianka.

Cuando doblamos la esquina, un único guardia saca su revólver y dispara. Yo pego la espalda a la pared, pero Bianka corre derecha hacia él. El guardia dispara de nuevo. Bianka se tambalea, pero sigue moviéndose y me acuerdo de la bruja del barco en la purificación, la giganta a la que dispararon. Yo me acuclillo detrás de la enorme urna que he estado a punto de tirar antes, como si pudiera ofrecerme algún tipo de protección, y apoyo la cara contra la pared. Dos disparos más, seguidos de un espantoso sonido de huesos que se rompen. De madera astillándose. Abro los ojos y me asomo por detrás de la urna. El guardia está en el suelo y Bianka está embistiendo contra la puerta de madera.

Entonces, silencio. Un silencio horrible. Me quedo de pie en el pasillo observando el cuerpo del guardia, abrazándome a Theo.

Bianka no regresa.

Capítulo 23

Nunca en mi vida me he sentido tan sola como ahora, abrazada a Theo, en un pasillo de la fortaleza de Casimir, a apenas unos metros del guardia muerto. Tiene los ojos abiertos y la cabeza doblada hacia atrás de tal manera que parece estar mirándome fijamente, las piernas retorcidas en el suelo. Fuera quien fuera, ha dejado de existir con el chasquido de su cuello al romperse. Me pregunto qué le trajo a este lugar, quién llorará su muerte. Pienso para mí que ese hombre es igual que yo. Los grandes jugadores de esta partida son los xianren, Bianka, el pequeño Theo, incluso. Esta es su historia. Este guardia y yo nos hemos visto atrapados en ella, nada más. Somos de esos personajes que la historia olvida, que se quedan tendidos en el suelo con el cuello roto mientras todo sigue discurriendo sin ellos, indiferente a su nuestra existencia. Creo que seré la próxima a la que le romperan el cuello, o le meteran una bala en la cabeza, o cualquier otra cosa.

Noto la manita de Theo en mi cara.

—Quédate aquí —le digo, y lo deposito en el suelo. Me sumerjo en el pasillo y llego hasta el guardia muerto, lo cojo por debajo de los hombros. Pesa muchísimo. Lo arrastro hacia donde está Theo y le quito la chaqueta. Theo estira la manita para tocarle el pelo.

—No le toques —le digo, dándole un manotazo para apartarle la mano. Se me queda mirando y se la lleva a la boca—. No deberías tocarle —le digo, más tranquila.

Aunque, en realidad, no sé por qué no debería hacerlo.

Tumbo a Theo junto al cadáver del guardia y le susurro:

—Vamos a jugar al escondite, ¿de acuerdo, Theo?

Lo envuelvo en la chaqueta y vuelco la urna para colocarla sobre el cadáver y que disimule el bulto bajo la chaqueta. Mientras Theo se quede quieto, es bastante improbable que cualquiera que pase apresuradamente por aquí se percate de su presencia. Lo único que verán será a un guardia muerto debajo de una urna volcada.

—Mamá —Theo se asoma entre los pliegues de la chaqueta para mirarme con ojos suplicantes.

—Mamá ya viene —le digo—. Tú sigue escondido, y mamá te encontrará. ¿Lo entiendes?

Por los condenados del Kahge, Julia, pues claro que no te entiende. Pero, cuando tiro de la chaqueta para taparle la cabecita, se acurruca en el suelo como si fuera a echarse una siesta.

—Buen chico —le digo.

Tengo que apartar los dedos muertos del guardia de su revólver para poder cogerlo. Aún están calientes, y noto que la bilis me sube por la garganta, pero trago para obligarla a descender. Sigue sin escucharse el más mínimo ruido procedente del salón Terra. Vuelvo a desaparecer y empiezo a avanzar lentamente a lo largo de la pared, lo más sigilosamente que soy capaz. Intento calmar mi respiración y entro muy despacio en la sala.

Están todos allí. Los últimos rayos de sol se filtran por las ventanas, iluminando las motas de polvo que se arremolinan en el aire, cuya lenta danza es el único movimiento que se percibe en la estancia. Es como si estuviera observando un cuadro, una sala llena de estatuas. Todos están petrificados en su sitio: Wyn frente a la otra puerta de acceso de la sala; la sirvienta con la que me crucé esta mañana; Gregor lanzándose hacia Csilla para protegerla, y ella con los brazos levantados delante de la cara; Esme girada hacia mí con la boca abierta como si estuviera gritando. Me está mirando, pero no sé si es capaz de ver algo. Parecen un grupo de gente que estuviera intentando esquivar o huir de un ataque que les hubiera sorprendido de todas partes al mismo tiempo.

Bianka ha conseguido llegar hasta la mitad de la sala. Tiene los puños cerrados. La sangre que le empapa el vestido gotea sobre la alfombra. No alcanzo a verle la cara.

—¿Quién está ahí? —es una voz femenina, grave para ser de mujer, pero, definitivamente, no pertenece a un hombre. Habla en fraynniano con acento rural. Al principio no puedo verla, pero ahora avanza frente al cuerpo petrificado de Wyn, inspeccionando la habitación como si pudiera olerme. Es Shey, la jorobada.

De repente, Bianka avanza dando un brusco y bamboleante paso hacia delante. Shey traza algo rápidamente en el aire con su dedo índice, y Bianka se detiene a mitad de zancada.

Yo levanto el revólver y apunto.

Pero tardo demasiado en disparar. Lo escucho, o, más bien, noto su presencia, un segundo antes de que me alcance. Pero ese segundo, o dos, es lo que tardo en apretar el gatillo. Recibo un veloz golpe en el hombro y el revólver cae al suelo con un estruendo, mis manos frenéticas y aturdidas no pueden sujetarlo. Casimir me levanta en el aire, cogiéndome del cuello, y me arranca de la invisibilidad de un tirón.

—Esta es la chica invisible, Shey —le dice a la jorobada. La voz de Casimir suena entrecortada, un poco jadeante. No se parece a la voz sonora y tranquila con la que me habló hace no tanto—. La hija de Ammi.

La mujer llamada Shey no responde a su comentario, pero creo que a mí se me para el corazón durante un segundo.

Casimir me zarandea levemente.

—Prefería la idea de contratar a la hija de Ammi, de tenerla a mis órdenes. Parecía una conclusión adecuada para nuestra historia. Pero tal vez se parezca demasiado a su madre, después de todo.

Debo de estar soñando. La naturalidad con la que habla de mi madre, como si la conociera. La poca luz que queda cada vez es más tenue.

—¿Dónde está el niño? —me pregunta, apretándome la garganta con más fuerza, hasta que yo ya no puedo respirar. Según se me nubla la visión, se me ocurre que su técnica no es la mejor para conseguir que alguien hable.

—*Ghhh* —gimo, con voz ronca, agitando la lengua. El mundo se ha reducido a ese par de ojos terribles, y necesito respirar. Con la otra mano, me agarra del pelo y afloja la que me aprieta la garganta. Jadeo unas cuantas veces y tomo largas bocanadas de aire.

—El niño —repite Casimir.

—Se ha ido —respondo—. A un lugar donde nunca podrás encontrarlo.

Me asesta un golpe en la sien y, por un segundo, todo se torna negro. Mis manos escarban contra algo duro, y entonces me doy cuenta de que es el suelo. Alzo la vista y veo una bota que se estrella contra mi rostro y me hace caer de espaldas. Una oleada de dolor me inunda la nariz y los ojos. Tengo la boca llena de sangre. La bota desciende sobre mi brazo y escucho un grito que debe de ser mío. A través de una niebla de lágrimas, lo único que soy capaz de ver es su rostro sobre el mío, las aletas de su nariz agitándose, sus carnosos labios y sus blanquísimos dientes.

—Shey, ¿recuerdas cómo era ser joven? —le grita a la jorobada.

—Sí, mi señor —responde Shey, con voz grave.

—Tan seguros de todo, tan valientes. Todos somos así cuando somos jóvenes.

Yo no me siento segura de nada, y mucho menos valiente, pero no estoy en condiciones de discutírselo. Me mantiene sujeta contra el suelo, con una rodilla presionándome el brazo derecho. Me coge la mano izquierda con dulzura, como si estuviera a punto de proponerme matrimonio.

—¿Sabes por qué te elegí, Julia? ¿Quieres que te cuente la historia? —me dobla el dedo meñique hacia atrás, y yo grito de nuevo—. Solo coincidí con tu madre una vez, en una ocasión memorable, hace mucho tiempo. Antes de que tú vinieras al mundo y tuvieras dedos.

Me rompe el dedo como si fuera una ramita. Lo que sale por mi boca es un alarido espantoso, casi animal. En algún lugar de mi mente, vagamente, bajo la dolorosa agonía, me sorprendo de que un meñique pueda doler tanto.

—Ammi era ambiciosa. Reconozco y respeto la ambición —prosigue con voz lánguida, como si haberme roto el dedo le hubiera relajado—. A la gente verdaderamente ambiciosa nos mueve el deseo de dos cosas: venganza o poder. A algunos, nos mueven ambas.

Súbitamente, me rompe otro dedo. Yo aúllo cuando el dolor me estalla en la mano y detrás de los ojos.

—Hace mucho tiempo, mi hermano, mi hermana y yo éramos mucho más fuertes de lo que somos ahora —continúa—. El mundo era nuestro y nadie podía imponerse a nosotros. Pero los tiempos han cambiado. No habrás oído hablar del aquelarre Sidhar, porque ya no se habla de esas cosas, pero tu madre sí que lo conocía. Su objetivo era reunir a las brujas más poderosas de Nueva Poria para derrocar a los diferentes reinos y establecer otro imperio liderado por brujas. El aquelarre estaba tras lo que se conoció como el Levantamiento loriano. ¿Te lo contó tu madre, alguna vez?

Aguarda educadamente mi respuesta. Hago el amago de sacudir la cabeza para negar, y él me rompe otro dedo. Me gustaría privarle de la satisfacción de mis gritos, pero resulta que gritar es un acto completamente involuntario cuando te están rompiendo los dedos. Una oleada de náuseas me sacude. Ojalá me desmayara ahora mismo, pero no lo hago.

—Agoston Horthy fue un experimento, pero demostró tener verdadero talento para destapar secretos. Sus espías tuvieron conocimiento del levantamiento antes incluso de que pudieran ponerlo en marcha. Diezmó las fuerzas del aquelarre y de sus estúpidos aliados. Los supervivientes se dispersaron, se escondieron, pasaron a la clandestinidad, pero me identificaron a mí como su principal enemigo. Creo que subestimaron a Horthy. Pero no les culpo porque... yo mismo cometí ese error. Ammi fue la segunda asesina que enviaron para acabar conmigo. No me costó demasiado desembarazarme del primero, pero Ammi estuvo a punto de conseguirlo. A día de hoy, sigo sin saber cómo consiguió llegar en secreto a mi isla, acceder a la fortaleza, burlar la vigilancia de todos mis guardias y hechizos, y llegar hasta mi cama, sin ser detectada y armada con toda la magia que el aquelarre fue capaz de proporcionarle. No consiguió matarme, pero... me encerró dentro de una enorme roca y me sepultó en el mar. Aquella fue la primera vez..., la única, que me he sentido derrotado.

Ahora me está acariciando el dedo índice. Lo retuerce en su mano y escucho cómo se rompe el hueso, noto cómo el dolor asciende por mi brazo. Esta vez, me vomito encima: mi cuerpo lo rechaza todo, intenta escapar de sí mismo. Casimir envuelve mi mano rota con la suya, como si fuera un objeto de gran valor.

—Finalmente, aquello llegó a oídos de mi hermana y ella me sacó de allí. Pero, aun así, se negó a reconocer la amenaza que las brujas suponían para nosotros, para el mundo. Desde entonces, y durante años, tuve grabada en la mente la imagen de aquella joven bruja, oscura, anónima. Tardé siete años en encontrarla: intentaba pasar desapercibida en la Maraña mientras susurraba ideas revolucionarias e intentaba refundar el aquelarre. Lo cierto es que temía a aquella bruja que había estado tan cerca de acabar conmigo. No fui capaz de enfrentarme a ella yo mismo. Lo dejé en manos de Agoston Horthy. Aquel día fui a la purificación, no me perdí ni un detalle, pero no había manera de hacerla sufrir tanto como yo lo había hecho allí, vivo y atrapado durante meses en el fondo del mar.

Súbitamente, retrae los labios, enseña los dientes y, haciendo fuerza con ambas manos, me rompe la muñeca. Rujo como un animal.

—Pero eso fue hace años, y tú tan solo eres un epílogo. ¿Dónde está el niño?

No sé cómo, pero, de alguna manera, consigo volver en mí el tiempo suficiente para reunir un gargajo de saliva en la boca y escupírselo con fuerza a la cara. Casimir gruñe y me retuerce la muñeca rota, y no hay nada más en el mundo que fragmentadas estrellas de dolor y mis propios sollozos entrecortados.

—Mírame —me ordena.

Yo obedezco o, al menos, lo intento. A través de una neblina de lágrimas, veo un cuchillo en su mano.

—Te pareces a ella, aunque eres menos bonita —me dice—. Puedo cortarte el cuello y dejar que mueras desangrada en el suelo. O puedes llevarme hasta el niño. Esas son las opciones.

La pura verdad es que, incluso ahora, sigo teniéndole miedo a morir. Sin embargo, ya tengo práctica en lo referente a tomar elecciones de este tipo, y esta vez no cometo el error de poner mi vida por encima de cualquier otra cosa.

Su voz se endurece.

—Recuerda que hay otros cinco cuellos que puedo cortar antes de ocuparme del tuyo.

Cierro los ojos. Creo que estoy gimiendo, pero no estoy segura. Prácticamente estamos todos muertos. También sé que encontrará a Theo, pero no será gracias a mi ayuda, lo juro por todos los Sagrados.

—Oh, bueno —me dice—. ¿Sabes? Al final, el dolor siempre funciona.

Me coge la otra mano y, no, no, no, me retraigo con todo mi ser de su horrible rostro, del dolor de mi mano, de mi propio rostro y mi brazo, del sufrimiento que está por venir, de este miedo implacable. Bajo mi cuerpo, ya no siento el suelo. Huelo el río Syne, y también huelo a sangre.

En un primer momento, creo que se debe a algo que me ha hecho Casimir. El dolor ha desaparecido. El pensamiento surge con lentitud: *Me ha matado*. Estoy en un saliente rocoso, pero no soy yo misma. Mis manos se han convertido en dos extremidades oscuras y llenas de garras y, mucho más abajo, las aguas de un río discurren a través de una ciudad incendiada y en ruinas. Me alejo con paso tambaleante del borde del precipicio y a mi alrededor todo se transforma. Estoy de vuelta en el salón Terra, pero, al igual que me pasó la primera vez que tuve esta sensación, en la sala de lectura de la señora Och, es como si no tuviera cuerpo. Puedo verlo todo, desde todos los ángulos, y eso incluye a Casimir, que ahora se incorpora y grita:

—¡Shey! ¿Dónde está?

—No la veo, mi señor.

Y, entonces, me doy cuenta de que esto, sea lo que sea, no es obra suya sino mía.

La última luz del día ha desaparecido. Las petrificadas siluetas de mis amigos, mi familia, ahora no son más que sombras en el salón oscuro. Pero puedo ver los rostros de Wyn y de Esme tan cerca como si los tuviera al lado. Oigo respirar a Bianka, que lucha contra el hechizo que la retiene. Si escucho con atención, puedo incluso oír cómo sangra. No sé dónde estoy. No sé qué me ha pasado. Es como si no existiera más allá de estos sentidos agudizados hasta el extremo. El pánico se apodera de mí. Intento correr y, al hacerlo, recobro mis piernas, mi cuerpo. El dolor regresa a mí de golpe.

—¡Ahí está! —grita Casimir, señalándome—. ¡Detenla, Shey!

Estoy cerca de la puerta, que es un buen lugar donde estar ahora mismo, pero no consigo llegar más lejos. Shey escribe algo en el aire y una fuerza invisible me detiene y me petrifica igual que a los demás. Casimir se cierne de nuevo sobre mí, agitando las aletas de la nariz.

Otra vez, no, no. Retrocedo, me aparto de este hombre, o lo que quiera que sea, que orquestó la muerte de mi madre (o eso afirma, al menos), cuyos horribles ojos me han estado siguiendo la pista durante mucho más tiempo del que yo pensaba, que me despedazará miembro a miembro si se lo permito. Lo que hago no es más que desaparecer, como siempre he hecho, pero esta vez lo hago completamente. Esto no es retroceder cautelosamente a un espacio intermedio, sino cruzar a un lugar completamente distinto. Jadeo para tomar aire en la extensión de roca negra, sobre la ciudad en llamas. Reconozco el monte Heriot, donde el templo Capriss ya no es más que una cáscara renegrida. Un viento ardiente sopla sobre mí. El fuego brota desde las distantes montañas. De las grietas en la roca brota vapor, y veo mis pies, solo que no son mis pies, estos no son mis pies...

—¿Dónde está? ¿Adónde ha ido?

Casimir. Me aproximo a su voz. Oigo a Shey comentar con voz impasible:

—Qué extraordinario.

Es demasiado terrorífica, esta sensación de no ser, esta sensación de ser otro. Me impulso de vuelta a mi cuerpo en el salón Terra, recupero mis heridos miembros, mi mano destrozada. Aterrizo en el suelo. Siento como si me hubieran aplastado, retorcido y triturado la mano, la cara y las tripas, pero me muevo más rápido que en toda mi vida. Corro a por el revólver que se me cayó antes. En cuanto noto su peso en la mano sana, desaparezco.

Unas sábanas cenicientas ondean como fantasmas a mi alrededor: este es el patio trasero del edificio donde vivíamos con mi madre. Sobre mi cabeza, el cielo arde y unas enormes criaturas aladas vuelan en círculos y graznan. Tengo el revólver en la mano, en esta monstruosa mano llena de garras.

Escucho a Shey susurrar:

—¿Dónde estás? ¿Adónde has ido?

Si pienso en el salón Terra, soy capaz de verla, como si mirara a una habitación que se refleja en una ventana a oscuras, superpuesta a este lugar, a este ruinoso recuerdo de un lugar. Intento dirigirme a un punto concreto, concentrándome en la puerta y, efectivamente, allí es donde aparezco cuando vuelvo en mí. Eso es bueno.

Lo que no es tan bueno es que Theo está allí de pie, gritando «¡Mamá, mamá!», y Casimir, con los ojos encendidos, se dirige hacia él, dando grandes zancadas. No hay tiempo para pensar. Cojo a Theo y me lo llevo conmigo a esa otra ciudad de Spira, en ruinas y ardiendo. Las llamas se van consumiendo en las ventanas oscuras, la lava burbujea entre las grietas que se abren en las calles. Estamos mirando hacia el Confín, donde las sombras corren por los callejones y las cenizas se arremolinan y vuelan sobre las ráfagas de aire abrasador.

—Lala —su voz es un lastimero lloriqueo que se pierde en la silenciosa nada que nos rodea. Noto su corazón contra el mío, *pum-pum, pum-pum, pum-pum*. Cuando me esfuerzo por volver a visualizar el salón Terra, solo veo a Casimir dando vueltas sobre sí mismo y mascullando palabras que no entiendo.

—¿Dónde estás?

De nuevo, la voz de Shey que susurra, cercana. Me alejo de ella, adentrándome más allá incluso de la ciudad en ruinas, y, por un momento, estamos bajo el agua, el suelo cubierto de rocas y huesos, sin aire que respirar. Nos impulso de vuelta al mundo real, al pasillo donde escondí antes a Theo, apretándolos a él y a su *pum-pum, pum-pum, pum-pum* contra mi cuerpo. Los dos estamos empapados y jadeando, tratando de recuperar el aliento. Intento transportarme al último confín, a ese lugar donde no estoy en ninguna parte y lo veo todo y puedo elegir dónde aparecer, más allá de donde suelo desvanecerme, pero antes de desaparecer por completo en esa ciudad de Spira reducida a cenizas. Avanzo por el pasillo, desmaterializándome a intervalos, y desciendo hasta los sótanos del castillo, donde Gennady yace tumbado con los ojos abiertos y los brazos extendidos, de espaldas contra el suelo. También escucho su corazón. Tengo a Theo en brazos, el revólver en la mano sana, y esta es mi oportunidad.

—Te necesitamos —le imploro.

Lentamente, sus ojos me localizan.

—No puedo andar —murmura pesadamente entre sus labios ensangrentados.

Me arrodillo junto a él. Las piernas rotas le cuelgan del cuerpo, retorcidas en ángulos espantosos, imposibles.

—¿Mi niño? —alza una de sus enormes manos para tocar a Theo, que se aparta y entierra su carita en mi cuello. Gennady deja caer pesadamente la mano de vuelta al suelo, con un golpe seco—. ¿Bianka? —me pregunta.

—Casimir la ha atrapado —respondo—. O quizá esa mujer, Shey.

—Arrástrame hasta allí si no hay otra forma —me pide—. Venceré a Casimir y luego también a Shey —la desesperación hace que su voz recupere algo de fuerza, pero la idea de arrastrarlo es absurda. Es demasiado grande.

—No puedo... —empiezo a decir.

—Tienes que poder —me interrumpe—. Llévame allí. Hazme llegar allí. No sé por qué, pero tengo la certeza de que funcionará.

—Agárrate a mí —le digo.

Lo ayudo a rodearme con sus enormes brazos, con Theo entre ambos. Huele a sangre y a piel quemada. Rodeo su grueso cuello con mis propios brazos, lo abrazo contra mí. Es difícil porque pesa mucho y el dolor de la mano y la muñeca rotas me atraviesan, pero consigo trasladar nuestros tres cuerpos abrazados en el suelo fuera del mundo. Estamos a orillas del río Syne, pero el agua está hirviendo y unas figuras vestidas con camisones caen en ellas desde un barco ardiendo, una tras otra, en silencio. Nos miran con unos ojos negros en los que se reflejan las llamas. Me retraigo de todo y aterrizamos con fuerza en el pasillo. A Theo se le escapa un grito.

—¿Qué eres? —me pregunta Gennady, con sus azules ojos llenos de estupor.

—No lo sé —respondo, porque es la verdad.

—Puedes avanzar más —me dice Gennady, y pienso que debe de tener razón.

Los llevo conmigo. El viento abrasador aúlla, las calles humean y los monstruos alados se lamentan y cantan sobre nosotros. Una prostituta con gusanos en los ojos y un vestido chamuscado intenta atraernos con gestos hacia el umbral de una puerta en llamas.

—Esto es el Kahge —susurra Gennady, y, sin saber por qué, comprendo que tiene razón. Los transporto a ambos, a caballo entre el mundo real y el Kahge, hasta llegar de nuevo al salón Terra. Una vez allí, me quedo flotando en ninguna parte, incorpórea.

Casimir, que ahora es mitad hombre y mitad bestia alada, da vueltas sobre sí mismo muy lentamente. Nos devuelvo al mundo justo sobre el lugar que ocupa, soltando a Gennady sobre él muy eficazmente. Sus gigantescos brazos rodean el cuello de Casimir y tiran de él hacia atrás, mientras una de sus manazas le tapa la boca. Los dos caen al suelo, convertidos en una masa forcejeante, y yo aterrizo junto a ellos, con Theo, con el revólver.

Shey tiene un dedo alzado en el aire y me mira con curiosidad. Me observa como alguien que quisiera entablar conversación en una fiesta. Esta vez, no dudo. Le disparo al cuello. Shey cae de rodillas, sujetándose la herida con una mano: la sangre mana entre sus dedos, le desborda la mano, se derrama por su hombro. Le estaba apuntando a la cabeza, pero no importa: todavía quedan balas. Disparo de nuevo y la bruja cae de espaldas, emitiendo una especie de jadeo chirriante. La mirada que me dedica al caer está cargada de tristeza. Le disparo de nuevo y, luego, una vez más.

Con la cuarta bala, todos los presentes en el salón se desploman como marionetas a las que hubieran cortado las cuerdas: lo que fuera que los mantenía petrificados desaparece repentinamente.

—¡Mamá!

Theo forcejea y yo le suelto. El niño corre hacia Bianka, y ella lo coge en brazos.

—¡Vamos! —grita, empujándome hacia la puerta.

Casimir, con la cabeza atrapada entre los brazos de Gennady, con la boca cubierta por la enorme mano de su hermano, me mira con sus moribundos ojos grises. Yo corro.

Como una horda enfervorecida, nos abrimos paso hasta el exterior del castillo. Suelto el revólver para tirar de la palanca que hay en lo alto de los escalones con la mano sana, y salimos en tromba por la puerta de la muralla antes de que termine de elevarse. Los guardias no nos persiguen. De momento, al menos.

—¿Y qué pasa con Gennady? —le grito a Bianka.

—No —responde, sin mirar atrás.

Espero que sir Victor esté bien, pero ya no hay nada que pueda hacer por ninguno de los dos.

Frederick, Dek y el profesor han conseguido aparejar la vela mayor de repuesto, y Frederick nos hace gestos con los brazos, como si de lo contrario no fuéramos a ser capaces de avistar el barco. Nadie se detiene; nadie abre la boca para consultar. Gregor y Esme empujan la embarcación para adentrarla en el mar, Frederick despliega las velas y el profesor toma el timón mientras el resto atravesamos las aguas oscuras y subimos al barco por un costado. Bianka llora sin contenerse, cubierta de sangre, desplomada en el bote salvavidas, con Theo en sus brazos. Ahora lo siento en toda su plenitud: dolor en la muñeca, en la mano, en la cara, en el brazo, en el costado. Me duele todo el cuerpo y siento que la inconsciencia me reclama, a pesar del dolor y del pánico.

—¿Estás de una pieza, ojos castaños? —la mano de Wyn reposa sobre mi hombro. Asiento, aunque no sé si lo estoy. Y ahí está Dek, sonriendo a pesar de la mandíbula hinchada y el largo día que ha pasado, empapado y encerrado en el vientre del navío.

—No me puedo creer que lo hayáis conseguido —me dice—. Aunque parece que acabarais de salir del Kahge.

Yo lo abrazo, apretando los ojos con fuerza. Durante un segundo, mientras estrujo a mi hermano, me permito imaginar que sí, que lo hemos conseguido, que ya todo ha pasado y que «acabar de salir del Kahge» no es más que una expresión. Pero, cuando abro los ojos a la luz de la luna que empieza a elevarse en el cielo, veo que cinco elegantes barcos se lanzan a nuestra persecución.

Capítulo 24

No hablamos. ¿Qué podríamos a decir? Los barcos que nos persiguen son muy rápidos, y ninguno de nosotros es un marinero experimentado.

—Tiza —pide Bianka, con voz ronca. El profesor corre a la bodega para conseguirle un poco más. Esme está inclinada sobre ella, le ha abierto el vestido por la mitad y está intentando hacer algo con las puñaladas y las heridas de bala. Bianka la ignora, observa los barcos y aferra a Theo contra su pecho.

Gregor reparte revólveres. Dek prepara su pequeño cañón. Frederick está observando por el catalejo. Yo me acerco a él con paso vacilante y le doy un toquecito en el hombro. Me cede el objetivo con los ojos cargados de preocupación. Cuesta distinguir algo en la oscuridad, a pesar de que la luna está casi llena, pero a través del catalejo consigo divisar más o menos quién maneja los barcos. No son los guardias a los que nos hemos enfrentado en la isla. No sé qué son esas cosas. Tienen la piel y el cabello blancos, van desnudas y están cubiertas de tatuajes. Veo a Casimir en la cubierta del barco más cercano, con los brazos enlazados a la espalda, su abrigo de piel ondeando al viento. Me pregunto qué habrá sido de Gennady. Le devuelvo el catalejo a Frederick y me limpio la sangre de la barbilla y la nariz con la manga del vestido.

—Deberías pedirle a Esme que te eche un vistazo —me dice—. Por el Gran Innombrable, ¿qué te ha pasado en la mano?

—Me ha roto la muñeca y los dedos, uno a uno —respondo.

Pretendía decirlo con desdén, pero me ha quedado un poco lastimero. Mi mano ya no parece en absoluto una mano, tiene más bien el aspecto de un mitón hinchado y ensangrentado. Cada vez que me muevo, una oleada de dolor me recorre todo el brazo. Frederick me toca el otro brazo y está a punto de decirme algo, pero entonces Gregor grita:

—¡Todo el mundo atrás! ¡Ahí va!

Dek apunta a través de la mirilla que hay en lo alto de su pequeño cañón casero. Lo gira ligeramente y, luego, activa un interruptor. Un siseo, y uno de los cartuchos sale disparado, dibuja un enorme arco, dejando una estela humeante de gas amarillo a su paso. No es gas pimienta, sino veneno. Su puntería es certera: el cartucho aterriza en la cubierta del barco de Casimir con un estruendo metálico. Casimir alza el vuelo con sus enormes alas y dibuja una espiral sobre el barco. Los salvajes tatuados de aspecto fantasmal se desploman en la cubierta, inconscientes, y no tardan en quedar ocultos por la nube de humo amarillo, que pronto se torna marrón.

—¡Asombroso! —grita el profesor Baranyi—. ¡Seguro que la Corona te pagaría una fortuna por este invento!

—Nunca he tenido tratos con la Corona —dice Dek—. Aunque tampoco confío en ellos: no creo que me pagaran —luego nos grita al resto—. ¡Hay máscaras en esa bolsa, junto al bote salvavidas! ¡Si veis que nos acercamos demasiado al humo, ponéoslas!

—¿Cuántos cartuchos te quedan? —pregunta el profesor.

—Seis —responde Dek.

Alcanza al segundo barco, que también se desvía de su recorrido y se aleja de nosotros envuelto en una nube de color marrón negruzco. Observo a Casimir en las alturas, planeando en círculos cada vez más y más altos, una silueta oscura recortada contra el cielo negro. No tardará en lanzarse en picado contra nosotros.

—¿Tienes buena puntería? —pregunto a Frederick.

—Más o menos. No tan buena como la tuya.

—Esa... cosa —digo, señalándolo. Ahora mismo, no confío en mi propio pulso—. Apúntale con el revólver y no lo pierdas. Dispara si se acerca a distancia suficiente.

Frederick asiente y alza la vista. Las estrellas están empezando a salir.

El tercer cartucho no alcanza al siguiente barco de la formación. Aterriza con un siseo en el agua, junto a él, y el gas se disipa entre las olas y termina extinguiéndose.

Bianka intenta escribir algo en la cubierta del barco, pero la tiza se le rompe y cae de espaldas contra el bote salvavidas, con la respiración rápida y entrecortada.

—¡Por los Sagrados, deja que Esme se ocupe de ti! —le digo—. Morirás si sigues intentando luchar contra esas heridas.

Bianka me dedica una sonrisilla torva.

—No, a menos que me tires por la borda —responde.

—De acuerdo, pero estás demasiado débil para hacer magia —le recuerdo.

—Y yo no sé qué les pasará a las brujas cuando pierden tanta sangre como estás perdiendo tú, pero creo que ni siquiera ellas son capaces de caminar sin sangre en el cuerpo —añade Esme en tono de reproche. Bianka está demasiado débil para resistirse. El pequeño Theo se aferra a su madre, escondiendo la carita contra su cuerpo.

Bianka me mira a los ojos por encima de los anchos hombros de Esme.

—Pase lo que pase —dice—, no permitas que se lleven a Theo.

Alzo mi revólver con solemnidad, como si fuera una promesa. Bianka asiente con un movimiento de cabeza, la mirada exhausta.

Cuarto cartucho y tercer barco que queda fuera de la persecución. Casimir se lanza en picado contra nuestro barco.

—¡Dispara! —le grito a Frederick—. ¡Dispara!

Casimir es una enorme sombra que planea sobre nosotros: la envergadura de sus alas es casi tan grande como nuestro barco, pero ambos le disparamos. Casimir vira a un lado y empieza a volar de nuevo en círculos sobre nuestra posición.

Un quinto cartucho sale propulsado por el aire y cae dejando un rastro de humo. Veo los ojos abiertos de par en par en los impávidos rostros de las criaturas agazapadas en el barco más cercano. Son seis, van armados con rifles y nos apuntan con ellos.

—¡Todo el mundo al suelo! —grito.

Yo misma me tiro sobre la cubierta y, durante un segundo, me duele todo tanto que creo que me han disparado. Por aquí y por allí vuelan trozos de madera y la vela mayor queda hecha jirones.

—¡Abajo! —ruge Gregor en cuanto se detienen para recargar los rifles—. ¡Todos a la bodega!

Wyn está a mi lado y, con el brazo que aún tengo sano, lo empujo hacia Theo.

—¡Coge al bebé y llévalo abajo! —le apremio. Wyn me lanza una mirada suplicante y yo grito con la poca voz que me queda—. ¡Coge al condenado niño, Wyn! ¡Voy detrás de ti!

Wyn coge a Theo de los brazos de una seminconsciente Bianka, a la cual levantan entre Esme y el profesor. Dek está cargando el último cartucho en el cañón cuando se escucha el estruendoso disparo de uno de los rifles y Dek cae de espaldas en cubierta, gritando. Otra lluvia de balas. No sé dónde le han dado, pero Frederick, buen chico, ya lo ha recogido del suelo y lo está llevando también a la bodega.

Casimir vuela en círculos, cada vez más cerca. Me arrastro para alcanzar el cañón de Dek y me refugio tras el timón. Localizo a Casimir a través de la mirilla. Dibuja círculos y más círculos en el aire, y luego vuelve a lanzarse en picado y desaparece de mi vista. Lo avisto de nuevo, espantosamente cerca, lo fijo en el punto de mira y tiro de la palanca.

El cartucho sale disparado hacia arriba y se le incrusta en el pecho. Casimir se desploma directamente sobre nuestra cubierta, tan deprisa que por poco no consigo apartarme a tiempo de su trayectoria antes de que caiga en medio de un torbellino de plumas sueltas. Logro arrastrarme hasta la bolsa de las máscaras que hay junto al bote salvavidas, justo antes de que el humo amarillo empiece a brotar del cartucho y se disperse en nuestro barco. Noto su sabor, agrio y caliente, y durante un segundo pierdo la noción del arriba y el abajo: tan solo me siento flotar, sin dolor, hasta que la máscara por fin me cubre la cabeza. Tomo una profunda bocanada de un aire con sabor metálico y recupero los sentidos. Casimir se revuelca sobre la cubierta, debilitado, y luego se queda inmóvil con las alas extendidas. Me abro camino entre el humo, jadeando violentamente a través de la máscara.

El aire es escaso y tiene un sabor extraño. Arrastro a Casimir con mi brazo bueno hacia donde creo que se encuentra la borda. No pesa tanto como me esperaba, pero, aun así, avanzo muy lentamente. A través de las gafas de la máscara veo que el humo está empezando a adquirir un tono marrón. Choco de espaldas contra la borda y a punto estoy de precipitarme yo misma al agua. No sé cómo voy a levantarlo. Quizá sería capaz de hacerlo si pudiera usar ambos brazos, pero con uno solo es imposible. Tiro de él una y otra vez, inútilmente. De repente, su cuerpo se eleva, se ladea y se hunde en el agua con un chapoteo. Veo otra de esas máscaras de aspecto siniestro junto a mí cuando el humo empieza a disiparse a medida que el barco se distancia de la nube de gas. El dueño de la máscara se la quita en cuanto volvemos a estar al aire libre, y entonces reconozco a la señora Och.

Señala los dos barcos que aún nos persiguen.

—Quiero invocar a los vientos —dice—. Dame tu fuerza.

Me coge la mano buena con una de sus peludas zarpas salpicadas de manchas como las de un leopardo. Empieza a pronunciar palabras en un idioma que no reconozco. Mi campo de visión se estrecha repentinamente para luego volver a ensancharse y abarcar unos inquietantes trescientos sesenta grados. Intento soltar la mano, pero la señora Och no me lo permite. Grito y me revuelvo inútilmente. No es porque no quiera ayudarla, sino porque siento como si estuviera absorbiéndome la vida. Es doloroso, pero no es dolor lo único que siento. No solo está extrayendo de mí fuerza o energía: es algo mucho más primario que todo eso. La mente. El ser. El aliento. Hasta el pulso me está abandonando. Estoy suplicando, aunque no tengo muy claro por qué. Porque pare. Por mi vida. Por la absolución.

Es algo que recordaré después, pero que en este momento me pasa casi desapercibido: el viento que se levanta en la popa de nuestro barco, en la estela que dejamos, un potente y desmesurado vendaval. Veo cómo los dos barcos que aún nos persiguen salen volando y vuelcan. Veo a Casimir emergiendo de entre las olas, con las alas extendidas, pero el viento le golpea y le obliga a retroceder fuera de nuestra vista.

Tengo la sensación de que todo dura una eternidad. Cuando la señora Och me suelta la mano, caigo inerte sobre la cubierta, la visión reducida a la nada, el mundo girando y precipitándose hacia la oscuridad. Desde un lugar muy distante de mi mente, pienso que me estoy muriendo. Estoy tremendamente triste, pero no hay nada que pueda hacer para evitarlo, y lo lamento, pero eso tampoco soy capaz de decirlo en voz alta.

Cuando me despierto, Wyn está a mi lado. Su cara se me antoja extrañamente grande. «Un hombre puede cambiar, ojos castaños, si encuentra algo por lo que valga la pena hacerlo», me dice. Y yo gruño: «*Grrrr*». Y él dice: «¿De verdad que te he perdido, Julia?».

La respuesta a esa pregunta es demasiado complicada para las pocas fuerzas que me quedan. Pienso que debo de estar soñando, o alucinando, pero creo que lo mejor será responder algo, por si acaso no lo estoy, así que respondo con un simple: «Sí». La cara extremadamente grande de Wyn rompe a llorar, y todo me resulta demasiado abrumador, así que me desmayo de nuevo.

La siguiente vez que me despierto, el que está junto a mí es Dek, con su tamaño habitual, y yo estoy en una cama. La mano que tengo rota está vendada. Lo primero que hago es inclinarme hacia un costado de la cama para vomitar, pero no consigo expulsar nada. El mundo se mece a mi alrededor. A medida que pasan los minutos me doy cuenta de que el movimiento se debe a las oscilaciones del barco. Reconozco el camarote, los estrechos camastros.

—Gracias al Innombrable —dice Dek—. Toma un poco de agua. O un poco de caldo.

Mi garganta emite un sonido áspero que hace que Dek se alarme un poco. Entonces, consigo decir:

—Agua, por favor.

Me obligo a incorporarme y él sostiene el vaso contra mis labios. Tengo la garganta muy seca y el agua me sienta muy bien, al menos hasta que me llega al estómago, y entonces vuelve a salir por donde ha entrado. Una insoportable jaqueca se apodera de mí y me oprime el cráneo como si fuera un tornillo. Lloro de dolor, pero, cuando se me pasa, consigo beber un poco de agua y algo de caldo y me siento un poco más recuperada.

—¿Qué ocurre? —pregunto a Dek.

—Pronto atracaremos en Andora —explica—. Una ciudad portuaria de Sirillia. No te has perdido demasiado: hemos reparado el barco, atendido a heridos y enfermos y hecho guardias para vigilar si ese loco con alas volvía a por nosotros.

—Casimir —digo yo.

—La señora Och supuso que podríamos llegar a Andora antes de que nos encontrara de nuevo. Una vez en Andora, nos separaremos. Se llevarán a Bianka y al niño a alguna parte. Gregor está en pie de guerra porque piensa que no vamos a recibir nuestro dinero. Aunque yo tengo el presentimiento de que tu señora Och cumplirá.

—Eso espero —respondo yo.

—Esme se ha dado bastante maña curando a la bruja.

—¿Está bien?

—Se mueve despacio, pero parece que sí.

—¿Y Theo?

—Como un sol, por lo que parece.

Consigo reprimir las lágrimas.

—¿Y cómo están los demás?

Dek se encoge de hombros:

—Todo el mundo un poco dolorido, supongo, pero nada más que eso. Wyn se rompió el brazo en la primera tormenta. A mí me dispararon en el muslo. En el bueno, encima, menuda mala pata. A pesar de todo, diría que, en general, hemos salido bastante bien parados.

Se queda charlando conmigo un rato e intenta preguntarme un par de veces qué fue lo que pasó en el salón Terra, pero no encuentro la respuesta. Finalmente, le pido:

—¿Puedes ir a buscar a la señora Och? Necesito hablar con ella.

El profesor la ayuda a entrar y a tumbarse en el camastro que hay frente al mío, así que, por un momento, tengo la extraña sensación de que somos compañeras de camarote tomándonos un descanso. Parece envejecida y muy delicada.

—Lo siento —me dice—. No me gusta tomar prestada la fuerza vital de otro ser, sobre todo teniendo en cuenta todo por lo que habías pasado. Pero no vi alternativa.

—Todos seguimos con vida, así que supongo que hizo lo correcto —respondo—. ¿A qué se refiere con «tomar prestada mi fuerza vital»?

—Me refiero exactamente a eso. Cada persona posee su propia fuerza vital, su energía. En los jóvenes es más fuerte, por supuesto. Hace mucho tiempo que aprendí a absorber la de otra persona, y es algo que se me ha hecho cada vez más necesario a medida que he ido envejeciendo. Pero, debido a las exigencias de la tormenta que invoqué y al estado de debilidad en el que te encontrabas, estuviste a punto de no salir viva. Lo lamento mucho.

—Estoy bien. O supongo que lo terminaré estando. ¿Qué pasará ahora?

—Llevaremos a Theo a un lugar seguro. Pero no estará a salvo durante mucho tiempo. Casimir volverá a buscarlo.

—Pero esa bruja, o lo que sea que fuera esa jorobada, Shey, está muerta —digo—. ¿Acaso no la necesita?

—Dudo mucho que Shey haya muerto —responde la señora Och.

—Le disparé cuatro veces —replico—. Sangraba por todas partes.

La señora Och no responde nada y empiezo a pensar que no hay nada que pueda acabar con estos terribles seres.

—Supongo que Pia tampoco está muerta —pregunto, apesadumbrada.

—Pia, creo, tiene nueve vidas —dice la señora Och—. No sé cuántas habrá consumido.

No tengo muy claro si está intentando bromear, pero capto lo más importante. No estoy a salvo de ella. Al menos de momento.

—¿Volverá a buscar a Gennady?

La señora Och niega, moviendo la cabeza.

—No puedo salvar a Gennady —responde.

—Pero es su hermano.

Yo jamás dejaría a Dek a su suerte en un lugar así. Jamás.

—Casimir también es mi hermano —replica ella.

Yo inspiro hondo.

—Casimir dijo que me había elegido a mí para hacer el encargo en su casa porque mi madre había intentado matarlo. ¿Sabe si eso es cierto?

La señora Och frunce el ceño.

—¿Quién es tu madre?

—Está muerta —respondo—. La ahogaron hace años. Se llamaba Ammi Farian.

La señora Och deja escapar un sonido parecido a un largo suspiro.

—Eres la hija de Ammi. No lo sabía. Ay, Julia. No creo que Casimir vaya a pasar esto por alto.

—¿Conocía a mi madre? —le pregunto.

Ella niega con la cabeza.

—He oído hablar de ella. Nunca la conocí. Pero creo que era consciente de cómo podía terminar, Julia, al elegir ser enemiga de Casimir.

—Eso no me consuela.

—No, claro que no.

—¿Cómo elige usted a qué brujas ayudar? ¿Por qué a Jahara Sandor, pero no al resto de brujas que murieron ahogadas aquel día?

Estoy pensando en la joven bruja de cabello castaño. Estoy pensando en mi madre.

—No puedo salvarlas a todas —responde, y la parte más infantil de mi ser se siente tentada de preguntar: «¿Por qué no?»—. Para que algo cambie en Frayne... Intento ayudar a las que puedan ejercer una mayor influencia, cuando llegue el momento.

—¿Cuando llegue el momento de qué?

—El momento del cambio.

—Mi madre quería cambiar el mundo. A ella no la salvó nadie.

—No, no salvé a Ammi. Por aquel entonces no quería inmiscuirme demasiado en los asuntos de Casimir, pero está empezando a ser imposible evitarlos. Hasta cierto punto, soy responsable de su desesperación. Como puedes ver, me estoy muriendo.

—Oh —susurro.

Sigo sin tener muy claros qué sentimientos me provoca la señora Och. No sé cómo responder a la naturalidad con la que le ha restado importancia a la muerte de mi madre, a la idea de que podría haberla ayudado pero eligió no hacerlo, y no estoy segura de lamentar que se esté muriendo.

—El proceso está durando bastante tiempo. Aun así, supongo que ha plantado en Casimir la semilla del miedo a su propia muerte. Mi hermano piensa que puede restaurar el poder que tuvimos antaño con el *Libro del Mundo,* que la muerte no podrá reclamar mi vida, ni la suya, ni la de ninguno de los tres, si es capaz de recomponerlo. Tal vez esté en lo cierto en ese aspecto, pero yo no quiero ser testigo de la clase de mundo que Casimir sería capaz de crear.

No, yo tampoco.

—Cuéntame qué pasó en la fortaleza —me dice—. Shey consiguió inmovilizar a todos los demás, salvo a ti. ¿Cómo conseguiste escapar de ella y Casimir?

En realidad, no quiero contárselo —no quiero tener que hablar de ello en voz alta—, pero, si no es a ella, ¿a quién podría confiárselo? ¿Quién, si no, podría saber lo que significa todo esto? Así que se lo cuento todo. Le describo lo que vi, lo que sentí. Cuando termino, no dice nada, lo que resulta bastante frustrante, teniendo en cuenta lo mucho que me ha costado expresarlo.

—Gennady me dijo… que ese otro lugar era el Kahge —le digo.

—Imposible —responde ella, aunque su expresión delata que cree la teoría de su hermano—. Ni siquiera los xianren pueden cruzar al Kahge.

Pero yo sí puedo. Decido ir al grano. Me cuesta decirlo, así que lo susurro:

—¿Qué soy? ¿Qué tipo de ser soy, capaz de hacer este tipo de cosas?

Por primera vez, atisbo en sus ojos un destello de algo que podría ser miedo.

La señora Och responde:

—No sé qué eres, Julia.

Por la tarde, Dek insiste en que suba a la cubierta para que vea Andora. Todos vienen en tropel a saludarme, y todo el mundo habla frenéticamente, intercambiando anécdotas y demás. Cuando mis ojos se cruzan con los de Wyn, no estoy segura de si realmente llegué a verle llorar mientras estaba convaleciente o si lo he soñado. Me da un único apretón en la mano sana.

—Me alegro de verte fuera de la cama de nuevo —dice—. Hubo un rato un poco terrorífico, allí.

Yo asiento como una idiota con un movimiento de cabeza, y entre nosotros se hace un silencio un tanto incómodo, hasta que los demás rompen a hablar de nuevo. Gregor me abraza tan fuerte que me hace daño, con su lloriqueo de borracho, pero consigo devolverle el abrazo.

Andora es una ciudad de edificios bajos dispuestos alrededor de un bullicioso puerto. La costa está salpicada de islas. En sus aguas hay un tráfico constante de pesqueros y barcos de pasajeros.

—Nuestro primer viaje al extranjero —dice Dek, con una traviesa sonrisa.

Pero yo no soy capaz de alegrarme. De momento, no. Cada vez que miro al cielo busco a un hombre alado, inspecciono todos los barcos esperando encontrar la espeluznante sonrisa de Pia. Creo que, mientras siga con vida, nunca más volveré a librarme del miedo.

Todos hacemos turnos para ver Andora por el catalejo.

—¡Tenemos que ir al mercado a comprar seda sirilliana! —dice Csilla—. Podríamos aprovechar para sacar algo bueno de todo esto y hacernos unos bonitos vestidos.

—Lo siento —me disculpo, avergonzada—. No sabía... lo feas que se iban a poner las cosas.

—Ay, Julia —me dice, dándome un amigable apretón en el brazo—. He tenido días peores, créeme.

No tengo ni idea de cómo era la vida de Csilla antes de estar con Gregor. Consigo esbozar una sonrisilla torcida y ella me besa en la mejilla antes de aprovechar su turno para mirar por el catalejo.

—No podía pedirles que lo hicieran por menos —dice Esme, a mi lado—. No había duda de que sería peligroso. La recompensa tenía que ser acorde.

¿Está intentando explicarme por qué pidió tanto oro? Asiento, y respondo:

—Gracias. Los demás no habrían seguido adelante si tú no hubieras accedido.

—Si la señora Och cumple, tengo pensado jubilarme —me dice—. Me gustaría colocar a Wyn de aprendiz en algún sitio, o quizá incluso montarle su propio estudio. Darle una oportunidad en otra cosa. Mandaría a Dek a la universidad si pudiera, pero jamás le admitirían. Aun así, podría irle bien si montara su propio taller, o un laboratorio, si es capaz de hacer un par de contactos. La que me preocupa eres tú, Julia. Si quisieras, podrías ocupar mi puesto. Se te daría bien. Pero todavía eres muy joven y no tienes por qué seguir por este camino, si no quieres.

—Me lo pensaré —digo. No puedo volver a mi antigua vida, a mi antiguo yo, pero tampoco soy capaz de imaginar ninguna otra posibilidad. No sé qué otras cosas se me dan bien. «Tu madre nunca aprendió a vivir sin esperanza», me dijo Liddy. Pero yo no sé qué podría darme esperanza.

—Lo has hecho bien —Esme señala con la cabeza hacia donde Bianka juega con Theo, ocultando una canica bajo un vaso y levantándolo para revelarla de nuevo. La canica rueda con el bamboleo de la cubierta cada vez que queda libre—. Una madre tiene que estar con sus hijos —dice en voz baja.

Cuando contemplo a Theo, que ha perdido el aire de diablillo regordete que tenía en casa de la señora Och, pero que ahora vuelve a estar limpio y risueño, mientras intenta coger la canica, el corazón se me encoge dentro del pecho como un puño. Yo me acerco a ellos, luchando contra mis rodillas temblorosas, y me siento a su lado en la cubierta. Bianka oculta la canica bajo el vaso con un fuerte golpe y me fulmina con la mirada.

No le pediré que me perdone, no me lo merezco. Pero no puedo evitar arrodillarme ante ella y susurrar con vehemencia:

—Moriría antes de permitir que volviera a pasarle algo. Te lo juro: antes preferiría morir.

Para mi asombro, Bianka extiende el brazo, toma mi mano sana con la suya y entrelaza sus dedos con los míos.

—Lo sé —me dice.

Yo le doy un apretón en la mano, pero soy incapaz de mirarla a los ojos. No puedo enmendar todo por lo que Theo ha tenido que pasar, por lo que ella misma ha tenido que pasar. Verlo de nuevo sano y feliz, jugando junto a su madre, me produce una gratitud que me desborda. Aunque no soy muy dada a rezar, cierro los ojos con fuerza y le ofrezco mi muda gratitud y mis silenciosos remordimientos al Innombrable, a las estrellas que orbitan en el universo, al propio universo y a cualquier cosa que habite en él y que sea capaz de escuchar mi súplica e interesarse por ella. Y le pido al universo, aunque sé que no tengo derecho a hacerlo: «Protégelo. Protégelo. Protégelo».

Capítulo 25

La nieve cae rauda y pesada, y el cielo está negro. Camino por el Confín y lo atravieso hasta llegar a Forrestal antes de girar de nuevo en dirección al norte. Moverme me mantiene tranquila, o me infunde algo parecido a la tranquilidad. La gigantesca mole del templo Cyrambel se erige ahora ante mí, amenazante frente a la luna, y yo avivo el paso. Me detengo en el puente donde vi a la institutriz asesinada hace apenas unas semanas, aunque tengo la sensación de que ha pasado toda una vida desde aquello. Ya no soy esa chica.

Desde el puente, bajo la vista hacia el río congelado, donde la nieve cae pesadamente, inmaculada, sobre el hielo. Vendrán a quitar la nieve y romper el hielo al amanecer. Mañana por la mañana aquí se celebrará una purificación, la primera en años a la que no asistiré, porque nos marchamos por la mañana temprano en un tren hacia el sur.

Liddy nos encontró un lugar donde quedarnos, donde ocultarnos. Cuando regresamos no nos atrevimos a volver a la casa de Esme por miedo a que pudieran buscarnos allí. Y también fue Liddy quien, unos cuantos días después de que regresáramos a la ciudad, proporcionó al profesor Baranyi la dirección de la discreta casa en la que nos alojábamos, a las afueras de la Meseta. Trajo consigo treinta freyns de oro y una nueva oferta, que aceptamos de manera unánime. Debemos acompañar a la señora Och y los demás a Zhongguo. Pretenden encontrar a Ko Dan, el monje que mencionó Gennady, con la esperanza de que pueda deshacer lo que sea que le hizo a Theo, borrar de algún modo el fragmento de texto que contiene sin causarle daño. Nuestra misión es hacer de guardaespaldas, o lo que sea que requiera la situación. Nos pagarán bien, le asegura el profesor Baranyi a Esme, y todos nos sentiremos más seguros fuera de la ciudad de Spira y alejados de cualquier lugar en el que a Casimir se le pueda ocurrir buscarnos.

Desde entonces, cada noche, los demás comen y beben mientras yo salgo a caminar por las calles desiertas y nevadas. No les reprocho la alegría que les insufla su fortuna recién adquirida, pero soy incapaz de compartirla. Le pedí a Liddy que donase la plata que me pagó Casimir y mi parte del oro de la señora Och a un orfanato, o a alguna otra buena causa, para no tener que volver ni a tocarlo ni a mirarlo. Ella enarcó una de sus blancas cejas con incredulidad ante mi arranque de filantropía, pero prometió que haría lo que le había pedido. Ni siquiera puedo ponerme ese horrible vestido ni el abrigo de pieles que me compré, porque me acuerdo de lo que tuve que hacer para ganármelos. De todas maneras, me quedan ridículos. Ahora llevo mi vieja gabardina sobre el vestido remendado que los hombres de Torne me desgarraron. No da el mismo calor que un abrigo de pieles, pero me siento más yo misma.

Casimir me dijo que el origen de todas las grandes ambiciones está en el deseo de venganza o de poder, pero sospecho que es intrínseco a la naturaleza de cierto tipo de personas creer que sus verdades son universales. Alguien como él jamás entendería lo poderoso que puede llegar a ser el remordimiento, el deseo de redención. Tampoco mencionó el amor, o la pena. A pesar de todo, tampoco somos radicalmente distintos. El poder no me interesa, pero la venganza sí. Comprendo muy bien lo que dijo sobre la venganza. La señora Och comentó que no creía que Casimir fuera a dejarlo pasar, pero yo tampoco pienso dejar pasar lo que me hizo, lo que le hizo a mi madre.

Flexiono la mano, que noto rígida y extraña —Esme me ha quitado el vendaje esta mañana— y me viene a la mente aquella otra mano, en aquel otro lugar. Le he contado a Dek un poco de lo que Casimir me reveló sobre nuestra madre. Lo que no puedo contarle, ni a él ni a ninguno de los demás, es lo de mis incursiones en el Kahge durante mis desapariciones, si es que es allí adonde realmente fui. No soportaría que dudara sobre quién (o qué) soy. Al menos no hasta que yo misma lo haya averiguado.

Alzo la vista hacia la nieve que cae y siento como si estuviera volando, surcando el cielo, dejando la ciudad de Spira muy por debajo de mí. Adiós, entonces, a Liddy y a las calles de mi infancia, a las calles donde mi infancia llegó a su fin. Adiós a la Maraña, adiós al Confín, adiós a las ratas y a los famélicos gatos callejeros. Adiós al titilante cielo nocturno de la ciudad de Spira, al agua congelada bajo la nieve. Adiós a los huesos de las brujas que yacen en el fondo del río. Adiós a los huesos de mi madre. Adiós a las brujas que morirán aquí mañana, ahogadas.

Adiós a la Julia capaz de vender a un niño por dinero. Con pies ligeros, vuelvo a casa corriendo sobre la nieve.

Agradecimientos

Al primero que quiero dar las gracias es a mi agente, Steve Malk, que le dio una oportunidad a ese desastroso manuscrito al que yo me atrevía a llamar libro y de quien tanto aprendí durante la *relectura*. He leído a muchos autores escribir cosas del tipo: «No podría haber escrito este libro sin Fulanito y Menganito», pero, antes de trabajar con Steve, nunca entendí realmente a qué se referían. Ahora sí. Gracias. A mi maravillosa editora, Nancy Siscoe, y a todo el equipo de Knopf que ha trabajado en *Julia* —podría escribir sonetos enteros ensalzando la labor de los correctores de estilo— y a Amy Black y el equipo de Doubleday Books: tengo muchísima suerte de trabajar con vosotros y me siento infinitamente agradecida. Gracias a Dan Gilman, Samantha Cohoe, Kip Wilson Rechea, Dana Alison Levy y Katie Mei McCarthy, quienes leyeron y criticaron varios fragmentos del libro en diferentes etapas de la escritura. Mi mayor gratitud también a Jim y Janet Hunter, cuya generosidad me obsequió con dos mañanas extras a la semana para escribir y me salvaron de perder eso que suelo llamar cordura. Mis agradecimientos y mi amor eterno a las siguientes personas, que tanto me han leído y ayudado a moldear mi estilo de escritura: mis padres, que no solo me apoyan, sino que, básicamente, son mi sostén; mis hermanos, sin los cuales el amor de Julia por Dek sería una sombra de lo que realmente es; mi abuela Kato Havas, quien tanto me enseñó sobre las alegrías y las penas de dedicarse a la creatividad; Jonathan Service, por ser quien más y menos en serio me ha tomado en los momentos de mi vida en que más lo necesitaba; Gillian Bright: gracias por tus acertadas críticas y tus incansables ánimos; Mick Hunter, mi compañero en lo bueno y en lo malo: gracias por las sesiones de lluvia de ideas, por mantener la calma en medio de todas las tormentas, por encargarte de lo difícil como si fuera lo más fácil del mundo, por hacerme reír todos los días y por todo lo demás, por supuesto. Has conseguido dejar sin palabras a esta mujer de letras. Y, por último, todo el amor del mundo, pero ni el más mínimo agradecimiento, a James y Kieran, quienes se han interpuesto ruidosa, desbordante e irreprimiblemente entre la conclusión de este libro y yo. A pesar de todo, lo conseguí. Mua.